U0622819

易地记

扶贫攻坚优秀中短篇小说选

中国作家协会创研部
《小说选刊》杂志社 编

作家出版社

目　录

序　言

2020 年是中华民族伟大复兴进程中的重要一年。这一年，习近平总书记带领全国各族人民同心同德、全力以赴，在疫情防控阻击战中取得了重大胜利，既彰显了中国共产党领导和中国特色社会主义制度的政治优势，又体现了我国日益增强的综合国力和各族人民众志成城的团结力量。这一年，还是全面建成小康社会、决战脱贫攻坚之年，是"十三五"规划的收官之年。脱贫攻坚的难度之大和力度之大都是前所未有的，这是中华民族谱写历史的新篇章，有着不可估量的广远寓意，将会在民族发展史上留下浓墨重彩的一笔。

作为书写时代和人民的作家是扶贫攻坚之战中重要的组成部分，他们将自己的生命雕刻进这片土地，创造出与时代同构的"新人形象"，并重塑着自己的写作理念和内在使命。他们的写作不是基于一种想象，而是根性经验在他们身上的重现，既深刻凝重又热切诚恳，令人肃然起敬。正如铁凝主席在全国新时代乡村题材创作会议上的讲话中讲到的："无论是在决胜全面建成小康社会、决战脱贫攻坚的伟大历史进程中，还是在抗击新冠肺炎疫情的人民战争中，中国作家从未缺席，中国作家是在场者、参与者，是满怀激情的书写者。这也是近现代以来中国文学薪火相传的优良传统，一代又一代中国作家一直立于时代潮头，与人民同呼吸、共命运，与人民一道前进。特别是在历史发展的重要关头和民族的危急时刻，中国作家以笔为旗，书写了众多反映人民心声、凝聚人民力量的优秀作品，为人民的奋斗、民族的奋进留下炽热而凝重的记录。"

在这个重要的历史节点上，作家们感受到了时代的磅礴和发展的大势。他们被多种合力激活，展开与时代的对话和互动，成功写就一批叙写扶贫攻坚战的佳作。源于不同的成长经验、知识构成、审美趣味、身份背景等因素，作家在书写时代重大事件时呈现出不同的叙事策略和语言风格，这不仅丰富了作品的文化思想含量，也在艺术上获得了更为广阔的空间。面对诸多扶贫攻坚的佳作，中国作家协会创研部和《小说选刊》杂志社合力编选了这部《易地记——扶贫攻坚优秀中短篇小说选》，旨在呈现扶贫攻坚小说创作的生长面貌和繁荣态势，进而从整体上呼唤更多的经典作品，这不仅记录了这段宝贵的当下历史，也可以推动当代文学继续走向丰厚和深化。

为了多维度地呈现扶贫攻坚小说的实绩，我们特地选了六个中篇和六个短篇，这些作品也是扶贫攻坚中短篇小说中的代表作。如果依据年龄代际来划分，有宝刀未老的40后作家向本贵和李天岑，有稳扎稳打的50后作家陈应松，有风头正健的60后作家老藤、马平、红日、少一，有风生水起的70后作家杨遥和沈念，还有出手不凡的80后作家热孜古丽·卡德尔和90后作家李司平。他们合力写出的"创业史"注定会五彩斑斓，能有效呈现出时代的形象和意义，并清晰勾勒出历史的逻辑和前景。

面对新时代新农村，作家要写出乡村的新问题和新气象，最后还是要落脚在层层叠叠的复杂人心和散发着真善美的人性光芒上。易地扶贫搬迁是国家脱贫攻坚战的重点和难点，因为这涉及农民的"根"，要改变贫困群众的思维模式和生活方式，沈洋的《易地记》从搬迁后的日常问题写起，书写了主人公赵姑妈采用共情的方法逐一解码、破局，最终获得农民的认可，可谓是从一草一木间呈现出真实的搬迁原貌，更升腾起扶贫干部赵姑妈的坚韧和智慧，幸福居也成了名副其实的幸福居。老藤的《战国红》是全景式展现乡村精准扶贫工作的长篇力作，并获得了第十五届中宣部"五个一工程奖"，本书所选的《抬花轿》依然是佳作，书写了村主任齐大嘴如何用智慧和一曲《抬花轿》化解方、石两家的宿怨，遣走他们内心的毒蛇。老藤的小说质地密实，有宽阔的社会视野，有生动的新人物形象，又能复活传统的文化和美学，拓宽了扶贫攻坚小说的精神疆域。《抬花轿》里有唢呐曲，

《高腔》里有川剧高腔《穆桂英挂帅》，书记丁从杰敏锐地发现了花田沟村独特的自然资源，众人搭戏互帮互唱，最终令花田沟村旧貌换新颜，可谓是"一腔高唤天地惊"！

2019年9月27日习近平总书记在全国民族团结进步表彰大会上讲道："文化是一个民族的魂魄，文化认同是民族团结的根脉。各民族在文化上要相互尊重、相互欣赏，相互学习、相互借鉴。在各族群众中加强社会主义核心价值观教育，牢固树立正确的祖国观、民族观、文化观、历史观，对构筑各民族共有精神家园、铸牢中华民族共同体意识至关重要。"在扶贫攻坚战中各民族作家团结一致，创作了一系列的优秀作品，本书所涉及的十二位作家中，有五位是少数民族作家。苗族作家向本贵有着深厚的基层工作经验，在《上坡好个秋》中他以扎实的叙事和真切的细节展现了扶贫干部张兴祥如何全方位地精准扶贫，扶贫先扶人，解开贫困户的心结，刘生原的开始工作和脱单时刻既是个人成长的标志，也是扶贫工作有效的双重见证。最后，上坡村迎来了穰穰满家的丰收场景，背后却是扶贫干部夜以继日的不辞辛劳。瑶族作家红日的《码头》独辟蹊径，以一个在渡口摆渡几十年的老人和新来的乡长之间的心理较量为切入口，逐渐铺排开摆渡者老麻的心理和生活在修建铁索桥后受到的影响，用"过渡"取代"开船"，这是解决问题的关键词，更是扶贫道路上的思维方式。土家族作家少一在《穿越》中以一只为"爱"腾飞的大公鸡写就了一场令人啼笑皆非的闹剧，看似是公鸡穿越，其实是借此道尽基层公安民警日常工作的烦琐和艰辛，几代民警在解决百姓困难时可以穿越地理界线，唯如此，才能穿越有隔膜的人心。维吾尔族的80后女作家热孜古丽·卡德尔的《星光灿烂》写得极具边疆地域文化特色，用带有民族色彩的独特语调推进了故事的情节变换。志同道合的巴赫提亚和女友最终一起投身到"访聚惠"的工作中，在阳光与祝福中携手走向灿烂、幸福。《猪嗷嗷叫》是一篇奇文，1996年出生的傣族小伙儿李司平从云南大山深处走来，凭借一篇处女作一鸣惊人，还得到了王蒙先生的称赞。这篇小说写得幽默诙谐，跌宕起伏，有对现实的正面强攻和对政策的精准把握，也有对人性的幽微勘察，更有对底层百姓的悲悯和宽怀。当时在读大二的李司平的确是横空出世，有着"中国南方高原"的写作气象和海拔。

神农架是陈应松的王国，广阔的乡村大地也是他熟悉的世界。他的《小半袋米》以举重若轻的方式找到了农民的"核"，主人公李细鹉噩梦醒来后才解开了内心的谜团，米不是米，而是命，是沉重的人情。小说在节制又活泼的语言中安排好了自己的气息。多数乡村已经向现代屈服，而这个乡村依然是自足的。李天岑的《唱大戏》书写了一个充满智慧、灵活幽默却又极为接地气的老总赖四以"唱戏"为媒介，借助"县长效应"，顺利完成扶贫攻坚拆迁任务。李天岑的写作将唱戏的民间性和传奇性有效融合于当下生活，瞬间激活了传统的文学资源，那些浑然天成般的插科打诨，氤氲着浓浓的生活质感，巧妙地建构出干部群众的和谐场景。70后作家杨遥和沈念都写了不少关于扶贫攻坚的小说精品。杨遥是扶贫工作的在场者，这几年挂职、驻村、采访的日常经验在作品中都转化成文学经验了，因此他的文本透着切肤的体验和深刻的思考。《父亲和我的时代》巧妙地接通了"我"和父亲的关系、"父亲和我"和时代的关系、时代和传统手艺的关系等，深入挖掘出了"新时代"的创造性、复杂性和独特性。沈念的《天总会亮》追随着石喊坪一个贫困户残疾少年的脚步，构建出一条可以持续的收获之路。小说在小主人公与扶贫干部昌队长之间的脉脉温情中，见证着一个村落和这个时代的变革，拓展了扶贫攻坚小说的精神空间。

铁凝主席在全国新时代乡村题材创作会议上指出："书写乡村，归根到底，就是写我们命运与共的伟大祖国，就是写我们生逢其时的伟大时代，就是写中华民族伟大复兴的壮丽梦想。此时此刻，我们每个人都能够真切地感受到时代的巨大变化，都能够强烈地体会到新时代磅礴澎湃的精神气象，恢弘壮阔的历史前景正在我们眼前展开，在祖国大地上，已经发生、正在发生和将要发生的一切，远远超出了我们已有的文学经验，为文学创作敞开着天高地阔的无限可能。"面对无限可能的当下和未来生活，广大中国作家更会有效容纳当下农村生活中的人生经验，书写出一部部崭新的"创业史"。本书的选编力争从不同代际、不同民族、不同题材等多角度来反映国之大事的文学创作，牢记自己的使命，积极发挥引领示范作用，向广大读者奉献出最能代表时代新气象的、能展现中华民族光荣和梦想的扶贫攻坚中短篇小说力作。

中国作家协会创研部

《小说选刊》编辑部

2020年9月16日

·中篇小说·

【作者简介】

沈洋，男，1975年5月生，云南昭通人。中国作家协会会员，中国电影家协会会员。在《中国作家》等报刊发表作品百余万字，已出版长篇小说《大救驾》等十余部。中篇小说《包裹》被改编为同名电影（编剧），长篇小说《万物生》被改编为同名电视剧（编剧）。

【内容简介】

易地扶贫搬迁是国家脱贫攻坚工作的重点和难点，"重"是因为此举可以有效缓解农村的贫困问题，"难"在于广大贫困群众思想意识和生活方式的转变。"放不下"是基层扶贫干部赵姑妈多年前捡到齐婴时便已有了的"病"，"放不下"让她面对贫困群众的不配合胆大如斗又心细如发。担忧希希三姐弟的生活状况，操办留守儿童家园，为李有光打扫新居、安排工作，小说在润物细无声式的点滴叙述中，直抵打赢这场脱贫攻坚战的精神之核——共情。以情动人、以理服人，是赵姑妈这些扶贫干部的优秀特质。

易地记

沈洋

1

李有光家的事，最让赵姑妈头疼了。

这个五十出头的汉子，家住鹤镇累马寨，前年在浙江打工，从二楼摔下来，断了右腿，老板赖账，在当地医院做了一次手术后，一直在家养病，二次手术因无钱就一直拖着，里面的两根钢钉也一直未取出，家中没钱不说，连婆娘也爬起来跑掉了。李有光曾去村上和镇上，请求镇政府帮助，镇长的答复含糊其词，总之就是没办法，让他走法律渠道解决。李有光说，自己要有这个能力去找法律，还来找你政府干啥？因没有及时到大医院做手术，不仅好得慢，还留下了残疾，走路一歪一歪的。

李有光随时挂在嘴上的话就是"三个子"："为了城头人住上新房子，自己整成了龟儿子，没有谁能管老子。"李有光每次说这话，都像是唱出来一样，拖声曳气的，引得周围的人好生好奇，像看大猩猩大熊猫样围观。

2

赵姑妈终于整明白了，李兰兰的姑妈通宵不敢入睡，是因为不会给手机上闹钟，怕耽误了第一天当环卫工的事。赵姑妈的心一阵紧，像要缩成个干核桃的劲道。

赵姑妈有些内疚，她想，毫无疑问，是昨晚的话讲重了。面对累马寨搬出来的这些斗大字不识一筐的姐妹，她不知道该怎么和她们沟通了，就只有猛往嘴里吐出的话里加盐和辣椒，似乎还有越重越管用的趋势。

"就是今晚不睡觉，你们也要给我熬着，反正一分钟也不许迟到。"

"你们不晓得，我和园林局的领导求了多少情，才给你们找到这个环卫工的岗位，你们要是第一天上班就迟到了，我以后还有啥嘴脸去求人家为你们累马寨的人办事？"

这些天，赵姑妈就这个状态，成天都在忙累马寨易地搬迁的事。你家分得好了，他家分得差了，张家的采光好了，王家的采光差了，等等。总之，就没有一件是满意的事。平心而论，赵姑妈确实已经够辛苦的了，但她感觉到，群众的胃口好像比渔洞输水管道的口径还要大。赵姑妈常常累得筋疲力尽，回到家就倒在沙发上，一动不动，啥也不想做。第二天五点多，又弹簧一样从床上弹起来，恨不得头不梳脸不洗就赶到幸福居。老公也常常数落她："你这为啥子嘛，肥了别人的地，荒了自己的田。"赵姑妈心里明白，老公是说自己没有好好操持家务。每每在老公说这话时，赵姑妈就会下意识地看看家里：沙发上乱七八糟摆满了杂物，地板蒙上了一层灰，厨房也乱得很，根本没有一点儿居家过日子的温馨感。赵姑妈心里就会泛起一丝丝的烦躁，但她又不得不匆匆出门，赶往幸福居。

幸福居，位于鹤城北，土地平展，外围高山，四野田畴，一片苹果林簇拥，房二十余幢，皆高层，可纳万余人，原本属安居保障房，正逢易地搬迁，县里动了下脑筋，调整思路，将住在高山上的易地搬迁群众搬进了小区，易名幸福居。赵姑妈记性好，她清楚地记得，群众来自五乡镇，皆是建档立卡贫困户。说起这些贫困群众，赵姑妈亦喜亦忧，喜的是，她爱这些姐妹兄弟，实诚、厚道、古道热肠。忧的是，他们搬进城里的小区，像是来了一群外星人，与这个世界格格不入，甚至无法对话。不会按电梯按钮，乘坐电梯像晕车一样呕吐；不熟悉单元楼里的生活，有时下个楼梯都会迷路；不讲卫生，乱扔烟头和垃圾，让物管很是火；等等，不一而足。可以说，很多细节真是超出了赵姑妈有限的想象。

赵姑妈记得，累马寨的十五户五十二人刚搬到幸福居的第二天，会议室举办了一场培训。会场里群众好奇，培训老师有劲，就农民群众进城如何乘坐公交、如何过马路、如何乘坐电梯、如何使用煤气、如何逛超市等问题进行保姆式培训，正当群众听得津津有味时，李有光却故意捣乱，左手拧着瓶烧酒，右手提着宽拢大袋的烂牛仔裤，歪偏偏地打着醉拳，大吼大叫地闯进了会场。他拿着的是一种当地居民常喝的廉价酒，十元一瓶，其实就是酒精勾兑酒，鹤县的汉子们干活累了，三五个蹲在工地上，传着一人一口喝起来，图个热闹，也可解乏。这酒也是李有光这些年一直喝的，正是喝多了，才喝出了痛风，喝出了酒糟鼻，喝得手上的骨节起包，喝得眼睛红肿肿的，喝得成天醉醺醺的，走起路来东歪西倒，像是得了软骨病。他进来后声嘶力竭地吼道："你们到底要整啥子？平时候不见哪个过来，过两天省上的大领导要来了，才装模作样地来搞啥培训磨洋工，大学生吃了十几年的墨水，不照样卖猪肉、挑沙灰，你以为你来培训个把小时，我们这些老农民就真的脱贫了哈？"

场内一下子爆发哄堂大笑，李有光大家又不是不认得，疯天阔地的样子，老毛病了，都见怪不怪了。前几次培训他也是这样，仿佛排练过一样，每次来都是这几个规定动作。

"我给你们讲，有冤要申的，有问题要反映的，赶紧了，准备好材料，过两天有大领导要来哦，错过这个村就没这个店了。"

会场里一下子骚动起来，炸开了锅，有人问："酒疯子，给真？我儿子建镇上的房子，被电打死，赔偿款至今没到呢！"

有人说："把我们搬到滑石板上，站着坐着都要钱，拿啥子来给，我要是在老家，园子里随便种点蒜葱啥的，啥时想吃去扯点，多方便，现在搬到这幸福居，看着好看，但心里闲得慌啊！"

会场内的群众俨然就像一堆干柴。先是没人提醒，再就是对酒鬼李有光的不以为意。可当李有光说出"申冤"一类的话，仿佛在干柴堆里扔进了一根火把。轰的一声，一屋子的干柴燃开了，像要把整幢大楼给烧塌一样。

李有光先还得意地举起酒瓶挥舞，一副王者归来之气概，可没说上几句话，就一个跟跄摔倒在讲台前，室内又爆发出一阵哄笑，大家一脸的木然加得意，也没谁怀疑李有光身体出了啥问题，都认为是"马尿"喝多了。不过，培训会是开不下去了。人们七嘴八舌，像肚子里装了好多的话，一下子喷发而出。

　　任组织培训的肖老师怎样维持，现场秩序还是无法恢复，乱成一锅粥。但没多时，那些先前还处于亢奋状态的群众就陆续散去，也没有人太在意李有光说了什么，三三两两叽里呱啦地议论着离开了。

　　会场里只留下了肖老师，还有李有光的两个老乡。肖老师见蜷缩在墙角的李有光一动不动，会场也走得空荡荡的，有几分慌神了，生怕有个意外，赶紧从包里拿出手机，拨给赵姑妈。不一会儿，赵姑妈就火急火燎地赶到会场。见是李有光，反倒不急了，说："又是这个醉鬼，上周喝醉了倒在花园里睡了一晚，直到第二天一早才被小区保安发现。"

　　见李有光这副堕落相，赵姑妈气得嘴皮发抖，真有一种恨铁不成钢的感觉。赵姑妈想，这李有光要是再不改变，必喝死无疑，一个家，就这样给他毁了。本来，赵姑妈还有急事要进城办的，但她想，李有光总得有人管啊，不然，他也许真会命丧小区的。赵姑妈就放弃了回城的念头，尽量让自己烦躁的心平静再平静。

　　"送他回去，醒了就好啦！"

　　赵姑妈说着又指了指站在李有光旁的两个老乡。两个老乡看上去五十多岁，木讷地站在一旁，见赵姑妈伸手示意了，才赶紧弯下腰去，一人托着一只手，把李有光架起来，慢慢地挪动，一步一步朝李有光住的三幢二单元走去。

　　"妈妈，多亏你及时赶来，我都不知道如何处理了，要不要送他去社区医院？"肖洁一脸惊慌地望着赵姑妈。

　　"不用不用，这个李有光，三天两头醉，照你这么说，那得天天送医院了。送他回家，酒醒就好了。"赵姑妈说。

　　肖洁好奇地说："妈妈，你对这个李有光好熟哦！"

　　"姑娘啊，搬到这幸福居的群众，哪家我不熟呢？做群众工作，就是要晓得各个家庭的情况，知冷知热的，否则，这精准脱贫，还怎么去对标对表抓落实？"赵姑妈一向都是叫肖洁"姑娘"的。

事实上，赵姑妈也是最有资格叫肖洁"姑娘"的人。这得从二十五年前说起。那时，赵姑妈刚进文博社区，正值芳华二十一岁，一天上班途中，在路边的梧桐树下，她遇到了被父母丢弃的肖洁。看到襁褓中冻得发紫的小脸蛋，赵姑妈的心缩成了一坨，本能地刺痛了一下，仿佛那婴儿不是别人家的，而是自己的亲骨肉。事实上，那时的赵姑妈连男朋友都还没找，可她二话没说，也没跑回去征求父母的意见，直接将小女孩抱回了家，后来给起了个名字：肖洁。赵姑妈想，肖同笑谐音，洁，心灵洁净，意为这孩子一生笑对世界，心灵洁净善良。

就这样，肖洁成了文博社区儿童家园的第一个孩子，后来上了医学院，又回到社区，成了一名志愿者，紧紧跟随赵姑妈，成了赵姑妈的左膀右臂。赵姑妈的枪指到哪儿，肖洁就打到哪儿。当然，在肖洁心中，赵姑妈就是自己的亲妈，她的话就是圣旨，肖洁也一直把赵姑妈视作心中的一棵大树，遇到自己解决不了的问题，肖洁想到求救的第一个人，就是赵姑妈。

把李有光送到家后，他的两个老乡都说要去接孙孙了，就留下了赵姑妈和肖洁。其实赵姑妈很清楚，李有光的这两个老乡，根本就不是去接孙孙，而是不愿意继续留下来守着李有光。

"妈妈，啥这么臭啊？"肖洁用手捂着鼻子问。

"还能有啥呢？你看这屋子，脏成啥样！估计搬进来就没有好好打扫过。"赵姑妈说着用目光扫视了一遍屋子。

两室一厅，一个客厅，一个主卧，一个客卧，一个厨房，一个卫生间，这就是李有光家的格局。照常理，李有光能住上这样的城市高楼，是他做梦也想不到的。打理得好，窗明几净，温馨和美，也是可以期待的。可是李有光家，整个客厅空荡荡的，没有一件像样家具，地上像是画了一幅地图，上了不同的颜色，斑斑点点的，糊上了厚厚的一层污渍。墙角堆满了垃圾，有易拉罐、方便面桶、卫生纸、瓜子壳……看上去哪像一个家？

赵姑妈不知是自己还沉浸在如何处理李有光醉酒的事，还是因为前几天来过，已经熟悉李有光家这气味了，还真没有特别感受到屋内的臭气袭人。赵姑妈清晰地记得，上个月的一个下午，她到李有光家家访，李有光打开门的瞬间，一股浓烈的酒味夹杂着恶臭，像一个赖皮的恶狗一样，一口朝赵姑妈咬过来，死死地锁住赵姑妈的鼻孔和喉咙，让她窒息。她本能地朝后猛退了一步，脚绊到门槛上，差点儿摔倒在地。

"姑娘，你去忙你的事吧，有妈妈在这里，李叔叔不会有事的。等个把小时他酒醒了就好了。"赵姑妈说着就站起身，赶紧打开了窗子，随后又提起墙脚的扫把，开始扫地上的垃圾。

见妈妈如此，肖洁哪还有走的意思，忙去拿卫生间的拖把，说："妈妈，我跟你一起打扫卫生吧，反正我这也没啥要紧事了。其实，我没妈妈想得这么娇气，知道妈妈是怕我受不了这臭气吧！"肖洁说着，做了一个鬼脸，看着赵姑妈。

经过母女俩一个多小时的劳动，李有光家的屋子像是变了块天，臭味像一团风样地跑了，没了，地上的垃圾完全清理装进了一个大塑料袋。说起这塑料袋，得说说赵姑妈的一个小习惯，她常常把塑料袋折叠得拇指般大小，并用袋子的提手扎紧，装在自己的背包里，不论走到哪个搬迁群众家，或者是幸福居中的哪个角落，只要见着垃圾，她都弯下腰去捡拾，装在袋子里，直到遇到了垃圾桶，才会扔掉。

只听锁孔哗啦啦转了几下，门吱嘎一声推开，进来一个大眼睛姑娘。

"希希，你回来了，今天学习怎么样？还听得懂吗？"赵姑妈的话听上去热乎乎的，倒不像是社区的干部，更像是希希的亲娘。

"还行吧！赵姑妈。"希希甜脆脆地喊了一声。喊得赵姑妈心里暖酥酥的，直夸希希听话，是个乖孩子。

这时，只听"啊哟哟"一声，就见李有光的双脚使劲蹬了两下，伸了个懒腰，打了个哈欠后撑起身来，双手在两只眼睛前使劲揉了揉，见赵姑妈和肖洁站在身边，一下子恼羞成怒，大声咆哮道："赵婆娘，你来我家吃屎，又来宣传扶贫政策？你烦不烦？啥屁忙帮不上，还成天话多多的，有用吗？赵婆娘，你赶紧给老子滚，滚，滚得远远的，老子再也不想见到你了。"

听李有光这话，赵姑妈气得心疼，感觉自己的心都缩成了一个点，再也不会复原一样。

"我爹，你也是，你看看，人家赵姑妈和肖姐姐帮我们把屋子打扫得干干净净的，还一直陪在你身边，生怕你吐呢！"

李有光一下翻爬起来，抬手揉了揉眼，眨巴着一双还夹着眼屎的眼睛，喷了一大口酒气，哦哟一声，扫了一眼被打整得干干净净的屋子。在李有光的印象里，这屋子从来没有像今天这样干净过，就是搬进来那天，也是到处灰蒙蒙的。因此，眼前的一切，多少让李有光的内心有点儿温热和感动。要知道，这样的感动，对于李有光来说，真是久违了。

李有光撑起身子，在地上扒拉了两下，去找他的鞋子，可是扒了好几下都没有结果。肖洁就弯下身去帮他找，谁知，那鞋子竟然被李有光的手给扒到了沙发底下。无奈，肖洁只好跪到地上，把手从沙发脚伸进很远一截，才把李有光的一双鞋子给扒拉出来。这一切，李有光都看在眼里，起初还有一丝耍老爷脾气般的幸灾乐祸，慢慢就有些坐不住了，抖着手去接过肖洁手里的鞋子，想表达点什么，哆嗦了几句还是没有说出来，露出了一脸愧色。

3

赵姑妈想来想去，一直找不到原因，当初咋就一根筋，钻头觅缝要去当这个社区干部呢？不过，她后来找到了，不就是经不住老支书夸奖吗？老支书一句"赵家二姑娘踏实，她要来社区当干部，那一定是万种人的丫头"。这句话乍一听像是在骂人，可是仔细一想，又觉得太对了，太高看人一眼了。年纪轻轻的赵姑妈，哪里经得住这种捧啊，觉得天天走路都像踩在棉花上呢！轻飘飘的。当然，最为关键的一个原因，是赵姑妈终于可以找到一个施展自己手脚的平台了，她完全可以骄傲地在亲戚朋友们面前说，从此以后，她就是一名社区干部啦，有工作了，可以淋漓尽致地实现人生价值啦！对于待业青年赵姑妈来说，这是一件多么令人振奋的大事啊！

于是，赵姑妈就进了社区，并立下了誓言：要当好社区老人们的女儿，当好社区孩子们的姑妈，要为全社区的人服好务。

在文博社区，赵姑妈成天忙得像个陀螺，不是上门家访，探视生病老人的生活情况，就是上街对乱摆摊设点进行整治清理。一句话，社区群众无小事，大到街道建设，小到吃喝拉撒，没有哪一样是可以大意的。关键是，赵姑妈头脑比较灵光，还办起了儿童友好家园，每天四点以后和节假日，就把社区的孩子集中起来，请志愿者给他们上课，教孩子们学习音乐、书法、美术和舞蹈，还开设了国学课，孩子们学累了，她还亲自带着他们一起做游戏。这件事让全社区的家长们都大为赞赏。

可是，赵姑妈是不能在社区待长的了，她的出众让她很快赢得了机遇。赵姑妈考上了鹤镇副镇长，而且专管扶贫。

去鹤镇的路上，是春天，赵姑妈被一路的苹果花所吸引。那些树，胳膊般粗，枝叶向四方扩散，像在做伸展运动，高原汉子的骨骼般遒劲有力。粉白的花，争相微笑，展现着乌蒙高原的妩媚。万亩苹果园的博大气势，让赵姑妈的内心有了一种开阔感，有了一种新时代的具象感。赵姑妈善想象，她的脑海中，已然出现了红苹果挂满枝头的壮观景象。

镇政府坐落在白鹤山脚下，一个四合院，一幢主楼，两幢附楼，主楼前一个篮球场，但停满了车，只有在每天下班后才会空出来，便有镇机关的干部和到镇上来挂职的扶贫干部邀约着到球场上溜两个半场，人多的时候，自然也会来个全场。这样的场景，赵姑妈多年没有见着了，很是新鲜。回想起来，在赵姑妈的印象中，也只有二三十年前，在她居住的文博社区小学的篮球场上曾有过这样生龙活虎的场景。尤其让赵姑妈喜欢的是，镇政府大院被包围在一片苹果花海里。一阵春风吹过，那片片粉嫩的苹果花便随风飘进鹤镇的古街，在那些木板房和青石板路之间随意飘飞，像一只只美丽的蝴蝶翩然而至，绕梁纷飞。

赵姑妈是喜欢这样的景致的，但这样的景致也让赵姑妈感到疑惑，这一片花海里，素有鱼米之乡美誉的鹤镇，咋就一方水土养不活一方人呢？咋就有那么多的贫困户？

问题很快得到了解答，从小在城里长大的赵姑妈在她挂钩的特困村累马寨找到了答案。累马寨离镇政府有二十公里山路，位于镇政府西边的大山深处，山高谷深，虽然只有二十公里，但对于当地群众来说，像是离了十万八千里，要去镇上赶个集买斤盐看个病啥的，早年要么走路，要么骑马，后来修通了毛路，可以骑摩托车了，但天阴下雨，泥滑路烂，也是寸步难行。再说，近些年青年人大都外出打工，家中尽剩下些老人和小孩，那些摩托车就成了村里标志着现代文明的摆设了。时间长了，打不起电，跑不了路，成了废铁。

山上缺水，一条小河从峡谷流过，夏秋还好，流水哗啦，进入冬春，断流了，连人畜饮水都没保障。住在深谷两岸崖上的人家，吃水得到山谷里一个掏开沙石的坑里舀，每次得等近一个小时，待水从沙石中浸出来，才用瓢一小点一小点舀起来倒在桶里。几年前虽然也实施了人饮工程，但因管理不善，水管多半被破坏，人们又回到了挑水吃的状态。

村里人家的房子，大都是土墙瓦顶。那些土墙，也都破败不堪，有的开了一两寸宽的裂缝，拳头都能伸进去，随时有倾倒的危险，让人十分担忧。这个叫累马寨的村子，通讯基本靠吼，通知个什么事，只需要在村里的制高点吼上两声，峡谷两岸的百十户人家都能听得到。交通靠人背马驮，据说近些年来，都累死过五六匹马了，人们自然把这里叫累马寨。

赵姑妈进到累马寨遇到的第一拨人，是一群满脸污脏，衣衫破烂的小娃儿，当时给赵姑妈的印象，仿佛来到了非洲，那些光着的脚丫，那一张张黑乎乎的脸，那一双双皲裂的小手，那冻得红通通的皮肤，无不扯痛赵姑妈的心。

赵姑妈走到一个坐在地上玩泥巴的小女孩面前，女孩子瘦小，目光呆滞，脸上像抹了锅烟一样，黑得只剩下上翻的眼仁是白的了。一件嫩黄色的T恤烂了袖口，裤子的裆也从前豁到了屁股后面，露出的皮肤像是上了一层黑漆。这孩子像个黑乎乎的小球一样坐在地上，像个被人遗弃的野孩子，看得赵姑妈一阵心疼。

赵姑妈走到孩子旁边，蹲下身去和她说话，轻声细语地问：

"姑娘，你咋蹲在地上啊！妈妈呢？没在家吗？"

孩子一脸惊恐，抬头看了一眼赵姑妈，就立马闪回去，避开，仿佛见到了来自另外一个世界的人。

赵姑妈轻轻伸过手去，抚摸着小女孩的头，一把把她揽在怀里。开始，小女孩还有些惊慌，确认赵姑妈没有敌意后，就温顺得像一只小羊羔，依偎在赵姑妈的怀里，闪烁着一双黑亮亮的大眼睛，闪着闪着，就滚下了一颗颗豌豆般大小的泪滴。赵姑妈忙掏出一张洁白的餐巾纸，轻轻地拭去小女孩眼角的泪水。

正在这时，跑过来一男一女两个小孩子，女孩稍大，扎个马尾辫，脸红扑扑的，穿一件白色的T恤，上面印着一个大波浪发型的时尚女子，嘴角高高翘起，涂了鲜艳的口红。T恤面襟上有几大团污点，看得出来，是哪个爱心人士捐赠的吧，大概是没换洗衣服，脏了也只得接着穿了。

跟在女孩后面的小男孩看上去十一二岁，头发长长的，有些自然鬈，穿一件红色的校服，袖口已经破了个洞，拉链也没了，敞着怀，上面还有市第一中学的红色字样。应该也是哪个爱心人士捐过来的吧。小男孩躲在小女孩的背后，很害羞的样子，头伸出来，看一眼赵姑妈，又赶紧缩回去。

小女孩大一点，看上去也更自信。

"姨，你从哪里来，干什么的，怎么和我妹妹在一起？"

赵姑妈看着问话的小女孩，温和地说："姑娘，以后就叫我赵姑妈吧，我是来你们村扶贫的，正巧遇上了你妹妹在地上玩儿，就过来问问她。可是她不说话，你们是三兄妹？妈妈呢？"

小女孩哦了两声后说："赵姑妈好，您叫我兰兰好了，我姓李，早就没有读书了，不久就要去江苏打工了，我姨都给我找好工厂了。这是我弟弟李全全，那是我妹妹李希希。"

"你读几年级了？还有你弟弟。"赵姑妈看了一眼躲在李兰兰身后的李全全。

"我正读初三呢，下个月毕业，成绩也不好，不准备参加中考了。

再说，我妈跟人跑了，我爸爸外出打工，受了伤，正在浙江养病呢！家中没人做事，弟妹没人管，我就回来了。反正也读不走。"李兰兰说着眼睛往上翻了下，一副无所谓的样子，也像是在自嘲。

"不读书怎么行呢？兰兰，现在国家正在搞教育均衡发展，近期控辍保学，下个月，国家验收组的人就要来我们镇验收了，你赶紧去读书吧。"赵姑妈急切地看着兄妹三人说道。

"可是，赵姑妈，我去读书了，我爸爸卧病在床，妹妹又小，这书怎么读啊？"李兰兰急得有些失态地说道。

见到眼前这三个可怜的孩子，想到李兰兰的话语，赵姑妈的心情异常沉重，恨不得长出三头六臂，把三个孩子都揽在怀里，为他们遮风挡雨，给他们阳光和雨露，滋润他们快乐健康地成长。

赵姑妈慢吞吞地抬起手，朝前指了指。

"好吧好吧，那带我到你家看看去。"赵姑妈说着就站起身来，跟在李希希和李全全的后面，朝着他们家走去。

在一处山崖上，有一幢土房子，远远看去十分显眼。也正因为显眼，那房子的破烂，墙体的裂缝和房顶腐烂的草顶更显得刺眼。从沟里上到李兰兰家，七弯八绕，一条尺余宽的泥巴路蛇一样蜿蜒而上，地上全是棱石子，走一步滑两步，对于很少走山路的赵姑妈来说，显然是个严峻的考验。赵姑妈跌跌撞撞摔了两次，终于来到李兰兰家。

走到门口，只见地上全是黑泥浆，几只鸡正在里面刨食，一头老母猪睡在黑泥浆里打滚，搅得臭气熏天，奇脏无比。赵姑妈赶紧屏住呼吸，加快脚步，三步并作两步来到门前，伸手推门，才发现那门根本推不开。赵姑妈这才仔细看了看，那其实就不是一扇真正的门，而是用竹子编成的一道栅栏，时间很长了，被火烟长年熏染，黑漆漆的，手一触上去，感觉黏糊糊的。李兰兰赶紧上前，只见她双手紧拧门的两边，往上一抬，轻轻挪动了一下，那栅栏门才慢慢地向内推开。赵姑妈探进头去，屋内黑乎乎的，一股恶臭猛地灌进了鼻子，她差点呕吐起来，但赵姑妈努力地忍着，硬着头皮钻进了屋里。赵姑妈感觉晕，像钻进了一个黑洞，啥也看不清，适应了好一阵，才借助栅栏里透进来的光，勉强看清了屋子里的陈设。

正堂屋的墙上，贴着一张红纸，但已被火烟熏得变成了黑色，所谓的红，也只是隐约间透出的一点点暗红罢了，上面还勉强能看出天地国亲师位的字样，字虽然歪歪扭扭，但写得极其认真。

墙脚，摆了一个黑漆漆的小柜子，断了一只脚，歪垮垮地支在地上，像是随时都会倾倒一样。柜面上是一些瓶瓶罐罐，黑漆漆的，乱七八糟。屋子的左角，是一个火塘，不圆不方，不规则，四周用四个石头砌筑，看上去像是在野外随便捡几块石头做锅桩埋锅做饭一样简陋。火塘上吊着一根吊杆，下面是一个木质的弯钩，弯钩上还挂着一把水壶，火塘里全是烧过柴的灰烬。看到这火塘，赵姑妈立马想到了冷火秋烟这个词。屋子的右角，堆了一堆杂物，篓筐、农具、鞋袜、柴草，像是一个垃圾场，看得赵姑妈心烦意乱。屋子的楼板，由一排木杆穿过南北山墙，这楼板，上面用竹子编成了篾笆，都被长年的烟火熏烤得黑里透亮。这样的情景，对于城里人赵姑妈来说，是少见的，是震撼的，也是忧心的。她没有想到，在离城四五十公里的山村里，居然还有如此贫困的人家。赵姑妈的心里顿生悲悯，在这样的家里，别说洗澡了，孩子们睡哪里，在哪里吃饭，在哪里写作业，这些在城里孩子看来不是问题的问题，在李兰兰家的这间黑屋子里，却成了奢望。

"赵姑妈，坐吧。"李兰兰热情地说。

坐哪里啊？赵姑妈正疑惑间，就见李兰兰用脚从火塘边的墙脚挪过来一团黑物。赵姑妈不知地上何物，那不是凳子，更不是沙发，兰兰咋就让自己坐呢？

碍于情面，也确实累了，赵姑妈也顾不得这么多了，坐就坐呗，人家兰兰一家长年坐，自己咋就不能坐坐呢？赵姑妈试着朝下坐，因为那团黑物太矮，赵姑妈没把握好位置，一个趔趄摔倒在了地上。幸好李兰兰灵便，一把扶住了赵姑妈，说道："赵姑妈，摔着没有啊？我们家一直就坐这个，里面是荞壳，矮得很，不好意思了。"

赵姑妈用手撑在地上，试了好几次，才坐正了身子，哈哈笑出声来："哟，这荞壳凳子像个变形金刚呢！一坐一个坑！"

见赵姑妈笑了，李兰兰悬着的心也就放下了。李全全和李希希都忍不住笑出声来。

"全全，快去抱点柴来，烧洋芋给赵姑妈吃。"兰兰大声地朝着全全喊道。就见全全像只小兔一样灵巧地蹿出门，不一会儿就抱了一捆柴进来，放在火塘里点燃。兰兰也赶紧捡来一撮箕洋芋，丢了十来个在火心里，随即发出哔哔声，就有一股香喷喷的味道弥漫在屋子里。

洋芋，一直是赵姑妈的最爱，兰兰和全全如此热情，让赵姑妈十分感动。想想自己的女儿，从来没有给自己做过一顿饭，而眼前的兰兰和全全，这么小，就这么独立，还会招待客人，不免觉得感动。这些留守儿童，真是不易。赵姑妈未做思考，瞬间就下定决心，一定要想办法让兰兰一家搬出大山。

4

刚到鹤镇工作的头一个月，赵姑妈的主要精力全放在累马寨的搬迁上。经过赵姑妈来往奔波协调争取，累马寨终于被列入了易地搬迁的范围。时间也定下来了，春节前搬。

赵姑妈忙开了，成天泡在累马寨，搞群众意愿调查。起初几天，她还让镇办的小梁开车送她进村，后来，赵姑妈发现白天去走访农户很难遇到人，她就搬了被褥到村上，在村办公楼找了一个七八平方米的小房间，驻村工作。

那些天，李兰兰成了赵姑妈的助理，成天给她带路。每天，赵姑妈到村子里找在家留守的老人做工作，和老人们聊天，听他们的想法。可听来听去，赵姑妈发现了搬迁工作的难度，十分坚刚。老人们其实根本就不想搬。

一组的王奶奶说：搬啥啊搬，我在这儿住了六十多年了，习惯了，哪儿也不搬。

村头的刘大爹说：我生是累马寨的人，死是累马寨的鬼，谁爱搬谁搬，我不去。

二组的张组长说：我在这累马寨随便种点洋芋苞谷，就能填饱肚子，搬迁到城里，站着坐着都要钱，我一个泥巴都淹拢脖子的人了，去哪找钱啊？

村尾的吴大嫂说：我大字不识一个，在这累马寨，我活得自在，搬迁到城里，我寸步难行啊，连厕所都找不到，我不搬。

山头上的江奶奶说：老不死的就埋在山顶上，我走了他找不着我，再说住惯的山坡不嫌陡，我还是喜欢这穷山沟。

问来问去，大家都不愿搬，总结下来，不搬的原因大抵有二：首要的一条就是担心搬进城以后没地种，打工无门，不踏实。更害怕搬走以后，老家的房子被拆，土地被流转到合作社，找不到根，怕饿饭。

而让赵姑妈疑惑的是，她进村入户工作一个月来，见到的几乎都是五十岁以上的老人，那些年轻的媳妇们，她就没见到几个。一方面，这些年轻女人们，白天进地劳作确实很忙，但真的就忙到全天不归家吗？赵姑妈问村支书，老支书说，这正是农忙季节，年轻人没在家正常。问村主任呢，还算实诚，直接问赵姑妈要听真话还是假话。赵姑妈说那肯定是听真话啦。

村主任就打开了话匣子："赵副镇长，村里人都说，镇里之所以让我们搬迁，主要就图我们这片地，说是要流转给樊镇长的一个小舅子呢！所以这些妇女们都不想见你，他们的男人都在外打工，一听说这事都暴跳如雷，坚决反对。"

"这怎么可能，这个易地搬迁项目，可是我主动争取来的，跟他樊镇长有啥关系？"

不过，赵姑妈心里还是打了个咯噔。真是不听不知道，一听吓一跳。赵姑妈都开始怀疑自己了，这搬迁到底靠不靠谱？是不是原本就是一个陷阱？对于樊镇长的小舅子要来流转土地的事，赵姑妈是半信半疑了，她的心里都没个底了。不过她又想，就这么片破山地，要树没树，要水没水，要路没路，谁稀罕？也许多半是以讹传讹吧！如果这信息不得到澄清，不加以引导，必然埋下隐患。赵姑妈还是多少有些动摇的，她多么害怕村主任说的是真的，她异常明白，自己刚到鹤镇工作，对镇村的情况了解不多，从镇村干部和群众的访谈中，她分明感受到了其间的复杂性，她感到真假难辨。

赵姑妈回到镇上，把累马寨的基本情况向镇上的阳书记和樊镇长做了详细汇报，赵姑妈没有料到，两位领导不冷不热，一个劲儿地抽烟，弄得整个屋子烟雾弥漫，呛得她受不了。

樊镇长说："你先开展了看吧，实在不行，天要下雨，娘要嫁人，由着他们吧！"

阳书记似乎更积极一些："现在打退堂鼓恐怕不行吧，县里都确定了，咱累马寨被列为第一批进城入镇的易地搬迁对象。"

樊镇长没有作声，又点上一支烟，狠狠地吸了一口。翻了翻白眼，看着阳书记。

赵姑妈已经感觉到了樊镇长的不屑，她甚至有了一种多管闲事的感觉，这个事，似乎一直都是她自己在张罗。赵姑妈也有一种隐忧，要是樊镇长没这心思，那工作做起来肯定难于上青天。老大难老大难，老大重视就不难。可现在的局面，让赵姑妈有点进退两难了。

这里，得补充说下书记和镇长。阳书记新来，从县委办副主任的岗位上下来，80后，干副主任之前，是青山乡的副书记，刚到鹤镇工作半年，没干过乡镇长，直接当了书记，常被樊镇长在背后诟病为"他懂啥啊！镇长都没干过，只会玩虚招"。这样的话，赵姑妈都在公开场合听到过几次。明眼人谁不知道，这樊镇长根本就没有把他阳书记放在眼里。

说起这个樊镇长，之前干过县发改局的副局长，又在毛竹乡干过副书记，前年提拔到鹤镇干镇长，自认为工作能力超强，本以为能顺利上位当书记，没承想阳书记突然空降，让樊镇长已然膨胀的心脏一下子缩成了一个干核桃。自认为资历老、有本事的樊镇长，自然不把阳书记放在眼里，很多事，阳书记安排了一通，樊镇长只是口头上应承着，实际上则采取拖的办法，直至拖到不能拖为止。有时常常在会上就跟阳书记戗起来，弄得阳书记很是被动。全镇上下也都知道，阳书记和樊镇长合不来，甚至民间还流传着这样的顺口溜："阳书记阳光，樊镇长烦人。"

这样的状态，让赵姑妈有了畏难情绪。她非常清楚，这个事，要是失去书记和镇长的支持，仅靠她单枪匹马去应对，无异于蜀道之难。她十分后悔，当初咋就这样冲动呢？咋就因为同情李兰兰一家的处境，就做出如此草率的决定？积极向书记和镇长汇报，在得到两位主要领导的首肯后，又马不停蹄地冲到县扶贫办和易地办，好一通摆事实讲道理：累马寨如何贫困，又处于乌蒙城饮用水源地天鹤湖的径流区，属于国家环保督查整改的范围。现在国家建设生态文明，提出绿水青山就是金山银山的发展理念，水源地保护成了重中之重。累马寨搬迁虽然现在还没有提上议事日程，但搬迁是必然，是迟早的事，晚搬不如早搬。见扶贫办和易地办的领导还有些犹豫，赵姑妈又跑到分管扶贫的副县长办公室，当面汇报了自己的想法。正是有了赵姑妈的强力推动，累马寨才被正式列入当年的易地搬迁范围。但是让赵姑妈万万没有想到的是，这件事，她一直小心翼翼，当初这想法也是向书记和镇长汇报过的，怎么现在一遇到困难，镇长就缩脚了？

那一天，算赵姑妈来鹤镇工作心情最差的一天吧，她再一次想起了那句民间流传的顺口溜"樊镇长烦人"，她不知道樊镇长心里在想什么。她也搞不懂自己是不是真的做错了，越想越懊悔，越想越烦躁。不过，一想起李兰兰家三兄妹衣不蔽体，食不果腹，一想起她家那破烂不堪、脏兮兮的住房，她就感觉肩上压着重重的担子，她放不下。放不下，大概就是赵姑妈这一生得的最重的"病"吧。

在赵姑妈看来，累马寨搬迁的事，可谓箭在弦上，不得不发。她已经感觉到了群众中弥漫的火药味，不把这些淤积在群众中的火药清除，哪天一旦爆发，可不得了。赵姑妈之前没有在乡镇干过，无法预估会发生啥暴风骤雨式的变故，但她能嗅到这股火药味的浓烈。

如何消除与群众的隔阂，一直困扰着赵姑妈。她不知道自己的脑壳里还装着什么良药，想了好些天，她失眠了，头痛欲裂，还是想不出一个万全之策。

要不是养女肖洁突发奇想，赵姑妈还真是找不到一条通往累马寨群众的路。这还得从周末与肖洁的一次谈话说起。当赵姑妈和肖洁诉苦说起自己的工作得不到群众理解，年轻女人们老是跑山上躲着她时，肖洁灵机一动，说："我的赵姑妈啊，你何不借鉴在城里文博社区工作时的办法，也在累马寨办个留守儿童之家，这样，让村里的孩子们都有个学习的地方，他们的家长一定很感谢你，再慢慢地做群众的思想工作不就方便了。赢得了群众的信任，还怕做不了他们的思想工作？"

赵姑妈和肖洁几乎同时伸出了双手，啪啪击打了两下，兴奋得像两个孩子。

赵姑妈说："小洁啊，真不愧是我的好女儿，这些年没有白养你啊！"

可刚兴奋了一阵子，一个问题又在她的心里泛起来了。她愁眉苦脸地看着肖洁说："你这主意好是好，可是肖洁，谁去教那些孩子们啊？"

"我啊，我的赵姑妈！远在天边，近在眼前，你竟然忘记了我这个宝贝女儿了？"肖洁抑制不住内心的激动，仿佛已经在累马寨开班授课了呢！她想象着宁静的山村，有鸡鸣狗吠，有炊烟袅袅，有阳光从小山头上斜射进小楼，楼内书声琅琅。

赵姑妈显然是高兴的，且无比高兴。她又情不自禁地回想起当初在柳树脚捡到肖洁时的情景。那个清冷的早晨，小肖洁在襁褓中冻得小脸蛋红得像猴子屁股似的。那个时候，还是少女的赵姑妈没有多想结果，仅凭着人的本能冲动，捡起了肖洁，捡回了一条鲜活的生命。赵姑妈不指望肖洁长大后如何回报自己，但她也真没有想到，今天的肖洁，还真就成了她的小棉袄，成了她的左膀右臂。

班说开就开了，在第一村民小组女组长李梅香家。之所以选择梅香家，是因为赵姑妈看上了她家的小洋楼，两层，一层中间是客厅，左边是厨房，右边是个杂物间。二楼的格局大体一致，只是左右两边都用作卧室，中间有二十来平方米正好闲着，加上门口又有一个十多平方米的阳台，这让赵姑妈十分满意，当即就和梅香说："香妹，想借你家的二楼办个班，咋样？"

梅香一听愣了一下："啥班，不会是传销吧？赵姑妈你可别吓唬我。我男人就是被人家骗去搞传销，去了半年，在上海打工挣的钱都给骗光了，在上海待不下去了，又去了昆山。害死人了。"

"怎么可能是传销？香妹，你放心好了。我是想办一个留守儿童的学习班，名字我都想好了，就叫留守儿童家园。你看看，现在村里的孩子一到周末，就像是放养的野猪，到处乱跑，你们大人下地干活，根本就管不了他们，要是这个班办起来，以后孩子就到你们家来，我们会有志愿者过来义务当老师，教他们画画、唱歌、做游戏，让孩子们度过一个快乐的周末，这样多好。"赵姑妈说得眉飞色舞，很有鼓动性。

"那我们家的大洋芋和小洋芋也可以来上学吗？"梅香鼓着对汤圆般的大眼睛好奇又充满期待地问道，"我哥哥家的李全全和李希希也能一起来家园吗？"

"当然可以啊，不光是你们两家的娃娃，全累马寨的娃娃都可以来家园啊，我早算过了，即使全村子的娃娃都来，也不过二十多个，你家二楼正好容纳得下。"赵姑妈说着双手一摊，显得自信满满。

梅香有些疑惑也有些胆怯地问道："赵姑妈，我还有个问题要问问，来家园要钱吗？要钱的话，我们都有点那个。"

没等梅香说完，赵姑妈就笑起来了，她懂梅香的意思，赶紧说道："香妹，这个你就不用担心啦，我们一分钱也不收，来上课的老师，全是志愿者，也就是义务服务，你不用担心钱的问题。我们就是想实实在在地帮助累马寨的人做一点点事，让孩子们也接受一点外面的新鲜思想。所以呢，我也正想给你说，我们也不会给你支付房租，大家都做一点贡献，帮助下村里的孩子。"

梅香爽朗地击了一下掌，然后两只手掌在面前不停地搓，激动得说话的声音都有点颤抖了："赵姑妈，这班要是真能如你说的办起来，那我不收你一分钱的房租，你这大老远的都来给我们村办班，我哪还有嘴脸收你们的钱啊，感谢还来不及呢！再说了，我的俩娃娃，还有哥哥家的俩娃娃，以后就有着落了，免得我们担心，还啥也学不到，荒废了。我今天晚上收拾收拾，明天你们就可以开班了！要烧个开水啥的也告诉我，我全包了。"

梅香这态度，真是太给力了，让赵姑妈对办班信心十足。

可是赵姑妈没有想到的是，她的入学动员竟然不受欢迎。累马寨的那些家长们，居然没有一点积极性。有的说，梅香家的汉子，是搞传销的，可别把孩子带坏了。有的说，这孩子一直在外面跑跑跳跳的，像放养的小猪健康着呢，谁稀罕他那啥留守儿童之家。

村民这态度，让赵姑妈冒火，还委屈，她想起那句"你用心对他，他用冷屁股迎你"。不过，赵姑妈很快就转变了心态。她想，这些村民其实都是善良纯朴的，人家为啥要和你作对，无非是一时不理解罢了。这样想着，赵姑妈才没有彻底放弃，她又狠狠地往自己的身体里打了一通气，感觉干劲又足了点。

赵姑妈于是坎上坎下奔波，把累马寨的人家又跑了一遍，可还是遭白眼，没有人相信她，私下里，村民还议论，不就是想哄我们搬迁吗？谁稀罕她献殷勤。

不过，赵姑妈的苦口婆心，还是赢得了几户人家的信任，答应把孩子送到家园来辅导，有村头牛仙仙家的一对双胞胎，有坎上赵花花家的儿子，有村沟头蒋婆娘家的一双女儿。当然，梅香家的大洋芋和小洋芋，还有李兰兰家的一弟一妹，那可是忠实粉丝，全来了。这样，就有八九个孩子来到了家园。

在赵姑妈的软磨硬泡下，一周之内，儿童家园就真开起来了。肖洁更是跑前跑后，还在志愿者群里发帖，号召大家为累马寨的留守儿童家园捐小桌凳，没承想，好心人一大堆，竟然有企业老板给孩子们捐了书包、校服、篮球、文具等。更有好心人主动联系，用自己的小货车帮助运输这些捐赠物资。一时间，累马寨热闹了，一些红红绿绿的桌凳、扫帚、灰撮，还有儿童玩具啥的，三天两头就有人送进来，像是给这个死寂的山谷送来了一丝丝带着阳光和音乐的凉风。

让赵姑妈感到欣慰的是，儿童家园一建起来，梅香家就热闹了。头几天，听到里面传出读书声，就有村里的孩子跑到楼下来偷听，可都被大人们轰回去了。起初，娃娃们惧怕大人，被大人们一打骂，都崩山一样跑散了。可他们还是抵御不了诱惑，尤其当肖洁教孩子们唱歌跳舞时，一阵阵歌声穿过窗户，在山谷中回荡，飘进了他们的耳朵，他们越发兴奋和好奇。趁大人下地做活时，就偷偷跑到梅香家二楼，趴在窗子外旁听。神情那个专注，简直像是一群几天没有进食的饥饿的小野狼，眼睛滴溜溜地盯着里面的小伙伴们。听他们唱出的鸟儿一样婉转的歌声，看他们画出的色彩鲜艳的画儿。

累马寨的那些大人们，终于没能守住孩子们渴求知识这道易破的防线，一条沟的孩子们，周末都如山沟里发洪水样，涌进梅香家的二楼。对赵姑妈来说，把家园的人弄得多多的，这当然就是最大的"政治"。现在，留守儿童家园的人气旺到了极致，这条山沟从来就没有这样红火过，即使当年土地下户时分土地，也没有今天这样的气氛，也没有这个喜庆而热烈的效果。

赵姑妈没有意料到的是，一种新的变化正在悄然发生，就像化学反应慢慢渗透与融入。累马寨的孩子，原本就是群快乐的小马驹啊，他们一起奔跑，一起撒欢，一起打闹，啃草一样啃食古诗、音乐和美术。他们原本就是属于这大山里的小鸟，吃这山沟里的玉米，喝这山沟里的山泉，呼吸这山沟里的空气。他们每一个个体，只要一扎进这孩子堆里，就欢喜得像一头野豹子，都忘记了自己是个远离爹娘的留守儿童。

真好，孩子们这状态，让赵姑妈有种莫名的成就感。她甚至有种错觉，就像一屋子的孩子，都是自己的亲骨肉一样，她对他们不分彼此，一样疼爱，会因为孩子的悲伤而悲伤，也会因为孩子的快乐而快乐。赵姑妈想，她一定要让孩子们快乐，累马寨这条山沟决不同于世界上任何一条山沟，它是一条弥漫着爱的山沟，一条流淌着山花和歌声的山沟。

或许正是这样的一种感情，让赵姑妈把全身心的爱，都注入了孩子们的心田，她带领着肖洁，教孩子们画水粉画，唱歌，做手工作品，一起做游戏，隔三岔五的，还带孩子们到山上野炊。赵姑妈都不用太操心，她只要有想法，肖洁都会忙前忙后地替她去实现。天不亮就赶往菜市买时鲜蔬菜，买第一刀鲜肉，择最新鲜的桃子李子，买豆腐西施的第一坨还冒着热气的豆腐。天才麻麻亮，肖洁就麻利地弄好了一箱子肉菜，开着她的小轿车，径直朝着累马寨奔去。尽管路烂得常常剐着车肚子，哐哐直响，让人心疼，肖洁也从没有退缩过。因为累马寨有赵姑妈，那个把自己一把屎一把尿拉扯大的最慈爱的母亲。

5

梅香的小姑子姚珍珍最近活动得厉害，一到晚上就走东家串西家的，到每一家，总是扛着纤担两头戳，要先拿赵姑妈说事，说赵姑妈是黄鼠狼给鸡拜年，没安好心。说赵姑妈之所以对村里的人好，就是镇上派来的奸细，就是想通过这些小恩小惠，收买人心，好配合镇上的易地搬迁扶贫工作。

姚珍珍虽然说得有鼻子有眼的，但因为她给沟里人家留下的"大炮"形象，沟里人家也并未被她蛊惑。柳干巴就对沟里人说："姚珍珍的话都信，鬼都会活呢！"如果这话出自沟里那些七姑八姨之口，倒也没多大杀伤力，可这话出自柳干巴之口，就不一样了。柳干巴是啥人，那可是原村主任，一个在沟里跺下脚，山都会垮的狠人。沟里的人都十分清楚，从土地下户以来，他柳干巴就是这沟里的王，掌握着这沟里的大权。村里修个房子，架个电，修个学校，接个自来水，哪一样离得了他柳干巴，就是死个人结个婚，也得请他柳干巴当总管，离了他，这条沟还真是转不动呢！好在，柳干巴虽然人严厉点，说话有些刻薄，但大方向没歪，还勉强能一碗水端平。也正因为这一点，让柳干巴在这条沟里，成了一尊人人仰望的神。

不过，村子里唯一敢跟柳干巴作对的，也只有姚珍珍了，之所以不是别人，是姚珍珍，据说还有一段风流韵事呢！当然，那得从土地下户那年说起了，那时，柳干巴三十岁，已经是大队会计了，掌管着累马寨的命脉，分块好田好地，分个好牛好马，有他柳干巴说话，自然管用。加之长得一表人才，手臂粗壮如牛腿，在阳光下青筋暴露，一看就是个大力饱气的人。这副身板，对于沟里的女人，有种天然的吸引力。那年，姚珍珍刚嫁人，男人叫仲朋。可这男人不争气，那方面不行，一直怀不上，即使到了今天，也没有生下一儿半女。那些年，柳干巴一见姚珍珍，老远就笑得牙齿直往外蹦，恨不得跑到姚珍珍的嘴里去。话也黏糊糊的，说珍珍啊，你家男人不行，我柳干巴上嘛，何必浪费资源啊！说得姚珍珍一头一脸的红，直觉全身燥热难耐。这样一来二去的，两人就好上了，后来这事败露了，姚珍珍的男人仲朋一气之下出走深圳，至今未归。姚珍珍想转正，可柳干巴不干，因为柳干巴有一个全沟里最凶恶的婆娘，根本不敢造次。于是两人反目，前十年，就不讲一句话，后来，一条沟里，早不见晚见，不知从啥时起就开讲了。不过，只要姚珍珍一开口，就没句好话，都在损柳干巴，一副大嗓门，揉得柳干巴呕得上气不接下气的，但又不敢发作，生怕惹毛了姚珍珍。姚珍珍要是和他撕起来，他柳干巴一张老脸往哪儿搁啊？

姚珍珍自然是卡住了柳干巴的七寸，卡得柳干巴动弹不得。每一次决策，只要姚珍珍在，一向说一不二的柳干巴，都要怯怯地看姚珍珍一眼，生怕她旧事重提，再次发作，让他柳干巴难堪。

村里人自然也是心知肚明的，只不过都是三十多年前的馊事烂事了，时过境迁，加之当年那一拨同龄人，有的死了，有的外出打工，已经很少有人会想起这事了。也只有当姚珍珍与柳干巴打嘴架时，村里的那帮妇女们，才会在一旁笑得打滚，才又会想起来，这针锋相对的两人原来曾经有过那种事，才会在茶余饭后拌上几句闲言碎语，逗逗乐子。更多的时候，人们都忙于生计，很少有人在乎谁跟谁了，仿佛那只是邻村的老故事。

有时，就连姚珍珍自己都觉得这世道真是无情啊，她常常想，当这世界无情到连一个人的风流韵事都没人关心的时候，那这条沟还有意思吗？好像啥意思也没有了。姚珍珍感到从来没有过的死寂。

柳干巴随时挂在嘴边的一句话便是："姚珍珍这个烂尸，你们千万不要相信她那张臭嘴。"就有沟里的婆娘说，那还不是你柳干巴惯出来的。当年要不是你柳干巴像老鹰护小鸡一样护着，看她姚珍珍能屙得起三尺高的尿不？

不过，最近为搬迁的事，姚珍珍是和柳干巴杠上了。两人渐渐成为村里两派势力的代表。柳干巴是老党员，毕竟当了三十多年的村干部，也学了不少的政策，在这些大是大非问题面前，他还是能够把握得住的，也是支持党委、政府的工作的。可姚珍珍不一样，因为在柳干巴这里没有转正，她一直对柳干巴耿耿于怀，之后，凡是柳干巴支持的，她就反对。她不仅反对，还拉着一拨在深圳珠海打工的青壮年一起反对！尤其沟上坎的祖拱嘴，算得上沟里一霸，一米八的个子，肥壮得像柳干巴家那头骚精精的骡公子。不过，在这条沟里，没有哪家姑娘喜欢他，所以一直打单身。但这人义气，在沟里有着较强的号召能力，在没有外出打工前，带着沟里的林老三、李老四、王国国等几个二流子，成天赶鹤镇的乡场，不打上几架不罢休。不过，正是这种亡命徒做派，让方圆几十里地的人都对祖拱嘴让着三分，生怕啥时惹着他遭一顿毒打。祖拱嘴还爱说流气话，没承想，正合了姚珍珍的意，一来二去之间，这姚珍珍，又傍上了沟里的另一棵大树。

真是风水轮流转，三十年河东，三十年河西。这个在累马寨沟里成天鬼混，连媳妇都找不到的祖拱嘴，竟然在深圳建筑工地当小包工头发了，不仅在深圳买了一辆路虎，还分三次打了五十万给姚珍珍修了幢累马寨最漂亮的别墅。那别墅建在沟上游左侧的小山头上，典型的欧式风格，以米色和棕色为主色调，在庭院的外围还安装着半人高的砖石，表面粗犷，中间为铁艺材料做成的围栏。这样一幢洋气的别墅矗立在小山头上，显眼、鹤立鸡群，像是这累马寨突然闯进了一个洋妞，惹得整条沟都躁动起来，尤其去年刚修好时，每天都像有巨大的磁力一样，吸引着沟里沟外的围观者。姚珍珍也以此为荣，每天都生活在梦幻里。

这样一幢才修好一年不到的小洋楼，因为环保整改和易地扶贫搬迁要拆除，确实比登天还难。梅香就给赵姑妈说过："这条沟里，只要把她姚珍珍家的洋楼拆了，整条沟就全部拿下了。可这姚珍珍家，唉，只怕是……"梅香欲言又止。个中深意，其实赵姑妈也是心知肚明的。赵姑妈又何尝不知道这其中的利害。

梅香说："光姚珍珍那婆娘，倒也屙不起三尺高的尿，就怕她那野汉子祖拱嘴作怪！"

梅香的话，赵姑妈信。

关于这个祖拱嘴，赵姑妈刚到镇上就听说了，不是个等闲之辈。"在鹤镇，目前能降得住他的人，估计还没有生出来。"这话出自柳干巴，要是别人谁说出这话，赵姑妈是不会在意的，可柳干巴说出了这样的话，就让赵姑妈不得不掂量了。

不过，赵姑妈不信这个邪，她本就是一根筋，想当年在文博社区，让她去管馋嘴街，不准乱在街上摆摊设点，就有一街霸横行，提刀要和赵姑妈拼命，硬是被赵姑妈迎上去，以脸相对，镇住了那街霸，终于放下了手里的刀。赵姑妈虽是一女儿身，可面对流氓的那种无所畏惧，在气势上就占了上风。

有了文博社区的那次怒撑，赵姑妈算是第一次吃上了螃蟹，不怕了。

就是啥祖拱嘴，也不会怕的。赵姑妈在心里给自己打气。该咋的咋的，天要下雨娘要嫁人。当这句话在赵姑妈心里温润开来时，赵姑妈都奇怪，自己怎么在不知不觉中变了啊，变了。

不过，赵姑妈的付出还是感动了沟里的一些人，尤其是老人和孩子。在孩子们眼里，赵姑妈俨然就像自己的妈妈一样，甚至有时比自己的妈妈还无微不至。只要赵姑妈在儿童家园，孩子们有事无事，总爱跑到家园来玩耍，跟赵姑妈黏在一起，亲热得比亲娘还亲。赵姑妈和孩子们在一起也快乐无比，教他们唱儿歌，背古诗，做游戏，她自己，也像是返老还童了一般。在老人们的眼里，赵姑妈则像是一件贴身小棉袄，穿在身上，暖在心里。她会为坎上的刘大娘带去感冒药，会为腿脚不便的张姨妈送去云南白药喷雾剂，会给病中不便的邵姐送牛奶和盐巴。还有数不胜数的例子，赵姑妈让这条沟弥漫着一股温暖之气，这气，让沟里的老老少少觉得，她赵姑妈不是别人，就是沟里的亲女儿、亲妈妈、亲姐姐啊！

最近县里在开展人居环境的提升整治，说是搞脱贫攻坚和乡村振兴，首先要搞好人居环境的清理整治，还说国家环保督察组将很快进驻鹤镇检查督导，全县上上下下都如惊弓之鸟，各级干部不分白天黑夜地带着群众干，朋友圈里还到处在转一张照片，一城管小伙没穿水衣，弯腰拱进一条黑臭水沟的桥涵下掏淤泥，全身都糊满了污脏的泥水，看上去十分震撼，很励志。赵姑妈也深受感动，觉得这环境整治，真是不易。但她也觉得，这环境早就应该整了，再不整治，农村都成垃圾场了。赵姑妈就想借此机会，也动员沟里的男女老少一起行动，把累马寨上上下下给打扫一遍，这样既干净清爽，也可以培养下沟里人家的卫生习惯。

可是让赵姑妈没有想到的是，她一家一户做了动员，效果却并不明显，人们一个个都答应得震天响，可就是不见动。第二天到了中午两点集合时间，只有稀稀拉拉几个人来。赵姑妈十分懊恼，觉得自己做人很失败，还当干部呢，连动员人打扫个卫生，都没有一点号召力，那以后还怎么开展工作，这搬迁就更是难于上青天了。

后来，还是肖洁出了个主意，动员儿童家园的娃娃们，让他们回去说服家长，通过小手拉大手的方式发动群众。这一招果然奏效。

赵姑妈对孩子们说："小宝贝们，你们有信心发动你们的家长一起来打扫村里的卫生吗？"

李全全第一个站起来说："老师，我爸爸在浙江打工，回不来，不过我会动员我姐来一起打扫。"

开始，大家还有些蒙，见李全全带头表态，就有三四个同学举手发言，都说要得，一定动员大人一起来打扫卫生。

当天下午，效果极好。当全班同学都提着扫帚、洋铲和撮箕等工具开始清理地上的垃圾时，大人们也坐不住了。

张大娘就说："你们这些懒死鬼，卫生不去打扫，丢给那些半截娃娃，像啥子话嘛！"

就连柳干巴也说："你们这些大力饱气的大妈大嫂们，能不能多积点德，去打扫下村里的卫生？你看看人家赵姑妈，不是沟里人，比沟里人还操心。你们也不想想，人家天天带你们的娃娃辅导，又是唱又是跳的，收过你们一分钱吗？现在赵姑妈号召大家出点义务工，你几娘母是不是也该做点贡献了。再说，这打扫个卫生，也是为我们自己舒服，又不是去给赵姑妈家扫地抹桌子。唉！"柳干巴说着呸地往地上吐了一口浓痰。

姚珍珍就当场抵黄说："她赵姑妈是好人？还不就是哄我们搬迁。"

一句话，把柳干巴给怄得缩了回去，像乌龟刚伸出的头又立马被吓得缩进龟壳一样。那一脸的苦，全缩进了皱纹里。

赵姑妈也隐隐感觉到，火药味似乎愈来愈浓了。

不过，无论态势如何变，不管沟里人怎样嚼舌根，赵姑妈和肖洁帮助孩子们补课的事一直没有落下，还不断号召山外的志愿者捐赠了一些扫帚、灰撮、垃圾桶，带着孩子们一起捡拾沟里的垃圾。赵姑妈带着的一帮娃娃，俨然成了沟里的异族。如今村里的七大姑八大姨们，一坐在门口纳鞋垫，三句话不离赵姑妈和这群不听话的娃。姚珍珍是这群嚼舌根的人中最凶的一位，常在人群中散播一些危言耸听的谣言，说赵姑妈是利用这群孩子在做沟里人家的思想工作，还说赵姑妈是某传销组织的一员，每月额外工资两三万，是在发展下线。这些谣言，说得有鼻子有眼的，说得人心惶惶，不知所措。

6

临近年关，回累马寨沟里来的男人像掉线的算盘珠一样，一个接着一个。个个大包小包，有的满脸喜气，一看就是挣着钱的主儿。有的愁容满面，不用说，定是流了血汗没讨到工钱。当然最威风的，还是祖拱嘴了。

拱嘴回来的那天，开了一辆宝马X6，虽然开不到村里，但刚开到山脚下的鹤村不到半小时，拱嘴开豪车回家的消息已经像长了翅膀一样飞到村里，听得村里的婆娘们一个个瞠目结舌。柳干巴家婆娘就斜着个眼说，这个绝八代的，当时在村里那尿样，脓包一个，才出门几年，就蹭跶得人模狗样，这世道也真是神了。还问柳干巴，到底是宝马X6好，还是咱累马寨的乌蒙马好。一句话把柳干巴饻得淌眼泪，差点背过气去。好一阵，才终于缓过气来，回道，你说些啥子哦！人家拱嘴那宝马，是要百把万的，咱家那"宝马"，能卖个七八千我就用手底板煎鸡蛋给你吃，真是笑死人了。说得婆娘红眉毛绿眼睛的，只拿对汤圆般大的眼睛盯着柳干巴。

"他今晚一定又去姚珍珍家，不信你等着。"

"我等他做什么，他家的野事，关老子屁事，这些馊事烂事你莫管哈。我现在只担心一样事，但愿没事。"

柳干巴说完就再也没有下文了。整得婆娘倒神秘兮兮的，胃口被吊得老高老高，睁着双眼垂涎欲滴地盯着柳干巴看。

周末上午，柳干巴接到镇上电话，说从明天开始，要进村开展易地搬迁工作，一个月之内，要全部搬完，要柳干巴全力配合做好群众工作。

柳干巴一下子就蒙了。

眼下正是收割季，成天大雨麻淋的，那么多的苞谷洋芋要堆放，还有那些个牛牛马马羊儿猪儿，哪一样能放在外面？村里人都在这沟里住几十年了，怎么能说搬就搬呢？再怎么说也得给咱小老百姓一点点准备的时间啊！

柳干巴二话没说，拉出自家的枣红马，马鞍都来不及上，一纵步跳将上去，打马下山，朝镇上奔去。

平时骑马需要走一个小时的山路，柳干巴只用了四十分钟，足足提前了二十分钟。柳干巴虽然骑马，但感觉比马还累，他的马儿大汗长淌，他也喘成一团，满身虚汗。

到镇会议室门口，只见阳书记樊镇长与几个班子成员坐在沙发上。方副镇长正坐在门边，眉头紧锁，嘴里咬着一支烟，也不咂，但烟雾自然升腾。他边听边做笔记，像是有啥重要的事非要往本子上写下几个黑字似的。

"老柳，你来了就好，快进来。"阳书记朝柳干巴招了下手，示意他进去。

柳干巴侧身进去，找了个靠边的位置坐下来，还没有掏出笔记本，阳书记就发话了。

"基本情况，方副镇长电话里也和你说了，一个字，拆，一周搞定，你有没有信心？"

柳干巴心里咯噔一下，他想说不，但眼看这阵势，这表情，这态度，是不行的。他想说干，可又顾虑重重，他第一个想到的，就是祖拱嘴和姚珍珍，不知道这对狗男女会弄出啥事来。

柳干巴还没有回答，才稍稍迟疑了一会儿，阳书记就厉声吼道："一个字，干还是不干？在这节骨眼上，咱共产党员，可不能拉稀摆带，不干我就喊干得了的人去干。"

事实上，阳书记平时是一个相当和气的人。在柳干巴的心里，他干了近三十年的村干部，所遇到的书记，都有点一唬二吓的做派，好像基层工作不这样就没人听一样，但像阳书记这样彬彬有礼的，他还没有见过。今天阳书记这态度，让柳干巴感受到了那种发自于阳书记头顶的压力。那可不是一般的压力啊，一定是重如泰山。

其实不用多说，这段时间的环保督察，柳干巴是知道利害的，国家环保督察政策才出台一个月，全国上下已经有好几百官员落马了，他柳干巴又不是吃素的，毕竟还一直天天关注着新闻。

柳干巴打马回寨。

他铆足了劲，连夜召开了村民小组长会。他说，我柳干巴这辈子没有求过你们吧？

众小组长说，没有没有，你怎么会求我们呢？只有我们求你老人家的。

柳干巴说这回还真得求你们了。只求这一回，干还是不干？

众小组长说，当然干，这可是糠箩跳米箩的大好事，怎么不干呢？

二组小组长定山说，干巴，你平时对我的好，我定山都记在心头的，去年我妈升天，要不是你主事，我哪有这本事把老人家送上山。你说一声，就是死，我也心甘情愿了。

没那么严重，哪能说死就死了。天塌下来，还有我柳干巴顶着呢！

我去准备挖机。明早天一亮就开干。定山斩钉截铁地说。

众人响应。各自散去，分头到每家每户做工作。

只听村中狗吠，有些兵荒马乱之感。村中一片漆黑，唯有姚珍珍家的别墅里，射出了耀眼的灯光。

天才麻麻亮，柳干巴就提个小蜜蜂，走到村子中间的场院，大声地喊起来："各家各户注意了，起早点，准备哈，九点开拆迁动员大会，樊镇长要来做动员讲话。"

累马寨像是被柳干巴喊醒了一样，一下子聒噪起来，鸡的打鸣声、马牛羊的鸣叫声和狗吠声交织在一起，此起彼伏，像是刚经历了一场战乱，搅得柳干巴心神不宁。

不过柳干巴抖了抖身子，自我提振了下精气神，自言自语地说了一句：老子柳干巴铁石心肠一个，才不会心乱如麻呢！柳干巴说这句话的时候，感觉有一阵凉风从脸上狠狠地甩过，甩得他生疼。

柳干巴多少还是有些号召力的。约莫过了半个小时，就有几个婆娘拖着娃娃，揉着眼屎，歪偏偏地走到场院里，像是还没有睡醒的夜游神一样。

祖拱嘴家大嫂就过来问，拆了我们住哪里？未必一大家子在外面打野。

镇上已经在城里的幸福居给你们备好房子了，拎包入住。

才不稀罕啥楼房，我们农村人，住那高楼上，一块滑石板，啥也没有，喂个猪啊鸡啥的难道还吆上楼去，笑死人了。

几个婆娘就附和，说是啊是啊！在那城里，站着坐着都要钱，吃个水用个电啥的都要钱，吴家村我老表家半年前搬进城里的安置小区，就是个例子，根本不习惯。我们这些斗大的字不识一个的粗人，还是住这累马寨踏实点。

柳干巴就一大声吼过去："你个烂婆娘，说个屁，照你这种想法，祖祖辈辈就只有像猪一样窝在这累马寨了，没一点出息。"一句话把祖拱嘴的大嫂喷成了蔫茄子。

见祖拱嘴的大嫂都不是下饭菜，其他婆娘也就不敢多嘴了。

不过，柳干巴还是从祖拱嘴大嫂的牢骚里听出了弦外之音，他隐隐地感觉到，会有什么事情要发生。尤其到了八点四十，除了二组定山开了个挖机过来，再加上几个村民小组长，还没有村里的其他男人出现在场院，这不合常理啊，那些拖着拉杆箱回到寨子里的男人都死光了？柳干巴心里直犯嘀咕，看着眼前这一帮婆娘，头上就开始冒冷汗了。柳干巴一向是相信自己的直觉的，可这种直觉还来不及细想，樊镇长的车就已经来到了场院，同车下来的，还有赵副镇长赵姑妈。

赵姑妈一脸凝重，穿一件志愿者的红色冲锋衣，在人群中格外醒目。樊镇长一脸的豪气，手一挥："老柳，还磨叽啥，开干。"

柳干巴也许是受到樊镇长的鼓舞，站在人群中，扯长脖子大声吼道，各家各户，今早回去赶紧收拾东西，牛马牲口该处理的，抓紧处理，给大家两天时间，今天我们先从二组张八儿家三兄弟拆起，做个示范。

柳干巴话音未落，只听嗖的一声，不知什么东西以迅雷不及掩耳之势，击穿了他的耳朵。柳干巴感到一阵生疼，本能反应，用手抚了一下，湿漉漉一片，一看，不得了，满把鲜红的血，冒着热气，散发出一股抵挡不住的腥膻。

"不好，是竹箭。"定山慌乱中吼叫起来。

话还没吐完，头上就挨了一石头，打得鲜血直冒。随即，几个挖机师傅，五个村民小组长，全部挨了竹箭和石块，纷纷倒在场院里。

这时，村后山头上传来喊话声："听清楚了，镇长大人，柳干巴，要搬你们搬，我们是不搬的，死也要死在这累马寨。"一听这声音，柳干巴就知道是祖拱嘴。

"就是这个拱嘴在背后兴风作浪。"柳干巴转头对樊镇长说。

说话间，只听一阵冲锋般排山倒海的脚步声，就见到山头上冲下来一群壮汉，个个手里都拿着木棒、弓箭、板锄，跟古代战场的气势不相上下。光那阵势，就吓得场院里的那帮婆娘和娃儿呜唏呐喊的，作鸟兽散，哭喊声混杂成一片。长这么大，谁见过这阵势啊！

这阵势，就连樊镇长都无法掌控了，慌乱中，只急忙呼喊："赶紧撤，出大事了。"

听樊镇长都没辙了，受伤的几个村民小组长，也赶紧从地上爬起来，像受惊的狐狸样惊慌四散。

人群中，唯有赵姑妈挺身而出："要杀要砍由你们，大不了把我吃了。真是胆大包天。你们成天窝在这山沟沟头，井底之蛙，也不伸出头去看看外面，都变啥样了？看你们这野蛮劲儿，跟原始人一样，你们明白吗？如今是法治社会，犯法了都不知道，还不赶紧给我住手。"

别看赵姑妈长得文弱，一席话却说得掷地有声，像是在地上放了两个炸雷，一下子把在场的所有人都给炸晕了，晕头转向的。

这场混战，八人受伤，其中镇上干部五人，群众三人。受伤最重的也就是李有光了，李有光本来就在建筑工地上受过伤，行动不便，在慌乱中奔逃时，又崴了左脚，骨折，脑门也在摔倒时磕在一块石头上，蹭破了皮，血从头上淌下来，蒙住了眼睛，加之脚被崴伤的痛苦表情，李有光看上去就像是战场上受了重伤的危重伤员，看得让人心焦。

那一瞬间，难过的不只是李有光，还有赵姑妈。她的心紧紧地扭在一起，像是要把所有的血都挤出来一样疼。到累马寨工作这一段时间的点点滴滴，很少回家照顾生病的父母，丈夫的数落，孩子的叛逆和厌学，等等，所有的辛酸事像放电影一样，一幕幕在眼前回放，让她感慨万千，心潮澎湃。赵姑妈再一次流下了滚烫的泪滴。

赵姑妈一脸悲悯的神情，轻轻地伸手去拉李有光，可李有光哪还有气力，双手一摆，脑袋一耷拉，像个即将落气的活死人。

"快醒醒，李大哥，别着急，妹子已经给你安排好了，你家的房子，就在幸福居。你家按照四个人算，一百平方米，够住了。今天就搬家，快收拾东西去，我马上安排辆小货车进来。"

赵姑妈的声音之大，真有点歇斯底里的感觉，好长一段时间，她的回声还在山谷里回荡。

7

搬进幸福居，正值深秋。四周的田野一片枯黄，却也是丰收的象征。可这一切在李有光的眼里，全成了破败。站在分给自己的新房子里，李有光像是来到了另外一个陌生的世界，白天，他看着五公里外的城市楼房发呆，不知道自己能够在这座城里做啥赚钱，养活自己的娃。晚上，李有光在孩子们睡后，就提一酒瓶，坐在阳台上闷喝，看着城市闪烁的灯火发呆。

李有光其实也想靠勤劳的双手打工挣钱的，可是腿不争气，尤其天气变化时，疼得钻心。他就会多喝几口"黄汤"，像是给自己打麻药，麻痹自己。有好几次，第二天中午，李全全和李希希都上学回来了，李有光还没有起床，更别说给孩子们煮饭了。孩子常常煮个洋芋，吃个冷馒头充饥。幸好，学校里有营养餐，李有光也嫌孩子回家麻烦，就让全全和希希直接在学校吃午餐了，倒也省事。

李有光打破脑壳也想不出，自己还能在这座城市做点啥谋生。他也曾想过，等自己腿脚好点，也去工业园区鞋厂做工，可是这脚啥时能好？成天钻心的疼痛让李有光感觉遥遥无期。再说，最近易迁办的同志联系了工业园区的人，到幸福居招人，这些从高山搬上高楼的人，一个个都很胆怯，不知道自己能不能适应。有几个中年汉子刚招进去几天就被辞退了，说是身上汗味太浓，工友们受不了。

有几个在江苏浙江打过工的年轻人去了几天就不干了，嫌工资太低，干一个月才两千多，根本不够用。又丢下老人和孩子，再启程，奔赴外省谋生。各种因素，导致工厂无人用，农民工无工做的尴尬局面。

李有光是在外打工回来的残兵败将，无心也无力东山再起了，可是在这幸福居，他有种上不沾天，下不着地的感觉，生怕啥时摔到地上，砸得粉身碎骨。

很多时候，李有光都是迷茫的，之所以喜欢喝两口，还不是因为烦。李有光想让酒精钻进每一个毛孔，以此麻醉自己。在他内心中，未来是没有希望的。他时常挂在嘴上的一句话就是：我没家了，我的家在累马寨，被挖了。李有光最担心的不是自己，而是三个孩子，他们长大了，要是在这城里找不到一份工作，他不知道这些失去土地的孩子怎样吃饱穿暖。

像个气球一样的李有光，成天泡在酒罐里，喝多了，就在小区里游荡，撑不住，随便倒在哪个角落，都能够呼呼大睡。

有人说，在这幸福居，最幸福的人，就是李有光了，因为他不想事，脑子不装事。事实上，李有光脑子里装的事杂如乱麻。这也就是每一次喝酒，他都要闯会议室和办公室捣乱的原因。

那天，要不是赵姑妈和肖洁把他扶回家，他又要在小区过道冻一晚了。肖洁就十分担心地跟赵姑妈说过，要是老李哪天冻死在小区，才不得了了。赵姑妈嘴上不说，其实心里又何尝不担忧。她不止一次上门做李有光的工作，给他讲挪穷窝断穷根，彻底搬离那个厕屎不生蛆的地方，学点生存技能，开始新生活，同时也为后辈着想，让子孙们从此走出大山的道理，可是哪一次说服过他？李有光话不多说，只一个劲埋头喝闷酒。

就连肖洁都夸赞赵姑妈，说赵姑妈真是太有耐心了，李有光像茅厕里的石头，又臭又硬，赵姑妈竟然还有如此耐心去做他的工作。贫困群众又不是只他一个，还有那么多的人要管。每每在这种时候，赵姑妈就会白肖洁一眼，说，姑娘，脱贫路上，贫困群众一个也不能掉队。不说别的了，你就看看那个李全全和李希希，多么可爱的两个娃娃，却摊着这么个酒鬼爹，这个家，要是李有光撒手了，就彻底完了，到那时，留给社会的包袱更重，所以，即使工作再难做，也一定要把这个李有光转化过来，让他重新燃起生活的信心，从头开始。

真是功夫不负有心人，赵姑妈硬是以一点点实实在在的行动，感动了李有光。

尤其那天把李有光扶回家，一直守着，直到他醒来，还帮助他打扫屋子，亲自下厨做了一顿可口的饭菜，陪着李有光一家吃了顿热饭，让李有光当场就抑制不住，流下了热泪。李希希和李全全也是高兴得不得了，像过大年一样开心。李全全一高兴，吃完饭还表演了一套刚在社区学校学会的武术《少年中国》给赵姑妈和肖洁看。"少年强则中国强。"当这句充满阳刚之气的歌词从李全全这小子的嘴里唱出来时，李有光就像是被打了鸡血一样，眼里一下子闪射出一道亮光。像是有神医突然点中了某个穴位一样，李有光一下子满血复活了。李希希更是高兴得缠着肖洁，借她的手机来，跟不久前刚到江苏打工的大姐李兰兰视频，让大姐也看看弟弟在学校里学的武术表演。

视频里，远在江苏服装厂打工的大姐李兰兰笑开了花，旁边还站着她的男朋友，也一脸欣喜的样子，扮了个鬼脸。李兰兰先是笑，笑着笑着就哭了，大滴大滴的眼泪滚落下来，抽泣了好一会儿，才悠悠地说了句："赵姑妈，谢谢你了，你可是我们家的大恩人啊。"

赵姑妈赶紧伸过头来，对着拿在李希希手上的手机视频说："姑娘，不要这么说，你安心上你的班，家里一切都好，你爸爸的腿也好转了，我们正在考虑他的工作问题，弟弟妹妹上学也很好，就在小区隔壁，五分钟就走到了，教学质量可比累马寨强多了。"

李希希控制不住自己的激动，对着视频说："姐，看到了吧，弟这武术表演就是上周体育老师教的，牛不牛？哈哈！"说着就朝李兰兰得意地笑了笑，把李兰兰也逗得笑了起来，那又哭又笑的表情，让一旁的李有光忍俊不禁。

看到李有光一家那满脸的喜悦和幸福，赵姑妈感到一股暖流从心底涌起，屋外的阳光好明媚，从来没有今天这么耀眼过，她觉得能带给别人一点点阳光，一点点帮助，是多么幸福的事，之前所受的委屈和不快，都像一缕青烟一样，飘散在了天空中。

赵姑妈突然想起了什么，转过头，有些激动地对李有光说：

"李大哥，我看你的腿也好得差不多了，你还是要振作起来做点事，我也去找了领导，给你争取了一个公益性岗位，每月工资两千元左右，还会给你买五险的。以后你就发挥你能说会讲、出门打过工、见过大世面的优势，配合我们社区做易迁群众的思想工作，一定要引导群众学习新本领，融入社区新生活。"赵姑妈说得起劲，像是在发表演讲。

李有光心里却没有底，淡淡地说："大妹子，你让我去工厂或者工地出点笨力还行，我这一副酒鬼模样，成天还需要你们上门来做思想工作，你反倒让我去做群众工作，这不是存心闹我的笑话吗？我干不下来。你还是另请高明吧！"

赵姑妈皱了下眉头，说："老李，你可不要小看了自己的能力，你看你一喝两口，到会场吆喝几声，几个乡镇搬来社区的群众都跟着你起哄，你煽动力可不小啊！李大哥，你就不要推辞了，只是……"

"只是啥啊？大妹子，你们这些当官的，说话就是不爽快，要杀要剐直接说，别这样吞吞吐吐。只是啥？你直说，能做到的，我一个男子汉，一定做到。"李有光说着就拍了下胸脯。

"李大哥，你一定能做到的，很简单。你如果认我这个妹子就先答应我，妹子再给你说，反正又不会让你去跳崖的，你放心好了。"

见赵姑妈如此和颜悦色地和自己说话，李有光也不好再说什么了，只一个劲地点头说："好好好，大妹子，看在你这么久一直关照我的分儿上，你就说吧，我答应，我答应。也真是服你了。"

见时机成熟了，赵姑妈就直截了当地说："李大哥，我要你做的其实很简单，就是这一口，得戒了。"

"啊！这不等于要了我的命。我不干，我不干。"李有光像是吃了炸药一样，一下子炸得跳了起来。忘记了自己的脚痛，猛地站起来，才发现腿还没好全，疼得一屁股坐了回去。

经过三天的思想斗争，李有光还是主动找到了赵姑妈："大妹子，我听你的。为了俩娃，我认了。"

赵姑妈喜出望外，感到从未有过的成就感。

8

社区调解员李有光正式上岗，每天八点，穿一件后背印有"有爱公益行动"的黄色冲锋衣的李有光，准时走进幸福居社区信访办。翻阅易迁群众交来反映各种问题的信访件，一一梳理。这之后，李有光成天上东楼进西楼，走张家串王家，修马桶通管道，管治安管卫生，不多久，就成了小区最得力的大管家，成了赵姑妈最给力的助手。

李全全和李希希也成了爱心感恩超市的小助手，每到周末就戴上红袖套，帮助阿姨们打理超市。帮一天忙会得到超市奖励的一袋面包和一大瓶矿泉水，姐弟俩高高兴兴地搬回家，盼着老爹回来点个大大的赞。

在赵姑妈的协调下，李有光家安装上了一元钱热水器，也就是每天还一元钱，分期付款，商家就可以给幸福居中的贫困群众免费安装一个电热水器，群众每天还不低于一元的款，当天挣得多，也可以多还，如果挣到更多的钱了，甚至可一次性还清，这个办法让社区所有搬进高楼的贫困群众全部洗上了热水澡。

李有光说，自己从来没有这样清爽过。

【作者简介】老藤，男，本名滕贞甫，1963 年生于山东即墨，中国作家协会全委会委员，辽宁省作家协会主席。出版长篇小说《腊头驿》《鼓掌》《刀兵过》《战国红》《樱花之旅》，小说集《黑画眉》《熬鹰》《没有乌鸦的城市》等多部。作品多次被《小说选刊》《中篇小说选刊》《长篇小说选刊》《新华文摘》等转载，入选多种选本，获得中宣部"五个一工程"奖等多种奖项。

【内容简介】小说讲述了刚到大平台村挂职村书记的"我"看着被迫上任的村主任齐大嘴如何将村里的方、石两家的宿仇化解，齐大嘴步步为营地按住七寸，成功遣蛇。老藤的小说有中规中矩的味道，却能做到笔力收放自然，叙事质地也密实诚恳。遣蛇就是遣走内心的怨恨，如同老藤写的那副手械，放下就是释怀。表面上看，小说中遣走内心毒蛇的是齐大嘴的智慧和喇叭曲，其实是善，善才是除恶的真正力量。

抬花轿

老藤

1

每个人心里都盘着一条蛇，你心门洞开的时候，它蜷缩一团；你心有怨恨的时候，它会蠢蠢欲动，吐出血红的芯子来。这段话是我的搭档齐大嘴说的。去年夏天，我到大平台村挂职，和新当选的村主任齐大嘴聊天，齐大嘴说了这段话，听后我觉得后颈发凉，似乎每一处角落里都蜷着蛇。更可怕的是，我这个从小怕蛇的人，总觉得心窝里盘着一条蛇，每次洗澡一遍又一遍往胸口打香皂，反复搓洗，恨不得把外皮都搓掉。

齐大嘴是个"喇叭匠"，年近花甲，颈粗肚圆。大嘴是他绰号，人们叫惯了，以至于忽略了他的大号。大嘴这个绰号在当地并无贬义，是指人嘴上功夫好，就像人们称呼齐大嘴的爷爷为齐大喇叭一样，是因为他爷爷喇叭吹得好。齐大嘴没受过专业训练，吹奏时用真气，吹久了，便两腮下垂，双眼外凸，成了俗称的金鱼眼。齐大嘴总是随身背着一个还算时尚的电脑包，里面没有电脑，只有一支小唢呐和一个白钢扁酒壶，小唢呐又被人们叫作喇叭、三吱子，是他吃饭家什，走到哪儿带到哪儿，几乎不离身；白钢扁酒壶则是俄罗斯渔夫专用的便携式酒壶，容量不大，可插在猎装口袋里。齐大嘴嗜酒，吹唢呐起兴时，不时会摸出酒壶呷几口。

齐大嘴当选村主任，像一支不靠谱的唢呐曲，滑稽但真实。

我刚到大平台村挂职村书记，村委会换届便遇到了麻烦，因为村里方、石两家养殖大户有宿仇，形成了两个阵营，一方赞成的，另一方肯定反对。正式选举这天，尽管有镇里分管民政工作的副镇长老毕坐镇，正式提名的主任候选人还是落选了，换届流产。其实，流不流产与喇叭匠齐大嘴无关，但齐大嘴和老毕是好朋友，齐大嘴那天在家里喝了几盅，心里觉得有必要到村委会安慰一下老毕。老毕是镇换届工作领导小组副组长，出了这种打脸的事，肯定有王八钻灶坑的感觉。齐大嘴和老毕相识是因为喇叭，老毕一个远亲办喜事请齐大嘴吹喇叭，齐大嘴已经答应了别家，便婉拒了邀请。那家亲戚没辙只好央求老毕出面，老毕便晚饭前坐着皮卡来到齐家，齐家还没吃完饭，老毕说：我下乡转了一个下午，肚子饿了，到你这个大名人家蹭顿饭行不行？齐大嘴是个社会人，见镇领导看得起自己很是高兴，连忙让老伴加菜，并搬出陈年小烧。老毕说：饭菜吃你的，酒喝我的。让司机从车上拿下自己带的白酒，两人喝了个沟满壕平。临末，齐大嘴有点高，舌头打着卷说：从今往后咱就是生死弟兄，用得着大嘴的尽管说。老毕便顺口说请他给亲戚办喜事捧捧场，齐大嘴话收不回去了，只好应允下来。老毕远亲办喜事那天，齐大嘴演奏格外卖力，以至于宾客冷落了花枝招展的新娘子，都围上来听他吹喇叭。

见齐大嘴带着酒气进来，老毕没好气地说：你来干啥，来吹《秦雪梅吊孝》？《秦雪梅吊孝》是一支哭丧唢呐曲，闻之令人落泪，老毕这么说显然是没好气。齐大嘴说：大平台没辙了，丢人！老毕叹了口气：满屯子几百人，没个争气的，想矬子里拔个将军都难。齐大嘴道：也不见得，卧龙岗上散淡人还是有的。齐大嘴这么一说，老毕眼睛忽然圆睁起来，他想起前些天发生的一件事，大平台村有两个村民因为一起荒地纠纷闹到了镇里，找老毕断理。老毕站在日头地里解释了半天，纠纷也没解决，碰巧，齐大嘴到镇里找老毕送非遗项目申报表，看到了满头大汗的老毕正在苦口婆心向两位村民讲政策。两个村民家有红白喜事都求过齐大嘴，齐大嘴自信说话还能管用，就走过去道：大热天你俩缠着毕镇长干啥？村民说了事由，齐大嘴道：毕镇长的话你们不听，老天的意思总该听吧。两个村民都看着齐大嘴，其中一个问：老天啥意思？齐大嘴说：你俩钉杠锤，三局两胜这就是天意。两个村民谁也不服谁，果然就当着老毕和齐大嘴的面开始钉杠锤，结果输掉的一方蔫头耷脑扭头就走。

齐大嘴对赢的一方说：快去拉着人家吧，到小店喝几盅，我和毕镇长也借个光。就这样，地界纠纷化成了小酒馆一席酒，齐大嘴酒量大，把两个村民都灌高了，走出饭店时开始相互扳脖搂腰亲兄弟一样。这件事让老毕对齐大嘴刮目相看，觉得齐大嘴不仅会吹喇叭，摆事还有一套。

齐大嘴说：毕镇长你别上火，换不成就不换，镇里不是已经派了书记吗？书记主任一肩挑啥毛病没有。老毕说：现在提倡村民自治，还是有个本地人当主任好。齐大嘴道：我估摸了，村里真没这么个人，村主任大小也是个领导，可不是谁都能当的。老毕说：得！今儿个是你自己上门的，不怪我，这村主任就你来干吧！齐大嘴一听连连摆手：毕镇长别开玩笑，我一个吹喇叭的都五十九岁了当啥主任，再说明年我就到大连女儿家养老了，你给我套上夹板我咋走？

老毕把齐大嘴拉到面前坐下，给他讲了一大串道理，齐大嘴还是不同意，老毕有些急，双手作揖道：全大平台人都说你能摆事，现在村里遇到这么大的事你不摆，看笑话就那么好受？算我老毕求你行不行，你要不出山，我只好辞职回家养鱼了。齐大嘴是来安慰老毕，没想到会惹火烧身，把自己摆了进去。老毕是副镇长，在村民眼里是大人物，大人物这么高看自己，总该识点抬举吧。齐大嘴思前想后，对老毕说：我干可以，但就干一年，明年秋天我就去大连。老毕考虑的是当下，明年的事明年再说，当务之急是把换届这台戏唱完。老毕说：行，你先救急。老毕问选举会不会有问题，齐大嘴拍着胸脯道：谁要是不选我，等他家有了红白喜事我罢吹。

事情果然如齐大嘴所料，方、石两大阵营的村民谁都不愿意和齐大嘴过不去。齐大嘴满票当选大平台村村委会主任。

地处黑龙江边的大平台村原本是个清代驿站，石家是驿人后裔，当地称站上人；方家是民国早期闯关东的登州府人，尽管在大平台生活年头不少，但对于站上人来说，终归还是外来户。两家的宿仇源自一起命案，这是后话。齐大嘴当选那天，是我正式报到的第三日。老毕找我俩谈话，对齐大嘴交代了两件事：一是要全力支持我这个驻村书记工作；二是要千方百计保稳定，稳定压倒一切。老毕说：我主管民政，大平台的稳定是我一块心病。齐大嘴道：放心吧，毕镇长，我会把你心头之蛇给遣走。老毕睁大了眼问：啥蛇？齐大嘴的金鱼眼眯成一道缝儿，道：心病就是蛇造孽嘛。齐大嘴说支持书记工作没问题，司令、二鼻子谁大他心里清楚，保一方稳定虽难，但只要找准按住喇叭眼儿，运足了丹田气，平安曲就跑不了调儿。齐大嘴说：化解方、石两家宿仇是我一桩未了的心事，不惦记都难。老毕问：你还有这么桩心事？齐大嘴说：当然，不过这事要慢慢来，急不得。老毕说：行，你大嘴真行，我没看错人，石方两家宿仇得到化解，大平台从此就太平了。

老毕走后，我问齐大嘴：听说方石两家宿仇很深，是咋回事？齐大嘴从电脑包里摸出酒壶呷了一口，抿抿嘴唇道：陈年芝麻谷子，一笔无头账。

正式上任第一天，齐大嘴一壶五味子茶刚沏上，村民石锁便黑着一张驴脸破门而入，把一条死蛇头往地上一掼，道：我的三道鳞都没了，肯定是方世坤捣鬼。

齐大嘴并不急，让石锁坐下，慢慢道来事情原委。

方世坤和石锁两家都在黑龙江边养鱼。方世坤承包了一道江汊子，江汊子与主航道之间用三层丝网拦住，在汊子里养蛇头鱼。江汊子是大江的胡须，虽短促，却是活水，适合养蛇头。方家的蛇头肉质紧而细，熬汤像牛奶，卖价自然不菲。石锁在江边湿地一个池塘养三道鳞。三道鳞又叫镜鲤，也是吃货喜欢的鱼类，起鱼的日子，鱼塘边大小车辆会排成队。

方石两家各自养鱼，蛇头主供火锅店，三道鳞主供酒馆，两个井水不犯河水，客户大体固定，几乎不存在竞争。去年八月中旬一天，石锁鱼塘起鱼。谁知左一网、右一网，却不见三道鳞上网，池塘里投放的四万尾三道鳞仿佛水遁一样不见了。让石锁几乎要气炸肺的是网里三道鳞没几条，却扭动着不少黑乎乎的蛇头！

蛇头是当地人对黑鱼的别称，因为头像蛇，加之在浅水里会像蛇一样爬行，人们给它起了蛇头的名字。养鱼人最怕蛇头，无论养鲤鱼、鲫鱼还是草鱼，只要鱼塘里混进蛇头那就惨了，不出多长时间，凶猛的蛇头会把其他鱼类吞噬干净。

石锁说自家鱼塘与黑龙江不相连，一个草甸子里独立的池塘，蛇头会从天上掉下来？蛇头出现在鱼塘里，来路只有一个，方世坤的江汉子。

凭一条死蛇头，不能给方世坤定罪，方世坤也不会认账，齐大嘴说这件事村里会调查清楚，他让石锁先回去等信儿。

石锁说：你们告诉方世坤，有本事冲人来，冲着三道鳞去算啥本事！骑驴看唱本，咱走着瞧！

2

有村民对齐大嘴说石锁在家里磨滚钩。

齐大嘴调查了一番，消息准确。石锁翻出已经生锈的滚钩开始磨钩，并对邻居说，要把爷爷留下的一千把滚钩都磨出来。

石锁的怀疑似乎有些道理。江边养鱼户有五家，唯有方世坤养蛇头，石家鱼塘里蛇头来路很清楚。石锁上访诉求是两个字：赔钱！四万条三道鳞，平均一条二斤，按出塘价算，让方世坤包赔损失。我和齐大嘴说石锁上访好像能站住脚，齐大嘴却不以为然，道：明明是那么一回事，偏偏就不是那么一回事，看看再说，看看再说。

一个屯子住着，石锁的举动不可能瞒住方世坤，这边磨滚钩，那边方世坤则大张旗鼓在江汉子边建起个蛇屋。方世坤对外说蛇屋用来养蛇，专养乌苏里蝮蛇，给辽南一家蛇毒制药厂提供蛇毒原料。方家祖上能呼蛇、治蛇伤，作为方家后人的方世坤养蛇顺理成章，没人怀疑。方世坤江边蛇屋建得极简单，房子不大，四四方方坐北朝南，外面不刷灰，南墙有一扇门，一把铁锁锁着，蛇屋平顶，房脊留有天窗，看上去像碉堡一样神秘。方世坤蛇屋里的乌苏里蝮蛇长啥样没人知晓，但江汉子每隔几十步远，便会发现一个警示牌，上面写着：有蛇禁入，违者自负。这个牌子很管用，方世坤承包的江汉子自从竖起这个牌子，连钓鱼的都望而却步，因为村民知道，乌苏里蝮蛇可是要命的毒蛇。

石锁为了三道鳞的事多次来村委会上访，每次都情绪激动，我觉得齐大嘴该有所动作，但齐大嘴很能沉住气，每次都是不温不火，一双金鱼眼眨个不停。

齐大嘴自己说过，化解方石两家的宿仇是他一桩心事，为啥这心事就不上心了呢？我开始怀疑村民关于齐大嘴能摆事的种种说法，村民们说在大平台没有齐大嘴不会吹的曲，也没有齐大嘴摆不平的事。现在，三道鳞、蛇头之争就明睁眼露在那里，也不见齐大嘴出手呵。

你到底有啥打算呢？我怀疑齐大嘴心里没谱，化解村民矛盾不是吹喇叭那么简单。

还能有啥打算，遣蛇。齐大嘴说：心头之蛇不遣走，两家掐架不会停。

你老是提到遣蛇，这个话从哪里来的？我问。

我爷爷。齐大嘴说：小时候爷爷告诉我，遣蛇难，遣蛇难，有了喇叭就不难，找准喇叭眼儿，运气用丹田，蛇不遣走不算完。齐大嘴说出一串顺口溜，让我哭笑不得，这是哪儿跟哪儿的道理啊。

齐大嘴的目光一直在窗台的空酒瓶上。我顺着他的目光也看了看那个蒙着灰尘的空酒瓶，酒瓶上依稀有模模糊糊的商标，上面写着"三蛇酒"几个红字。不知这空瓶是谁留下的，也不知放在这里多久。

事要从头捋，就像一条河，如果源头不清，会越蹚越浑浊。齐大嘴说，现在看起来是三道鳞和蛇头的问题，其实底火在他们祖父那一代身上。齐大嘴说，当年我爷爷和方四平、石栏山是好朋友，知道一些方石两家的旧事。

我爷爷叫齐大喇叭，虽是盲人，心里却明亮，爷爷有很多语录现在村里老人还常常说起。比如爷爷说：人没啥了不起的，眼不如猫，鼻子不如狗，胃肠不如猪，要是再不会听喇叭就猪狗不如。这话听起来糙，但用意不错，让人学会欣赏音乐，至少会欣赏他吹奏的唢呐曲。比如爷爷还说：蛇有七寸，喇叭有七眼，按住七寸蛇听话，按准七眼喇叭响。

石锁祖父石栏山开烧锅，开烧锅不卖小烧，专门泡制蛇酒出售。石栏山用一种大口白玻璃罐，里面放三条绞成一团的活蛇，然后再灌满烧酒，用蜡封好，窖起来，五年后再出售，价钱自然就打了几个滚儿。黑龙江畔大草甸子湿气重，风湿病患者多，蛇酒专对此症，生意不愁。

石栏山加工蛇酒，意见最大的是方世坤的祖父方四平。方四平是个蛇医，叫蛇医，不是给蛇治病，而是专治毒蛇咬伤。方四平治蛇伤需要蛇毒，将经过处理的蛇毒涂在清洁后的伤口处，蛇伤便会痊愈。什么原理村民并不关心，大家惊奇的是方四平取蛇毒的技法。他通过呼蛇来取毒，村南面江边小龙山上的蛇听他调遣，呼之即来，任他取毒，这么说有点难以置信，但这是千真万确的真事，不少村民都见识过这一奇观。方四平喜欢听吹喇叭，闲着没事的时候，两人就到小龙山下玩耍，爷爷是盲人，看不到山上有什么，方四平就给爷爷——介绍。走累了，两人便会到江边吹吹江风，爷爷取下插在后颈上的喇叭，吹几段老调儿给方四平听。小龙山下两个老人看风景、吹喇叭一幕，一直持续到1957年。方四平去世前，爷爷去看他，问他咋不将呼蛇绝技传给儿子。方四平说了这样一句话：呼蛇容易遣蛇难，既知如此，何必当初。

齐大嘴说，爷爷和方四平、石栏山都是大平台有头有脸的人物，三个人像三根柱子，擎起了村里的戏台。很可惜三根柱子折了一根，而且三人下一代都不争气，没出息不说，还把父辈的手艺给丢了。自己的父亲不会吹喇叭，石锁的父亲不会酿酒，方世坤的父亲不会呼蛇，整个塌腰的一代。齐大嘴说他问过爷爷，这到底是怎么一回事。爷爷不假思索地说：天翻地覆人倒茬。倒茬就是种地轮作，再好的地，也不能连茬种，要隔两年换换茬，这样才能既保地力又多打粮食。爷爷预测隔辈缓苗准不准不好说，但至少爷爷对齐、方、石第三代充满期待。齐大嘴很崇拜爷爷，爷爷从来不放空炮，对于一个盲人来说，他的感应能力为常人所不及，也许三家在自己这一代，能迎来个倒茬之后的新气象。

我问：方石两家第二代果真都没啥动静？

也不能这么说，方石两家第二代各出了一个人物，齐大嘴说：方家小女儿方小茹和石家小儿子石天翔，这对金童玉女像炸弹一样轰动了大平台。

炸弹？我吓了一跳。

是啊，这个炸弹爆炸后有块弹片一直嵌在我心坎，堵在我心口。

齐大嘴这番话我听起来有点云山雾罩。

齐大嘴说：方小茹和石天翔双双殉情而死，一幕人间悲剧，我每次吹《秦雪梅吊孝》总会想起他俩。

我心里好像有条蛇在扭动，大平台是够复杂的，几十年前就会有这种殉情事件。到这个村子任职，我有一种突然间置身湿地深处的感觉，原来在机关里觉得农村没啥大事，无非是种地、养猪，搞搞村容村貌治理，现在看来问题不那么简单，想把一个村子搞好并不容易，小村庄大社会，看似平静的日子背后，也有可怕的暗流在涌动。

方小茹和石天翔的事等以后我再说，齐大嘴道：我要搞清楚石锁磨滚钩的真实用意。

但我觉得滚钩无非是一种渔具，搞不搞清楚问题不大，当务之急要搞清楚石锁鱼塘里的蛇头是哪里来的，搞清楚了这个问题，才能让石锁息访。我们应该抓紧，不能再拖。我说：老毕担心把事拖炸，我也有这个担心。

齐大嘴说：按不住七寸就下手容易遭蛇咬，心急吃不了热豆腐。

3

齐大嘴身上的酒气像蛇头的黏液一样擦拭不去。他每天脸挂两团浅浅的酒红，背着个黑色电脑包在屯子里转悠，和每个碰面的人都会唠上一会儿。齐大嘴带着喇叭却不吹，喇叭虽是标配却已成了摆设，背在身上无非是寻找一种感觉而已。我没有听过齐大嘴吹喇叭，曾想请他吹个曲子听听，我以为他会爽快答应，这毕竟是他展露身手的好机会，谁知齐大嘴摇摇头道：当了领导就不能吹啦。我说为啥，他说身份不符，当领导要有个领导的样子。我心里感到滑稽，看来齐大嘴真把自己当干部了。

齐大嘴一双金鱼眼很贼，村里大事小情休想瞒过他。方石两家的事他自然格外关注。一次午后，齐大嘴突然要和我商议家禽家畜圈养的事，大平台有史以来家禽家畜就散养，任它们到草甸子里吃草捉虫，齐大嘴怎么想起圈养来了？我问为啥，齐大嘴便给我讲了石锁家白鹅的事。石锁家养了一只大白鹅，特别通人性，长得像天鹅。石家这只大鹅与主人正相反，对方世坤有一种莫名其妙的好感。这只白鹅很怪，只要在村路上看到方世坤，无论隔着多远，都会扇动翅膀热烈地奔过来，像见到老朋友一样用脖颈在方世坤裤腿上亲昵地蹭个遍。石锁就想，方世坤和他爷爷一样，属于走歪门邪道的，一定要小心防备，别中了他的蛊。在几次见到自家大白鹅不争气后，石锁下了狠心，觉得大白鹅成了石家叛徒，必须斩断方世坤伸向石家的黑手。

一天，石锁从鱼塘回来，在村口看到方世坤拎着鱼篓在路上行走，他家那只大白鹅跟在后面屁颠屁颠很快活的样子。石锁心里恼，姓方的糟蹋了我四万条三道鳞还没说法，现在又开始打我家鹅的主意，是可忍孰不可忍！当天晚饭前，他将大鹅一刀给剁了，鹅肉当晚就炖了，鹅头被他趁着夜色丢到了方家门口。早晨，方世坤出门发现了鹅头，用报纸包着来村委会讨说法，说石锁这是找事，杀了大鹅把鹅头丢到他家门口。齐大嘴一双金鱼眼眨了眨道：世坤呐，你心头有条蛇，正往外吐芯子呢。方世坤说主任怎么这么说话？齐大嘴道：人家剁自家大鹅怎么就是找事？这鹅头说不准是狗扯猫叼到你家门口的，又不是炸雷子，你怕个啥？方世坤鼻子里蹿出一股气：我怕啥，别说一只鹅头，就是石锁的脑袋，我也当倭瓜看。方世坤的话够狠。

方世坤走后，齐大嘴对我说：这个石锁，竟然和一只鹅过不去，何苦呢。

我说好像听你讲过，石方两家结仇是因为蛇，到底是咋回事。齐大嘴泡上一壶五味子茶，在村委会那张油漆斑驳的办公桌前给我摆起了龙门阵。

方世坤的爷爷方四平是个能人，那时候大平台南面小龙山蛇多，常有赶山的乡亲遭蛇咬，有的因为救治不当丢了性命。方四平一心想学蛇医，到处拜师学艺，后来跟一个苗族大夫学了呼蛇取毒技艺，成了当地半仙儿一样的蛇医。有人看见过方四平呼蛇，他身穿黑衣黑裤，袖口裤腿用布条扎紧，脖子上挂着一个鹿皮包，包里是一些极小的瓶瓶罐罐，那套程序动作如同神汉作法，胆子小的不敢睁眼看。方四平呼蛇并不避人，但要求围观者须在十丈开外，而且不能站在草地里挡住蛇路，要站在石头或没有草的土丘上。方四平找一处避风草密的地方，将草踩倒，用石灰撒成圆圈，留出一尺宽的豁口，然后端坐圆圈中心，用火镰点燃一根夹着火绒的草绳，草绳不着明火，却有袅袅的青烟升起，他则嘴中念念有词，闭目祷告。半袋烟工夫，奇迹出现了，周边草丛开始摇摆，接着便有大大小小的蛇从四面八方爬过来。这些蛇围着灰圈绕弯，绕几个圈后便会从豁口处爬进去，纠缠在方四平身上。这些蛇大都是当地一种叫野鸡脖子的蛇，也有乌苏里蝮蛇，它们并不袭击方四平，只是在他身上缠来绕去。这个时候，方四平会选择大一些的蛇，捏住蛇头，让蛇咬住小瓶取毒，取过毒后再将蛇放回。如此这般，一直忙碌一两个钟头才能结束。之后，方四平学几声鹅叫，这些蛇快速离开，遁入草丛。这种做法事般的呼蛇方式让村民惊悚不已，很多年后，当村民从电视里看到印度人能靠一支短笛让眼镜蛇翩翩起舞时，还有人说这算什么，比起方四平呼蛇差远了。

石锁的爷爷石栏山在村里也不乏传说。石栏山以泡制蛇酒为生。石家开烧锅，但因粮食金贵，烧酒产量并不大，烧出的酒都用来泡制蛇酒出售，这实际是拉长了产业链。石栏山泡蛇酒用蛇量大，一般一个玻璃罐泡三条蛇，要趁着蛇活着时灌酒封口。有村民说石栏山泡蛇酒很神奇，酒瓶里的蛇多年不死，有人买了一瓶五年蛇酒回家治老寒腿，开封时发现酒里的蛇还会动。这个传说真假没人考证，但石栏山的蛇酒畅销却是真事。黑龙江边的居民因为地域关系，对蛇酒需求量很大，石家蛇酒供不应求也很自然。

方四平对石栏山泡制蛇酒有意见，因为一瓶酒就要用三条蛇，这让爱蛇的方四平无法接受。方四平专门上门劝过石栏山，说：东北天寒地冷蛇生长慢，你这么捕蛇泡酒，银子是赚了，可蛇会越来越少。因为方四平近期几次呼蛇，闻香而至的蛇比原来要少，他担心石栏山如此捕下去，小龙山的蛇总有一天会绝根。

石栏山自然不听方四平的劝告：你呼蛇取毒可以，我捕蛇泡酒怎么就不成？再说，山上的蛇是捕不尽的，鹰抓，獾吃，我石栏山能捕几条？再说一条蛇就能活六七年，与其让蛇老死洞中，不如我来泡酒利用。

方四平说：蛇绝根了老鼠就会泛滥，说不准孙吴热就会回来。

方四平说的孙吴热是一种可怕的鼠疫。伪满时期黑河一带曾经暴发过孙吴热，这是一种因线鼠引发的鼠疫，患者死亡率极高。当年，别说普通百姓，就是有一定卫生保障的驻孙吴关东军鬼子也没躲过这场瘟疫，死者达三成。

石栏山说：你别吓唬我，我逮几条蛇泡酒就能引发孙吴热，谁信？

方四平见劝不动他，索性撂下一句气话：你不听劝，再叫蛇咬了我可不医。之前，石栏山多次被蝮蛇咬过，都是方四平给治愈的。

石栏山道：你不医我就赖到你家去。石栏山知道方四平是吓唬他。

方四平长叹一声，摇摇头走了。

齐大嘴说：方四平劝告不成，就去找我爷爷来劝。

方四平、石栏山和我爷爷是发小，三人本来彼此关系挺好，方四平喜欢听喇叭，石栏山会哼几段小调儿。听爷爷说他们最后一次饭局是石栏山张罗的。伪满洲国倒台那年，石栏山在江里下滚钩，钓到一条七百斤的鳇鱼，卖了不少钱。别人家有钱盖宅子，石家有钱修地窖，石栏山用卖鳇鱼的钱在自己屋里修了个挺阔气的地窖，说是地窖，其实是个酒窖，主要用途是存蛇酒。地窖完工那天，石栏山找了村里有头有脸的人吃饭。酒桌上，方四平提了个倡议，想把小龙山坍塌的小龙庙修葺一下。这个倡议遭到了石栏山反对，石栏山说你修个庙在那儿，我逮蛇会有忌讳，一边供蛇，一边杀蛇，我左右不是。这次聚会之后，大平台这三个有头有脸的人物再也没有坐到一起。齐大嘴提起爷爷总是充满自豪，他说爷爷本来能摆平方石两家的事，可惜石栏山走得太早了，人一死，矛盾就成了死结。齐大嘴说爷爷在村里说话有分量，一把喇叭交下了全村人。要知道，在文娱生活极度匮乏的年代，能听爷爷吹上一曲独奏《大开门》，那是过年般欢快的事。

爷爷来到石栏山家，到了却不进门，用竹竿在门边杖子上敲来敲去。迎出门的石栏山见状问爷爷在敲什么。爷爷说：是吓唬蛇，别人是打草惊蛇，我这是敲杖子吓蛇。石栏山说：院子里哪里有蛇，再说有蛇你也看不见。爷爷说：我闻到蛇味了，有点腥。石栏山问爷爷是不是想买蛇酒，爷爷说：不买酒，是来劝你别逮蛇了。石栏山问爷爷为啥，爷爷说：我吹过《白蛇传》，法海逮蛇，把白娘子压在雷峰塔下，遭无数人骂，法海死后变成了螃蟹。你要是这么逮蛇泡酒，怕你也会落个法海的下场。石栏山听后哈哈大笑，说：大兄弟你吹喇叭吹晕乎了吧，《白蛇传》那是戏曲，现实里你见哪条白蛇变成女人了？爷爷说：我虽然看不见，但我耳朵好使，我总能听见有风往你家里刮，你小心就是了。石栏山用葫芦装了两斤小烧塞给爷爷，连推带搡把爷爷送走了，他知道是方四平撺弄爷爷来的，心里埋怨方四平多事。

石栏山不怕得罪你爷爷？我说：他家里也会有红白喜事，你爷爷罢吹咋办？

齐大嘴道：石栏山礼数不差，他给爷爷装了两斤小烧，也算给了爷爷面子。爷爷来石家烧锅不久，石家就出了大事。

一天夜里，石家突然遭到无数大大小小毒蛇的袭击，都是野鸡脖子蛇，这种蛇遇到人会把黑绿色的头颈高高扬起来，格外吓人。夜半时分，石栏山听到有风声嗖嗖刮进来，点灯一看，顿时惊得魂飞魄散，家中房梁、灶台、地面、窗台上到处爬满了野鸡脖子。石栏山抄起炕梢的烟笸箩四处扬，蛇怕烟油，黄烟一散，蛇就会躲避。但这些蛇很顽固，竟然在地窖盖处聚成一球。为了保护家人石栏山连抓带踢，一条条往窗外甩，激战了好一会儿，邻院一只大鹅叫了起来，这些野鸡脖子才突然得令一样纷纷逃窜。石栏山检查了惊魂未定的家人，好在蜷缩在炕头的家人都安全，再看看自身，四肢上竟有好几处咬伤。看到伤口的一刹那石栏山腿酥了，让家人快去找方四平。家人急急忙忙来到方家，非常不巧，因为白天方家儿子定亲换盅，方四平醉酒，睡得死沉，怎么叫也叫不醒。家人连哭带叫了半个时辰，方四平总算被唤醒，带着蛇药赶来石家时，石栏山浑身肿胀已经不治。石家认为这是方四平故意为之，开始对方家心存怨气。石栏山下葬后，他老伴对儿女们说：见死不救，视同杀人，石家后人忘记什么也不要忘记这个茬儿！方石两家由此结下梁子。

齐大嘴摆完龙门阵，皱着眉头道：我本来想研究一下石锁家那只白鹅为啥会对方世坤好，谁知道这鹅叫石锁剁了。我爷爷说，当时聚集到石栏山家的野鸡脖子，是因为听到鹅叫才退去的，这里面肯定有文章。

听了齐大嘴讲的方石两家宿仇源头，我觉得作为方石第三代，再纠结这件事没有什么好处，便对齐大嘴说我想把石锁、方世坤召集到村委会来唠唠，让他们把过去的事放下。齐大嘴没反对，懒散地说：要召集就召集吧，只是这俩老小子尿不到一个壶里。结果真让齐大嘴说对了，我定好的时间，石锁、方世坤谁也没来。打电话给方世坤，回答只有一个字：忙。再问石锁，石锁说：我一直瞄着方世坤的鱼窝棚，他没挪窝，我去干啥？我由此对齐大嘴有点意见，觉得他办事太拖沓，连召集双方来碰头都不上心。

4

一天清早，江边的布谷鸟还在叫着，齐大嘴裤腿沾着露水进来了。我问他起这么早干吗。他说看见石锁买了团麻绳回来，那团麻绳不下两百米长，是做滚钩主纲用的。他皱着眉头说：石锁为啥用麻绳，做滚钩主纲完全可以用尼龙绳，脑线都用丝线，主纲为啥选麻绳？

我不知道麻绳和尼龙绳有啥大区别，只觉得两百米的主纲太长了，足以拦断黑龙江。就问：滚钩主纲要这么长？

齐大嘴道：滚钩捕鳇鱼几百米长不奇怪，问题是石锁把滚钩都磨成了带刃钩刀，也不知他干什么用。

钩刀？我脑子里闪过一种可怕的兵器。

齐大嘴说：我俩去找方世坤，提醒他留点心，不过这老小子挺傲的，怕是听不进去。石锁磨刀霍霍，肯定不是冲着猪羊去的，作为仇家的方世坤如果麻痹，到时候哭都来不及。齐大嘴特别强调：我向老毕保证过要保一方稳定，要是大平台出了娄子，我一世英名将毁于一旦。

我感到好笑，齐大嘴有什么一世英名可毁的？不过，齐大嘴提到的捕鳇鱼我却感到很新鲜。就问他大平台这段江真的有鳇鱼？齐大嘴金鱼眼突然亮起来：早先出过，石栏山就钓到过七百斤的鳇鱼，鳇鱼大呀，小的上百，大的过千。

我说：莫非石锁真想学爷爷钓鳇鱼。

齐大嘴道：骗鬼呢，这个江段出鳇鱼那是老皇历，石锁想钓啥只有他心里清楚。

去江汉子路上，齐大嘴忽然说：书记你是不是觉得我办事磨叽？

我心里一震，我潜意识里的事，齐大嘴怎么能知道，但既然他问，我也不隐瞒自己的看法，就说：眼看一年将满，我是担心你对老毕交不了差。

齐大嘴点点头：是时候找准喇叭眼儿了，要不我这脸上挂不住。齐大嘴对我说过，他去邻村操办红白喜事，人们当着他的面就说大平台风水不好，村民窝里斗，这次换届，别的村都顺利，唯有大平台连个村主任都选不出来，成了笑柄。对此，齐大嘴感到脸上无光，再被请去吹喇叭，他都会约法三章，不能埋汰大平台，谁埋汰跟谁急。

我说：简单问题也不能复杂化，像蛇头吃三道鳞这种事，不难调查。

事情不那么简单，捉奸捉双，捉贼见赃，方世坤不会承认石锁鱼塘里的蛇头是他的，我们也只是怀疑，怀疑不能成为证据。

可是，问题怎么解决呢？矛盾随时有激化的可能。我表现出不应有的焦虑。

还是我爷爷说的那句话，遣蛇。齐大嘴说：当年，我爷爷去看望病在炕上的方四平，问他为啥不把呼蛇绝技传授给儿子。方四平说：呼蛇容易遣蛇难，还是不传为好。爷爷后来对我说：遣蛇难，遣蛇难，有了喇叭也不难，运足丹田气，找准喇叭眼，拱手遣蛇走，相互道平安。我当时问爷爷，为啥是遣而不是赶，爷爷说，遣是送，赶是撵，当然不一样。爷爷的话我琢磨了几十年，在石锁和方世坤这起纠纷上我想明白了，遣蛇和赶蛇区别在于一个礼数上，这个礼数就是一个个喇叭眼儿。

我觉得齐大嘴有点故弄玄虚了，但也不好说破他，就笑了笑道：能看得出来，对大平台你挺上心。

齐大嘴摆摆手说：不上心不中，我一个喇叭匠，生在大平台长在大平台，大平台好歹是自己的家乡。选举前我对老毕说我上任后就做好一件事，化解方石两家矛盾。老毕说：你别哨了，方石两家宿仇都变成癌症了，你还能化解？我最讨厌别人说我"哨"，说我能吹可以，谁要是说我能"哨"我就急眼。哨是啥？就是忽悠、泡人、耍嘴皮子，但老毕这么说是在用激将法，我心里明白。我说：毕镇长你听着，我齐大嘴从不哨人，大平台不是人为地划出一条楚河汉界吗？我一年工夫就把它填平喽。老毕说：这可是你说的，你填平了楚河汉界，我请你吃全鱼宴。我说：那你就准备吧，全鱼宴不算，还要两瓶老白干。

我已经摸透了齐大嘴说话的套路，就说：填平楚河汉界的前提一定还是遣蛇吧？我刚赴任时齐大嘴就说过遣蛇，对此我心有疑惑，盘在心头的蛇看不见、摸不着，如何遣？

齐大嘴停下脚步，啊呀，书记你好厉害，把我想说的话给说出来了。

沿着草甸一条泥泞的小路，说话间我俩来到了方世坤养蛇头的江汊子。方世坤像一只猞猁伏在草丛里，正弓身朝江面张望。方世坤身材消瘦，谢顶，目光冷硬，唇上留一道横须，不黑，是棕黄色，这让他看上去很像个二毛子。二毛子是黑龙江边中俄混血儿的别称，在当地较为多见。但方世坤不是二毛子，其祖上是驻守驿站的驿丁。据齐大嘴说，方世坤酒量不一般，没人看他醉过。有一年，哈尔滨来了一个收黄豆的，当时的村书记招待他吃饭，因为酒量小，没喝几杯就被这个大肚子老板给灌倒在炕上。老板很不屑，说你们大平台尿，连个喝酒的对手都没有。村主任想到了方世坤，跑到方家求援，方世坤一听二话没说就来到了村委会食堂。大肚子老板看他一副精瘦的模样，牛烘烘地说，来陪我可以，要是喝趴下我收豆子每斤落二分钱。方世坤说：要是把你喝趴下呢？大肚子老板说，每斤涨二分！两人开始对饮。结果两人喝到半夜，不分输赢。大肚子老板服了，说：我收粮喝遍北大荒，你是能和我打平手的第一人。第二天收黄豆，价格没涨也没落，方世坤的酒量却从此出名。

方家窝棚呈马架形，里面一铺连着灶台的土炕，几把塑料凳和一个能当饭桌的地平柜，虽简单，却干净。三人在地平柜前坐下，方世坤问：石锁找村里告状了？

齐大嘴感到奇怪，方世坤怎么知道石锁去告状？便装作没事的样子说：不算告状，就是反映一些情况，我和书记来找你就是想核实一下。

方世坤道：想一出是一出，疑神疑鬼。齐大嘴说：他家的三道鳞都叫蛇头吃了，这事不容他不想。方世坤从敞开的窝棚门望出去，往南不到百步就是石锁的鱼塘，鱼塘是月牙形，四周长满蒲草，远远看去一支支鬼蜡烛矛一般竖立着。再往远处看，就是郁郁葱葱的小龙山。方世坤道：他家的三道鳞被蛇头吃了和我没关系，他是塘我是江，江水不犯塘水。

齐大嘴道：他鱼塘里的蛇头哪里来的？

腾云驾雾过去的呗，方世坤说，亏他还是个养鱼的，竟然不知道蛇头会在雾天飞。

我觉得方世坤在撒谎，便插话道：蛇头鱼没有翅膀怎么飞？

方世坤大概顾忌我的身份，没有直接顶撞我，不卑不亢地说：我在江边养了十几年蛇头，蛇头会些什么我心里清楚。言外之意他比我明白。

我一时不知说什么，对蛇头我真的一知半解。

齐大嘴说：咱先不说蛇头飞不飞，现在的问题是你两家这个误会怎么消除。能不能坐下来聊聊呢？上次书记召集你俩，你俩都不露面，都绷着不嫌累吗？

聊个蛤蟆！方世坤愤愤地说：我宁可和他家大鹅唠嗑，也绝不和石锁说话，石家坏我爷爷名声，又害了我小姑性命，这笔账还等着算呢！我知道石家当年散布的方四平呼蛇杀人之说在村里妇孺皆知，方家背负的压力可想而知。

齐大嘴没有把石锁磨滚钩的事告诉方世坤，那样会激化矛盾，但他提醒方世坤，要留心点江面，因为正是汛期，江水说涨就涨。

方世坤却似乎知道石锁在干什么，将手里的烟头掐灭，立着两眼说：石锁在磨滚钩我知道，他忘了石栏山当年是咋死的了。

我听出了方世坤的话外音，很显然他是做好了接招的准备。

咋的？你想和他硬碰硬？齐大嘴眉心蹙成一个肉疙瘩，方世坤的话让他很担心，站上人好斗，民风彪悍，两家真要是硬碰硬起来，那一定是场涉及多人的械斗。

我不傻，违法的事不干。方世坤很平静。

离开方家窝棚，齐大嘴不忘提醒了一句：世坤，很多事都事出有因，要按住心头那条蛇，别让它兴风作浪。

方世坤扭过头，又聚精会神盯着江面，江面上不知何时又落下几只长脖老等。我对齐大嘴说，方世坤挺喜欢水鸟的。

齐大嘴锁着眉头说，蛇头鱼真的能腾云驾雾？我笑了笑：好像海里有一种飞鱼，但也只是越出水面滑翔一段而已。

5

我俩决定去石锁的鱼塘看看。

石锁的鱼塘在江边一片大草甸子里。鱼塘前身是个靠近小龙山的天然水泡子，里面长满蓝色的鸢尾花，村民给这个水泡子起名蓝湖。农村实行承包后，石锁包下了蓝湖，并扩大水面，把蓝湖变成了一个月牙形的池塘。石锁开挖蓝湖，水中成片的鸢尾花不见了，替代的是茂盛的蒲苇。齐大嘴说蓝湖要是不承包，现在一定是个欣赏鸢尾花的景点，现在却毁掉了。

石锁的鱼塘养三道鳞，与方世坤不同的是，养三道鳞需要投放饲料，石锁个子高，不适合住马架窝棚，他不知从哪里要了一顶民政救灾帐篷支在鱼塘边。帐篷是湖蓝色，有门有窗，四角还固定了拉线，看上去十分牢靠。胡子拉碴的石锁蹲在帐篷前抽烟，看得出来心情很不好，面前是一块垫高的磨刀石，磨刀石旁是几把待磨的滚钩，滚钩由钢筋弯成，像秤钩一样。天边挂着幕布一般的火烧云，有布谷鸟在湿地里不时叫上几声，石锁的鱼塘波澜不起，连只水鸟都不见，与方世坤活跃的江汉子对比明显。

来啦！石锁粗门大嗓。与方世坤的矜持不一样，石锁多了些义气，他递过两支烟：我见两位去江汊子了，方世坤承认了没？

我和齐大嘴也在鱼塘边蹲下来，接过烟点上。在鱼塘边抽烟是无奈之举，小咬、蚊子太多不说，还有神出鬼没的野鸡脖子，抽烟是有效的防护措施。齐大嘴说：兄弟你是养鱼的，你应该知道蛇头会不会飞。

石锁反问：蛇头又不是鸟，怎么会飞？

方世坤说过蛇头会腾云驾雾，今天石锁否定了这种说法，到底谁说得对呢？

齐大嘴说：看你在磨滚钩，咋想起这老玩意啦？

石锁吸了口烟说：去年三道鳞都喂蛇头了，总要想点法子挣钱养家。

齐大嘴笑了笑：咱大平台上次见鳇鱼，还是你爷爷活着时候钓的，七十多年了，再没人钓到过。

只要没灭绝，早晚会回来。石锁说，电视报道抚远渔民捕到条千斤重的鳇鱼，一下子发了。

齐大嘴和我交换了一下眼神，抚远捕获鳇鱼不假，但那是乌苏里江，大平台黑龙江这一带根本没有鳇鱼，说捕鳇鱼挣钱，这明显是假话。

齐大嘴弯腰拿起磨刀石边放着的滚钩，钩有小指粗细，弯钩一直到钩刺，被磨出了利刃，用拇指试试刀刃，极锋利。齐大嘴问：滚钩还要磨出刃来？

石锁目光诡异地瞅了齐大嘴手里的滚钩一眼，道：有刃不好吗？

齐大嘴把滚钩递给我，我看不明白，只是惊诧这鱼钩之大，这样的钩，钓老牛、大象都足够了，钓鱼岂不是大材小用。我望着石锁问：这么大的钩？

鱼大，石锁说，小钩钓不住。

齐大嘴道：我要提醒你石锁，你的三道鳞被吃掉和方世坤没关系，我们去方家调查了，方世坤不会把江汊子里的蛇头偷偷放到你家鱼塘来，那样的话，他不也是损失吗？

石锁冷笑一声：方世坤这家伙，杀敌一千自损八百这样的事也会干，能占一点便宜就觉得自己赚，他见我三道鳞市场好，心里不平衡，就想出了这个下三烂的做法。

你这是怀疑，齐大嘴说，告人家要凭证据。

蛇头就是证据，石锁说，我说过三遍了，证据就在蛇头身上，我调查过，黑龙江野生蛇头没有这一种，在我家池塘里吃三道鳞的就是江汉子里养的这种，叫七星斑，方世坤想赖是赖不掉的。

咋办？你想报复？齐大嘴问。

村里不管我就会报复，以命抵命，以鱼抵鱼。石锁个子比方世坤高，坐在凳子上身体弓成了一只弯虾，看上去像个立体问号。

我心想，以命抵命好理解，啥叫以鱼抵鱼，难道石锁能派只水猴子深入到江汉子里把方世坤的蛇头给吃光？

齐大嘴站起身，拍了拍石锁的肩膀道：听我句话，兄弟，别让心头那条蛇胡乱窜，还是早点打发了它好，这样心里会好受些。

石锁站起来，凶着一张脸说：凭啥吃亏的总是我家，当年我爷爷叫他家呼蛇给害死，我小叔叫他家狐狸精给迷住丢了命，我家三道鳞又叫他家蛇头给吃光，这口气我如何吞得下？你说我心头有条蛇，我承认不假，我想说我心头还不是条小蛇呢，是一条过山风大王蛇，恨不得一口将方世坤这老小子吞进肚子里！

回村的路上，齐大嘴突然说：书记你能不能向老毕要点钱？

我愣了一下，问：要多少？干啥用？

我想给江边安几个监控，尤其是鱼塘。齐大嘴说。

我心里明白了，齐大嘴挺聪明的。县里公安机关正在实施天眼工程，我说：我和他们领导熟悉，请他们赞助几套设备。

齐大嘴道：眼见不一定为实，有时候，人要借只眼。

齐大嘴上任后，我一直留心他要怎样化解两家宿仇，这是难得的学习机会，我曾换位思考，假如我是齐大嘴我会有什么办法来化解这个宿仇，说实话，我想不出办法来。齐大嘴这次提出了安装监控，让我心里一震，我怎么就没想到这个在城市里已经司空见惯的办法呢。

我心里记着，精心布控，这是齐大嘴使的第一招。

6

说起方小茹和石天翔的事，大平台许多年岁大的人都会八卦一段，方石两家父辈之仇在此二人。

齐大嘴说，想遣走石锁和方世坤心头之蛇，必须揭开三层谜面：第一层是祖辈的群蛇夜袭石家烧锅这一层，第二层是父辈方小茹和石天翔双双殉情这一层，第三层就是当下蛇头吃掉三道鳞这一层。齐大嘴说三层谜面都有谜底，等找到谜底就是摸和。齐大嘴偶尔也打麻将，摸和就是自摸，赢双倍。

三层谜面我听说过两个，中间一层是第一回听说，两家死对头怎么能扯到殉情上来呢？我让齐大嘴讲讲是怎么回事。

提到这一层，齐大嘴表情变得凝重起来，两只金鱼眼耷拉着道：这是我一桩心事，那时候少不更事。齐大嘴用悔恨的语调，给我讲述了一个凄婉的爱情故事。

那是二十世纪七十年代人民公社时期。方四平的小女儿方小茹和石栏山的小儿子石天翔，被公社文化站双双选拔到黑河地区学习新编二人转。当时推广的二人转曲目叫《红石桥》，曲调流畅，情感表达到位。推广这种新编二人转的目的很明确，是让二人转雅起来。但再怎么雅，二人转也是一男一女边唱边耍，作为搭档的男女双方不眉来眼去这戏没法唱。方小茹和石天翔虽在一个村子住着，来地区学戏前彼此却视同陌路，到了学习班上想不说话是不行了，不仅要说，而且相互排练免不了你推我搡肢体接触。世上的事往往就是这么怪，没啥联系时彼此天各一方，一旦有了关联，就无法预料往哪个方向发展。学戏三个月，方小茹和石天翔竟然背着家人偷偷好上了，这种子好像一粒罂粟种子，开出的必然是毒花。

齐大嘴说，方石两家互不往来的规矩只在大平台管用，离开了大平台，这规矩就没了约束力。很快，在学习班结束时，方小茹和石天翔已经如胶似漆不可分开。应该说方小茹和石天翔挺般配，但他俩不能好，他俩要是好上了，两家男人就会打群架，方小茹和石天翔也知道这个道理，只能偷偷摸摸地好。

真正发现方小茹和石天翔偷偷相好的是拉三弦的老白，老白四十多岁，是远近有名的情种，有人说他太色，看一眼大姑娘就能让人家怀孕，可见他的眼光有多么淫荡。老白发现方小茹和石天翔有事也很偶然，因为有一次夜里演出结束，农村茅房远，方小茹竟然不顾忌老白在场，叫石天翔陪她去方便。老白就对我说，哪有大姑娘去茅房让男人陪的？我说那有啥，晚上去茅房多吓人，天翔在外面等着就行了。老白坏笑一声，道：你咋知道天翔不会进去。

我很不解，都七十年代了，方小茹和石天翔还怕什么呢？大队、公社都会给他们做主，大大方方恋爱就行了呗。

对我的疑问齐大嘴并不认同：农村不像城里，两家不来往是祖辈遗训，方小茹和石天翔没那个胆子破规矩。

方小茹和石天翔最后还是出事了，齐大嘴说，一次到邻村演出，我看到演出后方小茹到屋外呕吐，当时年纪小，不明就里，后来经老白点拨才明白，方小茹是怀孕了，是妊娠反应。我想他俩一定是吓坏了，那个时候医院管得严，做人流这样的事不可想象，两个可怜的年轻人承受了怎样的压力不好说，但方小茹病倒二人转演不成了。方小茹怀孕一事是大队赤脚医生迟大舌头透露出去的。方小茹偷偷找到他，让他想办法打胎，为此还给迟大舌头买了两瓶花园圆曲。迟大舌头收了酒，开的堕胎药却不好用，眼看着方小茹就要显怀了，再找迟大舌头，迟大舌头说，你回去顿顿吃荸荠，方小茹吃了一星期荸荠也不好用。迟大舌头怕方家三个好斗的儿子找他算账，就先来到方家向方家人说了方小茹怀孕的事，结果，就在迟大舌头说出消息当天，土豆窖惨案发生。

齐大嘴仿佛回到了过去，鼻尖有些泛红，深深喘了口粗气，接着讲述下去。

我记得是腊月二十四，那天下午，方小茹到我家找我，她给我一个小木盒，对我说，这里面有一样东西，将来方石两家和好那一天，把这个东西当面交给两家主事的人，一定要三头会面当众打开。方小茹给我这个小木盒时眼圈有些红，她说：你答应小姑，一定按小姑说的去做，迟大舌头误我，你不会，你吹的喇叭干净透亮。说实话，在此之前，我一直暗恋方小茹，尽管她大我几岁又长我一辈。方小茹不仅长相好，而且二人转能唱出万种风情，她一开腔，我就觉着自己双脚离地在云里飞，能为方小茹做点事我心甘情愿，我接过小木盒，用力点了点头。方小茹说你发誓，要不小姑不放心。我就说，我要是不按小姑的话办，出门遭蛇咬。方小茹这才走了，走出几步，又反身过来，抱着我亲了一下我的脸。那是我第一次被女人亲，还是我暗暗喜欢的女人，当天晚上我失眠了，两眼像电灯泡，把天棚照得雪亮。第二天一早，我独自跑到江边，对着大江吹了一遍《红石桥》，把江面雪地上一只狍子给吹得驻足许久，我想，狍子也能听懂。

从江边回来刚吃过早饭，街上就传来一个令人震惊的消息，老迟家的土豆窖让人给揭窖门了。在当地农村，土豆白菜是一冬的蔬菜，谁家土豆窖如果三九天被揭了窖门，里面的土豆便会冻，一冬天的菜便没了着落。老迟一到土豆窖就慌了神，说窖里有两千斤土豆呢，谁这么缺德！他下到窖里查看，片刻，窖里传出"妈呀妈呀"的惊叫声，迟大舌头水耗子一样惊慌失措地从窖口爬出来，说：快快快找大队干部来，窖里死人啦！大队干部急匆匆赶到，派民兵下到窖里，把死人拖上来，一男一女，男的是石天翔，女的是方小茹。说到这里，齐大嘴眼圈红了，两只金鱼眼变成了两只油桃，他说：说实话我很伤心，两人本来不应该死，他俩要是不死，恢复高考肯定能考出去，谁知道他们都让心头的蛇给缠死了。从方小茹出事那天，我开始喝酒，每次喝高了，都会看到方小茹在面前问我：小姑交代你的事咋样了？这一问，我就会酒醒。

是意外还是寻短见？我问。

这是个谜。齐大嘴说，公社公安人员说是两人下到窖里幽会，一氧化碳中毒而死；老白说是自杀，小茹和天翔看到方家兄弟摩拳擦掌准备到石家闹事，怨恨迟大舌头多嘴，特意选了迟家土豆窖来殉情。但方家坚持说是石天翔见色起意，强奸不成杀人灭口，石家则说是方小茹作风不正，引诱石天翔下窖结果双双丧命。两家闹得不可开交，一度在大队院子里形成对峙态势。

那么，方小茹让你保存的小木盒呢？那个东西应该能说明问题。我觉得齐大嘴这个时候该出来说话。

齐大嘴摇摇头：我答应过方小茹，要按她说的话办，两家没和好的时候，这木盒不能拿出来示人。

那么，木盒里到底是什么呢？我有些迫不及待。

齐大嘴再次摇摇头，道：我不看，有好几次想打开，一抬头却发现方小茹就悬在半空望着我，我急忙把木盒包好放回箱子里，再看，方小茹不见了，我之所以想了却这桩心事，就是想把这个小盒子交出去，我快六十岁的人了，揣着个秘密是不小的负担。

小盒子里能是什么呢？我觉得应该是方小茹遗书之类的东西。

齐大嘴说：等到三头会面那天吧。说完，他揉了揉眼睛对我说，书记呀，你没听过方小茹唱二人转，你要是听了，你也忘不了她。

我很不以为然，对二人转我一向敬而远之，因为这个地方戏曲表达情感过于热情奔放，与我性格差异太大，但从齐大嘴的眼神里我能猜得到，方小茹一定很美。

7

老毕来大平台调研。齐大嘴请他在家里吃饭，叫我作陪。

老毕下乡从来都是自己带酒，一种用小烧泡制的药酒，老毕说酒里有人参、蛤蚧和锁阳，是县里一个老中医配的。老毕用一个十斤装白塑料桶装酒，就放在吉普车后座。在齐大嘴家一坐下，老毕就拎出了酒桶道：喝酒自带，不犯错误，下酒菜别多整，炖个蛇头、拌块豆腐就中。

老毕和村民关系很近，他不装腔作势，也不占村民便宜，大家提到老毕，都夸他是厚道人。吃饭时，老毕突然问：大嘴呀，你那桩心事咋样了？

齐大嘴道：期限一年呢，别急。

老毕看看我，又把目光投向齐大嘴，问：大嘴你说说，方石两家矛盾咋就成了你的心事？

我知道齐大嘴不会说小木盒的事，就替他道：齐主任到外面吹奏唢呐，总听到外面人埋汰大平台，作为大平台人，心里堵，所以消解方石两家的宿仇新恨，让大平台太平起来就成了他一桩心事。

老毕喝了口酒，摇摇头：别蒙我，皮裤套棉裤，里面有缘故，我估计还有别的猫腻。不过你不说我也不多问了，我听治保主任到镇里反映，说石锁在家磨滚钩，为啥？

齐大嘴点点头：是有这码事，石锁听说下游抚远渔民捕获了千斤鳇鱼，就翻出滚钩来磨，说要钓鳇鱼，弥补去年三道鳞歉收损失。

听说他还买了麻绳做主纲，说道不小呢。老毕啥事都知道，麻绳的事他怎么知道我和齐大嘴都很奇怪。

知道为啥用麻绳吗？老毕问。我俩面面相觑，这个问题齐大嘴提出过疑问，但没有答案。

作法。老毕很肯定地说，过去萨满巫师作法，都用麻绳，麻绳一旦浸了猪血鸡血，就能捆住看不见的东西，所以传说中小鬼到阳间锁人要用麻绳。

我吃了一惊，再看齐大嘴，他装作不明白的样子，很虔诚地望着老毕。我忽然明白了，齐大嘴当时一大早来告诉我石锁买了麻绳时，就知道这麻绳的用处，只是不明说，大概怕我批评他搞迷信。现在老毕把话说破了，他没有必要再隐瞒，就惊讶地说：毕镇长也知道这个，我听爷爷说过，麻绳是有灵性的，一浸血就变成了索魂绳，妖魔鬼怪都能捆。

老毕道：农村的事说到底还是一种说道儿，说道儿通了，一通百通，说道儿不通，做多少工作也白费。齐大嘴一拍大腿，毕镇长说得真好！农村的事根子就在一个说道儿，说道儿就像一条蛇，盘在人的心头，人为啥会皱眉头，就是蛇在抽筋。

我对齐大嘴把什么都往蛇上扯有点不以为然，端起酒杯敬酒，说：你俩懂得真多，一根麻绳有这么多说道儿。

老毕喝酒实在，和齐大嘴能喝到一块。两人推杯换盏，菜没吃几口，酒却下得快。老毕说镇里分工他负责大平台稳定，他知道大平台是个定时炸弹，说不准哪天就会炸，所以他一听到石锁、方世坤的名字就格外警惕，总觉着这两人会惹大麻烦。齐大嘴说：你放心，我和书记能按住他们俩的七寸。

老毕点点头，又说了一个难题。近期石锁到镇里上访，说方世坤建在江汊子的蛇屋是违章建筑，要求拆除，这件事你们要妥善处理。

蛇屋属于违建是肯定的，齐大嘴说，但他建在江边草甸子上，不是耕地，也不是宅基地，又不碍着其他村民，我和书记商量，就睁一只眼闭一只眼算了，免得激化矛盾。再说要是强行拆除这个蛇屋，一旦方世坤不配合，把成千上万条乌苏里蝮蛇放出来，后果不敢想象。

可是，按规定要给举报人一个答复，老毕说，这件事你们处理好，我要求就一条，别让石锁越级上访。

饭吃完了，老毕脸色绯红，说让我陪他到村里走走，不让齐大嘴再跟着，说三人一块不像散步，一看就是检查工作。

我知道老毕有话想对我说，就陪他在村里转。大平台村村容村貌一般，像个缺少梳洗的村姑，但格局还算整齐，街道平直，民居多是砖房。正是晚饭时间，街上不时飘出饭菜的香味，因为齐大嘴家畜家禽圈养的方案已经落实，除了土狗，再无鸡猪上街，街面利索了不少。老毕很高兴，夸大平台有了新变化，下一步要创建文明村。突然，老毕停下来问我：你发没发现村子里少了一样东西？我举目四顾，少什么呢？农村就是这个样子，几十年一贯制，物是人非而已。我摇摇头，不知道老毕说什么。老毕背着手，目光朝面前一排民居的房顶望过去，喃喃地说：少了炊烟。

我恍然大悟，是的，现在农村做饭改成了液化气和电，已经很少有人家在夏天烧柴火做饭了，从街上走过，自然看不到过去的炊烟。

千百年来离不开的烟囱成了摆设，老毕说，你不担心吗？将来很多东西都会成为摆设。

我觉得老毕的话很有忧患意识，与其说这是他的担心，还不如说是一个农村干部对未来的思考。炊烟一直是人间烟火的象征，炊烟不再，带来的不仅仅是伤感。

老毕说：我要单独和你说件事，大平台村民纠纷，一定要用软刀子解决。

我不明白老毕这话的含义，怔怔地看着他。老毕又补充了一句：感情上的事通过感情解决。

我明白了，老毕是希望我工作注意方法。

回到齐大嘴家，齐大嘴正在鼓捣一支唢呐，明天邻村一个村支书给老母亲办丧事，想请他给吹吹，他不能拒绝，红白喜事在当地是天大的事，人家开口相求，也说明看重他的技艺，他只好破例去吹一回。

老毕问：大嘴你收徒弟了吗？

齐大嘴摇摇头，年轻人没人学，再说现在屯子里也没有年轻人，空了。

老毕担忧地问：你将来不吹了，这唢呐在大平台是不是也就没了？

齐大嘴道：不会的，有些技艺需要轮茬，隔辈传。

我和老毕都知道这是一句假话，因为齐大嘴就一个女儿，已经远嫁大连，女儿的两个孩子都在大连上学，将来工作生活在城市里，没人会回来吹喇叭。

老毕在上车离开时，对齐大嘴说：你说的话我记着呢。

我也记着。齐大嘴道。

老毕看了看夕阳西下的村路，自言自语道：本来就日薄西山，还窝里斗。说完上车走了。

看着缓慢驶离的吉普车，齐大嘴忽然说，老毕心头有条蛇，一条大蛇。

我没接话，老毕心头的蛇，是不见的炊烟吗？

8

为了让石锁别再告蛇屋，我和齐大嘴再次来找石锁。

石锁戴着草帽，在一个"勇闯天涯"的广告伞下磨滚钩。石锁磨钩很卖力气，像木匠在木方上使刨子，哗啦哗啦，动作幅度夸张。见到我俩石锁停下来，抬起头说：来啦，坐。我们在马扎上坐下，齐大嘴道：石锁你磨滚钩很卖力气。

石锁说：对付大鱼，钩不快不行。

石锁的鱼塘水面平静，不远处有个垂钓者在挥竿。齐大嘴问：鱼塘对外开放垂钓业务了？这可是镇上发展农家乐提倡的。

石锁嘴撇了撇：开放啥！人家是县里来钓鱼的客户，到江汉子那边一看，有蛇禁入，就不敢去了，到我这里和我商量，说就是图个乐子，钓上鱼来可以按斤付钱。我说啥钱不钱的，咱大平台人还没都掉到钱眼里，你钓吧，钓到三道鳞就放回去，钓到鲫鱼、鲶鱼、蛇头，统统拿走，分文不要。

石锁能说出这些话，让我对他有点刮目相看，一个普通村民能为大平台对外形象着想，说明骨子里深爱着这个村庄。

齐大嘴说：其实，世坤也从来不阻止人去江汉子钓鱼，村里与他签订的承包合同也有这一条，村民垂钓自由，只是钓到养殖的蛇头要放生。

石锁冷笑一声：谁敢去，江汉子到处是乌苏里蝮蛇，不是野鸡脖子，那蛇毒性大，别说咬人，就是咬上老黄牛一口，也足以致死。

我觉得石锁这话有道理，方世坤这么做显然有些过分，他竖的牌子比电网还管用，本村人、外来人，谁都会躲得远远的。齐大嘴点点头道：我们去找世坤，让他管好蛇屋，一定不能把蛇放出来，否则出了人命他要负责。

石锁说：我爷爷被蛇咬死，方家负责了吗？对方家不能客气，就要以牙还牙。说到方世坤，石锁气不打一处来，开始翻陈年旧事。

方世坤有不对的地方，大伙都能看到，齐大嘴说：你老石通情达理，不会像他那么犟，你今天让外地人在鱼塘垂钓，说明你顾大局、识大体。

齐大嘴一表扬，石锁倒有些不好意思，把磨了一半的滚钩放到篮子里，指了指远处江汉子边的蛇屋说：他建了个蛇屋，啥手续也没有，养些剧毒蝮蛇，我到镇上把他告了。

齐大嘴说：方世坤那个蛇屋的事，你就别再去告了，即使拆掉也要等到蛇冬眠的季节，现在要是拆了，那些蛇还不得爬得满地是。

他养蛇就没安好心，他爷爷呼蛇他养蛇，他家上下都和毒蛇有关。石锁愤愤不平。

你举报是正确的，蛇屋确实是违建，齐大嘴说，可是现在米已成粥，你要是在他打地基时举报就好了，我们可以阻止他施工，现在咋办？就像妇女，孩子已经超生落地了，你还能掐死不成？

石锁道：我不想给村里添麻烦，就是看不过方世坤无法无天。

齐大嘴给石锁递上一支烟，小声说：蛇屋的事你就当个屁放了吧，不看方世坤，还要看我和书记面子，昨天毕镇长来大平台，为蛇屋的事把我和书记好顿剋。

石锁有点不好意思，点着烟吸了两口，道：你们知道我不是对你俩，今天你们来找我，我也不能不给面子，好了，蛇屋的事先放着，三道鳞的事我可等不及，都一年了，总该给我个说法。

齐大嘴很会做思想工作，当交谈遇到解不开的疙瘩时，他会巧妙地转换话题。他似乎想起了什么：老石呀，听人说你祖父泡的蛇酒你当宝贝待，给多少钱都不卖，有这回事？

石锁最希望别人和他谈蛇酒，因为这是石家祖上的光荣。齐大嘴一问，石锁立马来了精神，眼睛一瞪：当然，爷爷留下的蛇酒，我怎么会卖呢？爷爷的蛇酒摆在家里就能治风湿，你看看我们老石家人，谁得风湿？你再看看方世坤和其他江边养鱼的那几个，哪个不成沓往家买风湿止痛膏？

这是啥道理？齐大嘴顺着他话往下说。

当然有道理，酒在地窖里放着，会慢慢挥发，我家放酒的地窖就在里屋睡觉的炕沿下，隔几天我就会打开窖门透气，你知道吗？每次打开窖门，满屋子都是酒香，酒香也能醉人，在我家炕上睡一觉，就像喝了一盅蛇酒，自然不会得风湿。

我被石锁的话吸引了，他的话使我想到了南方一个盛产名酒的小镇，那里一年四季飘着酒香，听说周围许多流行病在这个小镇从没出现，说明空气中的酒气有一种神秘的力量。我插话道：窖酒散发酒味有道理，尤其用陶器窖藏，酒能像人一样呼吸。

石锁没想到我这个书记会肯定他的话，便对齐大嘴说：你看看你看看，有文化的大干部就是不一样，我说给毕镇长听，毕镇长说我哨，我有啥哨的？爷爷泡的酒就在地窖里面，几十年没挪过地方。

齐大嘴没有点头，问：咋证明那些酒是你爷爷泡制的？

石锁很神秘地一笑：爷爷每罐蛇酒都带着帖，用毛笔在红纸上写着年份，有的还写着蛇的来处。

真的？齐大嘴兴奋起来，一双金鱼眼变成了牛眼。

我蒙你干啥。石锁说，我爷爷有文化，留下的文字之乎者也，我们都识不全，地窖里最早的一罐酒标着民国三十年，最后一罐酒是爷爷被方四平害死那天的，酒罐上红纸黑字写得很清楚。

泡酒不是为了卖吗？为什么要收藏起来呢？我有点不解。

卖当然是卖的，我听父亲说，爷爷留下的蛇酒都是他从前没见过的异形蛇泡的，这些蛇毒性多大估计爷爷也拿不准，所以不会马上卖，怕卖出去把病人给喝坏了。

异形蛇什么意思？齐大嘴也是第一次听说。

爷爷说过，医不三世，不服其药，蛇有异形，损益必分。异形蛇就是那些花纹特殊、双头或短粗的蛇，这样的蛇不常见，有啥说道儿爷爷也拿不准。我爹说他年轻时看到地窖里一个玻璃罐里泡着一条双头蛇，酒都泡成了酱红色，那罐酒后来因为密封不严酒全飞了，双头蛇连骨架都没剩下，只剩下一个空罐还在窖里。

齐大嘴趁热打铁，接着石锁的话说：哪天能不能让我俩开开眼，见识一下你家地窖？

石锁扭头看了我一眼，有些为难：我家地窖从不让外人进。

你别为难，不让看就算了，我说，年份蛇酒毕竟是你家祖传宝贝，秘而不宣也能理解。

齐大嘴却说：好东西不给人看，就像珠宝藏在暗地，你把文物一般的蛇酒让我们见识一下，我俩也好向镇里、县里做个宣传，说不准你爷爷就成了非遗名人，你石锁也就成了名人之后。

石锁忽然看着我问：我要有了名气，再去告方世坤，是不是就不一样了？

石锁马上转到上告事情上，这让齐大嘴哭笑不得，但齐大嘴很会说话，道：当然不会一样，名人说话是放二踢脚，普通人说话是放小鞭，现在名人结婚离婚生孩子和谁吃饭都是国家大事，而咱们再大的事也没人搭理，有出名的机会你得抓住抓紧。

石锁脑子还清醒，嘴撇了撇：你别忽悠我，我听书记的。

我想了想，告诉他如果能把大平台失传的蛇酒宣传一下，对提高大平台的知名度有好处，说不准可以开发一个经济项目。

石锁道：好吧，等我回家收拾一下，请你们过去。

我心里一颤，实地侦察，这是齐大嘴用的第二招。

9

发现齐大嘴解决方石宿仇有了实质性进展后，我和齐大嘴有过一次长谈，我很费解一个没当过干部的喇叭匠，凭什么一下子对当村干部变得轻车熟路。齐大嘴并不谦虚，他说过，谦虚的人吹不了喇叭，吹喇叭就是要欢实起来，恣肆起来。齐大嘴会用恣肆这个词我感到很新鲜，不过，感到更新鲜的是他本事的来处。

齐大嘴说，当干部和吹喇叭是一个道理，他已经悟出了这里面的秘诀：一是憋足气，二是按准眼儿，三是该按下就按下，该抬举就抬举，懂得了这三个秘诀，村主任能当，给个镇长也担得起。

我觉得齐大嘴此话很形象，有位领袖就把当领导艺术比喻成弹钢琴，钢琴和唢呐都是乐器，道理相通。但我很想听听这三个秘诀如何解释。齐大嘴不愧是大嘴，啥道理到他嘴上都讲得通，好像真是那么一回事。齐大嘴道：气是精神，气足精神头儿就足，农村有句话不好听，却很有道理，叫倒驴不倒架，这就是说要憋住气，吹喇叭全靠一口气，气一泄就吹不成，当干部也是，自己先萎了，哪个村民能信你？按准眼儿太重要了，工作千头万绪，你就十个指头，不能啥都舞弄，一定要找关键的音孔来按，这样才能吹出曲调来，喇叭杆正面七个眼儿，我爷爷把它比喻成蛇的七寸，你按住了七寸，啥蛇也能听你摆弄。当然，光知道按准还不行，按住不动就按死了，要知道收放，做到收放自如，本事就练成了。

齐大嘴等于给我上了一课，真是高手在民间，一个喇叭匠能有这般领导智慧，这是我下乡前无论如何也料不到的。

齐大嘴也有齐大嘴的狡猾，对不同的人他会说不同的话，他告诉我，他在当婚礼大知宾时，再能闹妖的娘家客也能摆平，那不是靠喇叭，而是靠这张能深能浅的嘴和千杯不醉的酒量。

方世坤的蛇屋必须扒掉，这是我和齐大嘴的共识。矛盾不能回避，齐大嘴说，咱俩去找方世坤。

方世坤在江汉子里养殖的蛇头还有一个月就起鱼。今年订单不错，所有蛇头都找到了买主，方世坤挺高兴，自己在窝棚里就着拍黄瓜喝啤酒。见到我俩造访，方世坤有点不好意思，说自己是早饭午饭一顿吃，也就是说吃两顿饭，因为没啥事做，吃多了也不消化。齐大嘴说：这样吧，你到地里再摘几根黄瓜，放点大蒜拍了，我俩陪你喝。

窝棚里很凉爽，三人围着一盆拍黄瓜，边喝啤酒边聊天。喝啤酒不用碗，直接对瓶吹，拍黄瓜也可口，很快每人就喝下两瓶。看到方世坤有了酒意，齐大嘴开始导入正题，他说：世坤呐，你爷爷活着的时候是咋说石栏山的，一个会捉蛇泡蛇酒的人，怎么就能被蛇咬死了呢？

方世坤摇摇头：其实石栏山的死和我爷爷没关系。你知道，我爷爷还去劝过他，他不听，非要泡蛇酒，结果让蛇咬死了。方世坤谈起石栏山并无仇恨，甚至有些惋惜，他说：我爷爷后来很后悔，说自己那天要是不醉酒，也能救活石栏山，毕竟乡里乡亲的，咋能眼看着他去见阎王，可是那天是我爹妈定亲换盅的良辰吉日，爷爷自然就多喝了几杯，石家来人一时叫不醒，等醒来赶过去，石栏山蛇毒已经由血入心，没救了。

这是误会，为啥就不能坐下说说呢？齐大嘴道。

没法说了，石栏山死了，石家没人能和爷爷说话，加上石栏山老伴说是我爷爷呼蛇害人，这梁子便结得死死的，解不开了。方世坤咕咚咚喝下半瓶啤酒，有些激动地说：这件事是石家的不幸，也伤害了我们方家后人，我爷爷从那件事后，就决定不教子孙呼蛇，呼蛇和治疗蛇伤的绝技从此失传，我们方家后人为此都恨石家，因为是石家影响到了方家一门绝技的传承。

齐大嘴举着啤酒瓶子停在嘴边，愣了半天才问：为啥不教了？一招鲜、吃遍天，技不压身呀。

方世坤道：我爹问过爷爷，爷爷说，呼蛇容易遣蛇难，遣蛇不去，反遭蛇害，这是个在刀刃上跳舞的绝技，不碰为好。

齐大嘴点点头，他也听爷爷说过类似的话，看来方四平是铁了心不想传授这门绝技。

方世坤说，爷爷这段话方家后人都知道，小姑活着时对这段话有过解释，说这是爷爷反思方石两家宿仇后得出的结论，也就是说，如果爷爷不会呼蛇，和石家就不会有这层解释不清的误会，一门绝技，让两家几代人势不两立，这绝技的价值就值得斟酌，呼蛇，等于呼来了仇恨，却又无法将仇恨遣走，人生就徒增烦恼。小姑的解释不无道理，小姑本人就是被这仇恨给害死了。

爷爷不把呼蛇绝技传给你们，说明已经从呼蛇变得忌讳蛇，希望后人不再和蛇打交道，你怎么还要在江边建蛇屋、养蝮蛇？你可知道，因为你养了乌苏里蝮蛇，江汉子里连垂钓的都不敢来，你竖的牌子成了一道无形的铁丝网，把江汉子给封闭起来了，我看养蛇生意你还是别做了，老人家反对的事你去做有不孝之嫌。

方世坤没有回应齐大嘴的问题，将一瓶新酒在板凳上一擦，开了瓶盖，然后仰脖喝了几大口，擦擦嘴巴道：我是迫不得已，人家天天磨刀，我总不能伸着脖子等人家剁吧。你们知道吗？从石锁把家里那只白鹅杀死那天起，我就策划养蛇，养就养毒性最大的蛇，养蛇为了自卫，人可犯，蛇不好惹。

我和齐大嘴都明白了，方世坤养蛇是冲着石锁磨滚钩去的。当然，他这一招很有效，石锁特别在意这个蛇屋，要不也不会去镇里上访。齐大嘴说：蛇不认路，一旦爬出江汉子，爬到周围养殖户鱼塘里，伤着人可不是小事。

方世坤道：谁说蛇不认路，蛇有蛇道儿，不会乱爬，我不插牌子的地方，就不会有乌苏里蝮蛇出没，大伙可以放心打草、放牛、钓鱼。

话可以这么说，谁愿意冒险，你养蛇之后江汉子成了死亡之地，这对你也不好，毕竟都是乡里乡亲。齐大嘴开始打软化牌，作为大平台有头有脸的大户，方世坤应该注意自己形象，毕竟身后还有个亲友团。

我要看石锁下步棋咋走，方世坤说：他进我进，他退我退，让我一个人罢手，我不干。

我一直在听两人对话，现在，方世坤把话说到这个份儿上，我觉得有必要把问题的严重性告诉他。我说：老方呀，养蛇可以，但需要村里批，由村里选址，你这样私自建个蛇屋是违法行为，村民举报你是有道理的。

方世坤并不急，竟然微微一笑，道：我承认蛇屋没批先建，可是我养蛇也不是只为了取蛇毒，还有一条是看护江汉子，看护我十几万斤蛇头，你知道山里的山参、灵芝吗？每一棵老山参、老灵芝旁边，都有蛇看着，想挖参采灵芝，先得防着蛇，我就是受这个启发，才养蛇看护江汉子。如果书记主任能保证我江汉子里十几万斤蛇头安全，我就将蛇屋扒掉，把蛇都放到小龙山去。

我和齐大嘴面面相觑，谁能保证江汉子里蛇头的安全？去年石锁的三道鳞就不明不白叫蛇头给吃了个精光，方世坤江汉子里的蛇头就更不好说了，被天敌给吃掉也不是没可能。齐大嘴道：这个事书记不能打保票，你自己掂量着办。

方世坤好酒量，举起酒瓶敬我和齐大嘴：我向两位领导保证，我养的乌苏里蝮蛇绝对不会伤人！你们放心就是。

从方世坤窝棚回到村委会，齐大嘴泡上五味子茶，一边喝茶一边说，蛇屋挺蹊跷，方世坤话里有话。

养蛇护鱼，闻所未闻，大平台什么怪事都有。

齐大嘴又把目光投向窗台那个空酒瓶，思忖了片刻对我说：书记你和老毕说说，先别对蛇屋来硬的，给我点时间再说。

我说：这不成问题，老毕就是想强拆，也得征求咱们意见。

齐大嘴叹了口气道：这个喇叭眼儿在哪儿呢？

10

安装在石锁鱼塘边的监控硬盘能储存一周的视频，这个视频只有我和齐大嘴能看。视频中，一连有两个阴雨夜晚，草甸子有成群的蛇从江汉子往石锁的鱼塘爬，蛇的速度很快，好像有人驱赶一样，嗖嗖嗖，可以看到草在游动，令人汗毛直立。这是什么原因？难道是方世坤在搞鬼？我和齐大嘴看不明白是怎么回事，齐大嘴想了想说，这事要保密，千万不能让石锁知道。我一时也没了主意，说这些蛇太神奇了，自己往鱼塘跑。齐大嘴想了想，道：孙悟空打不过妖怪的时候咋办？去找观世音菩萨，我也要去搬救兵。我说你找谁去，谁能解释了这个现象？齐大嘴说，去腰屯找孔六枝。孔六枝是个蛇医，和当年方四平一样有名气，腰屯周围村民遭蛇咬，都去找孔六枝治伤。孔六枝已经七十多岁，因为右手有六根指头，人们叫他六枝，至于真名是什么，没人记得住。

齐大嘴没让我去，他说孔六枝不喜欢和政府机关干部打交道，因为他治疗蛇伤没有执照，都是土法，严格来说是非法行医，怕干部找他麻烦。齐大嘴走后我想，临时抱佛脚，这应该是齐大嘴第三招。

腰屯有个蛇医我事先不知，齐大嘴各路信息就是多，这都是走街串巷吹喇叭的收获。齐大嘴是骑摩托走的，走之前告诉我，可以到方世坤那里看看，策略地问问他的蛇屋是不是哪里出了裂缝。齐大嘴走后，我就来找方世坤，因为是清早，方世坤正在江汉子边起虾笼。江汉子里盛产河虾，个大饱满，能晒出金钩米来，当然，这河虾也是蛇头的食物。见到我方世坤道：早，书记。

我应了一声，过去帮他往水桶里倒虾。河虾在阳光下闪着银光，有的会弹跳到桶外，三蹦两蹦又回到了江里。方世坤并不去捉，见我弯腰去捉，他伸手拦住说：别捉了，能逃出去的说明不该死，就让它回汉子里游走吧。

方世坤起了半桶河虾，把水桶往我眼前推了推：拿回去煮了吃吧，不错的下酒菜。方世坤知道我在村委会一个人做饭，吃饭总是对付，便想把这些河虾送给我。我婉拒了他的好意，就站在江边与他聊起蛇来。

老方，你养的乌苏里蝮安全吗？会不会跑出来？我问。

安全肯定是安全，但也会有跑出去的，就像这河虾，总有几只逃脱回到江里，乌苏里蝮逃出蛇屋，爬进甸子里去也正常。方世坤把蛇出逃一事看得稀松平常。

一条两条无所谓，要是逃出去多了，损失就大了，所以要把蛇屋封闭好，蛇这个东西，有缝儿就会爬。我提醒方世坤，希望他能听懂。

没事，蛇屋铁桶一样安全。方世坤并不多想。

我一时无语。方世坤如此相信他的蛇屋，乌苏里蝮成群逃跑的事似乎不会存在。

突然，方世坤问了一句：石锁今年的三道鳞咋样？

我心里咯噔一下，这个问题暴露了方世坤的意图，说明他在想着三道鳞的事。我说我不清楚，还没有起网，具体情况要一个月后起鱼才能知道。

方世坤道：养鱼的人都知道怎样计算成鱼密度，投放饲料时就能看出来，当然，石锁的鱼塘深，那里原来就是个大泡子，西南角最深，有三四丈，大鱼趴在里面不凫上来。

方世坤对石锁的鱼塘如此了解这出乎我的预料，我问：他家鱼塘你咋知道这么清楚？

那里过去叫蓝湖，是片湿地，有大片的鸢尾花，我小时候常去那里钓鱼，西南角有块沙滩，沙子很细，夏天里有甲鱼到沙滩产蛋，都怪石锁，他挖了鱼塘后，鸢尾花不见了，沙滩甲鱼也绝迹了，就剩下一圈蒲草和数不清的鬼蜡烛，我平时看着心疼。

我为方世坤有这样的环境意识感到高兴。与石锁相比，方世坤的养殖的确环保，不破坏江汉子自然原貌，不截断水流，不投放合成饲料，除了蛇头鱼苗外，其他都是绿色原生态，而石锁却把原来一个自然天成的池塘给破坏殆尽，蓝色的鸢尾花不见了，野生甲鱼也绝迹了，养殖三道鳞也要投放人工合成饵料，这样比较起来，方世坤的生产方式更为可取。

其实，你们这些养鱼的应该在一起交流一下，村里本来想成立个养鱼协会，主要因为你们这两家大户老是顶牛，成立不起来。

方世坤道：石锁小肚鸡肠，连只白鹅都容不下，想一出是一出，还到处告我，我不稀罕搭理他。

你们两家误会太多，需要都降降身段，别总是绷着，这样下去有什么好，斗则两伤，和则两利，把过去的事情放下，把心头之蛇遣走。说完这话我自己吃了一惊，我竟然用齐大嘴的理论在做村民工作，看来理论这个东西，其影响力在于不断重复，正因为齐大嘴遣蛇不离嘴，才导致我潜移默化接受了他这套东西。

这一代恐怕不能缓和了，看看下一代吧。方世坤对两家宿仇化解持悲观态度，他心里记恨的应该是小姑方小茹的死，方家始终认为是石天翔害死了方小茹。

我离开江汉子时，看到草甸子远处，石锁正站在那里张望，手拎一个弯弯的器物，不用猜，那是一把滚钩。

傍晚，齐大嘴没回来，手机没信号，我有些着急，乡路路况不佳，齐大嘴骑摩托，万一出交通事故就麻烦了。我给老毕打电话，希望老毕能带着他的皮卡拉我去接一下齐大嘴。老毕一听齐大嘴骑摩托去了腰屯，在电话里就放声骂开了：这个大嘴，去腰屯要经过四不漏子他知道不？那里地势多险呐，当年苏联红军打关东军，四不漏子是出名的鬼门关，那里的陡坡像瘦驴背，骑摩托最容易栽到沟里去。老毕放下电话就坐着皮卡车赶来了，人未下车就喊我上车走，赶快去四不漏子。老毕说齐大嘴要是出事肯定在四不漏子，但愿别伤了筋骨。我说不会那么严重，齐大嘴灵活得很。老毕说快六十岁的人了，再灵活手眼也慢了。

皮卡开得很快，颠簸了二十多分钟，来到曲里拐弯的四不漏子。这里不愧是军事要塞，路窄坡陡沟深，人没进沟，就有一种阴森森的感觉，加之天色已晚，往来车辆又少，让人总担心路两边柞树林里会有狼虫虎豹冲出来。皮卡缓慢开到沟底，果然看到一辆摩托车翻倒在路旁柳树丛边，正是齐大嘴的摩托。我和老毕跳下车，用手电在摩托车周围找人，柳树丛后面是一条小河，河水浅却急，哗啦啦流水声很响。手电筒在河边照到了齐大嘴，齐大嘴双手紧紧抱着他随身带的电脑包，身上散发着酒气，不知是晚上喝的酒，还是包里的扁酒壶泄露，酒味很大。看到我们，齐大嘴有些舌头僵硬，开玩笑说：骑摩托不如骑驴，摩托会倒，驴不会倒。我们没有多说，把齐大嘴搀到车上，再把摩托抬上车。老毕冷着脸道：直接去县医院。齐大嘴说：不用了，就是腿碰了一下不听使唤。老毕说：还是到医院拍片看看好。齐大嘴不再坚持。看出来他腿很疼，那张大嘴抿成了一道细缝儿。

要到县医院时，齐大嘴突然说：你们说刚才我在沟里半躺着看见了啥东西？

我说该不是狼吧，听说四不漏子有狼出没。

我看到了一条蛇，胳膊粗细一条野鸡脖子，这蛇真奇怪，从我伤腿前爬过去，好像我不存在一样，你说怪不怪？

老毕说：你没惹它，它自然不会咬你。

齐大嘴道：它要是咬我，我就扔在四不漏子了。

检查结果出来，齐大嘴左腿胫骨骨裂，需要打夹板固定，拄拐走动。

我问去搬救兵有没有收获，齐大嘴说录像的事孔六枝不懂，但孔六枝提供了一个情报很有价值。至于什么情报齐大嘴没有说。我知道齐大嘴想留着包袱到关键时候抖，便没多问，齐大嘴毕竟是个喜欢哗众取宠的喇叭匠。

11

齐大嘴在县医院住了三天，其中有一天莫名其妙地失踪了，问护士，护士说，骨裂不是骨折，只要拄拐，可以到街上逛逛，碍不了大事。护士这样说我便没在意，但我发现齐大嘴是背着床头那个电脑包出去的，黑包里有唢呐、酒壶和监控硬盘，齐大嘴莫不是跑到公园吹喇叭过瘾去了？

齐大嘴的女儿打电话要回来接他去大连，说早先联系好教唢呐的老年大学催她了。他对女儿说干满一年肯定走，让女儿和那边老年大学说好，去教喇叭的事不会变卦。齐大嘴说这话的时候我就在病房陪他，我说：你不该把话说得这么死，要是满一年你那桩心事未了咋办？齐大嘴道：已经有谱了，不会跑调儿。

我发现齐大嘴任职快满一年前这段日子，变得有些神秘起来，孔六枝说了什么他守口如瓶，病房失踪一整天不知去向，有时拿着包里那支短唢呐欲吹不吹，痴痴地在那里把玩。我对老毕开玩笑说：坏了，齐主任怕是把魂丢在四不漏子了，该请个萨满去招招魂儿。老毕说：齐大嘴在动脑子呢，他夸下了海口，总该有个交代。

我从医院回到大平台，在村委会门口，正遇到脸色铁青的石锁。石锁将一条死鱼掼在地上，我一看，又是蛇头。

我不能忍了，石锁说，一而再，再而三，我再不还手好像我怕他。

原来，还有些日子就要起鱼，这天，石锁试了一网，没想到捞上来的鱼里又有不少蛇头，他由此认为这是方世坤故技重演。石锁说：这次来我是向村里打个招呼，我石锁要出手了。我说你要咋出手？石锁道：等着瞧！

石锁说完，朝地上的死鱼狠狠踢了一脚，那条蛇头被踢破了肚皮，滚落在院墙根，不知谁家的土狗跑过来，叼起死鱼跑了。

我站在村委会院子里，心想，石锁如果报复，肯定会用他磨了一小年的滚钩，但滚钩怎么用却没人清楚。在安装鱼塘监控时，我通过无线装置将图像传输到手机上，以便能即时看到监控状况，但石锁不笨，他摆弄滚钩的时候选择在监控盲区，这样便躲过了监视。

正在想对策，齐大嘴回来了，挂着单拐，一进门就问：石锁一千把滚钩磨完了吧？

我点点头，告诉他石锁来过，不是上访，是来告诉村里他要出手了。

齐大嘴轻笑一声：我早就料到他要下滚钩。

那怎么办？我有些吃惊，尽管我不知怎样下滚钩，但这一定是石锁说的出手。

明天一早我们俩去找石锁，齐大嘴说，到了该摊牌的时候了。

我看了齐大嘴一眼，心想，这个喇叭匠是不是脑子在四不漏子碰坏了，手里没牌怎么摊？时至今日，蛇屋没拆，滚钩磨成，宿仇未消，再添新恨，楚河汉界裂得越来越宽，这个时候去找石锁，只能自讨没趣。

见我有些迟疑，齐大嘴说：我俩去石锁家，不是去鱼塘，上次不是说好要去参观他家地窖吗？

说实话，如何化解方石两家矛盾，我想不出好办法，只能跟在齐大嘴身后走，因为我别无选择。老毕说得对，夸下了海口，总该有个交代，齐大嘴既然揽下这件瓷器活，腰里一定别着金刚钻。齐大嘴说明天去石家，让我联想到了一个成语：不入虎穴焉得虎子。我心里盘算了一下，主动出手，这应该是齐大嘴用的第四招。

清晨，一进石家院门，石锁就迎上来，盯着齐大嘴的伤腿问：咋还拄拐了呢？齐大嘴骑摩托出车祸一直瞒着村民，没人知道他去腰屯找孔六枝的事。

齐大嘴道：关节有伤，不吃力。

石锁变得警惕起来，他担心对方是来讨蛇酒的，就先用话挡住：我可没有蛇酒卖，家里有几瓶那是留着的念想，给多少钱都不卖。

齐大嘴哈哈一笑：老石你也忒小气了，我这是硬伤，不是风湿，用不着喝蛇酒。

石锁有点不好意思，道：不讨蛇酒两位领导大清早到我家有啥事？

齐大嘴说想见识见识地窖。因为上次有话，这个要求并不突兀，石锁也没有拒绝，领我俩来到里屋，点上蜡烛，打开屋地上一个一米见方的木门，自己先踩着梯子下去，站在下面抬头问：你这腿脚能下来？

齐大嘴一把丢开拐，道：别说地窖，就是地狱我也下得去。

窖门往外冒着凉气，好大一个地窖，而且是有年头的旧窖。透过窖门往下看，窖壁青砖砌成，白灰勾缝，工艺十分精细。齐大嘴不在乎伤腿，硬是踩着一节节木梯下去了。我也跟着下到窖里。在烛光里可以看清，地窖大概有十几个平方，中间有两口大缸，青砖铺成的地面上再无他物，四壁一些凹槽里放着些大大小小的玻璃罐和陶罐。让我感到奇怪的是地窖里不潮，应该是做过防水，看来石栏山果真下了功夫。

石锁端着蜡烛，一罐罐给齐大嘴介绍这些蛇酒，每罐酒上都有一个菱形的红纸帖，上面用毛笔写着制作时间。有一罐上竟然写着民国三十年六月初六，齐大嘴伸了伸舌头，真如石锁所言这些瓶瓶罐罐称得上文物了。我注意到，这些所谓的蛇酒已经看不出蛇的样子，罐里净是些浑浊不清的液体，想必因为时间太久，酒与蛇已经完全融为一体。难怪石锁不出售这些蛇酒，因为酒精挥发殆尽，这些液体会给人带来什么谁也说不清楚。

地窖里有一种酒与醋相混合的味道。石锁解释说这酸味是缸里散发出来的，缸里腌渍着酸菜，有地窖腌渍酸菜，石家一年四季都能吃上酸菜馅饺子和汆白肉。

齐大嘴一双金鱼眼停留在靠近木梯的一个凹槽处，那里有一封口大玻璃瓶，瓶上红纸竖写这样一列字：丙申年丙申月己未日。换算出来，这是1956年8月20日，阴历七月十五，中元节。时间正是石栏山被蛇咬伤去世那天，也就是说，这是石栏山泡制的最后一瓶蛇酒，齐大嘴从石锁手里接过蜡烛，靠近酒罐仔细观察，依稀可以看出一条蛇的骨骼，骨骼成了文殊兰花的形状，这是蛇活着时不断扭动的结果。瓶中酒已经变成赭红色，尽管用了蜡封，但瓶中酒还是挥发过半。

你动过它？齐大嘴问。

石锁摇摇头：这些酒没人动过，地窖平时也不让人进，你俩是领导，领导嘛，不让进也得进，当然我不是巴结领导，我看出来领导是真心想见识一下。

你看，老石，这瓶子下面好像压着一张黄纸。齐大嘴有了发现，他没有动手去碰，而是把这发现告诉了石锁。

石锁探过头来看了看，道：是有张黄纸，以前怎么没发现？石锁挪开酒瓶，拿出这张叠好的黄纸，像捧着圣旨一样诚惶诚恐，说：我们上去看吧，窖里光线太暗。

我们依次爬出地窖，石锁将黄纸放在炕上，关上窖门，匆匆到外屋洗了手，回来小心翼翼打开折叠着的黄纸，原来是一张字条。我靠过去，一字一句把这张毛笔写成的字条念出来：

> 丙申年丙申月己未日，出行吉旦，登小龙山，捕蛇制酒。获蛇六条，归，遇一赤链之蛇横路，遂捕之。此蛇异质，单独制酒一罐，宜久储。获此蛇时，身后有窸窣之音，若风拂衰草，回顾，却不见异常。此蛇浸酒，头昂酒上，不死，甚奇。即日，栏山。

小龙山坐落江边，山上巨石错落，间或生长着柞树和杨树。山上蛇多，常常伤人，古时人们建小龙庙以祈福。小龙庙是石栏山捉蛇的地方，信札中描述了石栏山上山捕蛇，路上遇到了一条带有红色花纹的蛇，便捕获了该蛇，往回走的路上，总是听到身后有窸窸窣窣的声响，待回头看，却什么也没有。回家后将此蛇泡酒，却见这条蛇能将蛇头昂在酒面之上，这样很久蛇也不会死去。他制作这瓶蛇酒，要长久储存。

你爷爷被蛇咬之谜，就在这条赤链蛇上。齐大嘴很肯定地说。

为啥？石锁瞪圆了眼睛。

腰屯孔六枝告诉我，你爷爷捉到的是一条蛇王，蛇王被捉，跟随它的蛇便尾随而至，到夜晚向你家发动了攻击，你爷爷往外赶蛇时激怒了蛇，遭到蛇咬，这字条基本可以排除方四平呼蛇到你家害人的猜测，白纸黑字很清楚。

石锁摇摇头：我不信，一条小花蛇能是蛇王？

别说石锁不信，齐大嘴的断言我也将信将疑，这张字条只是写了捕蛇的过程，并没写群蛇来袭的经过，齐大嘴要想让自己的结论立得住，就必须找到令人信服的依据。

征得石锁同意，我用手机将字条拍照留存。石锁说要把字条放回原处，爷爷留下的东西，他不想动，将来告诉孩子也不要动，蛇酒安放在地窖，好像爷爷就活在家里。齐大嘴和我说过，石锁是个孝子，他虽然没有继承爷爷制作蛇酒的本事，但总是以爷爷制作蛇酒的业绩为豪。外省一家药酒企业，想购买爷爷的肖像，以此为他们的产品做宣传，开价不低，但石锁不为所动，这也令村里很多人竖大拇指。

齐大嘴笑了笑，突然改变了话题道：治疗心病、遣走心蛇的灵丹妙药是有成本的，这成本就是我这一条腿。他拍了拍伤腿对我说：书记，我想明天把老毕请来，再叫上老石、世坤，咱们来个三堂会审。

我猜想这是齐大嘴要摊牌了，这也是他解决问题的关键一招：摆上桌面。其实，很多事情存在问题，根子就在捂着瞒着，没把问题摆上桌面，如果把各自手里的牌都亮在桌面上，赢得明白，输得心服，省得猜来猜去。我问：喇叭眼儿都找准了？

齐大嘴道：八九不离十吧。

石锁虽有些糊涂，却说：三堂会审好，让方世坤自己说说他都干了些啥埋汰事。

离开石家时，石锁忽然追了一句：我上午忙，最好下午。

齐大嘴愣了一下，朝我使了个眼色，便拾起拐杖，一瘸一拐地走出石家。石锁送出门外，突然扯了我衣袖问：你是书记，我想问你一句话，一个人无缘无故打了你两个耳光，你去找人评理，又没人管，你说这个人该咋办？

怎么会没人管？世上总有说理的地方。我说。

齐大嘴回了一句：老石，别做傻事，事情总有水落石出的时候，别忘了明天下午去村委会。

回到村委会，齐大嘴给老毕打电话，想明天一早借用渔政站的小快艇。老毕说你想干啥？齐大嘴说没啥，我明天一早和书记到江里看看，书记来大平台快一年了，我还没陪他视察一下江界呢。

我问齐大嘴：为啥明早要到江里去？齐大嘴说：你明天跟我走就明白了。

我发现齐大嘴行为反常，又不便深问，心想，权当随他看看江景了，黑龙江江景不错，两岸植被茂盛，水质也没有污染，游江是件开心事。

黑龙江大平台段有个江心岛，在主航道中国一侧，从江心岛往下游百米许，就是方世坤用丝网隔出的江汊子。齐大嘴忍着腿疼，和我一人拎一把二齿挠子来到停泊在岸边的小快艇上。开快艇的是个小伙子，见我俩没带任何渔具，好奇地问：用二齿挠子刨鱼？齐大嘴咧嘴一笑，不是刨鱼，是刨滚钩。我这才明白，原来齐大嘴今日行动是为了阻止石锁的滚钩。我问：你咋知道石锁今天会下滚钩？齐大嘴道：千把滚钩磨完，院子里又有充气橡皮艇，再加上鱼塘里再次出现蛇头，我估摸下钩的火候到了。

我不得不佩服齐大嘴，这哪里是个吹喇叭的，明明就是神机妙算的诸葛亮！

齐大嘴让驾驶员将快艇开到江心岛一角柳树丛中隐蔽起来，然后盯着西面的江面。果然，不大一会儿，一辆四轮拖拉机开到了江边，石锁从拖拉机上卸下小橡皮艇和盘成圆团的滚钩。可以看到滚钩在早晨的阳光下闪闪发光。石锁并不急着下钩，而是在江边打夯一样用大锤砸下一根木桩，砸好后，双手试着摇动，看到很牢固，才将盘成圆团的滚钩主纲一端绑在木桩上，然后将小艇放到江里，一边下钩一边往江心岛划，大约半个小时，他划到江心岛，泊好橡皮艇，把滚钩主纲另一端系在一棵树上，然后拎着铁锤，和一截削尖的木桩往上游走，走到一处沙滩，开始打桩。这根木桩打得并不深，石锁还故意摇动了几下，然后拎着铁锤原路走回，解下滚钩主纲，拖到木桩处系好，在裤子两侧擦擦手，吹出一串口哨，登上橡皮艇划走了。

石锁在忙碌的时候，齐大嘴一直没有说话，只是盯着看，一直到石锁扛着橡皮艇上岸，开着拖拉机咚咚咚冒着青烟走后，齐大嘴才对我说：走，咱们过去看看。

我俩登上江心岛，来到石锁固定滚钩的木桩前，不看不知道，一看吓了一跳，固定滚钩的木桩眼看就要被拽起，因为江水冲力的原因，滚钩主纲拉力太大，江面上呈弧状的主纲甚至兜起了浪花。齐大嘴喊我一起动手，拉住滚钩主桩，然后找到一棵碗口粗的楸子树，把主纲拴好。齐大嘴一腚坐在草地上，一边抚摸伤腿，一边喘着粗气：好险，好险呐！

我似乎也看出一点门道，就问：一旦主纲脱了木桩会怎样？

跑钩呗！齐大嘴说：这么大这么长的滚钩要是跑钩，那就是江里面一条甩来甩去的铁蒺藜，一条浑身是刺是钩也是刀的铁龙呀，你往下看，不到百米就是方世坤拦江汉子的三层网，滚钩一旦甩上去，江水冲力就会把三层丝网豁个稀巴烂，那样，方世坤十几万斤蛇头就真成了野生鱼了。好险，好险！齐大嘴重复了两遍，没想到石锁心头盘着一条铁蛇！难怪遣不走它。

我明白了，石锁是故意不固定好拦江主纲这一端的木桩，目的就是放走这条带着千把滚钩的铁龙，去撕毁方世坤的拦江网。应该说这是一个能规避法律惩罚的报复手段，一旦出事，可以归结到自然原因上，作为捕鱼者，顶多承担一点民事责任，而方世坤的蛇头也给他的鱼塘造成了损失，最后的结果就是不了了之。石锁很聪明，磨了一年的滚钩，目的原来在此。这一刻，我从内心里佩服齐大嘴，如果没有今天的防备，跑钩事件已成定局。

我说：齐主任，你牵住了这百米滚钩不是遣蛇，简直是遣龙啊！

齐大嘴道：真要是跑了钩，方世坤就能善罢甘休？他蛇屋里可是有成百上千条乌苏里蝮蛇啊！

12

午后的时光似乎疏了密度，即使窗户全开，村委会小小的会议室也十分沉闷。

石锁第一个进来，我把一杯五味子茶端给他，请他落座。石锁坐下来，眼睛却不安分，在会议室墙壁上溜来溜去。墙上挂满了镜镜框框，写满了规章制度，我想石锁对这些内容不会在意，他是担心自己的目光被齐大嘴逮住，便老鼠一般审来审去。

方世坤进来了，朝我和齐大嘴点点头，却无视石锁的存在，自己点着一支烟抽起来。石锁斜视了他一眼，嘴角露出一丝冷笑。

随着一阵皮卡汽车马达声由远而近，老毕走了进来，和屋内每个人握了握手，然后坐在主位上，把一个很大屏幕的手机摆在面前。问：大嘴呀，把我们召来有何吩咐，下午镇里组织干部学重要文件，我请假来你这里，说明在我心目里大平台工作比上级文件还要紧。

齐大嘴说：今天请各位来，目的很明确，就是遣蛇。

老毕和我都知道齐大嘴的意思，倒是石锁和方世坤不明白，好奇地望着齐大嘴。齐大嘴接着说，心头之蛇不遣走，方家和石家宿仇不会消解。

方世坤知道爷爷的遗言，齐大嘴说出遣蛇一词，他若有所悟，收回了投放在齐大嘴脸上的目光。石锁变得心不在焉，目光又在墙壁上扫来扫去，我估计他心思在滚钩上，想象着滚钩已经豁开拦网，此时此刻，江汉子里的蛇头正成群结队从豁口处往江心挤呢。

大家都等着齐大嘴往下说。

方石两家的仇恨像压实的豆饼，小来小去的不说，大的有三层，我们一层层来揭。先说最新一层，就是蛇头和三道鳞的矛盾。老石弄不明白，自己鱼塘里怎么会出现那么多蛇头，这些蛇头把三道鳞当成了饲料，结果一个夏天过去，鱼塘里的三道鳞几乎被吃光。

石锁用仇恨的目光盯了方世坤一眼。方世坤却全神贯注看着齐大嘴，等着下文。

齐大嘴接着说：老石猜这蛇头是世坤故意投放的，去年投放不算，今年又发现了鱼塘里有蛇头，所以老石就想报复，天天磨滚钩，一千把滚钩，被他把把磨成了钩镰枪，你们听说过《水浒传》吧？里面有徐宁使的钩镰枪，这东西一旦下到江里，江水一冲，那可就是一条滚钩铁龙，什么网也挡不住，对吧，老石？

石锁脸色变了，变得失去了血色。方世坤却猛地站起来，他只想到陆地防范，从来没想到石锁会从水上偷袭，他当然知道滚钩一旦挂到拦网会有什么结果。

齐大嘴摆摆手：先坐下，世坤，我还没说完呢。

方世坤坐下，却用针刺一般的目光扎向石锁。我担心冲突在瞬间爆发，便在心里催促齐大嘴快快往下说。

老石你冤枉世坤了，这件事你俩都是受害者，你三道鳞被吃，世坤的蛇头也流失不少，世坤也冤呀！

那是咋回事？难道蛇头会自己飞到鱼塘里，隔着七八十米远，鱼又不长腿。石锁问。

齐大嘴点点头说：真让你老石说对了，这蛇头就是自己过去的，不是飞，是在草上爬，我们安装的监控拍到了大量蛇头在阴雨的夜晚往鱼塘里迁徙的镜头，开始我和书记以为是蛇屋里的蛇，后来我找专家一看，人家说这是典型的蛇头鱼迁徙。蛇头鱼生命力极顽强，在没水的情况下可以活三天，当栖息地食物缺乏时，它们会利用阴雨或雾天迁徙，别说六七十米，它们最远的迁徙距离可达两三公里，看来世坤你自己也没完全搞清楚蛇头的习性。

方世坤点了点头，他确实不知道蛇头如此神奇。

那么，蛇头为什么要迁徙呢？江汉子不比鱼塘更自由吗？其实不然，世坤在江汉子养蛇头从来不投放饲料，蛇头靠自然觅食，蛇头长大后，因为有拦网隔着，江里的小鱼进不来，汉子里的食物就有限了，而老石的鱼塘定时投放饲料，三道鳞不愁吃喝，条条肥胖，蛇头自然要择水而栖了。至于蛇头是怎么知道鱼塘里有好吃好喝的，这就不清楚了，专家说很可能是饲料味道的原因。

说完，齐大嘴打开手机，把监控录像给石锁看，石锁看完录像，脸上的五官发生了扭曲，长长吐了口粗气。齐大嘴又把手机给方世坤看，还没看完，方世坤的眼角和鼻头便红了，我想，让方世坤难过的原因无非有两个：一个是这么多养大的蛇头流失了，而自己却一无所知；另一个是石锁的确冤枉了他，如果没有监控，没有专家的解释，他就像当年的爷爷一样，成了一个坏人。

老毕听明白了，道：最新一层饼揭开了，老石老方你们都明白了吧？这是一个误会。石锁和方世坤没有接话，一年来，两家谁也不轻松，心头真的有条蛇越缠越紧，让他们都有了窒息感。

我再来揭最旧的这张饼，这张饼已经超过一个甲子，但我还是摸到了喇叭眼儿。齐大嘴说，这张饼能揭开要感谢老石，老石破例让我和书记到他家地窖参观，偶然间我发现了谜底。

齐大嘴这样一讲，我知道他一定找专家解读那张字条了。石锁顿时耳朵竖起来，他不知道齐大嘴从那张字条中发现了什么谜底，因为那天三人在场，并没有发现字条有特别之处，无非是记录了捕蛇和泡酒的经过。

1956年农历七月十五那天夜里，群蛇袭击石家，导致石栏山老人被蛇咬伤不治。村里一直有种说法，说这些蛇是方四平呼来的，原因是方四平不希望石栏山杀死蛇来制蛇酒。应该说，方四平反对石栏山泡制蛇酒确定无疑，因为方四平还委托我爷爷上门做说客。但这不能说明方四平非要呼蛇害人。方四平是个蛇医，也就是专门治疗蛇咬伤。用什么治呢？要用蛇毒，所以方四平需要活蛇取毒，不害蛇的性命。我问过腰屯的蛇医孔六枝，野蛇取的毒是不是比养殖的蛇要好，孔六枝打了个比方，两者差别就像野山参和种植参的区别一样，一个天上一个地下。所以方四平希望小龙山一直能生存大量的野生蛇，但石栏山捕蛇却是一个威胁，北方寒冷，蛇繁衍生长都慢，石栏山这样做，最终会导致小龙山上的蛇灭绝。

石锁插话道：一个老人能抓尽满山的蛇？谁信。

一个护蛇，一个捕蛇，这是不可调和的矛盾不假，但是，方四平是个医生，救人不害人，我爷爷说过，一个喜欢二人转的人心肠是软的，软心肠的人不会下死手。齐大嘴停顿了一下，接着道：那么夜里袭击石家的蛇是怎么来的呢？其实，石栏山老人的字条已经说明了缘由，字条里说他捕到赤链蛇往回走时，听到后面有窸窸窣窣之声，这声音是蛇啊，是草丛里的蛇在尾随老人家。那么，话题就来了，蛇为什么会尾随老人？专家的解释是，那条赤链蛇不是什么蛇王，它就是一条发情的蛇，身上性腺散发出特有的气味，石栏山老人在捕蛇时，身上沾染了这种气味，那些蛇便循着气味而来。应该说这些蛇到石家也并不是来伤人的，他们是找那条发情的蛇，石栏山老人因为驱赶这些蛇，从而激怒了它们才遭到攻击，而石家其他人，因为蜷缩着没动，所以就没有受伤。石栏山老人在驱赶蛇时，惊动了邻居家的大鹅，大鹅惊叫吓跑了蛇群，因为鹅是蛇的天敌。那一天也凑巧，方世坤的父母结亲换盅，方四平因为高兴多喝了酒，耽误了出诊，加深了误会。

齐大嘴的解释在逻辑上完全站得住，石锁目瞪口呆，因为他读过那张字条，专家做出这种解释，没有丝毫迷信色彩，完全是从生物科学角度来做的分析。我注意到石锁的双手抱在胸前，望着面前的五味子茶在沉思。方世坤接过话道：其实，我爷爷因为没能及时出诊也很内疚，村民传言让他心里像压着一个磨盘，难过的时候就去找大嘴的爷爷去江边吹一曲唢呐解闷，也就是因为这件事，爷爷发誓不再呼蛇，也不教子孙后代呼蛇，并留下了呼蛇容易遭蛇难的遗言。

齐大嘴说：我们应该感谢石锁，正是他保留了老人留下的蛇酒，这个谜底才能揭开，如果石锁把地窖毁了，蛇酒卖掉，这个谜底就永远没有揭开之日了，方石两家的宿仇也就成了永远解不开的死结。

石锁忽然有些腼腆，他没想到齐大嘴会表扬他，端起杯喝了口茶，硕大的喉结上下蹿动了几下，想说什么又把话咽了回去。

老毕手机响起铃声，他拿起那部大屏幕手机看也不看便按死了，朝齐大嘴道：就差中间一层饼了，快揭吧。

大家把目光投向齐大嘴。齐大嘴从身旁拎出那个随身携带的电脑包，打开后，先拿出一支小唢呐，接着又拿出白钢扁酒壶，最后，拿出一个肥皂盒一样的小木盒。我忽然明白了，这个小木盒里装的才是齐大嘴放不下的那桩心事。

你们还记得方小茹和石天翔吧？我当年和老白是给他俩伴奏的，我们几乎天天在一起。两人出事之前，方小茹找到我，委托我做一件事，说是将来方石两家宿仇尽释那一天，把这个小木盒当面交给两家主事之人。今天，我把这个小木盒带来了，我要当面交给老石和世坤，了却压在心底四十多年的一桩心事。石锁和方世坤都站起身，靠过去想看看这小木盒里装着什么。

木盒打开了，里面是一张黑白照片，照片上是方小茹和石天翔的半身合影，合影右上角写着"革命友谊万岁"，下面署着"反修照相馆"五个字。照片中方小茹穿列宁装，没有笑容，一脸严肃，眼睛却星星一样有神，两条粗黑的辫子自然垂在前胸，挡住了应该挡住的部位。石天翔穿不戴领章的军装，梳三七分头，狮眉剑目，脸部棱角分明，很像京剧《沙家浜》里的主角郭建光。

看到只有一张照片，齐大嘴不免有些失望，他又仔细翻看了一下小木盒，里面再无其他。他把照片反过来看，发现上面有两行字：

石天翔（1952.7.1—1974.8.24）

方小茹（1953.3.28—1974.8.24）

愿我们的生命，化作方石两家鸿沟上的一座红石桥，两家后人从此不再坠入深渊。

齐大嘴念出这段简短的文字时，在场的每个人都哭了，谁都看得出来，方小茹在交给齐大嘴小木盒时，两人已经决心赴死。

方世坤要过照片，看着照片中风华正茂的小姑，哭泣着说：是谁害了你呀，小姑，为什么要走上这一步？你唱的二人转《红石桥》，我现在还记得呢。方世坤把照片直接递给石锁，很诚恳地道：我们方家不该埋怨天翔，天翔和我小姑是真心相好。

石锁犹豫了一下，双手接过照片，眼含泪花看着照片道：有这张照片，可以断定两人是真心相爱，这实际是一张订婚照。两位长辈知道会有这么一天，知道齐主任能帮助揭开这三层豆饼一样的谜面，他俩是用命来劝告我们两家后人应该和好。

老毕站起身，抱拳朝齐大嘴作揖，道：大嘴，你真行！

我被齐大嘴逻辑缜密的揭秘过程所折服，这简直是侦探小说的情节，竟然发生在我工作的大平台，齐大嘴吹喇叭、嗜酒这些癖好的后面，似乎还有第三只眼在审视着生活中的一切，我庆幸自己遇到了一个高人，上任一年，齐大嘴做的每一件事，都按在了喇叭眼儿上，结果吹出了一首美妙动听的曲子。

三堂会审已毕。齐大嘴说：老石、世坤，我有个建议不知你们能不能同意，我知道石天翔的墓在小龙山东，方小茹的墓在小龙山西，他们生没能同衾死后应该同穴，将天翔和小茹合葬怎样？也算给两个苦命人一个交代。

石锁点点头：我同意。

方世坤道：费用我来出。

石锁突然想起了什么：哎呀，我江里还下着滚钩呢，我先走了，不敢耽搁，不敢耽搁！说完，急匆匆走了。

我和齐大嘴交换了一下眼色。会心地笑了。

当天晚上，老毕和我在齐大嘴家喝酒，齐大嘴喝透了，整个晚上都在说到大连女儿处教唢呐、养老的事。

13

方小茹和石天翔合葬赶上了阴雨天。

小雨不急，淅淅沥沥，让雾气蒙蒙的小龙山一夜白了头。方石两家亲友都聚集在小龙山上，人们或穿雨衣，或打伞。我感到惊讶的是大家的雨衣雨伞都是素色的，很显然在选择雨具时经过了用心挑选。新坟距离两人的旧家等距离，这是石锁和方世坤两人亲自丈量的，这个中间点恰好在一株合抱粗的椴树下，正前方有一处泉眼，汩汩冒出清水，形成一道细细的小溪。挖掘墓穴时，有条赤链蛇吐着芯子从小溪处爬过来，爬到挖出的新土边停留了好一会儿，大家都看着这条带着红色花纹的小蛇，没人驱赶它，任它缓慢地爬进墓穴边的草丛里。这条赤链蛇像是来告别的一样，爬几步，翘首望一望，似乎在寻找什么。方石两家亲友都知道了赤链蛇的事，知道那么一条小小的蛇竟然改变了两家三代人的命运，所以没有谁再去碰它。

我和老毕见证了两家合葬故人的全过程。齐大嘴没有来，因为下小雨，山路泥泞，挂着单拐的他行动不便。这当然是公开的说法，真正的原因头天夜里齐大嘴就告诉了我：他怕见到方小茹的遗骨情感上受不了，他心中的方小茹一直年轻漂亮，这个漂亮的印象不能让一副骷髅给置换。

在合葬前，齐大嘴建议给新坟立一块石碑，石碑上把方小茹写在照片后的文字一字不落全刻上。老毕看着眼前的情景，自言自语道：一切将归于泥土。

我舒了口气道：两条青春生命，在四十五年后真的化成了一座桥。

就在方小茹和石天翔的新坟前，石锁和方世坤一起来到了我和老毕跟前，石锁说，三道鳞和蛇头的事一笔勾销了。方世坤则说，明天我就拆掉蛇屋。

我心里一震：那你养的乌苏里蝮蛇怎么安置，总不能放归山林吧？

方世坤笑了笑，道：其实，蛇屋建成后就一直空着，没养过一条蛇。

我和老毕都愣住了，原来蛇屋只是方世坤吓唬人的幌子。老毕哈哈大笑，道：世坤啊世坤，你真行！

回到村里，老毕说要兑现当初诺言，请大嘴吃全鱼宴，大嘴是大平台当之无愧的英雄。

办公室里，齐大嘴守着一杯五味子茶正在想心事，见我俩回来，他勉强笑了笑，道：毕镇长你坐，我有话和你说。

老毕是个聪明人，知道齐大嘴要说什么，就嚷嚷道：不急不急，都上我的车，到镇上我请你们吃全鱼宴。

齐大嘴从上衣兜里摸出一张折叠的纸递给老毕：麻烦你带回去，这是我的请辞报告。

老毕坐下来，想说什么却没有说，把那张折叠好的纸递给我，道：还是你去交给镇党委吧，我没法拿出手。老毕说完，摇摇头走了，老毕舍不得齐大嘴走，心情可想而知。

我在齐大嘴对面坐下，心里也不是滋味，说实话，我对齐大嘴由观望、到失望、到焦虑，再到剧情反转，这一年里的变化带有戏剧性，我发现自己离不开齐大嘴了，包括他酒后呼出的酒臭也不再那么难闻。

我说：齐主任，你给别人遣蛇，其实你心头也有一条蛇。

齐大嘴愣了一下，问：我心头有蛇？

是一条总想把你从故乡拉走的蛇，这条蛇已经在你心头盘了一年，我仿佛能看见它时时从你胸口探出头来，伸缩着芯子。

齐大嘴沉默不语。

其实，城市虽然好，但你不一定习惯，在大平台你是鸡头，到城里你是凤尾，即或在老年大学吹喇叭，你也是个打工的，不会有主人感。

那倒是，齐大嘴说，要离开大平台了，心里空落落的，好像吹喇叭气都不足。

说实话，齐主任，我和老毕都舍不得你走，你再考虑一下好吗？

齐大嘴抬起头：你来大平台一年了，还没听我吹过喇叭，我给你吹一曲吧。

我好感动，这是我的一个愿望，齐大嘴随身背的电脑包里有一支小唢呐，但当了主任后在大平台没吹过。我说早就想听了，就盼着这一天呢。但同时我也知道，这恐怕是齐大嘴和我告别的一曲唢呐了，心里不免有些伤感。

齐大嘴从包里拿出唢呐，安上哨子，含在嘴里试了试，便站起来，开始吹奏一曲人人熟悉的《抬花轿》。齐大嘴的吹奏音质明亮，流畅活泼，热情奔放，听起来特过瘾，好像演奏者不是一个人，而是一个乐队。

曲罢。齐大嘴收起唢呐，忽然向我伸出一只手：拿来。

我明白了他要什么，便把那张折好的纸还给了他，他将纸装回口袋，起身回去了。

望着齐大嘴的背影，我忽然开始责备自己，我遣走齐大嘴心头之蛇是不是做错了。心头若没有一条蛇盘着，就像野外老山参没有守护蛇一样，异物容易侵入。

人的心头应该有蛇，但不是毒蛇。

【作者简介】

马平，1962年生于四川省苍溪县，现任四川省作家协会创作研究室主任。著有长篇小说《草房山》《香车》《山谷芬芳》小说集《热爱月亮》《小麦色的夏天》《双栅子街》，中篇小说《高腔》和散文集《我的语文》等。

【内容简介】

在第一书记丁从杰、村支书牛春枣、市文化馆馆长滕娜的帮助下，自尊自强的"火把女子"米香兰摘去贫困户的帽子，"扶不上墙的烂泥"柴云宽有了用武之地，牛米二家多年恩怨也得以化解。丁成杰敏锐地从一块老柴疙瘩上发现了花田沟村独特的自然资源，滕娜等人则着力振兴民俗瑰宝薅草锣鼓歌。众人搭戏互帮互唱，沉睡的资源被唤醒，务工人员纷纷回乡建设，花田沟村旧貌换新颜。"一腔高唤天地惊！"让我们期待丁从杰、牛春枣与米香兰们，挂帅领兵演阵，在大力推进生态文明建设的道路上，创造新的辉煌，唱出一曲曲动人心魄的高腔。

高腔

马平

一　锣鼓

屋前那棵白玉兰树又开花了。这个春天来得早，米香兰却没有留意，花是不是也比往年早开了一两天。这几天，她只管去留意丈夫柴云宽了。柴云宽又有一点反常，成天像一只蜜蜂，哼着出去，哼着回来。

米香兰的父亲米长久长年瘫痪在床，不知有多少年没说过上门女婿一句好话。这一回，他却对女儿说："大秀才那几点墨水，大概已经写了几个正字呢！"

家里只有一台小彩电，一直摆放在父亲屋里。除了轮椅，那就算家里最值钱的东西，父亲格外爱惜。那电视对父亲也好，这么多年了，竟然只让人修过两次。父亲爱看电视剧，也爱看新闻，尤其是本地新闻。"电视上又是锣又是鼓。这个家四张嘴，总得应一声呢！"他说。

米香兰难得有空看看电视，加上从不参加任何会议，所以，好多事都好像瞒着她一样。柴云宽知道她不爱听，往往还是要故意滴一句漏一句。再说，这一回阵势多大啊，田间地头又没有上锁，她怎么会什么都不知道呢？

白玉兰花瓣不断往地上掉。柴云宽从外面回来，看见米香兰在磨镰刀，就吃力地弯下腰杆，捡起几片花瓣，这就算他一天也做过正事了。

米香兰举起镰刀看了看，锋口上的阳光晃花了眼睛。

柴云宽用花瓣做了一把扇子，扇了几下春风。他说："这一回，评选贫困户，没有把我们家漏了！"

米香兰扭身进了灶房。这段日子，她总是变着花样做饭做菜。父亲下半身完全瘫痪，加上不是这样病就是那样病，饭菜总会照顾着他。万幸的是，他的一双手一直能使出一点力气，自己还可以勉强吃饭。

午饭时间到了，柴云宽却又不见了影子。

太阳正好，米香兰把父亲抱进轮椅，再把轮椅推到白玉兰树下面那张小石桌跟前。然后，她把饭菜端上小石桌，在矮板凳上坐下来，给父亲一口饭一口菜喂起来。

父亲让开了一口饭，换上了几句话："伙食开这么好，给谁看啊？快来看，这个家并不贫困，吃饭还是不成问题的！"

米香兰不吭声。父亲他爱吃菜就喂，爱说话就听。

父亲叹了一口气："这花田沟，这从前的前进大队，现在成了贫困村，开初我也没有想通呢！"

米香兰赶紧把饭给父亲喂了。

"贫困户，都要先写申请呢。然后，大家来评。村上公示了，然后，镇上还要公示……"

筷子又夹起了菜。

"锣鼓一捶应一声。"父亲说，"这锣是锣鼓是鼓，你却要装起当个聋子。"

米香兰又赶紧把菜给父亲喂了。

"吃了上顿没下顿，还说买马去周游！"

父亲大概又要把薅草锣鼓搬出来了。爷爷和父亲都当过薅草锣鼓唱歌郎，方圆几十里都有名声。父亲说话，时不时会冒出一句两句歌词。

"这村里谁不知道，这个家的憋屈，根子在我身上……"

"爹。"米香兰轻轻叫一声，"你又这样说！"

父亲吃了菜，不再说话。他那不停颤抖的手，把筷子要了过去，

米香兰站起来，顺着下方的一坝庄稼望过去，在石拱桥那儿停下来。她再顺着一面山坡望上去，那座旧戏楼在太阳下面好像变高了，她的眼睛就又花了。

从小到大，米香兰都一直相信，父亲走夜路一步踩虚，从那石拱桥

上跌了下去。她知道真相的时候，已经从高中退学去学唱川剧，并且和师兄柴云宽好上了。同村的牛春枣一直追她，听说心上人被一个既会唱戏又会写诗的英俊小生抢走，绝望得拿脑袋砸墙。

米香兰出生在青黄不接的季节，还差五天才满月，家里的口粮却管不了两天了。父亲在夜里上山去摘生产队的胡豆，被一个人跟踪上了，结果慌不择路坠下了悬崖。天亮以后，爷爷上山寻找，突然看见崖壁上的一蓬七里香兜着他的儿子。七里香开了一大团花，而他的儿子只有小小一撮，都看不清脸朝上还是朝下。

米家几代单传，到了米长久这儿出了大岔子。米香兰知道，父亲开初就看不上柴云宽，母亲的态度却正好相反。母亲入了戏，父亲只好依了。事实上，当时一起唱戏的姐妹都觉得柴云宽不配，米香兰却是一句也听不进去。柴云宽并不嫌她有一个瘫痪的父亲，并且都同意做上门女婿了，还要怎样呢？

母亲有一副好嗓子，也会时不时像父亲那样用歌词说话。女儿的嗓子却更好，并且比母亲有一副更好的模样。米香兰已经出落成了一枝花，早有人喊她"戏人儿"。因为她去的是"火把剧团"，又有人喊她"火把女子"。"火把剧团"不过是业余剧团的一个戏称，那时候即便没有电灯也有煤汽灯，夜间演出已经不再用火把照明。母亲喜欢看戏，一心指望女儿被县剧团招去当了正式演员，她说她往那儿一想浑身都是劲，所以，"火把女子"她不爱听。

母亲独自一人种着一家五口的责任田，还修了四间"尺子拐"房子，并且先后把两个老人送老归山。"火把剧团"在农忙时节是不演戏的，米香兰回到家，母亲却舍不得让她的兰花指沾一点农活。一天夜里，母亲关着门给父亲洗澡，屋里传出了歌声。米香兰偷偷站在门外，没听几句就羞着了。后来她知道，那是父亲和母亲在比赛唱薅草锣鼓歌呢。

谷子收回来了，母亲又可以缓一口气了。她知道，柴云宽第二天就要从八里坡过来，接上女儿一起回剧团。她要用新糯米为一对才子佳人打糍粑。夜里，她坐在灶前烧锅，灶火映亮了她的脸。她一高兴，就要女儿教她唱一段川剧。

米香兰教的是川剧高腔《绣襦记》的一个唱段。她先给母亲讲了讲剧中人物李亚仙与郑元和，再告诉母亲，这一段的曲牌叫"红鸾袄"。

"红鸾袄?"母亲说，"多好听的名字啊!"

> 郑郎夫未把前程放心上，
> 倒教奴心中暗着忙。
> 好男儿应该有志向，
> 须做个架海紫金梁……

母亲很快就会唱了。她还想往下学，但身子一歪，说睡就睡着了。她好像已经把糍粑打好，好梦都跑到她的脸上来了。

米香兰怎么也不会想到，她那次离开家以后，就再也见不到母亲了。

母亲走时，已经入冬。那天傍晚，她已经没有力气上灶，就早早上了床。事实上，她的身子已经肿了快一个月，但她不想让女儿知道，父亲也没有办法。她甚至也没有力气说更多的话。她只说，睡一觉起来，到镇上医院抓一服中药，就好了。

那天半夜，父亲从床上滚了下来。他爬到门口，长长地喊了一声。

米香兰认为是自己害死了母亲。她当时是真不想活了，给自己设计了若干种死法，包括从父亲坠崖的地方跳下去。要不是柴云宽守着她寸步不离，她早就活二世人了。

父亲自然也想死。他一再绝食，最终还是女儿的泪水让他张开了嘴。

母亲出七那天，米香兰在家里一直没有起床。夜里，柴云宽实在熬不住，睡着了。米香兰起了床，摸黑到了母亲坟前。她跪在地上点燃纸钱，让火光照亮母亲的坟头。她说："妈，你歇够了没有啊? 今天，我要把上次没唱完的那一段戏，都教给你。妈，我们接着唱'红鸾袄'啊……"

天上飘下了零星的雪花，纸火熄了。米香兰站起来，好一阵开不了口，好像在等待锣鼓。她还没满十九岁，但她知道，这将是她最后一次唱戏。她在心里默念着母亲唱过的戏，匀了匀气接上了。然后，她唱一句就停下来，那是要把时间留给母亲。

> 古今来多少好榜样，
> 媲美先贤理应当。
> 愿君家怀大志风云气壮，
> 休得要恋温柔儿女情长！

米香兰听见了母亲的声音，看见了母亲那被灶火映亮的脸。而在远处，人们听见坟地里一腔唱一腔停，以为米香兰已经疯了。

二　布谷

戏楼建于清朝晚期，石拱桥却更早一些。因此，这儿从前叫拱桥沟。人民公社时期改为前进大队，到了又要掉头叫村的时候，上面却规定一县之内村名不能雷同，另一个拱桥沟不知凭什么就占了先。戏楼叫乐楼，乐楼沟却好像不大顺口。比来比去，村名只好在沟底的坝子上落了脚。那片开阔的田地叫花田坝，住在坡上的人却又对花田坝村有意见，因为那等于把他们排斥到了村外。最终，上面拍了板，叫花田沟村。

"花田"两个字是怎么来的，却又说法不一。柴云宽说有一出川剧叫《花田错》，还分出了一个折子戏叫《花田写扇》，那里面的故事就是这沟里出去的。当然，没人相信他的话。要说错，花田沟排第一的姑娘米香兰跟了他，那才是一步走错步步错，大错特错。

写扇？写散吧？写嘛，看看散不散。

柴云宽从二十里外的八里坡入赘到花田沟，并没有改名换姓。结果，大家都看到了，尽管这个人是一团糊不上墙的稀泥，米香兰和他却一直没散。

花田坝中央那块麦田，就是他们家的。单看那麦子每年的长势，谁也不会相信，他们那个家都已经掉到沟底了。

那块麦田上午开镰，村两委又通知下午要开会了。

村上的学校撤了以后，校舍做了村委会，和戏楼面对面。柴云宽从家里去村委会有两条路可走。大路远一点，开头要下一道小坡，然后穿过花田坝拐上古驿道，从枫树林里爬上去。小路近一点，开头要爬一道小坡，然后全是平路，只不过随着山形有两个小弯一个大弯。

柴云宽不待见那大弯里住着的一个光棍，很少走那条小路，这一回却不得不走近路赶一点时间。每年农忙时节都一样，米香兰除了管一管猪，只顾着自己去下地。他腰杆上有伤病不能去割麦子，在家里也并没有闲着。家里那一堆零碎活路，害得他开会都要迟到了。

一辆小车从村委会开出来，下了一道缓坡，过了一座平桥，再上了一道缓坡，在垭口的一棵大柏树下面消失了。

柴云宽真迟到了。会议室后半部分没有一个空座，他在第三排坐下来。右边和背后坐着他的两个扑克搭子，也是对头。一个在他右耳朵边上说："镇上干部已经陪着县上干部走了，省上干部倒留了下来。"另一个在他背后说："市上的人说是过几天来，我还想怎么提前来了一个，原来是你。"

台上坐着三个人，一边是村支书牛春枣，一边是村主任米万山，中间那位不认识。牛春枣正在讲话，柴云宽不爱听，脑袋偏向右边一问，原来中间那位是省上给这贫困村派来挂职的第一书记。

柴云宽刚把腰杆挺直，就轮到第一书记讲话了。

这个年轻人面相不错，嗓子却不好，好像叶子烟熏出来的。他那四川话，又好像是装出来的。他讲的也是一些大话，却一听就知道，水平比牛春枣高多了。

他说："从今天起，我就是花田沟村的一员了，我就要用'我们花田沟'来造句了。我们花田沟……"

靠窗的一个人突然喊起来："第一，说钱！"

背后的那个扑克搭子跟着喊起来："第二，说票子！"

牛春枣立即就把桌子拍响了："第三，说人来疯！"

第一书记抬起双臂，好像要撑着桌子站起来，结果却是把双手向下使劲一压。他大声说："总之，先说会场纪律！"

会场上渐渐安静下来。

柴云宽却像小学生那样举起了一只手。

第一书记看着他："你有话请讲！"

柴云宽清了清他的好嗓子，说："这么有文化的一个地方，为什么成了贫困村？'老第'，你也看到了，主要是村干部没文化，村民没素质……"

牛春枣又拍了桌子："少称兄道弟！"

"第一的第。"柴云宽说，"比如你，老牛。你这什么文化！"

牛春枣还想拍桌子，看见"老第"对他摆了摆手，就把手放下来。

柴云宽接着说："我知道，老牛，你现在排第二……"

"我来这儿不是排座次的！""老第"打断他说，"你来迟了，没听介绍。我姓丁，叫丁从杰。你贵姓？"

"免贵姓柴。"

靠窗的那个人说："他免贵姓米！"

柴云宽扭过头去："你爷爷姓米！"

米万山一直勾着头，那样子就像在打瞌睡。他突然抬起头，说："你们都没有念过书吗？"

"老第"立即站起来说："这儿从前是一间教室，你们拿我当新生了，是不是？"

"这也不是演戏。"牛春枣也跟着站起来，"要演戏的出去，戏楼是现成的！"

会场上又闹哄哄的，那个扑克搭子好像说了声"走！"

柴云宽站起来，端着一副身板向外走，就没听那个烟锅巴嗓子还说什么了。

会场上却传出了一阵掌声。

柴云宽在操场上一边走一边等，没有一个人跟出来，只好硬着头皮从戏楼旁边走了下去。枫树林里的空气比会场上好到哪儿去了。他顺着古驿道朝下走一段，然后转身朝上爬一段。路旁有一棵弯腰杆枫树，正好可以让他把身子斜靠上去。林子并不密，他顺着小溪一路往下看，溪边那一片密匝匝的人家只露了一些顶。自家的房子在小坡上，一片瓦都看不见，他却看得见自家的麦田，还有米香兰的背影。

他第一次被米香兰带回家来，就是在这片麦田里见到了岳母，他最初看到的就是割麦子的一个背影。岳母在世时对他太好了。这会儿，那背影有点混淆，让他的鼻子有点发酸。

当年岳母走了，他把眼睛都哭红了。他在下雪的时候写了一首诗，题为《布谷》。

那以后，布谷每年一叫起来，柴云宽却盼着它尽快歇下来。布谷飞进诗里是一种鸟，留在现实中又是一种鸟。他光听着那叫声都累。布谷，它可是飞着吆喝不腰疼。柴云宽也一直想飞，远走高飞。但是，米香兰还没怀上孩子，他就哪儿也去不成。布谷催收也催种，他在夜里一点不懒，米香兰身上却是一直没有动静。他当然知道，自己早已有了一个懒名声，那也怪不得他，因为他天生就不是务农的料。他要是生在城市，唱戏、写诗，哪一样都不在话下。他有一副好口才，却又不适合做生意，因为他什么话都藏不住，光是一个价钱都会让人一上来就摸了底，所以，他最在行的就是做亏本生意。米香兰挣下一张板，他就要折上一扇门。还好，过了七年，米香兰终于怀上了孩子，他才算终于拿下了一张出远门的通行证，立即就去了大城市。但是，孩子还要等两个月才出生时，他就回来了。他说，他在外面拜一个高人学了卜卦，那人给他卜算出来，他要是早几年外出打拼必将衣锦还乡，如今身在异乡却会性命有忧，腰杆受伤或许就是一个报警。事实上，他在外面什么活都干不了，什么苦都吃不了。他也受不了夜里没有女人那个苦。他那腰杆还真让一包东西闪过一下，不过没几天就好了。

弯腰杆枫树好像在一点一点拉直。柴云宽再也找不到合适的姿势，就站起来，看见了戏楼的一只翘角。岳母在世时一直说，她想早点看到柴云宽和米香兰双双登上村里这戏楼演一场戏。结果，戏没有演成，米香兰还点了一个火把，差点把它烧了。

八年前那个冬夜，却真的让他的腰杆留下了一个病根，正好算在外出打工的账上，这些年他正好不再装来装去。那一夜，他蜷缩在这枫树林中的一个草窝子里，直到天亮时米香兰喊了他一声。他在草窝子里就把台词编好了：他想从戏楼上弄一点古董去变钱，正好那女人说她男人在外面找得到买家，就约好夜里一起干。戏楼是大家的，不偷白不偷。

米香兰说："你们本来是去偷个情，你却硬要说成去偷个文物。呸！你要是让我的儿子听见了那个偷字，我撕烂你的嘴！"

柴云宽好歹也听出来，米香兰看在儿子的分上，已经饶过他这一回了。还好，那个女人春节一过就外出打工去了，从没见回来过，后来听说她离婚。柴云宽去镇上的医院看过腰杆上的毛病，想治好，要花一笔钱，只好忍了。打扑克不费腰杆，他和几个年龄偏大的人组成了相对固定的搭子，诈金花。渐渐地，那成了他的强项。诈金花讲的是"诈"，他认真吸取做生意的教训，表演功夫渐渐就派上了用场。搭子们联手对付他，但他们常常被他的油嘴滑舌弄昏了头，依然不是他的对手。他们下的注头小得不能再小，大一点他就退出，这是原则。他输得最多的一回，是一十三元七角。他赢得最多的一回，是一十八元六角。所以，开初还有人到他家里去讨过赌账，后来就没有那回事了。

三　火把

八年前那一天，柴云宽说他在床上闪了一下，腰杆上的伤病加重了。他吃过早饭出门去溜了一圈，吃午饭时却又说他晚上要去镇上看电影，要米香兰拿钱给他买电影票。他当然知道，米香兰不会给他一分钱，但是，这样请示一下，看电影才会像真事一样。

当时已进入腊月。下午，柴云宽在屋角烧了一堆柴疙瘩火，坐在板凳一头，把几颗苞谷在板凳另一头撒来撒去。他那是卜卦。卦相可能不大成功，他就把苞谷丢进火堆，让它们炸起来。这样的爆米花也不成功，留在地上会惹责骂，他只好蹲下来一颗一颗拾起来。接下来，他好像发了写诗的兴致，但在一张纸上写出来的是一个女人的名字，赶紧撕下来烧了。纸灰飘在地上，他只得又蹲下来一点一点抹掉。

天色已经不早，他在火堆里烧了三个红苕，把他一个人的晚饭解决了。他把乌手乌嘴洗干净，换上过年才穿的衣裳。他走到院坝边上，扯起喉咙唱起来。

凄凉辛酸，

落拓天涯有谁怜！

米香兰正在责任田里给麦苗追肥，停下来听了听。那是川剧高腔《迎贤店》里的唱词。麦田被粪水泼过，就像下了一场臭烘烘的雨。那戏却更臭，起腔那么高，也不怕把喉咙和腰杆一块儿闪了。她把一瓢粪水泼出去，却没有把一句脏话骂出来。

天色已经转暗，四周的山峰正在拉高。

米香兰挑着空粪桶走上地埂，麦田四周空空荡荡。柴云宽自从去了一趟大城市，就算见过了大世面，成天把小路当大街来走。他刚才那一嗓子，没有什么凄凉辛酸，倒好像是人逢喜事精神爽。他中午说起电影的时候，就已经是那个调调了。剩在村里的女人多呢，他大概是秀才当不下去了，而要去当一个义士了吧？

柴云宽从屋前的小坡走下来，上了花田坝上的大路。他走得很慢，一句戏好像已经把他唱累了。

米香兰挑了一天粪水，身上却还有没使完的劲。她看见柴云宽过了石拱桥，并没有走那条水泥路，而是上了古驿道。她没有多想，就把空担子丢在了地埂上。反正儿子被他爷爷接到八里坡去了。她倒要看看，这夜里到底会上演一出什么好戏。

天说黑就黑了，还好，月亮已经出来。古驿道是石头砌起来的，好像下了霜。米香兰走了一阵，前面不见了柴云宽，后面却又有一个人影子跟上来。她弯下腰杆摸起一个小石头，想停下来不往前走都不行了。

突然，柴云宽迎面走过来。

米香兰好像被路边的大柏树扯了一把，就闪到了那比水桶还粗的树身背后。

没错，柴云宽朝镇上走了一阵，掉头了。他戏唱得不好，却也知道要把假戏做真。他的这一出戏里显然没有米香兰的角色，所以，他好像连大柏树都没有看见。他大摇大摆走过去时，还念了川剧《花田写扇》里的一句台词："昨夜你对我说，今乃'扑蝶胜会'……"

那以后，关于那个夜晚，柴云宽只有一套说辞，米香兰却把它改成了一折一折的戏。最后，她自己也相信了，她早就知道柴云宽会杀回马枪。她还相信，她早就知道柴云宽会绕过石拱桥去戏楼，而她自己直接跨过石拱桥，从枫树林中爬上去，提前在戏楼旁边埋伏下来……

事实上，米香兰比柴云宽晚到一步，却又比那女人早到一步。戏楼那儿也有大柏树，把她扯过来扯过去，但她还是看见了柴云宽上梯子的背影。

那个女人突然冒出来时，天上的云好像把月亮遮了一下，又突然打开了。

果然是那个狐狸精。她的丈夫外出打工了，她成天在花田坝上走过来走过去，就像冬天里也要叫春一样。她上梯子的那个腿劲，又像接下来会把戏楼蹬翻一样。

磉礅托着木柱，戏楼有好多条腿。米香兰发现自己钻进了它的胯下，已经不会出气。她的心跳声要是加重一点，那些硬撑着的老木头大概也会立即塌下来。

但是，楼板上面静悄悄的，什么戏也没有。

即便是"扑蝶胜会"，蝴蝶翅膀也该扇起一点声音吧？

这时候，米香兰才发现，那个小石头一直攥在手上。

事实上，柴云宽一上戏楼就看见了米香兰，并且以紧急的手势向那个女人报了警。他们其实都说了话，只不过小得像蚊虫一样，不像他们上午在池塘边上相遇时说得那么火辣，那么无所顾忌。

米香兰不再等下去，一蹦就到了操场上。

戏楼对面是村上的学校，儿子再过半年就要在那儿上小学一年级了。

月亮明明晃晃，戏台空空荡荡。

小石头飞上了戏台，不知击中了哪朝哪代，发出砰一声响。

然后，米香兰从那条小路跑回了家。

柴云宽却抢先从戏楼上往下冲，还在梯子中间就下了地。

那个女人从梯子上走下来，没有拉他一把，甚至都没有看他一眼。

米香兰回到家里，把一盒火柴揣在身上。她大声叫爹，问："戏楼那儿，从前真有一个寺庙吗？"

"乐安寺啊！"父亲说，"一九七一年，拆了，修了学校了。你就是那年生的。那时候舍不得好田好地，但娃娃读书要紧啊……"

"那烂戏楼，怎么没有一块儿拆了呢？"

"那叫万年台，它挡你路了？"父亲叫起来，"它又没向你要夜饭吃！"

米香兰抱着干柴和稻草，浑身不停地打战。她好像要找一个宽敞的地方，点燃这些柴草烤一堆火。她走的还是那条小路。她一头闯进了操场，月亮却一头钻进了云里。

天黑得像锅底。她把柴草丢在地上，摸索着分出一束稻草，划燃火柴点起来。她猛地转过身，举着火把一晃，照见的果然是那个人。

那是一个光棍，叫牛金锁。那个让米香兰的父亲坠崖的人，就是牛金锁的爷爷。

米香兰已经明白过来，她这一出戏是演给自己看的，现在多了一个观众，她更要把戏演下去了。

牛金锁的眼睛让火光晃着了，好像闭上了。

米香兰咬着牙说："你不是你爷爷！"

牛金锁的嘴皮很厚，怎么也闭不拢。

稻草很快就燃光了。米香兰胡乱抓起一把干柴，用地上的残火点燃。她举着火把向戏楼走过去。但是，她没走出几步，就被牛金锁从后面拦腰箍住了。

后来，米香兰没有把这一折戏也给改了，她不能把自己改成故意放火烧人。她不停地挥舞火把，直到牛金锁突然松了手，在地上打了一个滚。她举着惊恐乱颤的火把，看着牛金锁弹跳起来，几把扯下着了火的黑棉袄。她把火把丢在地上，牛金锁也把黑棉袄丢在地上，汇成了一团火……

四 万年台

　　天还没亮，丁从杰就从回马镇出发，步行去花田沟村。他吃和住都在镇政府。那条通村水泥路在他来之前就已经开始升级改造，却还是可以磕磕绊绊走车的。他在成都也要早早起来跑步，但这条古驿道上的石头已经老得不成样子，疙疙瘩瘩跑不起来。

　　镇上到村上步行约需四十分钟。这天早上，丁从杰却在路上有了一个耽搁，晚到了几分钟。

　　滕娜在头天下午打电话来，说她将在今天带队来花田沟，八点从市上出发，九点以前到村上。丁从杰本来用不着起这么早，但是，他实在是一个急性子。市文化馆定点帮扶花田沟村，馆长滕娜的联系户正是那个叫他"老第"的柴云宽一家，而那家在前两天出了一点状况。所以，丁从杰认为自己应该打一个前站，至少要先把情况摸清楚，不能给人"第一"印象就不好。

　　"麦黄蚕老秧上节，婆娘在屋里坐了月。"

　　这是刚刚学会的一句关于大忙的话。他一边走，一边念出了声。

　　大柏树的影子越来越密，已经进入花田沟村地界了。一棵孤零零的大柏树上有一个鸟窝，天要是亮了，老远就看得见。他不知那是什么鸟，但人家那嗓子好极了。他每次路过这儿都会朝上面望一望，对那鸟窝轻轻打一声口哨。这一回，树上静悄悄的，但他还是仰起了头，用口哨打了一个小招呼。

　　树上好像有了比鸟更大的动静。他睁大眼睛，看见鸟窝变成了一团黑乎乎的影子，好像是一个人。

　　他停下来，小声问："有人吗?"

　　那影子动了一动。

　　他打了一声稍大的口哨，天突然开了亮口。他看清了，鸟窝还在，却没有人。他发现自己出了一身汗。

前两天，丁从杰站在戏楼上向山上望，看见一个人在树林里时隐时现。牛春枣在一旁说："那就是你联系的贫困户，他就是没事就寻鸟窝的那个人。"

丁从杰在村里联系的贫困户只有一个，而这一户也只有一个人，叫牛金锁。他已经知道，牛金锁寻鸟窝是为了捡鸟粪做肥料。他一想这个就着急，平白无故就把人家急到树上去了。

他一路急走，上了石拱桥才停下来。天已经大亮，他把手指放进嘴里，想对四周的山打一个响亮的口哨，最终却放弃了。

太阳从山顶冒了出来。

丁从杰继续沿着古驿道从枫树林中向上爬。布谷已经在叫尾声了，他的口哨即便响亮地打出来，也不过是一个序曲。这一道坡，他需要爬两年。他不能打个短工半途折返，但他凭着一个急性子，可以提前到顶，收一个早工。

村委会按标准改造，施工队已经进场。村卫生室、文化室和文化广场也连带着一并升级，原来的校舍已经变成了一个工地。这笔资金是本单位捐助的，村两委要求投标方尽量招收本村人员来务工。丁从杰提出要尽量照顾贫困户，但牛春枣说，要是柴云宽那样的人来了，这个活路只好不做了。

牛春枣的性子比丁从杰还要急，他已经站在戏楼前面了。

从前的花田沟据说是热闹的，除了寺庙和戏楼，还有幺店子。但是，古驿道被公路和铁路一一夺过以后，只有戏楼还在，热闹却不再有。村两委已经挪一步到戏楼上的耳室里临时办公，一张桌子三把椅子。这一阶段主要是制定每个贫困户的发展规划，以及村里的基础设施建设和产业发展规划。牛春枣说，我们从这儿开始，重打锣鼓重唱戏！

这会儿，牛春枣一坐下来就说，村上的文书年纪不大，干工作却没有一点主动性、灵活性。他说："我们那个村主任年纪虽然大了，却是既主动又灵活，一有利益他就主动了，一搞优亲厚友那一套他就灵活了。今天说好早一点，因为那两点都挂不上，你看，太阳多高了，他却连个毛影都没有！"

文书带着人去贫困户门上贴《明白卡》，却有一家没有贴成。那家户主是柴云宽，出来阻拦的却是他的女人米香兰。米香兰的气是冲着"因残"两个字撒的。她说："我爹残了，只要我有手有脚，他就不算残！要贴可以，换一张奖状来！"

　　牛春枣已经在头天夜里给丁从杰打过电话，就是这么一个情况。两个人从各自的抽屉里拿出一个厚厚的笔记本，一边说一边往上记。那卡可以暂时不贴，"明白"其实都是揣在心里的。牛春枣再细说一阵，这一户的致贫原因就更加"明白"了：米长久早年瘫了，属于"因残"；柴云宽早年唱过川剧，从来农活拿不上手，后来腰杆上有了小伤病，一年到头不是写诗、卜卦就是打牌赌博，"因病"算不上，却又没有"因懒"这一说；米香兰早年也唱过川剧，在农活方面也是唱念做打样样在行，却独木难撑，孤掌难鸣。如今，一家四口还住在米香兰的母亲当年修的那几间土墙青瓦房里，人均年收入在贫困线以下。

　　丁从杰刚知道了当地把上门女婿叫"抱儿子"，热炒热卖说："这个家，致贫原因不在老人身上，而在抱儿子身上。柴云宽不给力，又与岳父合不来，米香兰的手脚就被捆住了。柴云宽是这个家的短板！"

　　"谁说不是。"牛春枣说，"要论米香兰的能干，她想把一个家建成什么样不容易？你只看她种的庄稼，一定会说那是全村最好的。她耕田耙地，曾经是花田沟一景。"

　　"用牛吗？"

　　"用牛。"牛春枣说，"现在都不养牛了，她才用上机械了。割麦子，她却还用镰刀。"

　　丁从杰说："她干过一段文艺，应该前卫一点吧？"

　　"才不。"牛春枣说，"她从不参加会议，从不参加任何人家的红白喜事，连给她父亲办低保等都一概拒绝。"

　　"封闭了。"丁从杰说，"如此说来，米香兰才是主要矛盾？"

　　牛春枣说："问题主要还在柴云宽身上。没人知道，米香兰为他填过多少窟窿。"

　　丁从杰望着墙上的一个窟窿。墙上有壁画，但已经模糊不清，谁知道缺掉的那些块都画了些什么。

"听说，有一回，他活活闷死了一车猪……"

丁从杰顾不上问猪是怎么死的，问："夫妻二人也不和？"

"才不。"牛春枣说，"米香兰表面上恨铁不成钢，实际上，她还护柴云宽的短呢！"

丁从杰望着外面的戏台，说："他们当年能够登台唱戏，想必都是出众人物。"

"柴云宽算不上。"牛春枣说，"实话对你说，我当年追过米香兰，但她没把我打上眼。"

丁从杰把目光收回来，做了个吃惊的样子，然后压低声音说："原来，你的群众基础并不好，我已经受了你的蒙蔽。"

牛春枣苦笑着摇一摇头："这么多年，我和她说过的话，加起来上不了十句呢！"

这时候，他们都听见了车喇叭声。

牛春枣到那个窟窿跟前望了望，说："文化人来了！"

两个人下了戏楼，看见操场上有几个人。丁从杰认出他们都是本村贫困户的人，村上通知大家在家里招呼客人，他们却来这儿等起了。

米万山正好赶到了。

一辆中巴车在操场上停稳，下来十几个人。

滕娜中等个儿，朴素的衣裳和平底鞋。她先做了自我介绍，然后说，市文化馆的人分两批来，今天只来了一半。

丁从杰正要说话，牛春枣却抢先替他介绍起来。

姓丁名从杰，出生于南方×省×县城，供职于省上×厅×部门。大学念的数学，研究生念的财经。三十五岁，已婚。

"这都是我的原话。"丁从杰笑着说，"他嫌我嗓子不好，就替我背了下来。"

滕娜说："精准。"

丁从杰也替牛春枣和米万山介绍过了。牛春枣忙着张罗市上的人和村上的人见面，米万山却还在对滕娜补充介绍自己。滕娜低声说："我们下一批来的时候，提前什么招呼都不要打。我们自己去认门，才好。"

米万山说："要依了我，所有的人都应该来这儿夹道欢迎！"

滕娜只好不再说，抬起头看戏楼。

车上下来的人都在做自我介绍。米万山对一个年轻人说："我当村干部的时间，恐怕要赶上你的岁数了！"

那年轻人赶紧说："我们缺乏乡村经验，你可要多指导……"

"我们都不是来当学生的。"丁从杰大声说，"不过你可以学一学我，先用'我们花田沟'来造句！"

滕娜说："他是文化干部，造句是他的强项。"

丁从杰说："我们花田沟，可是一个有文化的地方……"

滕娜指着戏楼说："这么好的万年台，就是证明。"

"万年台？"牛春枣说，"我只知道它叫乐楼。它还有这个名字？"

"不知道了吧？"米万山说，"我小时候就听老人这么叫它，万年台！"

五　迎贤店

麦田已经收水栽了秧，米香兰就有闲工夫照顾一下那株火棘了。火棘是她去年从山上移栽到院坝边上的，儿子米樵非常喜欢。去年冬天，火棘球红朗朗的，柴云宽采下几粒卜了一卦，说："儿子后年读高中，好学校都等起了！"

"我的儿子，不用算，也是一辈子红红火火的命！"

米香兰弄了一点鸡粪填进火棘根部。鸡粪掉了一点在院坝里，柴云宽蹲在那儿清理着。他本来想去村委会的，但是米香兰已经咬着牙给他下了禁令，不准。这可是米香兰一贯的态度。不管城里人乡下人，来者是客。你来了，有板凳，你坐一条我坐一条。你不来，有大路，你走一条我走一条。

柴云宽站起来的时候，看见一辆中巴车开到了村委会。

米香兰在太阳下面晒了这么多年，却差不多还是当年那个"戏人儿"，好像她才是这个家里游手好闲的人。父亲想到屋外来坐，但他不能晒这样的大太阳，米香兰就把轮椅推到了丝瓜架下面。她在那阴凉处，看见不断有人从坝上走过去，却看不见是不是还有人上了山。

柴云宽却不见了。

丁从杰和滕娜上家里来的时候，已经过了一顿饭的工夫了。

客人并不是柴云宽领回家的。米香兰刚进灶房，就听见父亲在外面大声喊："喜鹊登枝，寒舍来客！"

米香兰出来时，一男一女已经走到轮椅跟前问候老人了。

丁从杰走到太阳下面，先向米香兰介绍滕娜，却并没有按那几句话来介绍自己，只用轻松的口气说"老第"这个雅号怎么来的。他问："老哥呢？"

米香兰说："他姓柴。"

丁从杰抬头看看白玉兰树。主人家没有邀请，他也不好进屋。这几间土墙房子，除了干净，还是干净。堂屋门上却早贴了一张纸，上面有一行怒气冲天的钢笔字：若讨赌账，请找我家的狗！

丁从杰就退到了院坝边上。

"不用怕，家里没狗。"米长久又开口了，"这个家，养得起狗，但不养！"

丁从杰走到那株火棘面前，看了一阵。他当然不能泄气，又对米香兰说："我认得的植物不多。大姐，这个叫什么名字？"

米香兰说："一枝柴。"

滕娜也从丝瓜架下面走了出来。米香兰的姿色在乡下难得一见，但那一身旧得不能再旧的衣裳同样难得一见。这个家的干净，比它的寒碜更让她揪心。她知道那叫火棘，却说："这个我是见过的，却也忘了名字。一枝柴，这个名字也好听。"

米长久在轮椅上看不见，不知道他们说的什么。一根丝瓜就像伸到他嘴边的一只话筒，他就像喇叭一样喊起来："席尊上座，路让前行。女子，烧开水啊！"

米香兰进了灶房。过了一会儿，她端了一碗白开水出来。客人都自己动手端了板凳，坐到了丝瓜架下面。父亲正在表扬女儿，这么多年，他都不知道褥疮什么样儿。但是，他看一眼客人双手接过的碗，立即就批评起来："这个也叫开水？家里长年不来客，这女子都把礼性忘了。开水，就是醪糟蛋啊！"

"大姐是懂纪律的。"丁从杰说，"这个开水可以，那个开水就违反纪律了。"

米香兰什么也没说，把第二碗白开水端了出来。她听见滕娜对父亲说，她在村里的联系户还有两家，今天她是来认门的，坐一会儿就走。

米长久说："这个家让我拖累了，但饭还是吃得起的。怎么说，你们也要吃了午饭才许走。"

米香兰在白玉兰树下面站了站，那叶子又绿得晃眼睛了。人家都把白开水喝出了热乎乎的声音，她却好像满肚子都是凉水。她反身进屋，端了一盘花生出来，手却又不稳，花生掉了几颗。

柴云宽好像回来救场了。

这真是穷途知己少，

开口告人难，

更有谁解衣分金相怜念！

人还在半坡上，川剧高腔先冒上来。

米长久立即闭上了眼睛："大秀才回来了！"

柴云宽在院坝边上大声说："听说领导上我们家了，我丢下活路就赶回来了！"

丁从杰站起来，问："你做什么活路啊？"

"报告'老第'，田里的活路。"

丁从杰追着问："怎么没见你身上有一点泥呢？"

米长久睁开眼睛说："他从天上往田里丢炸弹，哪沾得了泥！"

丁从杰把话题岔开了。他问："大伯，花田坝这个名字，怎么来的？"

"老辈子传下来的。"米长久说，"据说，当年坝上有两家人，一家

112

姓花，一家姓田……"

柴云宽说："那是乱说！"

米长久就又把眼睛闭上了。

丁从杰说有一首歌叫《花田错》，念了一句歌词："花田里犯了错，说好，破晓前忘掉……"

"你也犯了错。"柴云宽说，"'老第'，《花田错》是一出戏！"

丁从杰问："你刚才唱的，就是《花田错》？"

滕娜已经从米香兰手里接过了花生，放到了长板凳另一头。她对柴云宽说："你刚才唱的川剧，我终于想起来了，是《迎贤店》。那可是高腔。"

柴云宽好像受了惊吓，小声问："领导懂川剧？"

滕娜说："我原来在川剧团工作。"

"刀马旦，还是闺门旦？"

"司鼓。"

"坐统子的。"柴云宽拱一拱手，"你在台上也是领导！"

丁从杰坐下来，然后拍了拍长板凳，要柴云宽也坐下来。他说："一家人，你不要像个客人似的。"

滕娜说："刚才听村主任说，你们当年唱过川剧。"

米香兰低头寻找着，好像院坝里落满了花生。

柴云宽坐下来，扭头看一眼米香兰，又降低了声音说："她唱得好。"

滕娜问："你演过《迎贤店》里的那个秀才吧？"

柴云宽又拱一拱手："秀才有礼！"

滕娜说："我听得出来，你好多年没练了。"

柴云宽说："人没有钱声气都不好听，干吱吱的，一点油气都没有。"

"没说你。"滕娜对柴云宽笑了笑，"这是《迎贤店》的台词，你千万别多心。"

柴云宽故意清了清嗓子，然后抬头看了看丝瓜。

柴云宽对滕娜说："我们这儿是迎贤店，我是那个受困的秀才，你就是那个义士。不对不对，你是义女士……"

"我姓滕……"

113

"义!"柴云宽说,"社会主义的义!"

滕娜笑出了声。

柴云宽说:"你大概会学那个义士,为我们弄来几坨银子,暂救燃眉!"

"不是暂救燃眉。"丁从杰说,"而是要摘下贫困这顶帽子!"

三个人说着,却都留意到米香兰进屋去了。柴云宽左手抓起一把花生,放进摊开的右手,就像做戏一样平举到客人面前。丁从杰和滕娜都还没来得及伸手,就看见米香兰从屋里出来,朝这边走来了。

"放心。"米香兰停了停,"花生是我们自己种的!"

柴云宽好像真受了惊吓,手上的花生却都被紧紧地攥住了。

米香兰确认自己的声音已经平和下来,接着说:"几颗花生待客,莫嫌。"

柴云宽打开了手,那花生好像都出了一身汗。

丁从杰端起那个盘子,说:"我知道,这是我们花田沟最好的花生。"

滕娜把自己的那只包挂在肩上,拍了拍腾出的半截板凳,对米香兰说:"妹妹,你受累了,坐下来歇一歇吧。"

米香兰低头看着滕娜:"你喊反了吧?"

"我还喊你姐姐啊?"滕娜装出生气的样子,"你比我小三岁呢!"

米香兰说:"你这数字,肯定不准……"

滕娜说:"建档立卡,精准得很!"

"我以为,你还没满四十岁呢……"

丁从杰站起来,把盘子放到板凳上。他剥了一颗花生,说:"大姐,你目测一下我的年龄。"

"还用看?你是老弟。"

丁从杰说:"那是第一的第。"

"我刚才听清了呢。"米香兰说,"若是那个字,就不通了。这样叫你的人,大概分不清兄弟的弟和第一的第,他没文化!"

柴云宽却像是受了表扬,说:"第一是兄弟,第一是兄弟!"

丁从杰说:"这样一说,就有文化了!"

米香兰对丁从杰说："那一枝柴，叫火棘。"

"对了。"滕娜把花生剥出了响声，"火棘！"

丁从杰把花生米丢进嘴里，那样子就像要打一个口哨。

柴云宽就像还对"没文化"不服气，问市文化馆办不办报纸。他说自己当年在县文化馆办的报纸上发表过一首诗，名叫《布谷》。

滕娜问："现在不写了吗？"

柴云宽叹一口气："唉！这作诗文，要有兴致。你看我此时满肚子的穷愁抑郁，哪里还有什么兴致作诗文啊！"

滕娜知道，这也是《迎贤店》的台词。她想了想，就学着那戏里店婆的腔调，接上去了："你尊驾这个兴致，大概好久才发一回呢？"

米长久却把话接了过去："大概一辈子就发一回！"

《布谷》是柴云宽为母亲写的，所以，米香兰不会厌烦他说这首诗。不过，这会儿，这说戏又说诗，显然已经跑题了。

米长久却接着说："谁的肚子里没有几句诗呢？"

丁从杰对米长久说："我这段时间在村里走访，好几个老年人都替你惋惜呢！他们都说，你当年是多么出名的唱歌郎……"

"唱歌郎？"滕娜问，"大伯当过薅草锣鼓唱歌郎吗？"

"对。"丁从杰说，"他们都说，大伯满肚子都是那歌词。"

滕娜问米香兰："你听见他唱过吗？"

米香兰说："有时候，夜里都唱呢。人一拢，他就没声音了。"

"那货已经过时了。"米长久说，"唱歌靠连手，薅草靠六亲……"

"听。"滕娜悄声说，"这两句，或许就是。"

柴云宽嘀咕一句："那怎么算得了诗？"

米长久耳朵尖，脸跟着就黑了："那你说说，什么是诗？"

丁从杰说："我这个学数学的，却也喜欢诗。大伯，给我们来　段？"

"我哪有心思说那个。"米长久说，"你们看这个家，论他贫困实难找，一无吃来二无烧。鞋子半截不见了，檐下燕儿要离巢……"

"爹，"米香兰说，"你要是嫌热，就进屋去，好不好？"

"好。"米长久说，"这都是显客呢，你也请人家进屋坐一坐！"

滕娜离轮椅最近，就抢先推起来了。她见丁从杰也要站起来，就示意他坐着。她把轮椅推进了屋，先把那只包放到一边，然后，把米长久抱起来，稳稳实实放在床上。

米香兰抢不过她，站在一旁说："我爹这辈子，从没听他说过，他的命不好……"

滕娜站在床前，说："他有你这样一个好女儿，还用说吗？"

米长久一直闭着眼睛，突然，一滴泪水从眼角滚了出来。他用哭腔说："女子啊，你爹自从那年从医院回来，这还是第一次，让家外边的人抱一把呢！"

滕娜从包里拿纸巾的时候，趁米香兰不注意拿出一个红包塞进枕头下面。她用一张纸巾轻轻擦掉米长久的泪水，说："大伯，我这举手之劳，倒让你老人家落泪了。从现在起，你就不要把我当成家外边的人啊！"

米长久睁开眼睛，却看见女儿的眼睛里也有了泪花花。他说："这个女子，她妈走后，她把泪水都哭干了，我这还是第一次见她湿眼睛呢……"

六　月季

大柏树上那个鸟窝还在，鸟也还在。那天黄昏，丁从杰经过那儿，口哨却没有打出来。接下来一段时间，他在村上、县上和省上来回穿梭，跑项目，跑资金，走古驿道的次数就少下来。没过多久，那条崭新的水泥路就通车了。

配套资金是一个不小的数字，却依然关照不到村里所有的地方，比如社与社之间的一段断头路，比如年久失修的一口山坪塘。项目从哪个口子来，资金从哪个渠道走，谁来组织实施，并不是都有一个标准答案。贫困户更是一家一个情况，不是登门几次就能把问题都解决了的。那个厚厚的笔记本，原以为可以管一年，却是用不上两个月就记满了。

滕娜又来过村里一次，却把丁从杰错过了。他们在电话里讨论了一下米香兰的情绪问题，希望通过危房改造一步一步疏导。他们第一次从她家出来就商议过，要尽快组织对那土墙房子进行危房鉴定。过了两天，丁从杰和米万山又上她家去了。米香兰让"易地搬迁"四个字吓了一跳，直到米万山指点一阵房子一侧的自留地，丁从杰走进去用脚大致画了一个圈，她才松了一口气。房子挪一步，正好移到了母亲当年相中的屋基，这件大事就算起步了。

丁从杰却又失眠了。他没有想老婆孩子，可就是睡不着。他只好把镇上干部教的一个对付失眠的办法搬出来，强迫自己只想一个数字或者一种声音。他开始想自己的口哨。口哨是舅舅教的，而舅舅是在上山下乡时跟当地一个大爷学的。结果，他由口哨想到了那个鸟窝，再由那个鸟窝想到了牛金锁。他和牛金锁结对子，完全是因为那可能是村里最难摘帽的一个贫困户。他去过牛金锁家里一次，牛春枣也一同去了。

牛金锁比牛春枣矮两辈。丁从杰让牛金锁的身世变成几个数字，只需要小学阶段的数学。牛金锁，四十五岁。他五岁时父亲去世，过了十年爷爷去世，又过了七年奶奶去世，然后过了十二年母亲去世。他没有兄弟姐妹，也一直没有结婚，已经独自一人生活了十一年。他对母亲感情最深，在这一点上，他在村里可以和米香兰相提并论。

这一组数字，好像高高低低的坎，让他迷迷糊糊跌落下去。最后，他站在一座新石拱桥上吹了一声口哨，就醒过来，天已经亮了。

村委会升级改造也已经完工，操场建成了文化广场，附带一个小停车场。村卫生室还没有开门，乡村医生还没有来上班。丁从杰没有去办公室，而是到戏楼跟前看了看。滕娜第一次来，建议村两委立即停止在戏楼上临时办公。滕娜当时说她会争取对戏楼的保护维修资金，却还没有下文。

戏楼让新村委会一衬托，就更旧了。

丁从杰原计划搬到村委会来住，镇上领导却不同意："吃饭的问题怎么解决？你是成天在那儿学着做一个人的饭，还是去工作？路通了，开车要不了十分钟就从镇上到村里了，这也就等于你在成都堵一下车呢。"

村支书牛春枣却巴不得丁从杰住进村里。他们共事时间虽然不长，却已经算得上配合默契。他们都是急性子，奇怪的是，当一个急起来的时候，另一个却会突然慢下来。他们好像有了共识，就是急，也要分开来急。比如，村里有五户人家要搬迁下山，这本来是大好事，其中两户却像比赛一样今天提一个要求明天提一个要求，惹得牛春枣在村委会拍桌子大骂"等靠要"。丁从杰却说："你就是移一棵树下山，也不会是喊个一二三就了事吧？"又比如，市文化馆音乐干部为他的联系户送来良种鸡苗，那一家没喂养多久就一只一只宰了，做成辣子鸡下了酒。丁从杰一听火冒三丈，急着要赶到那家去，牛春枣却说："你现在就是坐火箭去都迟了，人家鸡骨头都没给你剩一根……"

米万山开初见了两个人抬杠，暗自高兴呢。不过，他很快就看出来了，两个人原来是一唱一和，自己想使个绊子也插不上脚。

这会儿，丁从杰独自一人朝牛金锁家走过去。他听见了挖掘机的声音，却看不见在哪儿。他不知这是哪个项目发出的声音，要么是自来水，要么是天然气。不知还要多久，挖掘机才能开到这通户道路上来。他已经知道，米香兰和牛金锁两家结仇四十几年了，虽然那都是上一辈的事，但下一辈也不一定愿意在两家之间修一条大路呢。

小路一拐弯，丁从杰就看见了牛金锁。牛金锁端着碗站在门前那棵老核桃树下吃饭，看样子也在望挖掘机。他看见了丁从杰，头一缩不见了。

那一道坡不过几步，丁从杰朝上喊一声："金锁大哥！"

牛金锁从屋里出来，咧一下嘴，不知是不是答应了。

丁从杰说："你继续吃饭吧。"

碗却已经放进屋里了。

房子建在一块局促的台地上，青砖青瓦。灶房和卧房里的门开着，另两间的门却上了锁。这和上次看到的一样。贫困户建房是按人头补助的，牛金锁靠一个人的补助款建不了新房，只有搞旧房改造。

丁从杰说："上次已经说过，墙要加固，瓦要换。内墙要翻新，地面要硬化。一句话，我要新房！"

牛金锁突然问："你要来住？"

丁从杰一时没有回过神来。他想了想，说："我要来验收。"

牛金锁好像松了一口气。

丁从杰说："自来水就要从镇上过来了。"

"我知道。"

"天然气随后就到。"

"我也有。"

丁从杰没有再说光纤也要通了。他上次来没顾得上老核桃树，就问："这核桃树，一年收入多少？"

"你没看，一个果都不结。"

"那还留着它干什么？"

"爷爷栽的。"

丁从杰仔细看了看老核桃树，然后抬头望了望山坡。这儿是山的一道褶皱，有一点憋闷。他装出随便的口气说："听说，你经常上山去找鸟窝，掏里面的鸟粪。"

"乱说。"牛金锁说，"他们又不是没见过鸟窝！"

丁从杰看了看他，等他往下说。

"鸟爱干净。"

阳光从老核桃树上漏下来，地上的光斑乱糟糟的。

丁从杰把目光移回来，看着老核桃树下面的两株植物，却拿不准上次来是不是见过它们。他说："那个我认识，叫火棘。那开白花的，叫什么名字？"

牛金锁说："六月雪。"

丁从杰想上网查一下，却发现手机到了这儿已经没信号了，就一边随意走动，一边试探手机信号。一个园子被房子挡住，隐藏在一个僻静的角落里，他上次来都没看见。园子里只有一点蔬菜，更多的是花木。除了两棵苹果树，他一眼就能够认出来的是月季，还有罗汉松。

"山上挖的。"牛金锁跟了过来，"自家的山。"

月季却都长在被截断的枝干上，枝干又是从大大小小的桩头上长出来的。

丁从杰问:"那月季,叫什么?"

"月季。"

这样问话,只能算嗓子作怪。丁从杰咳一声,伸手拍一拍那粗壮的枝干。

"七里香。"牛金锁说,"月季是嫁接的。"

"你嫁接的?"

"还有谁?"

丁从杰抱歉地笑一笑,又问:"房后这坡,还结实吧?"

"什么?"

"我是说,会不会山体滑坡……"

"不会。"牛金锁说,"坡上,不是树,就是花……"

"别大意!"

园子旁边有一条小路,隐隐约约上了山。小路向山旯旮横着岔出一段,却被一蓬刺拦下来。丁从杰向上爬了几步,低头看那一蓬刺,差点叫出了声。

那后面站着一个女人,一身鲜艳的女人。

丁从杰赶紧站稳了。他愣了一阵,才零零星星看出来,那是一棵花树。

牛金锁还站在园子边上,从上面看下去,他好像矮了一截。

丁从杰退回来,上了那条岔出的小路。他弯下腰杆,从那一蓬刺下面钻过去,另一边却还有一蓬刺。

两蓬刺围护的土台上,扎着一个硕大的桩头。这不知是多少年的一个古董,显然受过石头夹磨,倔强而怪异。桩头上傲立的枝干比碗口粗多了,截断以后仍比人还高。枝干上的枝头保留了十二个,姿态各异,合抱成团,各自开出了不同颜色的花。那大朵大朵的花,以十二种色彩一同开放,散发着含混的香气……

"七里香!"丁从杰立即改了口,"月季!"

七　红瓦

　　这个夏天，除了两阵白雨，还没有下过一场透雨。这对那些大大小小的外来施工队伍来说，却是难得的好天气。雨水要是多了，铺路也好，埋管也好，都会有些麻烦。还有，那些直接和雨水相关的项目，防洪堤也好，蓄水池也好，山坪塘也好，提灌站也好，都还赶不上那个趟。

　　这对村里那些"易地搬迁"的人家来说，也一样。

　　别人家的房子动工了，有的都起来半截了，米香兰却一点不急。米樵放暑假回家来了，要是新房开了工，影响他复习功课不说，还会顾不上给他做可口的饭菜。天气越来越热，米香兰却也没有成天歇凉，施工队伍已经定下，前期用料也已经备好，只等米樵开学那天就起基。

　　滕娜上一次来，却对施工方的现成图纸不太满意，主要是忽略了家里的残疾老人，没有无障碍设计。还有，圈舍布局也不太妥帖。

　　滕娜又在周末下乡来了，还带来了一张图纸。

　　没错，那天是星期六。

　　米香兰对别的不关心，但每一天是星期几却从不含糊。儿子上学，都是以星期来计算天时的。

　　当时已是午后。米香兰从花田坝上的蔬菜地里出来，离老远就看见滕娜冒着大太阳走了过来。

　　滕娜先去看了新屋基。她从包里拿出图纸，在自留地上辨认着那些线条的位置。她双手举起图纸遮在头顶，说："我刚才在垭口往这儿一看，就想把上次的意见改一改。"

　　"改回那个半截子楼房？"

　　"平房不改。"滕娜说，"青瓦换红瓦。"

　　米香兰想了想，说："平房更适合我爹。但是，红瓦……"

　　滕娜说："这么多年，你都被遮住了。你应该把自己亮出来！"

　　"一个家到了这步田地，藏都藏不赢，还敢亮。"

"我上次来，跟大伯学了一句话，人有三贫三富，瓦有七翻八覆。"

"依你。"米香兰不再想，"红瓦！"

滕娜已经留意到，警告讨账的那一张纸已经不见了，那门板干净得就像洗过一样。她在堂屋里一坐下来就问米樵，那孩子却是不知道滕阿姨要来，去八里坡看爷爷了。她怕惊扰了隔壁另一个爷爷的午睡，小声说："房子修好以后，我要来住上三天。星期五下班以后过来，星期日天黑以前回去。"

米香兰用一把旧篾扇给她扇风，说："哪有三天？顶多算两天半。"

滕娜把篾扇揪了过去，说："你也学那个'老第'，要成数学家了！"

"精准。"米香兰说，"你教我的！"

柴云宽已经在村卫生室做腰杆康复治疗，隔一天去做一次针灸，费用全免。他回家来，听说要改红瓦，说要先卜一卦。几分钟后，他从隔壁过来说："我要写一首诗，题目就叫'红瓦'！"

滕娜和米香兰正在算细账，顾不上回应他的卦和诗。建房补助金是按照每一个人的居住面积来安排的，根据建设进度分期发放，前期那一笔已经打进一张卡里。四口之家分文不出，就可以建起一套砖混结构的平房，并且完成基础装修。自家要贴一点钱进去，却有规定不能超出一个数额，以免因为建房而发生新的债务。

几笔下来，米香兰的心算能力让滕娜暗暗吃惊。柴云宽算账基本上就是帮倒忙，每一笔都好像比扎一针还要让他难受。

"你偏科呢。"滕娜对柴云宽说，"你还是去做一个文艺工作者吧。"

柴云宽抓起那把篾扇给滕娜扇风，然后表演结巴："你千万不要说，调我到文化馆……去、去工作……"

滕娜拦下篾扇，说："薅草锣鼓，这可是国家非物质文化遗产……"

柴云宽就扇上了自己，说："我是川剧表演艺术家，千万别让我去表演什么薅草锣鼓。"

"不是让你表演，是让你做记录。"

米香兰听滕娜一说就明白了："米长久先生口述，柴某人整理。"

"听嘛！"柴云宽丢下篾扇，"轮到我，就被掐了。"

滕娜朝米香兰瞪一瞪眼："你把人家的先生掐掉干什么?"

"翘呢。"米香兰撇一撇嘴,"掐的是他的尾巴!"

"这个你放心。"滕娜安抚柴云宽说,"出书的时候,不会把你埋没了。"

柴云宽好像真结巴了："还要……出书?"

"这可要看成果。"滕娜说,"古本歌可以不管,只收集今本歌,重点是唱歌郎自己创作的歌词。山歌是薅草锣鼓歌词的重要组成部分,能收尽收。"

柴云宽说："那不是一天两天的事呢。"

"这是定金。"滕娜又从包里拿出一个信封,"我们已经研究过,根据大伯的身体状况,稿费从优。"

柴云宽正要把手伸出去,就被米香兰抓起篾扇使劲一扇。他又借了《迎贤店》里店婆的台词,也学着那腔调说："我不是爱钱的人,但我怕大领导把手拿软了,掉下去不好捡。"

米香兰一边轻轻给滕娜扇风,一边说："姐姐,你这个钱要是打了水漂,到时我又得填窟窿呢!"

滕娜又从包里拿出一个笔记本和两支笔。她说："大伯上回说得好,唱歌靠连手,薅草靠六亲。你们只要齐心,我一点不担忧呢!"

柴云宽却缩着手,说："哪有那么多话,能够把这么厚的本子记满?"

米香兰把笔记本和笔接过去,对柴云宽说："这会儿,你的手却短了!"

"唱歌郎醒了?"滕娜说,"我们把唱歌郎请出来吧!"

米长久人还没到,声音就过来了："花田沟里路不光,鞋都跑烂好几双。心想不走这条路,朋友又在这一方!"

滕娜把轮椅接过来推上,说："一把菜籽撒翻梁,今年种下明年黄。不图来年收菜籽,只图会个唱歌郎!"

"哈哈!"米长久叫起来,"馆长也会这个,还把歌词改了!"

"这可是你老人家带头改的!"

"改错了改错了,改回来改回来!"

滕娜说:"现在,我们开一个会,就两个字,不改!"

收集整理的计划已定,不改。

歌词要原汤原汁,不改。

一老一少两个男人却都埋着头,不看对方一眼。滕娜看看天时已经不早,而她还要去另外两家,就起身告辞。滕娜说:"我安排的这个工作,让一老一少都有了用武之地,也让家里增加一点收入。这只是权宜之计。我为什么不拿一支录音笔来?我的用意,你是懂的。"

"帮我,"米香兰说,"帮我们家。"

滕娜说:"最终,哪怕收集到的歌词只有很少一部分是别的版本里面没有的,父子二人却因合作而和睦了,也算成功。"

米香兰说:"柴云宽也不是一个榆木疙瘩。那歌词讲了那么多好道理,他就算只听进去百分之一,也会有点起色吧?"

八　七里香

老核桃树消失了,罗汉松从背角的园子里移栽过来。

牛金锁的家差不多翻了个底朝天。机制青瓦、定制门窗、扣板、瓷砖,从头换到了脚。砖墙没动,却也被冲刷一新。厨房改了,厕所改了,自来水已经通了,就等着天然气了。

做工的人在屋顶看到了那棵大月季树,却没有人吱声。花痴,大概就是牛金锁那样的人吧?

丁从杰也答应牛金锁替他保密,没有对人说起那棵大月季树。

那天,他在牛金锁家里待了不止一顿饭工夫,才把七里香到月季树的故事听完了。不过,他并不需要做多少梳理工作,那故事的线条也大致是清晰的。

十几年前,春天,牛金锁上山捡柴,在悬崖边的老松树下面惊起了两只鸟。他扒开灌木丛,看见了一个鸟窝,也看见了藏着鸟窝的一大团七里香。他索性在松树根上坐下来,隔一会儿把那灌木丛扒开一次,再把那七里香扒开一次。他本来是看那个鸟窝，却一眼看到了七里香的根。那是一个不知在悬崖边上藏了多少年的老柴疙瘩，那个古怪的造型都让他看呆了。

母亲说过，鸟窝是不能捡回去当柴烧的，你烧了人家的房子，天老爷说不定哪天就会烧了你的房子。

牛金锁第二次去那儿，先跟自己打了一个赌。要是那两只鸟回窝了，他就转身回家。要是那鸟窝是空的，他就要把那个老柴疙瘩从悬崖边上救回来。

鸟窝是空的。

但是，那地方实在太险。

他第三次去那儿，两只鸟却又在窝里，只不过又被他惊飞了。他却依了第二次的打赌，探出身子摘下鸟窝，差点滑下悬崖。他把鸟窝小心地搁进了灌木丛，然后，他下降到了刚好可以落脚的一个小平台上。七里香还没有开花，他用柴刀把枝头一一剁掉，看着它们像一群一群翠鸟擦着崖壁向下扑去。老柴疙瘩扎在石缝中的腐殖土里，正好把滴落下去的鸟粪接收了。他用柴刀把老柴疙瘩掏出来一点也不费劲，但拽着它爬上去的时间，和半下午到太阳落山相等。

母亲从来最怕的事，就是独儿背一个贼的名声回来。她知道了老柴疙瘩是自家山上的，放下心来，说："这七里香，在山上多少年才会长成这个样子啊，恐怕都成仙了。你好好养着它吧，说不定，我的儿媳妇就在它身上呢。"

牛金锁在那山旮旯的土台上挖了一个坑，弄了一些腐殖土填起来，再把老柴疙瘩埋进去。然后，他栽下两棵刺，把老柴疙瘩围护起来。

一年以后，他的媳妇还不见影子，母亲却走了。他每一回哭累了，在老柴疙瘩面前一坐就是大半天，常常是一天只吃一顿饭。

七里香开花了，却从不见鸟儿飞来。

后来，谁都知道他寻鸟粪的事了。他见到鸟粪就给老柴疙瘩带回来，但那不过是一个幌子。其实，他想再寻到一个老柴疙瘩，盘回来配成一个对儿。他又跟自己打了一个赌，要是真配上了，他就不会再打光棍了。

他没有寻到配得起的柴疙瘩，却遇到了一个人。

两年前的一天，他在自家山上拦下了一个偷挖山木香的人。那个人是山那边的，山木香是要用来嫁接月季的。他为那个人扛着山木香桩头，跟着翻过山去学了一回嫁接。那个人送给他一些月季穗条，他在嫁接时并没有遇到什么难题，那老柴疙瘩的所有枝头都开出了月季。

七里香和山木香的小桩头倒是遍山都是，他随意挖了一些回来种在园子里，然后让它们都变成了月季树。

老柴疙瘩上的枝头，也让他修修剪剪，留下了最粗壮的十二根。

一年不是十二个月吗？

月季，月月红，现在，已经不单是一个红了。

丁从杰总算转过了那一个弯。没错，一个人丑一点，这与爱老桩爱花草又有什么矛盾呢？他并不想过多地知道细枝末节，只要这不是非法采挖所得就够了。他的眼睛盯准了两个字，产业。村里正在推行"一户一品"，他为牛金锁落实了发展产业直补到户资金，联系了镇上的农技人员来做指导，希望村里的第一个家庭花圃尽快建起来。

牛金锁却不愿意那大月季树走出来，他显然还有什么话没有说出来。

事实上，丁从杰已经用手机拍下了大月季树的照片，那已经成为他为村里引进大项目的一张牌了。

米香兰的新房结顶那天，丁从杰也去传瓦了。太阳离落山还早，他顺着小路走回来，一抬脚又上了牛金锁家。电视在屋里开着，声音很大。他连喊几声，牛金锁才从外面回来了。

"你又没看电视，把它开着干什么？"

"惯了。"牛金锁说，"等于有个人在说话。"

丁从杰嗓子有点发干，一时说不出话来。

牛金锁把电视关了。

丁从杰这才想起来说："通户路就要修了。"

牛金锁望着眼前的小路，好像一点也高兴不起来。他说："我妈要是知道，开关一扭就燃火，不烧柴不烧炭也能煮饭，会笑成什么样啊……"

丁从杰说："我说的是路呢。"

"路通了，人还是不通呢。"

这话听起来才不通呢。丁从杰朝红瓦房那边指了指，说："我知道你们两家上辈人有过节，你知道底细吗？"

牛金锁说："除了我妈，你是听我说话最多的人……"

丁从杰说："我知道，你还有话要对我说，好多。"

牛金锁大概已经等了很久，不再像上一回那样说半句留半句了。

当年，那天夜里，让米长久受到惊吓坠下悬崖的其实是两个人，一个是牛金锁的爷爷，一个是牛金锁的父亲。父子二人也是为了去摘那胡豆才上山的，反倒是米长久惊吓着了他们。米长久自言自语，不知说了什么。父亲躲起来的时候，也差点坠下悬崖。父亲后来得病死了，都没给牛金锁留下什么印象。爷爷在世时从没在孙子面前提说过这件事，母亲在见到老柴疙瘩那天才对儿子讲了。牛金锁问母亲，爷爷为什么不去把那些对米家说出来？原来，爷爷说过："我们不在夜里上山去，米长久就废不了。再说，我们就是现在愿意背那个贼名了，人家还认为你这是个苦肉计，不信你呢！"

牛金锁几次想对米香兰说，但米香兰从不正眼看他。

那些年，总有传言说有人在打米香兰的主意，不是这个就是那个。牛金锁想，他要是在某个时刻把米香兰救下来，那么，他就可以把真相告诉她了。

渐渐地，他跟踪上了瘾。

机会终于来了。但是，牛金锁把那一段咽回了肚子里，他并没有对丁从杰说米香兰差点起火把烧戏楼的事。

凉风好像是一盆一盆端到面前来的。丁从杰望着山上，不知道那些树林里还有多少秘密。他就是拿两年时间来听，也不一定听得完。他把目光收回来，看见那一株六月雪已经做成了盆景。

"我们说当前。"丁从杰说，"你知道那棵大月季树值多少钱吗？"

"我又不卖。"牛金锁说，"我的辛苦，一千元总值吧？"

丁从杰说："它不能一直那样躲着。"

牛金锁突然说："今天，我妈走了整整十二年了……"

丁从杰的嗓子更干了。

"我对不起我妈……"

丁从杰只想喝水。

"有一句话，我没有对你说……"

丁从杰进了灶屋，端了一碗水出来。

"我把老柴疙瘩背回来，对我妈扯了一个谎……"

丁从杰喝了一口水。

"那棵大松树，不是我们家的。"

丁从杰又喝了一口水。

"那个鸟窝，也不是……"

这一口水，丁从杰没有喝出响声。

"它们，都是米香兰家的。"

丁从杰一气把碗喝见了底。

"刚才，我去我妈的坟前说，我要把那老柴疙瘩送回去！"

九　唱歌郎

天气渐渐凉了。村里已经传开，柴云宽原来肚子里真有货，他都被上面看中，躲在家里写一本书了。

真是呢，他除了去村卫生室扎针，都有很长时间没有在村里晃悠了。听说他的腰杆有些起色，他大概真在做正事了。

牛春枣也知道滕娜给柴云宽布置的那个工作，却并不乐观。他对丁从杰说："那可不是扎针。那个人，拿钢钎捅也不一定开得了窍。"

丁从杰说："至少，可以把他那靠扑克打发的日子，叫一个暂停吧？"

红瓦房盖起来，戏楼下面的枫树林也红了，柴云宽写诗的兴致应该发一回了，《红瓦》却是怎么也写不出来。这当然不能怪他没有才华，而是要怪没有尽快地住到那红瓦下面去。他嫌新房内部装修做得太慢。他说他卜了一卦，搬新家宜早不宜迟。

"你没给自己卜一卦?"米香兰没好气,"哪天是黄道吉日,你的新工作才可以开工?"

柴云宽被米香兰戗了一顿,赶紧表态:"今天,就是黄道吉日!"

接下来,他却又唱了一腔。

> 思双亲无盘费难以回转,
>
> 为生计为歌郎暂且从权。

这两句是川剧《绣襦记》的唱词。这些年,米香兰想母亲的时候总会想起这一出戏。这一回,柴云宽并没有扯起喉咙来唱,米香兰权当没有听见。

柴云宽把长板凳搭在米长久床前,把笔记本和笔摆上去。然后,他在矮板凳上坐下来。他说:"没有锣鼓,也能薅草吧?"

米长久坐在床上,一动不动。他的胸口那儿好像有一片庄稼地,他在等着那里面的草长出来。

"可以开场了?"

米长久说唱就唱起来。

> 正月里来正月正,
>
> 叫声我儿听分明。
>
> 老爹今天来教你,
>
> 教你好好去活人。

柴云宽一听,立即起身出了屋,走小路去看挖掘机了。

挖掘机从村委会那一头起步,已经钻进了离这边最近的那个山弯,就像被拦下来不准往前走,那叫声都有一点愤怒了。

柴云宽还没有走拢,碰到了牛金锁。太阳快落山了,牛金锁却穿过大毛坯路跑到小路这一头来了,就像他是管路线的。

"柴老师……"

挖掘机不歇气地叫着，却并没有把这一声叫盖住。柴云宽还是第一次听到有人这样叫他。他们从前见了，好像谁都不认识谁。在柴云宽眼里，牛金锁不过就是一个影子，他爷爷的影子。

"你们家新房好看……"

柴云宽可没有忘记八年前那个夜晚，牛金锁为了戏楼惹火烧身。但是，米香兰毕竟被牛金锁拦腰一抱，他一想那一幕心里就冒火。这会儿，他就像刚刚消了气，也有了适合老师的口气说的话题。他说："这路虽然不宽，但是，每隔五十米，就有一个会车的地方。"

牛金锁好像再也找不到话说，掉头走了。

柴云宽一直在那儿看着挖掘机挖土，也一直在那儿想着牛金锁为什么主动和"老师"说话。他往回走的时候，腰杆好像彻底好了。

晚饭过后，一家三口都在院坝里坐着。

米长久坐在轮椅上望着星星，又说起了他出事的那个夜晚。柴云宽听他讲过无数次，这一回却多出了两句歌词。

那天夜里，星星也是这样密匝匝的。当时，他不敢顺下坡路往花田坝上走，那里有人看哨呢。他循着一条小路上了山。山上一块开荒的坡地种了胡豆，他摸索着摘下嫩胡豆角儿，脱下外衣包起来。突然，一个人影子晃了一下，他的嘴里就溜出两句话来。

要学枸杞红到老，
莫学花椒黑良心。

这是薅草锣鼓歌词。他说他当时并没有唱，而是随口说了出来。他说不清，他是要拿这两句话为自己遮丑呢，还是壮胆。

他也说不清自己是怎么坠崖的。他害怕被抓了现行，好像脚下一虚就在一片树林里了。他看不见一颗星星，好像脚下一虚就直扑下山了。胡豆角儿从衣裳里倾泻而出，他听见了身上的力气溜走的声音。他好像喊叫了，然后迷糊了。天上的星星成了七里香，而身下那一团七里香成了星星。他悬在一团星光之上，密匝匝的花粒正从天上向他撒下来……

后来，星星的香气，七里香的亮光，总是他噩梦的一部分。

不知过了多少年，他好像才醒了回来，花是香的，星星是亮的。

米长久不望星星了，对米香兰说："你妈当年说得多好啊！她说我那是去摘星星呢……"

米香兰说："爹，我也正想我妈呢！"

米长久说："你妈在的时候，我还编过篾货。她不在了，你就什么也不准我做了。我也想做一点正事呢……"

米香兰说："这一回，我没有拦你吧？你好好起个头，我妈她会和你一起唱呢！"

轮椅轻响一声，米长久却没有说出话来。

米香兰说："我妈当年为你唱的那些歌，都装在你心里吧？"

米长久的声音突然变了："没那些歌，我怎么过那些夜……"

柴云宽坐在矮板凳上，一直勾着头，那样子就像睡着了。

一阵凉风吹过来，都有些寒意了。

矮板凳响过以后，柴云宽欠了欠身，却没有站起来。

"爹……"

柴云宽喊了一声。

"爹！"米香兰大声说，"人家喊你呢！"

"我听见了。"米长久说，"十三年没喊过我了，我记着变天账呢！"

"爹！"柴云宽说，"明天，我为你记录那账。"

米香兰说："你们可要把该算的账，一笔一笔算清！"

"那就早点睡吧。"米长久说，"这满天星星，我也看够了！"

第二天，吃过早饭，柴云宽又在米长久床前坐下来。他说："爹，劳动开始！"

　　日出东方，天地开张。

　　东主兴工薅草，请了我们二位唱歌郎。

　　赠我们铜锣一面，花鼓一方，

　　锣槌一个，鼓槌一双……

"爹,"柴云宽说,"你能不能只说不唱?"

"为什么?"

"你唱起来,我记不赢。"

"那我先唱一遍,再说一遍。"

柴云宽记录下来,再念给米长久核实一遍。

　　二月里来百花开,
　　爹妈骂他不成才。
　　庄稼活路你不做,
　　游荡耍钱万不该。

柴云宽埋头记录,不吭声。

　　歇了气,又起身,
　　莫把黄土当板凳。
　　排起列子好一阵,
　　腰杆莫要老是伸。

柴云宽写字的速度渐渐快起来,腰杆却是要不时伸一伸。

"口渴了。"米长久说,"去,倒一杯水!"

柴云宽双手捧来了一杯水。他有多少年没有给岳父大人端茶递水,他自己已经厘不清这一笔账了。

　　昨晚等妹心发呆,
　　烧完五背块子柴。
　　搬块石板来压火,
　　石板成灰还没来。

挖掘机已经快到门口了，那叫声却也没有把这火压住。

天气冷起来了，屋角烧起了一堆柴疙瘩火。

> 烘被烤衣最要紧，
>
> 能使寒气少几分。
>
> 此种孝行不花本，
>
> 奈何世人不留心。

柴云宽立即放下笔，夸张地把轮椅往火堆跟前移了移。

米长久也夸张地向火堆伸出了手，然后大笑起来。

十　红鸾袄

水泥路通到红瓦房了。

柴云宽卜了一卦，向米香兰报了一个入住新房的好日子。腊月初八，好，依他一次。

滕娜一直牵挂着这一天，所以，米香兰提前两天就给她打了电话，并且特意提醒那天是星期五。穷家没有什么家什好搬，那天要紧的事，不过是点天然气熬腊八粥。

腊月初八，天刚亮，雪花就飘起来了。

半上午，雪已经乱起来，丁从杰和牛春枣突然出现在了家门口。

滕娜从后边跟了上来，说："你们看，香兰今天漂亮成这样，要把我比到屋角去呢。我回去了！"

米香兰不过是穿上了过年才穿的一件红花袄。她一把拽卜滕娜，却把棉被和餐具礼品盒往回推，结果是只好都收下来。她在头天给丁从杰和米万山打了电话，请他们来家里喝腊八粥。米万山是长辈，没说来也没说不来，村里那些传言可能不假，他在这个班子里越来越孤立了。

牛春枣却是不请自来，还送来一个天然气烤火炉。

"这个书记官，架子大！"米长久在轮椅上指一指牛春枣，"这么多年，我连他的声音都没有听见过。这个'老第'，这个滕馆长，人家都经常来访贫问苦呢！"

"大伯，大伯！"

牛春枣急吼吼连喊两声，推起轮椅慢悠悠转了一个圆圈。接下来，他推着轮椅一边走一边说："这个通道就是好！没障碍，没障碍呢！"

滕娜把话接过去说："这个书记官，会送礼。一个烤火炉，把我们每个人都暖和了！"

"那是气呢！"米香兰说，"没个天然气，哪来那个火！"

屋里已经摆上了一个大烤火炉，并且把火都生起来了。

丁从杰好像是来这儿看雪的。他最后一个进屋，对柴云宽说："我在报纸上读你的诗了！"

滕娜这才想起来，连忙从包里拿出一张都市报。

"《红瓦》，"牛春枣说，"我昨天就读了。老柴，我过去是有眼不识泰山！"

柴云宽只顾得看报纸，好像没有听见牛春枣的话，却突然抬起头，朝他拱一拱手。

丁从杰要过报纸，把那首诗念了一遍。他的四川话还是那个腔调，嗓子却好像比从前更差了。

米长久说："好像改了一个字。"

柴云宽把报纸要回去看了一遍，说："爹真是好记性，我只给他念过两遍……"

米香兰说："你不看看，这是谁的爹！"

柴云宽说："你的爹，我的爹！还能是谁的爹？"

几个人都笑起来。炉火也跟着笑，哗哗哗的。

吃过腊八粥，六个人都围着一团火坐下来。滕娜拿出手机，让一家三口看她在牛金锁家拍下的大月季树。照片上只有零星的雪花，门外的雪却下大了。

这时候，丁从杰的电话叫了。他到雪地里说了一阵电话，进屋之后对牛春枣伸出两根手指打了打手势。

米香兰等丁从杰坐下来，说："一个老柴疙瘩，却开出了不同颜色的大朵朵花，逗人爱，你们说也值钱呢。我们自家山上却从来没有丢过什么，我们一家人也都没有见过它，首先要说，它不是我们家的。"

米长久把话接过去说："七里香救过我的命，倒是我们家欠七里香一笔呢！"

柴云宽又埋着头读报纸，并且抖了抖报纸。

丁从杰说："牛金锁要来为你们搬新家送这个礼，我建议他缓一缓。一方面是担心你们并不领他这个情，另一方面，那桩头上有他母亲的一个寄托，他可能还有一些纠结。这毕竟是两家之间的私事，我们既不能忽略牛金锁单身一人这个现实，又不能替他做了这个主。"

米香兰说："我们搬新家的时候，牛金锁把一些真相说了出来，这已经是很厚的一份礼了。一句话，他没有顺手牵羊，我们也不会夺人所爱！"

滕娜指一指米香兰，对柴云宽说："她才是义女士！"

"还有两个义士呢。"柴云宽抬起头，"昨天晚上，我们开过家庭会。"

米长久问："一个柴疙瘩，好上了天，也卖不了五万吧？"

牛春枣说："大概还不止这个价呢！"

柴云宽丢开报纸，说："昨天晚上，我提出两家各一半，却被两票对一票否决！"

牛春枣说："其实我也是这个意见，算我一票！"

"我们那是家庭会。"米长久对牛春枣说，"你这一票，既不赶时，又不合法！"

丁从杰和滕娜一齐笑起来。牛春枣笑得更响，也像柴云宽那样拱一拱手："仅供参考，仅供参考！"

米香兰的脸上却没有一点笑意。她对柴云宽说："我把昨天晚上对你说过的话，再当着各位领导的面说一遍。比一比牛金锁，人家哪一样都走到了我们前面。别说五万，就是十万一百万，我们都不要动那个心。人家一个老柴疙瘩都开出了那么多的花，我们却不能坐地等花开！"

柴云宽做了一个烤火的大动作，然后搓了搓手。他说："烤这个火，连个火钳都用不上，我还有点不习惯。我大概也是一个闲不住的命！"

"都说得好！"丁从杰对米香兰说，"姐姐，你也别只管家庭会，村里的会你也得参加。明天村上开会，你去放一把火……"

"还拿我当火把呀？"米香兰笑了，"我以为这就是开会呢！"

"这就是开会呀！"滕娜说，"香兰已经参加村上的会了！"

米长久一听开会，就坐不住了。薅草锣鼓歌词收集工作暂告一个段落，柴云宽用第二笔预支的稿费买了一台新彩电，摆进了岳父的新屋里。四十五年前的那个夜晚有了新情况，米长久在头天晚上的家庭会上已经有过总结，不能再和牛金锁记那个仇了。他不想再把那些话搬到这会上来说，也惦记着电视，就回他的新屋去了。

米香兰突然说："刚才说到顺手牵羊，这现场倒是有一位。"

丁从杰问："谁？"

"你。"米香兰说，"你从我家地里取土了，以为我不知道啊？"

牛春枣说："这个，我做证！"

米香兰忍不住笑了："家里种花吧？"

"种花。"丁从杰说，"做土质分析。"

"种月季！"牛春枣又比丁从杰急了，"沙质土，碱性土！"

丁从杰说："我刚才接了一个电话，我们花田沟，就要成为一个月季花海了！"

雪花已经大乱。屋内，丁从杰从头说起月季，却是一点不乱。

丁从杰在那山旮旯见到那棵大月季树以后，又问过柴云宽两次，"花田"两个字到底是怎么来的。柴云宽不再说《花田错》，只说花田就是种花的农田，这块坝子有可能从前种过花，或者适合种花。事实上，丁从杰和牛春枣也都这样讨论过，但还需要更多的意见来支持一个主张。两个人在电脑上搜"月季"，终于和四川同画农业科技有限公司搭上了线，立即带上一包泥土过去洽谈，对方也派人到花田坝上考察，进而研究回马古镇的人文资源和交通优势。来来去去调研过了，上上下下商洽过了，同画公司决定在花田沟及其相邻两个村投资建设"月季博览园"。项目分为三期，花田坝是一期，一通过评审就立即开工。

"我们花田沟，资源在沉睡。"丁从杰说，"同画公司看重那棵大月季树，已经表示会以高出市场的价格收购，这可能引发'一锄头挖个金娃娃'的思想出笼，所以，明天开会，除了做项目建设动员，还要提醒大家防止这个思想，特别强调严禁滥采滥挖。刚才香兰大姐说的'坐地等花开'，也应该特别警示！"

牛春枣都兴奋得快坐不住了，结果却又为雪着急起来。他说，他从小到大还从没见过这样的大雪，当务之急是防灾，明天的会要往后移一移。他对米香兰说："今天晚上，你们那老屋里要安排住几家人。山上搬下来的那五家人，还有两家新房没盖起来，住在窝棚里……"

"没问题。"米香兰说，"床，火，都没问题。"

丁从杰又朝牛春枣伸了伸两根手指。他给米万山打电话，对方却关了机。他和牛春枣立即起身，先分头到几个留守老人家中去。

滕娜立即打电话回去，因突降大雪，全馆人员明天全部不休周末，到花田沟村开展慰问活动。

柴云宽也突然在大雪里消失了。

滕娜说："他有一点想法，也是正常的。"

"放心。"米香兰说，"他一定是去雪中看花了。他已经说了，要跟牛金锁学嫁接呢！"

新电视的音量突然大起来，原来正在唱川剧。滕娜和米香兰都知道那是高腔，却是过了好几句才听出来，那唱的是《穆桂英挂帅》。

米香兰说："我记得《穆桂英》是弹戏，什么时候改成高腔了？"

"新戏，天天有呢。"

滕娜走进雪里，这才想起来说，戏楼保护维修经费已经落实，已经发布公开招标公告，一开春就要开工了。

米香兰跟上去，往下看不见花田坝，往上也看不见戏楼。她说："这以后，门一开，满眼都是花，大概都看不见庄稼了，不知道心里踏实不踏实……"

滕娜说："我突然想起了川剧的一个行话，踩得烂。"

"我知道。"米香兰说，"闺门旦、刀马旦、花旦、摇旦，还有青衣，要是都能够演，那就是'踩得烂'！"

滕娜说："刚才'老第'说，公司加合作社加农户，我就想，那可要'踩得烂'才行！"

米香兰说："你这一说，倒又让我想起了川剧的一个曲牌。"

"哪一个？"

"《红鸾袄》。"

滕娜轻轻拍打着米香兰身上的雪花，说："《红鸾袄》，就像这件红花袄，多美呀！"

米香兰说："当年听老师说，这个曲牌的唱段，一般都是叙事，让剧情往前走。"

滕娜问："你真是二十五年没有唱过川剧了吗？"

米香兰扭过头，老屋也连影子都看不见了。她稍停了停，才说："那一回，也下雪了……"

"这会儿，唱一腔？"

"这大雪里唱戏，要是让人听见……"

"你刚刚说了，要让剧情往前走呢！"

话音一落，滕娜就用嘴敲起了锣打起了鼓：

"钗乃乃乃钗乃乃乃钗打尺打钗……"

米香兰知道，这叫肉锣鼓。雪不停，那锣锣鼓鼓好像就不会停。她也轻轻拍了拍身上的雪花，不知怎么就开了口。她发现自己唱的还是《绣襦记》，还是《红鸾袄》。她唱得很轻，雪好像突然小了一些。

红杏花送来满院香，

孤独不觉换韶光……

十一　花田

大雪下了三天，五十年不遇。那个七里香老桩头，却是在悬崖上生

138

长了两百多年，才让人遇到。同画公司以十二万元从牛金锁手里买走了那老柴疙瘩，安置在花田坝园区，重新嫁接成了"回马月季博览园"的形象树。人物主角本来是牛金锁，但那些旮旮旯旯的故事都已经传开，大家其实都在看米香兰的戏。米香兰突然出现在村里的会场上，这等于那一棵树上突然开出了一朵更大的花，又让人看了一回稀奇。

腊月十五，米香兰踏雪去了八里坡，打算至少住上三天，却在第二天下午就赶了回来。牛春枣给米香兰打电话了。他的话好像是从丁从杰那儿学来的，并且和过去发的短信一样简洁。他说："你要带头，由此走上前台！"

"听这口气，我好像又要回头去唱戏了。"

"对，唱戏！"牛春枣说，"有人上台，就会有人下台！"

米香兰并没有听明白这句话，却让那语气吓了一跳。她赶紧说："我正点豆腐呢，豆浆潽了！"

村里并没有开了锅，更不需要点一把什么火。每亩土地有了保底收益，比种粮划算得多，并且还会逐年递增，这是一颗"定心丸"。四天以内，花田坝上的土地承包户都将经营权入了股，然后以股东的身份等着过年了。

牛金锁是第一个领到股权证的，他还把那一笔现金分出十万元变作了股金。

雪已经在融化，麦苗露出了尖。青苗不能留在地里做月季的肥料，这让米香兰到花田坝上看一回就心疼一回。这一回，她还没有走拢自家那地，突然想再去看还有什么意思，便转身往回走。

牛金锁却又不知从哪儿冒了出来，在后面跟了上来。

米香兰停下来，对他笑了一下："你还想跟在我身后呀？"

牛金锁也抿着厚嘴皮笑了："这是你对我说的第二句话。"

"第一句是什么？"

"你不是你爷爷！"

米香兰笑得更开了："你听，我那话说得多么正确！"

牛金锁却接上了那第二句话，说："这辈子，你往哪儿走，我就往哪儿跟!"

米香兰这才看出来,牛金锁这个人并不丑。他要是早把头发理成这样,并且穿这种样式的衣裳,说不定早就不是单身了。他的话原来也会这样多,米香兰就把他打断了:"你想说的话,我知道,大家都知道。过去的事,不许再提!"

"我听你的……"

米香兰立即说起了大事。她说,她这次在八里坡特意去见了一个女人。她说,那女人的男人在去外省打工的路上出了车祸,都死了四年了。她说,那女人还没有生养,头上却有一个婆婆,而婆婆长年卧病在床,所以,那女人再嫁只有一个条件,就是娶她的人必须一并接走她的婆婆,并且养老送终。她说,那女人三十出头,姿色出众。她说:"我刚才说了这么多,你就把它当成一句话来听,那就是,你有没有那个意……"

牛金锁不等她说完,又说:"我听你的!"

米香兰本来要趁热打铁再去一趟八里坡,父亲却突然生了病,一家人的春节都是在县上医院过的,出院回来的时候村里早已经热闹开了。同画公司要先在花田坝上做一个形象工程,在短时间内让月季开起来,而秋末冬初已经错过,这就需要抢在早春完成扦插。青苗清理掉了,然后边沟机开进来。土地用干燥的农家肥改良了,然后大卡车开进来。大卡车运来了月季枝条,然后村里村外务工的人拥上来。

米香兰一落屋,什么也顾不上,赶紧去了一趟八里坡。白玉兰树开花的时候,丁从杰领着村里人开着车,把那女人给牛金锁接了回来,当然还有她那永远的婆婆。米香兰做了第一回娶亲娘子,也吃了第一顿喜酒。牛金锁好福气,媳妇有了,母亲也有了。

红瓦房前面已经种下了两棵罗汉松,还摆上了两个小桩头月季树盆景。这都是牛金锁送来谢媒的。牛金锁还把老屋前面那一株火棘移进一个紫砂盆,又送来了一个火棘盆景配成对儿。每天清晨,米香兰早早起来,先看看自家那些花木的影子,然后,等着花田坝上的月季一点一点闪烁起来。

太阳在山顶一露脸,大片月季就像平躺一夜的霞光起身相迎,眼看就要从脚下飘起来。那最先浮上来的香气，却好像又要让人回到梦中。米香兰差不多每天都要确定一下这不是梦，时常会想，一年以前，她就是大着胆子编上一折戏，怎么也想象不到有人会来搭这个台，布这个景。

园区大门气派而别致，靠近大门有了几幢钢材加玻璃的建筑。米香兰从家门口望过去，石拱桥好像已经关进那玻璃房了。布谷叫起来的时候，她才第一次去看那个七里香老柴疙瘩，它在那大门里面最显眼的地方，被一堆奇形怪状的石头拱卫着，绽开的月季已经达到了一百二十个品种。

小溪边上正在建设木质步道，还有凉亭。低矮的路灯先栽上了，在夜里望过去就像照亮的大花月季。

老屋就在跟前，不仅没有拆除，还由"尺子拐"变成"撮箕口"了。

两家人在大雪天住进了老屋，开春以后都还一时搬不出去。柴云宽原本有一个计划，老屋拆除复垦以后，要在那儿建一个花圃，并且把名字都想好了，叫"十二朵花开"。谁承想，同画公司看中了这土墙房子，要买下它做一个"民俗风情园"。母亲当年修这房子的目标就是"撮箕口"，所以，米香兰二话没说就同意了。

"十二朵花开"，这个名字只好送给牛金锁了。柴云宽向同画公司建议，将原定的"回马月季博览园"更名为"十二万花开"。同画公司不仅接受了他的建议，还聘请他做了"十二万花开"文创中心干事，年薪五万。

同画公司给老屋开的价是十万元，这却让米香兰觉得帽子大过了一尺。

这一笔钱，好像又变成了那个老柴疙瘩，让她拈不起拿不动了。

这一回，米长久站到了柴云宽一边，一起反对米香兰拒绝卖老屋的钱。

滕娜在电话里并没有听懂米香兰的想法，她不知道是不是有什么政策红线不能碰，只好叫她去找丁从杰和牛春枣。

牛春枣才听了几句，就插了一句气话："我总算明白了，你上辈子和钱有仇，这辈子怕钱咬手！"

米香兰也起了气："你干脆说，我是刺芭林里的斑鸠，不知春秋！"

丁从杰默念了一阵政策，对米香兰说："你不要或者少要这个钱，企业就占便宜了。你说卖老屋这个钱正好和建新房那个钱相等，但你不能把建房补助金给退了。你当然不能同时占有两块宅基地，但是，你建新房占用的是自家的自留地，老屋复垦以后也是要做自留地的，所以它应该是有产出的。老屋卖出的这个十万元，就是复垦的自留地的一次性产出，所以，你拿这个钱，不会错！"

米香兰说："我爹这次住院，费用全都是政府出的。我儿子上学，也是政府管着的。现在我们在公司有了股份，那收入在心里是有底的，何况柴云宽又有了一份工资。我还有一双手呢！扦插、喷淋、施肥、除草、修枝，还有嫁接，哪一样会难得到我？我这个心算能力，算了两天，也还是把这个账算不下来。我总觉得这个十万元里面，有个什么小九九……"

牛春枣在一把木椅上扭过来扭过去，突然用脑袋砸了一下墙，咚一声响。

米香兰差点跳起来："你什么意思？"

牛春枣说："村里有人见钱眼开，见油水就沾，没有把我气死，那是我的命大！现在你再来对比一下，你到底还让我活不活啊！"

丁从杰好像要爱惜他的嗓子，不吭声了。

米香兰不再理牛春枣。她想了一阵，对丁从杰说："我知道，你没有能够把那座平桥改成石拱桥，一直耿耿于怀。十万元可能修不了石拱桥，不过，我们大家都去同画公司争取一下，大家让我这一带动，说不定会把缺口补上……"

结果却是，同画公司决定出资建一座石拱桥，不过是在花田坝中段跨过小溪，并且谢绝米香兰出资。如果她不接受"民俗风情园"方案，那么，希望老屋尽快拆除，因为那是景区惹眼部位，应该让它尽快和大环境协调起来。

事实上，同画公司上下都知道那棵形象树有米香兰的影子，现在她来让这个利，好像带来了一股月季之外的美好气息。同画公司对她也有一个请求，聘请她出任"十二万花开"后勤部部长。

米香兰也谢绝了。

这么多年，米香兰突然觉得有点累了。土地不在自己手上了，这让她常常大半夜睡不着。她当然不能靠着居高临下赏花过一辈子。但是，父亲更老了并且病更多了，儿子也要上高中了，她正好腾出手来，料理父亲的晚年和儿子的前途。

"民俗风情园"施工队伍是从外面来的，他们用卡车拉来了钢材、水泥和砖，还有杂七杂八的材料。他们给老土墙注入了黏合剂，给新修的两个房间筑了几段新土墙，并在所有的房间布置了钢材。屋内的装修却更加费劲，"泥地"好像还是原来的，却已经硬化过了。米香兰尽管天天都推着父亲过去看，完工以后她还是大吃一惊，那"撮箕口"好像一直就在那儿，根本看不出一点相加的痕迹。

那房子既像是自家的，又像是人家的。

那留下来的犁头、耙、锄头、背篓、背架子、连枷、草帽、雨帽、棕衫、镰刀，还有灶头、石头水缸和案板等，都是自家的。那犁头，却不知是她用过的第几把。她第一回耕田时，一边打牛一边大哭，米万山从田埂上过路看见了，二话不说就下了水田，教了她好一阵，成了她耕田的师傅。她一直记着这个情，但不知为什么，"万山爷"现在见了她爱理不理，好像她已经忘恩负义了。

石磨是从村里盘来的，她却想不起来在哪儿见过。

石碾来得更不容易，差点把水泥路压烂了。

她见了碓窝，才想起来世上还有过这个家什。

一堆柴疙瘩，却并没有布置在柴云宽从前烤火的那个屋角。

柴云宽已经有了手机，并且正在学习电脑。他成天和一帮大学生混在一起，说起话来都有点让米香兰跟不上趟了。他说，可不要小看老屋那一改，那可是实现了若干个对话。

青瓦房和红瓦房，那是执着与诉求的对话。

泥墙和钢材，那是柔韧与刚烈的对话。

"尺子拐"和"撮箕口"，那是故事和续篇的对话。

石碾和月季，那是沉重和轻盈的对话……

柴云宽却没有说，还有母亲和女儿的对话。

米樵考入市上一所老牌著名中学读高中了。村里有传言说那全靠滕娜出力，米香兰假装没有听见。她没有把那十万元入了股，而是为米樵存了起来，那么，又有了奶奶和孙子的对话。

米香兰又梦见母亲了。

母亲从来没有在米香兰梦里出来唱过川剧。这一回，母亲开唱了。但是，米香兰还没有听清她唱的是哪一出，就醒了。

十二　高腔

新石拱桥起基的时候，戏楼保护维修工程已经接近尾声了。"乐楼"的老牌子早就不知去了哪儿，只好把一块新牌子做旧了，挂了出来。

柴云宽却也有了新情况，他不想在那文创中心干下去了。他肚子里的那点墨水，怎么赶得上人家大学生，他的压力一天比一天大。他根据月季需要薅草这个实际，建议成立"薅草锣鼓艺术团"，并且得到了滕娜的支持，却没有得到公司的回应。"民俗文化园"归文创中心管理，他主动申请到那里去工作。他自称"园长"，手下却没有一个员工。他逢人便说，自己的生活虽然还在原地，却并不在原地。

米香兰对他的这个状态，依然是满意的，何况他开始有一搭没一搭地看书了。那些大学生送给他一些书，包括卜卦的书。他有时候坐在磨盘上看书，有时候靠在石碾上看书。他更多的时候是跑得没了影子，米香兰也不会过去替他值班。那些赏花买花的人来看看碓窝什么的，并不需要谁来介绍。

米樵入读高中不久，柴云宽却是连"园长"也不想当了。他对米香兰说："我可不想做一个靶子！"

原来，有人往上面写匿名信，把牛春枣和丁从杰一起告了，同时还捎上了米香兰。大致是说，牛春枣兼任合作社社长以后，和在村里投资的企业串通一气，拿村上的资源做交易，为他的初恋情人谋取巨额利益。而这一切，都得到了丁从杰的暗中支持。

米香兰好一阵才回过神来。没错，这儿是花田沟村，从前的拱桥沟村或者前进大队。

柴云宽说：“这件事，也不是空穴来风！”

“什么意思？”

“我听公司里的人说，如果没有村上的提议，人家一时半会儿还想不到老屋这儿来呢。”

米香兰拿起手机，却又放下来。

“上面已经来人了。”柴云宽说，“听说‘老第’单位的头头又要来了！”

一连几天，小车在村里进进出出，也不知道哪些是私车哪些是公车，哪些坐的老板哪些坐的领导。园区开始筹备迎国庆了，米香兰在早上看见月季扎成了球形，在傍晚却又看见月季扎成了柱形。晚上，她把月季干花泡进水里，给父亲浴一次脚，然后，她也给自己浴一次脚。

柴云宽回来说：“查过了查过了，纯属诬告！”

乐楼从远处看过去变化不大，枫树林也刚有了一抹浅红，花田坝上却好像是每天都有一茬鲜色，每天都有一股新气。门前小坡上的路成了园区的一部分，已经仿照着古驿道做成了新路，并且安设了木质栏杆。米香兰被一阵凉风唤出了屋，从那新路上下来，顺着一条鹅卵石小路走到了小溪边上。

丁从杰就像和她约过一样，正从木质栈道上迎面走过来。

米香兰听了几句，就把他打断了：“你这嗓子，要放在剧团里，早就进大医院了。你将来做了大官，嗓子不好使，怎么去讲个大话？这月季香气听说养肺，还养颜，但你就是每天吸上十二万口，也养不好你的嗓子。所以，你赶紧把这山沟放下，立即回大城市去治你这病！”

丁从杰却好像要节约嗓音一样，只管往下说：“企业行为，亏本生意。这就是那些结论的结论。”

“谁亏本了？”

“你。”丁从杰说，“你当时应该喊价二十万！”

米香兰不管这是真是假，都当成笑话听了。她并不想知道是谁写了那匿名信。她关心的是，当初是不是真有人去公司疏通过？如果有，是谁？

"我。"丁从杰说，"始作俑者，却是我们的滕姐姐！"

"就是说，冤枉牛了？"

"当然也少不了他。"

滕娜是民俗文化专家，她的这个动议不过是想让米香兰的家产先变一点现金，为米香兰出任村委会主任铺路。

傍晚的凉风从每一朵月季里吹出来，那香气也有点凉丝丝的。米香兰微微打了个寒战，说："什么时候有了这一出？"

事实上，丁从杰在春天就有了这个动议，却遭到镇上一个领导的反对。他说："现在，你恐怕也知道了，他胆敢向扶贫资金伸手，出事了！"

那个人在十几年前是花田沟驻村干部，米香兰都不愿意提起他的名字。她说："他早就该出事了！"

丁从杰看见柴云宽和牛金锁朝这边走过来，抬头看看天色，然后朝他们挥一挥手，说走就走了。

牛金锁是来向米香兰表功的。他不知有了什么新本事，把写匿名信的人查了出来。那信是柴云宽从前的一个扑克搭子写的，却又是米万山授意的。牛金锁说："我真要上山去寻一点鸟粪，堵一堵他的嘴了！"

米香兰说："你这个觉悟，赶得上我去烧戏楼那阵儿了！"

"那个，我没看见。"牛金锁立即就把话说乱了，"我不知道，那个。九年了，只有我们三个人，知道……"

米香兰催牛金锁赶紧回家："你可要把从前耽搁了的好日子，都过出来！"

天黑还早，米香兰正要往回走，柴云宽却站着不动。小溪已经看不到一点垃圾，水声好像比从前大了一些。木质栈道上有人走过，凉亭里也有人，却都陌生。米香兰好像不好意思学着人家双双散步，就走进一个凉亭，索性坐了下来。

柴云宽在她对面坐下来，说："那么多人为你搭台，你至少要唱一个帮腔吧？"

"什么？"

柴云宽四下看看，说："听说，'老第'单位的头头这一次来，对他的工作都还满意，却认为他没有带出一个好班子。这等于，他唱了一出高腔，就这一句唱低了……"

"谁不知道，他和牛春枣好得像一个人。听说，'老第'快要回去了，牛春枣都像要病了一样……"

"还不是你那个万山爷，把一锅饭掺稀了。"

米香兰说："村里在外打工的，已经回来好几个，他们都是带着一身功夫回来的，正好上这个台。"

"谁?"柴云宽说，"你掰起指头盘点一下，谁比你更合适? 你再把那些没回来的，都加上……"

米香兰细想一阵，却没有说出一个名字来。

柴云宽说："'老第'帮我们那么多，我们要倒过来帮他一把!"

国庆节放假了，米樵坐滕娜的车回家来。车的后备厢里装满了书，《川北薅草锣鼓新辑》正式出版。同画公司已经采纳了柴云宽的建议，成立了"薅草锣鼓艺术团"，聘请滕娜和柴云宽任艺术顾问。柴云宽上午就到镇上去参加启动活动了，滕娜也要急着赶过去。

车窗降下来，滕娜在车上对米香兰说："好多话，我都在电话里说过了。你不是要唱一个帮腔，而是要唱一个高腔!"

那天晚上，米香兰一边给父亲洗脚，一边陪父亲说话。父亲一直把那本书拿在手上。他大病一场以后，话比从前少了，就连说到母亲，他的话也不多。月季干花泡的热水凉了，换上一盆，又凉了。

然后，米香兰和儿子说了一阵儿话。滕娜夸米樵帅得不能再帅，还说他将来能当演艺明星。

"儿子，我对你说过，你奶奶她爱看戏。"

"妈，你不是要重返舞台吧?"

"我可能要当村主任了。"

"那叫村委会主任吧?"

"哦，对! 你支持?"

"我没有选举权。"米樵说，"不过，我对你当选有信心!"

米香兰的眼里有了泪花花，回到开头的话上说："你奶奶她喜欢看戏，所以，我想把卖老屋的那个钱捐出来，为村上那座戏楼建立一个保护维修基金。你爷爷也支持……"

"妈!"米樵却笑起来，"你总觉得那个钱来路不正，那都成你的心病了，你赶紧把它打发了吧。不过，你最好不要在选举以前去捐，免得人家认为你是在收买人心!"

米香兰抹了一把眼睛，说："你不担心上学没钱吧?"

"现在这样一个大环境，我还会失学吗?"米樵在书桌后朝她挥挥手。

这天晚上，米香兰第一次主动给牛春枣打了一个电话，说了半个小时。然后，她给丁从杰打了一个电话，却不忍心费他的嗓子，说了不到一分钟。

国庆节一过，米香兰高票当选花田沟村村委会主任。候选人有三名，另两名都是从外面打工回来的。

牛春枣请米香兰讲几句话。

米香兰走上台的时候，大概只有柴云宽能够看出来，她身上还有当年上戏台时的影子。

她在台上站定了，说："我十几岁的时候就有了一个外号，火把! 这个外号，你们还可以接着喊下去!"

会场上哄一声笑开了。

她却没有笑。她等大家笑过了，接着说："我们花田沟，很多人都知道，春枣书记当年追过我。我在这儿丢一句狠话，从今往后，谁要是拿这件事来说笑话说怪话，来蹚浑水泼污水，来给村两委工作出题目使绊子，不管他今天在场不在场，哪怕他救过我的命，我都绝不饶他! 我们花田沟的村风，就从这儿又开一个好头!"

会场上鸦雀无声。丁从杰好像要咳一声，却忍住了。

最后，米香兰把声调降下来："我原来把地里的庄稼种成什么样子，我就会把村主任当成什么样子! 这可能有一点难，但我请大家监督!"

丁从杰一带头，会场上就掌声一片。

建立乐楼保护维修基金不再有人提出异议，却有一些程序要走，米香兰把那一堆麻烦事都交给了柴云宽。

两个月下来，米香兰瘦了，但谁都说她年轻了。

丁从杰在花田沟村的工作已经提前通过考核验收，春节以后，他的办公室将在成都某一幢大楼里了。他说他回去以后会先去治疗嗓子，大家就不好在这个时候把他往回赶。他说，他会带着夫人和孩子来赏月季，在牛春枣家过春节。

滕娜联络市川剧团和"薅草锣鼓艺术团"，策划了一台登上乐楼的春节慰问演出，时间定在腊月二十六的上午。她的心意谁都明白，一方面是送文化下乡，一方面是送丁从杰返程。她还根据惯例有了一个创意，邀请米香兰和柴云宽登台演唱一个川剧选段。

柴云宽连连拱手："求饶求饶！我现在是你亲自培养的唱歌郎，我出薅草锣鼓节目！"

滕娜不等米香兰拒绝，说："我为你坐统子！"

米香兰将要演唱的是新编川剧高腔《穆桂英挂帅》选段。滕娜从市川剧团请来一个老师，她们三个人在"民俗文化园"排练了一次，连柴云宽都不准去听。滕娜没有带行头来，她打的是肉锣鼓。

腊月十八，丁从杰突然从村里消失了。他的手机是开着的，但牛春枣和米香兰轮番拨打，他就是不接听。

过了几个小时，两个人都收到了他发来的信息："回成都了。嗓子不能说话。别打电话到我的单位，别打电话给我的家人。我会发信息给你们。"

腊月十九，两个人又收到他发来的信息："手术。不要打听医院，更不准来探视。如无意外，我会赶回村里看演出。腊月二十六上午，乐楼前面见！"

然后，那手机就一直关着了。

牛春枣和米香兰商量，一切都听"老第"的。但是，在接下来的七天里，他们不是在等一个人，不是在等一个消息，而是在等一个嗓子，等一声笑或者一声哭……

乐楼已经被各种颜色的月季装扮起来，文化广场也被大大小小的月季盆景包围了。

腊月二十六，"薅草锣鼓艺术团"两个年轻人开车把米长久接到乐楼前面的文化广场，已经快十点了。柴云宽的父亲母亲早几天就被接到了花田沟，他们早就到了那儿，正和牛金锁的大肚子媳妇摆龙门阵。场子里已经坐满了人。

电视台的记者也来了。他们架起了摄像机，等着十点开演。

时间到了，丁从杰不仅不见影子，而且手机还是打不通。牛春枣一直走来走去，那着急的样子好像要随时动身步行到成都去。

滕娜一直和米香兰在一起，她们都不停地向垭口张望。滕娜终于说："不再等了，开始！"

米香兰的节目是压轴戏，但她没有化戏妆，也不会穿戏服。事实上，没有几个人知道她会登台。她穿了一件崭新的大红毛衣，倒是格外引人注目。

"薅草锣鼓艺术团"表演的歌舞《月月薅草月月红》出场了。主持人一报出米长久和柴云宽两个作者的名字，场子里就更加热闹了。

> 薅草莫薅簸箕圈，
> 十人见了九人嫌。
> 薅草要薅风扫地，
> 地里庄稼才争气。
> 薅草要薅米筛花，
> 十人见了九人夸……

牛春枣在场外一直望着垭口，一个节目也没有看。

滕娜和米香兰登上了乐楼，很多人以为她们要讲话了。滕娜却坐到了司鼓席上，早先上台的四个下手和一个帮腔在她旁边坐下来。

喽壮喽壮，丑！壮拱壮拱壮，丑……

锣鼓响起来。主持人走出来说："下一个节目，请欣赏花田沟村村委会主任米香兰女士演唱川剧高腔《穆桂英挂帅》选段！"

掌声立即响成一片。但是，大红毛衣从后台闪出，却又闪回到了后台。

滕娜已经明白了米香兰的手势，她也对四个下手改变了手势。

壮拱丑拱壮拱丑拱，壮拱拱拱丑拱拱拱……

川剧锣鼓长槌就这样一直敲打着。场子里有人起身朝台上看，以为米香兰怯场了，就一再鼓掌为她加油。

牛春枣也看着台上。他看见场子里的人都掉过头去看他身后，也跟着转过身来。只见一辆车子悄然停在场边。车上先下来一个男孩，大约五六岁。接着，车上下来一个年轻漂亮的女人，最后下来的是丁从杰。他的脖子上严严实实围着一条红色围巾，就连牛春枣都差点一时没有认出他。

滕娜在台上手势一变，锣鼓立即就变了。

喽壮喽壮，丑！壮拱壮拱壮，丑……

米香兰终于出场了，从后台走上了前台。

适才间金鼓鸣领兵演阵，

令旗传挂战袍壮志凌云。

正当年桃花马上威风凛凛，

一腔高唤天地惊！

滕娜显然被米香兰临场超水平的发挥打动了，挥舞一下鼓扦，跟着场子里的人叫了一声："好！"

丁从杰已经走到了观众中间。他等米香兰在台上一转身，就把手指放进嘴里，打了一声长长的口哨。那又高又亮的哨音，好像走了很远的路，拐一个弯儿，再拐一个弯儿，最后翻过了山顶……

【作者简介】向本贵，苗族，1947年4月生，湖南沅陵县人。一级作家。曾任中国作家协会全委会委员，中国作家协会少数民族文学委员会委员，全国少数民族文学骏马奖第十、十一届评委，湖南省文联副主席，怀化市作家协会主席。著有长篇小说《苍山如海》《凤凰台》等九部，小说集《这方水土》《向本贵小说选》等四部，发表中短篇小说二百余篇。

【内容简介】守望乡村、深扎于乡村、探究乡村变迁，几十年来向本贵跟随农村衍变，用与时俱进的视角和现实主义的叙述将农村的故事越讲越丰厚细腻。小说讲述扶贫干部张兴祥驻村扶贫一年的生活、工作经历，跃然纸上的是上坡村两个秋天之中的脱贫面貌。村子里不务正业的年轻人为了结婚来为难扶贫干部，年富力强的中年人因为心结而自暴自弃，孤寡婆媳孤注一掷勉强度口，张兴祥将村里几个贫困户的具体状况进行研究整理，逐个攻破，精准扶贫，令上坡村在秋天硕果累累的季节走向温暖安定。作者立足当下农村的真实风貌、村民的真实精神境遇，将"上坡村"作为范本，有力地展现了当下脱贫攻坚的丰硕成果。

153

上坡好个秋

向本贵

上坡村的事情很难办

张兴祥来到上坡村的时候，已经下午了。去乡政府接他的是上坡村的村支书村主任一肩挑的王成旺。王成旺五十来岁，长相却有点着急，不知道的人说他有六十老几了。王成旺还有点闷，两人坐在载客的三轮车上，张兴祥喋喋不休地问个不停，他却像是抛在河岸上的蚌壳，怎么问都死活不开口。问得急了，他就把头扭过来看张兴祥一眼，皱着的眉头能把一脸网状样的纹理拧起，那样子就又年长了几岁，五十来岁俨然成了七十多岁的老人。

张兴祥问的当然是上坡村的事情，人口、田地、收入、空巢老人和留守儿童，贫困户的建档立卡等等。张兴祥是单位的主要领导，工作忙，原本是不会来乡下扶贫的，却因为上面对扶贫工作抓得紧，市里对有扶贫任务的单位提出了具体要求，把对口扶贫村的脱贫致富情况纳入单位的工作考核内容，年尾市里还要组织人马去村里检查验收，五改三整二精准，一样不达标，都要通报批评。这使得有扶贫任务的单位格外地紧毛。张兴祥当然是信心满满，决心要在这一年的扶贫工作中做出成绩来，交一份光光彩彩的答卷。

两人一前一后走进王家门前的禾场，女人孙小妹笑笑地迎出来，王成旺也不介绍一下，只是把肩头的帆布挎包递了过去，孙小妹一手接过男人手里的挎包，另一只手伸过来，把张兴祥肩头的袋子也摘了去，做着笑脸说："欢迎你来上坡村扶贫。"

也不知道女人的这句话触动了王成旺的哪根神经，突然就开了口："上坡村的事情很难办。"眉头仍是拧着，沧桑的脸仍是板着。

张兴祥心里不由咯噔了一下，想问明白这话什么意思，王成旺却不见了。孙小妹把张兴祥迎进屋，说："辛苦了啊。快吃饭，吃了饭就休息一会儿，厢房里给你开了个铺。晚上还要开会呢。"顿了顿，又说道，"我们家成旺说了，你吃住就在我们家。农村的条件比不得城里，这一年，有你干部的苦吃了。"

张兴祥说："我叫张兴祥，往后就叫我老张吧。"

"那怎么行，干部就是干部，怎么能叫老张？没礼貌啊。张干部，怕才三十多岁吧？"

"孩子上高中了。"

"你看，国家干部就是不出老，哪像我家成旺，走出去人家叫他大爷。"孙小妹这样说着，自个儿哈哈大笑起来。

夫妻俩，一个是闷葫芦，一个是唢呐口，过日子或许别是一种风趣。张兴祥却是被刚才王成旺说的那句无头无尾的话弄得格外紧张起来。

饭菜摆在桌子上，冒着热气，特别是那一碗腊肉，浓郁的柴火香味直往鼻子里钻，让人流口水。

张兴祥问："王支书呢？一块儿吃饭啊。"

"可能是叫人去了吧。你饿了，先吃。"

张兴祥当然不会先吃。等。眼睛没休息，要认真看看这个自己要住一年的家。木屋有点旧，还被烟火熏烤得黑不溜秋，却是收拾得干干净净，城里人有的电视机电冰箱家里都有，煮饭用电饭煲，柜子上面摆着一部电话机，门前还有一辆半新旧的摩托车。看得出，支书家的日子已经到了小康水平。

不多一会儿，门外面有脚步声，王成旺回来了，后面还跟着一个中年人，高高的个子，有棱有角的脸面，跟王成旺一样，眉头也是紧紧地拧着，张兴祥对着他点了点头，他也没有回应。勾头吃饭，抬头夹菜，也不说一句话。张兴祥甚是纳闷了，上坡村的男人怎的这般性格，一个闭了嘴的蚌壳，二个还是闭了嘴的蚌壳，也只得勾着头吃饭。好在农家菜的确好吃，心里的一丝不快也被冲淡了许多。

当然，张兴祥还是由不得要琢磨琢磨的，王成旺把这个中年男人叫来吃饭什么意思，这是个什么人？

"不知道农村的饭菜合不合张干部的口味。你吃啊，别做客。"还是孙小妹在一旁不停地说着话，还不停地给张兴祥和那个人夹菜，不然这餐饭吃得真有点索然无味的。

张兴祥还没吃几口饭，中年男人一碗饭已经吃完，放下碗筷走了，前后没有三分钟。王成旺也不吃饭了，放了碗筷跟着出门去了。

"张干部你慢慢吃，别管他们。"

"两个什么人啊？"张兴祥心里嘀咕，嘴里道，"还没问呢，你们家几口人？"

"儿子儿媳在广州打工，前年儿媳生了孩子也不肯送回来带，打电话嘛，他们就寄点钱回来安慰我。我在电话里骂他们，寄钱回来我就不想孙子了啊？"过后就又唠叨个没完没了，说她想去广州看孙子，又抽不脱身。"当的村领导，整天忙得两脚不沾地，我走了只怕饭都弄不上口的。"

吃过饭，张兴祥准备去厢房休息一会儿，从堂屋过，却又停下了脚步，中午睡惯了的瞌睡也没有了。他是被堂屋壁板上红红绿绿的宣传栏吸引住了。直到如今，他对上坡村的情况仍是两眼一抹黑，王成旺的一句无头无尾的话，刚才又来了个哑巴样的人陪自己吃饭，一种不祥的预感涌上心头，上坡村绝不像乡里领导介绍得那样好，只怕是个难剃的癞子脑壳。

先看上坡村的基本情况栏：七个村民小组，三百二十一户，一千二百五十八人，良田一千零八亩，山地一千五百三十五亩，在外打工者五百九十六人，空巢老人九十八人，留守儿童八十二个，五保老人八人，建档立卡特困户六户，困难户二十一户。全村通水通电通路。

再看旁边那一栏，有村支部村委两套班子成员名单，有村规民约，有党员学习心得，有八项规定四个不准。西斜的太阳，把一缕光线从窗口照进来，白纸黑字，被红红绿绿的花边镶嵌着，赏心悦目。堂屋虽是

156

简陋，但有桌子有凳子，跟城里的会议室并无多少差别。张兴祥真的有点犯疑了，看看上坡村的情况介绍，布置得井井有条的会议室，不是个没章没法很难办的村子啊。

不休息了。张兴祥想到村里走走，不曾料到走出禾场没几步，迎面碰着王成旺从外面回来，还是刚才那个样子，闭着嘴，板着脸，斜了斜身子，让张兴祥过去。张兴祥却是站着不动了，说："我来上坡村扶贫，你总是一副把我拒之门外的样子，是不是不欢迎我？"

"你不就是想知道上坡村的基本情况吗？堂屋里的宣传栏上全有。"

"村里就没个专门开会的地方？"

"瞧不上我家堂屋做的会议室了？"

"也不是。"张兴祥说，"从宣传栏里介绍的情况看，村里的基本建设还是不错的，只是，空巢老人多，留守儿童多，五保老人多，还有六户建档立卡的特困户，他们困难到什么程度，因病致贫还是因灾致贫？怎么才能有的放矢，精准扶贫，让他们尽快富起来？我心里一点底都没有。"

王成旺不作声，眉头却是拧得更紧了。张兴祥说："有话你就说，别把话憋在肚子里。这一年，怎么说我也得把这六户特困户的帽子摘掉吧。"

"我说了，上坡村的事情很难办。"

"怎么难办，哪里难办，你要说出个子丑寅卯来，不能说难办就不办了。我问你，公路怎么就修通了？水怎么就引来了？还有你家堂屋里的宣传栏，一般的村还真的办不出那样的水平。上坡村有人才啊，你怎么就把一句很难办的话挂在嘴边？"

"通水通电通路都是国家拿的钱，我家堂屋里的宣传栏，是为了应付乡领导来检查，临时请人弄的，人家还不知道，不然早撕掉了。"

"需要攻坚脱贫的特困户，国家当然也是要拿钱的。"张兴祥过后吃惊地问，"谁还敢撕村会议室的宣传栏？"

"来上坡村扶贫你不是第一个，去年县里来了一个年轻的女干部，听说是文化局的，能说会道，还会写文章，可能说会道没用，写得锦绣文章也没有用，在上坡村待了半个月，就住在乡政府再也不肯来了，年底县里来人检查验收，把一大摞表格发下来填写，五改不合格，三整不合格，二精准根本就没有做。挨了批评，还是哭着回去的。"

张兴祥吃惊地道："不可能吧，一年时间多长啊。"

"时间再长也没有用。先天开会做出的决定，第二天就被推翻了。"

"阻力在哪里？"张兴祥悬着的心，更是不得落地了。

王成旺却是怎么都不肯往下说了。张兴祥有些没好气地道："不说也罢，我想见见村里别的领导，带我去吧。"

"都不在家，去城里打工了。"

"村干部就剩下你一个光杆司令？"

"我要是不长得这般着急，有厂子愿意收我，也会出去打工的。"

"说的什么屁话？"张兴祥真的想狠狠地批评他几句的，话到嘴边又咽了回去，刚来，就跟村里的一把手闹僵，这一年的扶贫工作还不打锣？他又问道，"刚才来家里吃饭的那个人是谁？"

"赵成启，村里的老治保主任。"

"看上去不过四十来岁吧，怎么不做村治保主任了？"

"我想让他做，他不得干，领导也不会同意。"

"什么情况？"

王成旺却是一扭身子，又脚步噔噔地走了。

"去哪里？我还要问你话呢。"

王成旺没有停下脚步。孙小妹在一旁连忙打圆场："张干部你不是说晚上要开群众大会吗，一定是通知人去了。"

看着王成旺远去的背影，张兴祥刚下来时满满的信心早已消失了大半，嘴里不停地嘟哝着一句话："什么情况啊？"

给我找个老婆吧

这天吃过晚饭，张兴祥就忙活起来，先是帮着孙小妹打扫堂屋，摆凳子，过后就给火盆生火，烧茶水，洗杯子。孙小妹说："张干部亲自动手帮着做活儿，真的不好意思了。"

张兴祥说："这些家务活儿在家里常做，我还会耕田插禾呢。"

"这么说你是经常去乡下了？"

"从小农村长大，父母至今还在农村。"张兴祥扭头看看门外，天渐渐黑了下来，说，"王支书下午通知了一次的，吃过晚饭又去叫人开会，怎么还没人来？"

孙小妹面有难色地说："这么多年了，上坡村从没有开过一次群众大会，想开会也开不起来。还真的不知道会不会看你的面子，今天晚上能来几个人。"

"王支书说上坡村的事情很难办，什么问题啊？"张兴祥心里纠结着那句话，不弄个水落石出他哪放得下。

孙小妹跟她男人一样，对这个问题也是讳莫如深，问他道："来乡下，家里放得心？"

"老婆上班，孩子在学校读书，有什么不放心的？"

张兴祥突然想起，下来的时候，老婆交代到了扶贫点，就打个电话回去，却忘了，掏出手机正准备打电话，王成旺却是骂骂咧咧地回来了："一户一户通知了两次，都说有事，看来这个会是没法开了。"

"我不是来了吗？"

王成旺的话音未落，一个人带着一股寒风闯了进来，看上去不过三十来岁，周周正正的五官，标标致致的身材，衣服却穿得单薄，肩头还有两个破洞，一头长发多久没剪了，乱糟糟像个鸟窝，两个眼睛却是瞪得溜圆，看着张兴祥："你就是市里来上坡村的扶贫工作队？"

张兴祥说："我就是。"

年轻人的脸上就堆起笑来，抓着张兴祥的手直摇晃："热烈欢迎市扶贫工作队来上坡村扶贫。"

张兴祥心里还高兴呢，来卜坡村大半天，终于见到一个浑身透着蓬勃朝气的年轻人了。却是突然发现，王成旺站在年轻人的背后，又是眨眼睛，又是摆手，还不停地做着怪样。张兴祥不知道什么意思，只管一脸笑样地跟年轻人说话："来上坡村扶贫，还请你多支持。"

"这还用说吗。"年轻人自己找了条凳子坐下来，随手端起一杯茶，喝了一口，说，"带着任务下来的吧？"

"我的想法，这一年，首先要摘掉村里六户特困户的贫穷帽子。当然，对其他的困难人家也要重点扶持。"

"好。我举双手赞成。"年轻人脸上的笑容更加灿烂，眼睛还有点放亮，"扶持我这个特困户，立竿见影。"

"你叫什么名？"

"刘生原。"

张兴祥扭过头，对着墙上的宣传栏瞅了一阵："没你的名啊！"过后关心地问，"家里什么情况？正月，天气寒冷，就穿两件单衣。"

刘生原也看见了宣传栏里公布的特困户名单，脸有些发青，吼道："谁弄的这个名单，怎么把我漏掉了？"

伸手就要去扯墙上的宣传栏，王成旺说："邹桂花用了一个星期才弄好的宣传栏，你也要撕？"

刘生原伸出的手就缩了回来："她怎么没对我说？"

王成旺的脸上流露出一种不屑："你说呢？"

张兴祥不知道他们打的什么哑谜，说："把家里的情况告诉我，要是真正的困难户，我不会不管。"

"这就对了。"刘生原伸出一只手，把衣袖挽起来，"因残致贫，他们却视而不见。今天要让市里来的扶贫干部识贫、帮贫、脱贫，让我从此过上好日子。"

张兴祥左看右看，上看下看，却是没有发现什么问题，说："没看见有什么伤残啊？"

刘生原那张刚刚露出笑容的脸立马又变换成了愠怒，吼道："往小的说你的眼睛不行，往大的说你心里根本没有困难群众。"

这话说得。张兴祥心里不由打了个咯噔，又认真看了一阵，才看出手腕上有一点疤痕，说："这影响你做活吗？"

"我说你心里没有扶贫村里的困难群众，一点不冤枉你。疤痕虽小，痛在心里，当然做不了活儿。"刘生原过后指着墙上的宣传栏对王成旺道，"把我的名字加到特困户里面去，不然，我要去乡里告你们。"

张兴祥转身去了厢房，出来的时候，手里拿着一件毛线衣，是二十多年前跟老婆谈恋爱的时候，老婆精心给他织的，已经多年没穿了，昨天老婆给他准备下乡来的行李时，把毛线衣也塞进了袋子里，说乡下肯定比城里冷，带着，以备不时之用。现在还真的派上了用场。

王成旺想拦却没有拦住，刘生原伸手就抢了过去，瞅了一眼毛线衣上漂亮的花色，精巧的编织手艺，脸就笑成一朵花了："前年县民政局领导亲自来上坡村访贫问苦，送我两件衣服，穿了两年，又破又烂了，还盼着他们再来的，却是不来了。你不错，我要给你点个赞。"

张兴祥说："不要你点赞。快穿上，两件单衣，还有许多洞，不冷出病来。"

"不穿，舍不得。"

张兴祥还想说什么的，却看见王成旺的眼里像是在喷火，嘴唇不停地颤抖，真不知道他为什么这么不高兴，道："刚才听到禾场上有脚步声，怎么没人进来？"

"回去了。"

"怎么回去了，为什么不拦住他们？"

"怎么拦？脚长在人家身上的。会改天开吧，明天再去做做大家的工作。"

刘生原就又高喉咙大嗓子地吼叫起来："不能改时间，今天一定要开会。"

"张干部要求召开上坡村的群众大会，你一个人就代表上坡村的群众了？"

"不开会也行，单独给我解决问题更好。"

"来上坡村扶贫，当然是要给群众解决问题的。"张兴祥也不理会王成旺给他打手势眨眼睛了，就从刘生原入手，把他的问题解决好，让上坡村的群众看看，我张兴祥不是来上坡村游山玩水的，"先说说你的家庭情况，再告诉我你要解决的问题。"

"家里就我一个人，经济收入为零，生活状况很差，原因就一个，没有老婆。你们扶贫工作队的口号不是精准扶贫，脱贫攻坚吗？给我找个老婆，我的问题便就解决了。"

张兴祥想笑，又忍了。时下一个热门话题，一些农村姑娘进城打工再不愿意回到农村去，许多农村小伙讨不到老婆，打单身。没有想到自己来乡下扶贫的第一天，居然有人提出要自己给他找老婆，还上升到脱贫攻坚的高度，道："不能说没有老婆，就不吃饭了吧，就不用钱了吧，就成了上坡村的特困户了吧？年纪轻轻，身强体壮，先得把家弄好，还愁没有姑娘看得上你？栽好梧桐树，引得凤凰来。这话你不知道？"

"屁话。除非你栽的梧桐树上结金元宝。"刘生原梗了梗脖子，"再说了，我的一只手有残疾，想栽梧桐树也没法栽。"

张兴祥的脸色有些难看，那样子是要生气了，不过他还是忍了："这就有点让人费解，有残疾，不能做活儿，讨了老婆一切问题怎么就都解决了？"

"这你就不懂了。"刘生原还要说什么的，却是被王成旺给打断，吼他道："半夜了，还说什么，快回去，我们要睡觉了。"

不承想刘生原吼叫的声音比王成旺还要高出了许多："老子还没吃晚饭呢，肚皮贴背心了。扶贫工作队不给我解决问题，我明天就去上访。"

王成旺对坐在一旁的女人看了一眼，孙小妹站起身，去灶屋端来一碗饭，刘生原接过去狼吞虎咽地吃起来，一边吃还一边说："扶贫工作队的生活就是不一样，有鱼有肉，老子一个月都闻不着肉味儿。"一碗饭三下两下就吃了个碗底朝天。

孙小妹说："就这些，全让你吃了。"

刘生原站起身走了，老远，还回过头来对张兴祥说："我的要求，张干部你可要放在心里。"

一阵寒风从门缝里钻进来。漆黑的夜，吞没了刘生原的身影。张兴祥问王成旺："什么情况？"

王成旺有些没好气地说："给你打手势你没看见？像是见了亲人一样说个没完，还送衣服呢。上坡村有名的懒汉，你给他脸，他就会让你不得一天安宁，去年县里的那个扶贫工作队，被他缠着要找老婆，使得她都不敢来上坡村了。"

"再懒也要自食其力啊，怎么连饭都弄不上口。那手是不是真的残疾了？"

"曾经是摔断过，接好了，留下一块指头大的疤痕，就不能做活了？他就不自食其力，他就懒，你能把他怎样？饿得不行了，就去乡政府要，当然是不会空着手回来的。"王成旺一下发起牢骚来，"扶贫工作有百利但也有一个不足。要我说，扶贫但绝不能扶懒。没饭吃让他们饿死，没衣穿让他们冻死。如今的好政策娇惯出来的毛病，还有脸要你扶贫工作队给他找老婆。一颗老鼠屎，坏了一锅粥。"

"你说上坡村的事情难办，就因为他？"

"原因之一。"

孙小妹一旁笑着道："如今农村有八大怪，你一定没听说过吧：八十岁老人种田，二十岁小伙逛街；扶贫物资下乡，懒汉比谁跑得快……"

张兴祥的心又不由一沉，气都有些透不过来了。躺在床上，耳朵里老是回响着刘生原要他找老婆的话和孙小妹说的农村八大怪。怎么办，总不能像县文化局那个扶贫干部，往乡里逃吧？先得把刘生原拿下，管他还有几个，再一个一个解决，我就不信邪了。张兴祥在心里暗暗地为自己鼓劲打气。

突然，一阵砰砰的敲门声传进张兴祥的耳朵，可把他吓了一跳，紧接着，他就听到一个老女人的哭喊："成旺，快去把那家伙赶走，不然要出事的。"

张兴祥出来的时候，三更迷离的星光里，两个人影已经匆匆往禾场那边去了，张兴祥加快脚步，紧紧地跟着他们。

狗的叫声此起彼伏，还有鸡的啼鸣，谁家的窗口亮了一下灯，却又熄了。也许，上坡村对这种夜半狗吠鸡叫已经习以为常。

走过一段村路，绕过几栋木屋，王成旺和那个老女人在　栋破旧的木屋后面停了下来，老女人说："走了。"过后对着房里喊，"不用怕，王支书把他赶走了。"

啪嗒一声，从窗口抛出来一团东西，老女人拾起交给了王成旺。王成旺骂了一句娘，转身想回去，却与张兴祥撞了个满怀，有些没好气地说："半夜三更，你跟来做什么？"

"什么情况？"

"你做的好事。"王成旺把手里的那团东西往张兴祥怀里塞。

张兴祥的脸有些发黄，是他晚上给刘生原的毛线衣。

"昨晚你把毛线衣给那个狗东西，我就知道夜里要出事。果然吧。"

张兴祥更是一脑袋的糨糊，不作声，等着王成旺往下说。

王成旺却不说了："快回去睡觉，不然白天还做事不？"

张兴祥却是彻底地睡不着了，想着自己这件毛线衣的流动轨迹，不由哑然失笑。这个狗东西，拿着我给的毛线衣哄骗谁去了啊，明天见了我，看你怎么说。张兴祥在心里骂。

五只山羊和一个男人

张兴祥早晨起来的时候，孙小妹已经把早饭做好，正在喂猪喂鸡，对张兴祥说："饭菜在桌子上，自己吃吧。农村跟城里不能比的，城里人早晨喝牛奶，吃面包，农村人热天吃三餐，冬天吃两餐，都是吃饭。"孙小妹的话有两个方面的意思，农村没有城里人的条件早晨吃面包喝牛奶，现在是冬末初春，没有中午饭吃。

张兴祥说："我就喜欢吃饭。"过后问，"王支书还没起床？"

"天没亮就出去了，什么时候回来还不知道呢。"

"做什么去了？这么早。"

"三更的时候你们不是去赶刘生原嘛，回来刚刚躺下，一个五保老人又来敲门，说是过年吃坏了肚子，一直没有好，要他去弄点药来，不然只怕过不了五更，他只得到镇子上给他弄药去了。我就担心黑天黑地骑摩托车，摔死在哪里都没人知道。"

"我一直没有睡着，怎么就没听见敲门声，不然给他搭搭伴也好。"

"他要老人别大声嚷嚷，说你才刚刚躺下。"

张兴祥心里有点热："往后，不要把我当成市里来的扶贫干部，就当是你们家的亲戚，有什么话就对我说，有什么事就叫我一声。"匆匆吃过饭，出门去了。

去年腊月天气一直不好，风一阵，雨一阵，雪一阵，正月却是气朗天开，一轮红通通的太阳从东边山垭升起，虽是没有多少暖意，却也灿烂一片。上坡村在一面连绵逶迤的群山的半山腰上，梯田层层，山泉叮咚，高高矮矮的木屋顶上飘起缕缕炊烟。几声狗叫，几声鸡啼，给山村初春的早晨平添几许灵动和生气。

张兴祥记不起三更时分跟着王成旺去的哪一家，刘生原纠缠的那个女人是谁。来上坡村才一天，他觉得自己的头都有点大了。

突然，他就站在那里不动了。他看见村旁的山脚有一栋木屋十分扎眼。木屋的一头已经破烂不堪，屋顶上没有瓦片，就连椽头也已经腐烂，另一头的屋顶却是花花绿绿一片，认真看，原来盖的烂塑料袋子。宣传栏里没有危房改造那一项，若不是及时发现，春天雨水多，是要出大问题的。

还没有走进禾场，迎面碰到一个人赶着一群山羊从木屋后面出来。山羊共有五只，一只公的，四只母的，咩咩地叫个不停。张兴祥觉得那个赶山羊的中年男人有点面熟，拧着眉，四方脸生硬得像一块青石板，迎面走过，也没有朝他看一眼。

张兴祥突然就记起来了，不就是昨天在王成旺家吃饭的那个名叫赵成启的男人吗？连忙回过头来，脸上还堆起了笑容："放羊去啊？"

赵成启没有应答他，赶着山羊往村后面的山里去了。张兴祥也不去看那栋破木屋了，跟在后面说："我也跟你一块儿去放羊吧。"

"放羊有什么好跟的？精准扶贫的第一步，就是深入群众，有的放矢。"

这人做过村干部，说出的话就是不一样。张兴祥说："我今天就要深入了解你赵成启。"

"找错对象了。"

张兴祥不问这话的由头，只一步不离地跟在他的后面，心里却又生出了许多疑窦，一个大男人，怎么只放养五只山羊，要说不是专门放羊，去山里做活儿，手里也没拿把刀呀锄的。只怕跟刘生原一样，是个懒汉。可是，王成旺对他的态度，怎么就跟刘生原截然不同呢？

爬上村子后面的半山坡，回头看见张兴祥还跟着，赵成启停下脚步说："还跟着我做什么？"口气像是吃了生米，脸还是板着，眉头也拧得更紧。

"我不是说了吗，今天就深入了解你赵成启。"张兴祥说着勾下身子，拾了一粒山羊屙的粪便看了看，笑说："喝的山泉水，吃的中草药，屙的六味地黄丸。山羊肉的价钱肯定不便宜吧？"

赵成启对他说的这话没有多少兴趣，也不回他的话，板着的脸却有些松动。

山羊爬上山坡，钻进草丛里不见了。赵成启也不去管它们，拾了些干柴枝，生了一堆火，向着火坐下来，眼睛像是看着山坡下面的村落，又像什么都没有看，空空的，还掺杂几分迷惘。

山风带着初春的寒意，呼啦啦吹过，张兴祥不由打了个寒战，也来到火堆旁边，学着他的样，拾了几片枯树叶垫着坐了下来。

"成启老弟，这样叫你没有意见吧？"张兴祥的脸上带着讨好的笑。

"不能这样叫的。"赵成启的眼里分明闪过一缕光亮，瞬间又变得冰冷而茫然。

"怎么只喂养五只山羊？"

"够了。"

"够了是什么意思？"

"就是这个意思。"

"要是没钱买羊羔，我可以给你一点钱做启动资金。满眼全是荒坡草地，做养羊专业户，不用几年，你就发了。"有一句话张兴祥没有说出口：还说够了，住的木屋吹风下雨要倒了，也不整修一下。

"你们的钱不会给我，我也不是你们要精准扶持的对象。"

"怎么说出这样的话？扶贫不分对象，谁穷就扶谁。我说了，上坡村除了那六户特困户，我还把你当成我在上坡村的对口扶持对象了。"

"我是劳改释放犯。"

这话可把张兴祥吓了一跳，脑壳里面急速地打着转，入驻扶贫村第一次访贫问苦，怎么就盯上了一个劳改释放犯，还声言要把他当成自己的扶持对象。君子一言，驷马难追。真有些进退两难了。

　　"刚才的话，就当没有说。快回去，别人看见怎么说你？"赵成启给了他一个台阶下。

　　"回来了，你就是公民。"张兴祥的脑壳里面还在急速地转着圈子，要是杀人放火奸淫掳抢的重大犯罪，昨天王成旺也不会把他叫到家里陪自己一块儿吃饭，说，"我就想听听你的故事，能对我说说吗？"

　　赵成启却是怎么都不开口了，只有那双眼睛还一动不动地盯着山坡下面的村子，除了迷惘，眼里似乎还有些星星点点。

　　太阳慢慢地斜过头顶，又慢慢地往西边天际坠去，山风不紧不慢地吹着，五只山羊已经把肚子吃得鼓鼓的，从茅草丛中钻出来，围在赵成启身边，咩咩地叫个不停。

　　赵成启站起身，自顾自地跟着山羊下山去了。张兴祥十分失落，和这个名叫赵成启的人待了整整一天，却没有问出半句对扶贫工作有价值的话来，要说有什么收获，不过知道了这个牛高马大的中年男人是个劳改释放犯。

　　回到家的时候，王成旺已经回来了，正坐在家里发呆，眉头拧着，一脸的网状纹挤挤搡搡的。孙小妹早已把晚饭做好，提着潲桶去喂猪，也不知道是骂猪呢，还是骂鸡，嚷嚷着，猪和鸡却更加肆无忌惮，直往潲桶旁边挤。

　　张兴祥问："五保老人的病好些了吗？"

　　"还说过不了五更，棒头都打不死。"王成旺过后带着抱怨的口气说，"这一天去了哪里，还不饿？"

　　张兴祥突然觉得肚子还真的很饿了，端起碗狠狠地往肚子里贮了几口饭，说："跟着赵成启在后面山坡上放羊呢。要不是去他家，还真的不知道村里有当紧要维修的危房。除了他家，还有谁家的房子要维修改造啊？怎么不把危房改造写进宣传栏里去？什么时候房子倒了，我这个扶贫干部没法交代。"

王成旺却问他："这一天，也没对你说别的什么？"

"就说他是劳改释放犯。"

王成旺一声长叹："是我害了他。"

张兴祥饭也不吃了，眼睛盯着他，等着他往下说。

"转回去十年，赵成启家的日子过得可好了，要说奔小康，他是我们上坡村第一个过上小康生活的人家。二十多岁去广州打工，几年时间，就把父亲几十年前修的旧房子拆掉，修了一栋新木屋，还带回来一个漂亮的媳妇儿。我做他的思想工作：打工只是富了你一家，把村子弄好了，大家的日子好过，群众都会说你一声好。我把他叫回来，当然是有想法的，那些年，村里经常有人丢失鸡呀狗的，群众有怨言，去派出所报案，人家说丢只鸡丢只狗，达不到立案的那个数。赵成启为人正直，工作热情高，还长得牛高马大一条汉子，让他先做村治保主任，把村里的小偷小摸整治好，在群众中有了威望，再让他挑重一点的担子。没用多长时间，村里果然就安静了，我还想呢，年底换届村委班子，是该把村主任的担子交给他了。不曾料到，一件天大的事情却落在了他的头上。

那年中秋节的晚上，人们还在吃月饼赏月，刘生原却抱着一只手，大喊大叫着跑来告诉我，说伍立环被赵成启推下猪嘴崖摔死了。当时就把我吓瘫在地上，赵成启抓小偷，抓着刘生原倒也罢了，好吃懒做的家伙。怎么着也不会跟伍立环联系在一起的，伍立环家的日子过得也很是滋润，老娘虽有个胃溃疡的毛病，做不了重活，但喂猪喂鸡做家务从不停歇一会儿，女人邹桂花又贤惠，又能干，还有文化，小两口在广州打工几年，存折上的数字上六位了。邹桂花有了身孕回家待产，伍立环也就跟了回来，在镇子上找些零活做。一个忠厚老实的小伙子，怎么就成了小偷，还被赵成启推下猪嘴崖？赶到猪嘴崖，才知道躺在猪嘴崖下面的果然是伍立环，赵成启抱着他，呼天号地，可他早就没气了。原来，趁着人们阖家团圆过中秋，刘生原和伍立环去偷村里一户人家的大黄狗，两人把一个涂着三步倒的肉包子抛给大黄狗吃了，拖着大黄狗刚刚跑出村子，就被赵成启赶了来，两人要是往大路上跑，伍立环也不会死。一定是想摆脱赵成启的追赶吧。说起来，猪嘴崖才两人高，跳下去也没多大的危险，可伍立环的脑袋偏偏就碰在石头上了，刘生原的左手也被摔断了。派出所的民警赶来时，刘生原一口咬定伍立环是被赵成启推下猪嘴崖摔死的。问赵成启，他说吃枪子儿抵命他都认了，但他的确没有推伍立环，月影里，他也没有认出是他们俩，还以为是流窜犯，逮着就决不能让他们逃掉。伍立环挣扎不脱，回过头来想咬他的手，他才认出他来，手不由得就松开了。他的过失就在这里，人家伍立环就站在悬崖上的，两人拉拉扯扯着怎么能突然松开手呢？赵成启去西湖农场挑了五年大粪桶。回来的时候，父母已相继去世，女人一纸离婚诉状告到法庭，带着才几岁的女儿回娘家去了，他也就成了现在这个样子。"

张兴祥心里有一种隐隐的疼痛，问道："你不是说伍立环忠厚老实的一个人吗，怎么就变成小偷了？"

"老娘和邹桂花都以为伍立环在镇子上打零工呢，却不知道才在镇子上做了几天活，中午休息跟着刘生原玩了一会儿网游，上瘾了，活儿也不做了，口袋没钱，饿了就到饭店赊着吃。中秋节那天，饭店老板催他们的饭钱，不还就要去街上打锣出他们的丑。伍立环也不敢回家过中秋了，趁着月色跟刘生原去村里偷土狗抵债。死有余辜。却是把赵成启害惨了，好端端的家没了，见着伍立环多病的老娘和没了男人的邹桂花，心里还要被内疚和自责煎熬。"

"这样说，他心里的那个结还真的难得解开。"

"他心里的结解不开，刘生原却是变本加厉了，这些年，白天在我这里吵闹，去乡政府要照顾，夜里就去敲邹桂花的房门。整个村子被他弄得乌烟瘴气。我真的希望他弄出个什么事来，送到西湖农场去挑大粪桶。"

张兴祥过一阵才说："往西湖农场送不了，还得从正面着手，推人不如拉人。还有赵成启，劳改回来了就是公民，家里有困难还得帮扶，破烂的房子还得整修。"

"我说过多次，要他把房子整修一下，他说一个人过，睡的床上不漏雨就行。我动员他贷点款，再买几十只山羊，做养羊专业户，他还是说的那句话，五只山羊，够了。他是得过且过呢。"

两滴浑浊的泪水，啪嗒一声从王成旺的脸上淌落下来。赵成启心里的内疚和自责解不开，他王成旺心里的那一份歉疚也没法排解。

现在，张兴祥的脑壳不是有点大，而是涨得疼，一个刘生原没有拿下，又添了个赵成启。季节却是不等人，眼见着过了二月是三月，春耕大忙脚跟脚地到了，自己的工作还没个头绪，急上火了。

寡妇邹桂花的择偶标准

按照会议室宣传栏上提供的名单，花了半个多月时间走访了上坡村的六户建档立卡特困户，二十一户困难户，以及五保老人、留守儿童和空巢老人。张兴祥一边给单位打电话，要单位的干部职工捐些衣物钱粮送下来，春荒时节，一些困难人家的日子不好过；一边跟王成旺商量如何才能让六户特困户尽快摘掉贫穷的帽子，走上致富的道路："我的想法，仅仅帮着他们种好几亩田地还不行，要让他们弄些来钱快、翻身快的项目，不然就不叫扶贫攻坚了。"

王成旺还是愁苦着一张脸："让他们脱贫翻身的项目不是没有，问题是你那里的扶贫资金什么时候才能到位？转眼就过去小半年了啊。"过后又不无担心地说，"你还得多准备一点钱的，到时候特困户拿了钱，不给刘生原钱，他会把上坡村闹得天翻地覆。"

"我问过几次了，扶贫资金应该快下来了吧。"张兴祥拧着眉头问王成旺，"刘生原那手是不是真的不能下力做活了，真要有残疾，还得照顾着点才行的。"

"摔断了，接好了，能留下什么残疾？就是一个懒。"王成旺又开始发牢骚了，"要我说，他的懒责任也不全在他。去城里打了一年工，被骗了，一分钱的工钱没得，他就回来了。在镇子上找些零活做，还跟一个女孩谈上恋爱了，到谈婚论嫁时，女孩的父母要他拿十五万块钱的彩礼才能结婚。他当时就傻眼了，十五万，除非去抢银行。后来又谈过两个女孩，也都是因为彩礼钱黄了。随着时间的推移，彩礼的行情也见涨了，一个要彩礼二十万，一个要彩礼二十五万。从此便破罐子破摔。不然，你来上坡的第一天，他怎么会说出要你给他找老婆的话？"

张兴祥毕竟是单位的主要领导，何况上面对扶贫工作又抓得紧。没两天，一辆中巴车就开进了上坡村。张兴祥站在村口还没点名叫喊困难人家来领取衣物、被子和油盐大米，刘生原却第一个就来了，大声嚷嚷着："我要一床被子，一袋大米，还要一桶油。"

张兴祥还真的没有把刘生原打在算盘里面，怎么着他也不能跟那些困难人家争抢这些扶贫物资的，张兴祥有些没好气地说："跟他们比，你缺了胳膊还是少了腿？"

"不给大家都别给。"刘生原一副横眉瞪眼的样子，"我还准备去扶贫工作队领导那里反映的，你走访了上坡村所有的贫困人家，为什么不去我家看看。我看，上坡村的扶贫工作队得换人了。"过后又把一只手的衣袖挽上来，"我的手有残疾，你的眼睛瞎了？"

张兴祥气得脸发青，吼他道："你说说，那手是怎么残疾的？"

刘生原像是一只斗败的公鸡，愣了一会儿就要走："老子找领导去。"

还是送物资下来的单位办公室主任拦住了他，从中巴车里拿了些东西塞进他的怀里："还别说，你说的那几样这里有富余的。"

人们都走了，车上还有一份物资没人领取。王成旺说："我就知道她不会来的。平时乡里送来一些钱呀物的给了她一份，她从来不要。"

张兴祥接过扶贫物资发放名单看了看，说："我来上坡村几个月了，还不认识邹桂花呢，那天去她家走访，也只见着她婆婆。"说完，张兴祥交代办公室主任，让他带着司机去镇上吃个便饭就回市里去。自己提着一桶食用油和一件半新的棉衣，匆匆往村口的一栋木屋去了。

王成旺跟在后面说："其实，你不止一次去她家，那天半夜去赶刘生原，她还在房里哭呢。"

张兴祥吃惊地问："那天夜里刘生原拿着我给的毛线衣，是往邹桂花的房里扔？"

"不是往她房里扔，还能往谁房里扔？伍立环死后，他就缠上了邹桂花，说上伍家的门，二十万彩礼就省了。"

"真是个无赖。"张兴祥像是想起了什么，"不是说，邹桂花那时在外面打工，因为怀孕才回来的吗，孩子呢？"

"伍立环摔死的那天，她一哭，孩子就流产了，是个男孩，已经成形了。"王成旺还要说什么的，却没有说出来，对着那边努了努嘴，过后大声道，"桂花，张干部说来上坡几个月，还不认识你呢，亲自给你送扶贫物资来了。"

张兴祥这时才看见，一个长得清清秀秀的年轻女人提着菜篮从木屋旁边的菜园出来，大声对她道："这次就两样，下次再多弄些来。"心里那种隐隐的疼痛又加重了几分。他是想起王成旺堂屋里的那个布置得既漂亮又极富文采的宣传栏，想起王成旺说邹桂花高中毕业考上了大学，却因为家里困难拿不出上学的学费，那张珍贵的大学录取通知书也就成了她心里永远的痛。贫穷真是一只无情的杀手，使得这样一位才女落魄乡野，天降灾祸，还要忍受一个无赖无端的骚扰。

"不管什么东西，也不管多少，我都不要。"

"听王支书说，你家不是特困户，但你家是困难户，是你办宣传栏的时候把自己的名字给抹掉了。"张兴祥说这话的时候，喉头也有些哽咽了。

王成旺在一旁道："张干部亲自送上门来，一定要收下，下次不给就是。张干部还对我说，准备给我们村的困难户弄点无息贷款，你要吗？"

邹桂花这次没有拒绝："借钱还钱，我要。给我一千块钱的贷款，我家也养几只山羊。"

张兴祥问王成旺："山羊什么价钱？上次问赵成启，他不说。"

"刚生下不久的山羊羔子一只才二百多块钱。买大山羊价钱可高了，一只公山羊要一千多，母山羊上了两千。"

张兴祥对邹桂花道："一千块钱怎么够？五千也买不了几只啊。"

"那就借两千吧，买几只小山羊羔子喂养。"邹桂花过后道，"二位今天就在我家吃饭。我婆婆六十五岁生日。"

王成旺一拍脑壳说："看我这记性，你不说我还真忘了，我家小妹她娘和桂花的婆婆同一天的生日。张干部你在这里吃饭，我得回去陪着小妹去一趟娘家。"

"多远?"

"下坡村,争取天黑前赶回来。"

邹桂花去了灶屋,却被她婆婆推了出来,要她陪张干部说说话。张兴祥说:"那就坐坐吧,我还真有话要问你。你是哪里人啊?"

"本乡,大坪村。"

张兴祥叹息说:"家里就一老一小两个女人,婆婆还常生病,过日子不容易。"

两滴晶莹的泪水挂在邹桂花清秀的脸上:"那时,老人待我像亲生女儿一样,现在,我是把没了儿子的婆婆当成自己的亲娘了。"

"要不,招个男人上门来也行啊,大务小事,有男人扛着。"

"想过,没遇到合适的。"

张兴祥试探着问:"是不是要求高了些?"

"我不在乎人家的经济状况,也不在乎年纪比我大,但要勤劳,顾家,对我婆婆要好。"

张兴祥笑着道:"我来上坡村的第一天,刘生原找到我,要我给他找个老婆,也算是扶贫了。"

邹桂花那张好看的脸面顿时有些扭曲了,咬牙切齿说:"我今天算是郑重地对市里来的扶贫干部告知了,什么时候他再半夜三更来敲我的房门,我会一刀劈了他的。"

张兴祥知道自己失言了。二十多岁就守寡,还无怨无悔地赡养男人多病的老娘,身心疲惫,谁人能知,自己还拿刘生原那个无赖跟她开玩笑,便说:"过些日子,我就把买山羊的钱给你送来。还没问你呢,又要种田种地,还要喂养山羊,忙得过来?"

"忙完春种秋收,也不敢去镇上找零活儿挣钱,担心我婆婆那病发作起来不报信的。喂养几只山羊,不过苦点累点,老人吃药的钱就不愁了。"

张兴祥的心里除了同情,还生出一种感佩,暗暗地下了决心,一定要着力扶她一把。可怜呢。

从邹桂花家回来,王成旺和他女人并没有去娘家,王成旺苦着脸说："小妹说这时去，老人家饭都吃过了。"

张兴祥知道他一定挨骂了，十分抱歉地对孙小妹说："怪我，弄了些东西来分，把你们去娘家拜寿的大事给耽搁了。"

孙小妹板着的脸才稍稍有些松动："不说那话了，快吃饭，我们还等着你的。"

"我吃过了。"

"我还不知道，你不过是想过细地问问她们家的情况，哪有心思吃饭？"

张兴祥叹气说："婆婆慈祥仁义，邹桂花贤惠能干，要是有个男人上她们家，日子也不会这般艰难了。"

"也许，邹桂花是顾及没了儿子的婆婆吧，几个年轻小伙上门，她都没有点头。"王成旺沧桑的脸上，全是愁苦和无奈，"这个事情我们帮不上忙。我担心的还是那个刘生原，像今天这样闹场子的事，肯定不是最后一次，你可要有思想准备。"

"让我好好想想。"张兴祥一个劲地拍打着脑壳。刚来上坡村的时候，还笑话王成旺整天愁苦着一张脸，现在，自己也被弄成第二个王成旺了啊。

半夜鸡叫

张兴祥没有想好修理刘生原的办法，刘生原却想出修理张兴祥的办法了。张兴祥有个失眠的毛病，每天晚上睡觉之前一定要吃一片安眠药。让他恼的是，这些日子吃了安眠药也没用，刚刚睡着，就被公鸡的啼叫弄醒了，看看表，才凌晨一点。你啼方休它来啼，此起彼伏，像是一支热闹异常的山村小夜曲。

"上坡村的公鸡得神经病了啊。"张兴祥痛苦不堪地嘀咕。

王成旺又开始咬牙切齿了："是刘生原那个狗东西捣的鬼。"

张兴祥就犯疑了，公鸡叫，与刘生原有什么相干，他能左右公鸡报晓吗？那天半夜刚过，张兴祥又被公鸡的啼鸣弄醒，他没有叫醒王成旺，轻脚轻手溜了出去。

山村四月的半夜，一层薄薄的白雾轻纱般地与村子相偎相依，天上几粒星星疲倦地眨巴着眼睛，整个村子的公鸡却是争着抢着啼叫，使得狗们也来凑热闹，把原本宁静的村子都抬了起来。

村路的旁边，有一栋年久失修的木屋，那是刘生原的家。听王成旺说，刘生原的父亲是远近有名的阉猪匠，一只羊角吹得山响，天天有进项，家里生活不愁，不曾想到，刘生原八岁的时候，父亲在去后垭村阉猪的路上被五步蛇咬死了，断气的时候别的没说，只求老婆好好把儿子养大成人，讨个媳妇续接刘家香火。刘生原的老娘衣角包米，吃苦受累，把儿子养大，却没有料到找儿媳这般地难，那天刘生原伸手向老娘要十五万元彩礼钱，老人先是瞪大眼睛，要他再说一遍，他说了，老人两眼翻白，一口气没上来，倒地上走了。刘生原翻箱倒柜，才在一件破棉衣的口袋里找到一万三千二百块钱，全是一元两元五元十元的零票。

张兴祥站在刘生原的门前，他不由得就笑了，这个刘生原真是又可气又可恼，三十多岁的大男人，居然玩小孩子一样的把戏。先是两手拍了几下簸米的簸箕，发出啪啪的声响，然后用手捏着鼻子，屁股一撅："喔喔喔——"声音转了弯儿，还真的像极了芦花老公鸡的啼鸣。村里的公鸡果然上当受骗，一个两个也不管自己与生俱来的生物钟的提示，就争先恐后地掀起了一阵啼鸣的高潮。

张兴祥抬起手，咚咚咚地敲着门。喔喔喔的叫声戛然而止，随着一阵窸窸窣窣的声响，门开了："桂花嫂子，你终于同意了啊，只要答应不要彩礼，什么条件我都依你。"看见张兴祥站在门前，刘生原吓得魂不附体，想关门却没来得及，张兴祥已经挤进门去了。

"这么多年，我再没偷鸡摸狗了，你来我家做什么？"刘生原说话都有些语无伦次了。

张兴祥说："没来你家你有意见，来了，你又问我来做什么。"

刘生原用怀疑的目光看着张兴祥："哪有半夜三更访贫问苦的？"

"睡不着。"

"你们城里的干部也失眠？"

"这么说，你也失眠？"过后道，"第一次来你家，就让我这样站着说话？"

"家里很脏的，还是明天去你那里说吧。"

"你能住，我坐坐就不行了？"

"凳子也没有一只好的，都是缺胳膊少腿。"

"那就去睡，才半夜。"

"更不行，臭。"

"上次不是给你一床半新的被子了吗？"

"睡三个多月了，没洗。"

张兴祥不再说话，进房去了。微弱的灯光里，他看见了像猪窝一样又脏又乱的床铺，还真的有一股臭气扑鼻而来。想呕，但还是忍了，爬上床，一缩身子就钻进了被子里。

刘生原有些不知所措："你要跟我一块儿睡？"

"当然。快睡吧。"

刘生原站着没动，嘴里喃喃："让你张干部睡这样脏的被子，我不好意思呀。"

"要是睡不着，我们躺在床上说说白话也行。"

刘生原只得小心地爬上床，远远地靠着壁板坐着。

张兴祥问他："三十多岁，正是睡不醒的年纪，怎么弄出失眠的毛病了？"

"想老婆。"刘生原做了一个怪样，"想老婆不是病，想起来要人命。"

"过来人，我信。可是，想老婆，老婆就来了？先得把自己的家弄好吧。"

"屁。如今的姑娘眼睛都是朝天长着，外面的姑娘不愿意来乡下，乡下的姑娘要往城里跑。小康人家又如何，栽好梧桐树又如何。"

"我听说了，上坡村的单身汉的确不止你一个，但上坡村也有许多年轻小伙讨了女人成了家的。去年秋天就有三个小伙办了结婚喜酒。"

"你是说张有生和田广如吧，张有生在镇子上开饭店，田广如家有一座榨油坊，他们当然有钱。"

"吴明起呢，他家没开饭店，也没有榨油坊，怎么就找到女人了？我说，这个世界还是有不看钱只看人才的姑娘。"

"可我没有碰着。"

"好吃懒做，家不成家，业不成业，人家姑娘眼睛瞎了，要上你家来？"张兴祥这么说了他一顿之后，口气又亲和下来，"要不，你也办养殖场，或是办大棚蔬菜，办果园，我给你扶持资金。"

"没个帮手，没劲。"刘生原又把话兜回到了原点，没老婆，"原以为环哥不在了，桂花嫂子成了寡妇，还有个多病的婆婆拖累，我去她家，她捡了便宜，我的二十万彩礼也省了。可是，敲了她这么多年的房门，就是不开。"

"人家根本就看不上你。"

"我说了，只要她肯跟我，我一定会痛改前非，照着她说的那样，勤劳，顾家，当然，还会把环哥的老娘当成我的亲娘孝敬着。"

"为什么不先做给她看看？"

刘生原梗了梗脖子，想说什么，话到嘴边却又咽了回去。

"对我说实话，除了她邹桂花，别的女人要是愿意跟你，你要不要？"

"只要是女人，跛脚的瞎眼的我都要。"刘生原做了一个怪样，"还像你们城里的年轻人啊，选对象要大长腿，花前月下，卿卿我我，我讨女人只要能睡觉，能生孩子，就心满意足了。"

张兴祥的心里有一种说不出的滋味，还有一种隐隐的疼痛，过一阵才说："我在上坡村的这一年，你可不能胡来。当然，我也会关照你的，比如上面来了衣服大米之类的东西，会给你一份，想好有什么致富的项目要做，还可以给你一点启动资金。"

刘生原不回答他的话，脸上做出一丝讨好的笑："上次给我的毛线衣，可漂亮了，我送给了桂花嫂子，听说又回到你手里了，能否还给我？"

"那件毛线衣是我老婆跟我谈恋爱时给我织的定情物，我送给你，你不要不当数，要珍惜我们之间的这一份情义。明天我把带来换洗的衣服再给你两件，天气热，三天不换衣服，老远就一股难闻的臭气，还说想讨老婆呢。"

一举两得的举措

那些日子，张兴祥忙得两脚不沾地了。先是带着六户特困户和部分困难户参观邻村的养殖大户，桃梨果园和大棚蔬菜，过后又从市里请来几个技术人员讲大棚蔬菜的种植技术，桃梨果木的栽培和管理，家禽家畜的科学喂养，最终才定下来两户人家准备办果园，两户人家准备办养猪场，一户人家准备种大棚蔬菜，一户人家准备养蜜蜂。邹桂花说她拿到钱之后，立马买十只小羊羔喂养。这样说的时候，那张愁苦的脸居然也有了难得的笑容。

王成旺对张兴祥说："这次太阳从西边出来了，你带着一群人外出参观，选择脱贫致富项目，造册登记扶持资金，刘生原居然没来闹事，也没见他去乡政府找领导告状。"

张兴祥说："我找他认真谈过了，他说还没想好弄什么致富的项目，暂时就不要扶持资金了。"

"什么时候，怎么没听你说起？这样的人，谈一次话就脱胎换骨了？"

"前些天的晚上，我去他家跟他一床睡，谈了半夜，我也不曾想到，居然有效果了。"

"你去了他家，还跟他睡在一张床上？"

"是的，睡在一个被子里。"

"不担心有虱子吗？"

"虱子没有，被子确实有点臭，那点臭气还受得了。"

"怪不得这些日子半夜鸡也不叫了。"王成旺竖起大拇指说，"这样的事情，只有你张干部做得到，去年县里来的那个女干部，看见刘生原就把鼻子捂起来了。你张干部是我们农民群众的贴心人，上坡村真要在你的手里变了样子，大家都会记着你的恩情。"

"离那还远着呢。"

"只要刘生原不捣蛋，上坡村的脱贫致富就好弄多了。"

"下一步怎么弄？"

王成旺又把眉头拧起来，做出一副沉思状，说："扶持资金到位之后，这六户特困户和邹桂花家你是大可放心了。我的想法，要有可能，把扶持对象再扩大一些，养鸡也好，喂猪也好，养羊也好，办果园种蔬菜也行。有了投入，就一定有回报，上坡村的贫困户又会减少一批。我给邹桂花算过账，这时把小羊羔买来，明年下半年母山羊就能怀孕了，生下小羊羔子就是钱。"

张兴祥说："这些日子，我再走动走动，征求大家的意见，只要有意愿，我就支持。"他突然像是想起了什么，"还有一个事，当紧要着手办好，不然会挨批评的。"

"你是说赵成启家的房子吧？"王成旺的眼里又有了星星点点，"你张干部有这个心，我就得感谢你。只是，他自己是不会动手整修房子的，要整修他不早就整修好了吗？人活在这个世界，就靠的一股精气神，他的那股精气神没了，得过且过，了此一生。你弄了钱来就给我，我请人买点椽条砖瓦来，认真给他弄一弄，不然，那房子真的会被风雨刮倒的。"

"五千块钱够了吧？"

"够了。村里人给他帮忙，不会要工钱，也不用他管饭。"王成旺好像还有话要说，却又缄口不说了。

"有话你就说，别把我当外人。"

王成旺眼里的雾雾淖淖变成了两行泪水，挂在沧桑的脸上："要说，我们也只能帮到这一步了，要改变他家的景况，过上正常人的日子，还得靠他自己。"

"不是说他有个女儿吗？要是他女儿回来看看他，开导开导，或许会有效果。"

"他去劳改的时候，女儿才几岁，对他这个父亲也没什么感情，赵成启从西湖农场回来几年了，他女儿从来就没有回来过。"这样说罢，王成旺就不再说话，想他的心思去了。作为村主任，还是上坡这样村子的村主任，他的确有许多的事情要想，虽是力不从心，但想总还是要想的。

那天，扶贫工作队队长通知下村去的扶贫队队员去乡政府开会。张兴祥去了，几个人相互看了一眼，不由得就笑起来，一个个头发长了，脸晒黑了，衣服上沾满了星星点点泥泞，吸吸鼻子，还有一身的汗味儿，全没了坐在办公室的那种白白净净整整洁洁的模样。扶贫工作队队长开玩笑："就凭着这些变化，年底回去，每人都是该记一次大功的。"

扶贫队队员们就都叽呱开了："别许愿未来的事情，先解决一下眼前的燃眉之急吧，该划拨下来的扶贫资金要赶快到位，还要从上面弄点米啊油啊什么的，转眼就五黄六月，村里还是有些特困户过不去。"

"叫你们来开会，就是说这两件事情，一是各自回村里去之后，通知对口扶持的人家带着身份证来乡里拿钱，二是市民政局和扶贫办明天要送粮油物资下来，先要做好发放前的摸底工作，领导们要直接去村里慰问困难群众。"扶贫工作队队长的脸已经笑成一朵大菊花了，"几个月来，我跟你们一样，在村里和乡亲同吃同住，有时还得下地做农活，肚子早就没了油水，乡政府食堂买了一只黑山羊，晚上接大家吃羊肉火锅。我说羊肉火锅可以吃，该交的生活费还得交，这是规矩，可别碰着八项规定四个不准。"

几个扶贫队队员拍着巴掌直叫要得，张兴祥却是站起身匆匆走了："我就不吃羊肉火锅了，得赶回村里去。"

"听说上坡村有个难弄的癞子脑壳，也不知道癞子到什么程度，看那个愁眉苦脸的样子，只怕是很棘手的吧。"

"比我们几个还瘦还黑，可能夜里也没得好觉睡。"

张兴祥也不听同伴们背后说了什么，他要赶回去的第一件事情是告诉那几个扶持户赶快来拿钱做事，春争时，夏争日呢。当然，还是有些放心不下刘生原，这些日子的确是安静了，但王成旺早有提醒，谈一次话不可能让他脱胎换骨，看着别人拿着钱做这做那，又来胡搅蛮缠的话，那时自己该怎么对付？

刚刚走出乡政府大门，却被一个人叫住了。声音有点熟，张兴祥抬起头来看了一阵，说："吴老板啊，你怎么在这里？"

这个跟他打招呼的吴老板是做房地产的，曾经在市里做过工程，张兴祥跟他打过照面。

吴老板握着他的手直摇晃："我的老家就在这里。听说你在上坡村扶贫，就想去上坡村看望你的，却一直是忙。"

张兴祥吃惊道："小乡镇出了个大老板，了不得的。回老家有事？"

"乡里领导把我叫回来的，乡场的改造工程让我全包下了。"吴老板拉着张兴祥的手，就往街边一家餐馆去了，"今天我们要好好喝一杯。"

"我不会喝酒，说几句话还要赶回上坡村去，四月五月，春耕大忙的季节。"

"那就不喝酒，吃饭，说说白话，然后送你回去，不会误你的事。"

"来这里多久了？"

"大半年了。"

"还要多久工程才能做完？"

"乡场的旧房子全部要改造，还有一条街道要整修，没有三年走不脱身。"

"你得帮我一个忙。"张兴祥脑壳里面急速地打了几个转，这样说。

"你张副书记说的，我照办就是了。"

"请你安排一个人。"

"偌大的基建工地，安排一个两个人没问题。不过你先得说说是男还是女，是老还是小，有没有文化，我才好唯才是用，可别怠慢了你张副书记推荐来的人啊。"

张兴祥那个高兴，说："上坡村的，名叫刘生原，三十多岁，身强体壮，却是懒，家不成家，业不成业，没吃的了，就往乡政府跑，要钱要粮要照顾，还整夜不睡觉，装公鸡叫，有时还把别人家的鸡呀狗呀偷来改善生活。我在上坡村几个月，快要被他弄出神经病来了。"

吴老板就笑起来："这里还真有一个适合他做的事情。这些日子，工地上不是丢水泥沙石，就是丢木材砖头，让他来工地守夜吧。白天可以睡觉，吃饭在工地食堂，不要生活费，每个月给他两千五百块钱工资，差不多吧。"

"大老板，还差那几个钱。每个月再加五百，算是扶贫。"

"行。有什么为难事，来找我就是。"

张兴祥说："不会再来找你帮什么忙了。只要求你一定得把他摁在工地上，起码也要让我年底走了才能放他回上坡，不然这一年我在上坡是难得待下去了。"

"放心好了，做了几十年的工程，手下几百号人，一个懒汉还管他不住？"

"送我去上坡村的时候，就把他带过来。我是一天都不想见到他。"张兴祥吃饭都没心思了，端端碗又放下，催着吴老板上路。

夕阳断尾，田地里还是一片忙碌的景象，耕田犁地的，插禾的，管水的，当然都是老人。一些人家正在做晚饭，几缕炊烟轻吻着带有青草和泥土味儿的熏风，如轻缦薄纱。时有几声鸡啼，几声狗吠，农家的四月，满眼勃勃生机。刘生原却坐在自家的门前发呆，看见一辆小车从村口开来，有些好奇地张望着，不曾料到，小车在自家门前嘎的一声停了下来，吓得刘生原就要往家里躲，却被张兴祥叫住了："刘生原，你躲什么？"

刘生原的脸有些发黄，说话也有些语无伦次："我对你张干部下过保证的啊，痛改前非做好人，为什么还要带人来抓我？"

"怎么老是担心别人来抓你？照着你保证的那样，洗心革面，半夜敲门心不惊呢。"张兴祥拍了拍刘生原的肩膀，指着吴老板说，"给你找了个好工作，吴老板是来接你去上班的。"

吴老板抓着刘生原的手说："不是张副书记极力推荐你，你有多大的面子，老子开着车来接你去上班？"

"村里的扶贫干部，怎么就成张副书记了？"刘生原的眼睛先是盯着张兴祥，过后又盯着吴老板，"要我去做什么，我行吗？"

"什么都不要你做，夜里把工地上的钢筋水泥木材砖头看好就行。吃饭在工地食堂，不要钱，工资的话我每个月只准备给你两千五，张副书记要我给你加五百，每个月三千，满意了吧？"

"真的呀，我要叫你吴老板一声爹，还要叫张干部张副书记一声爹了。"

"还没告诉我，工作能不能胜任啊？"

刘生原挥了挥拳头说："瞪着眼睛看着，谁敢靠近工地半步，老子的拳头不是吃素的。"

吴老板正色道："守着别人，还要管住自己，小偷小摸的手脚要改。"

刘生原嗵的一声就跪倒在吴老板的面前："还那样，不用你吴老板说，我自己把手指头全剁掉。"过后就喃喃自语起来，"一个月三千，一年就三万六千，几年时间，就有二十万了啊。"

看着刘生原钻进吴老板的小车，张兴祥才长长地吐了一口气，仿佛卸下了压在心头的一块大石头。

山羊也知人心思

转眼就到了八月，收获的季节，看着上坡村层层梯田满眼黄熟，秋风乍起，稻谷飘香，张兴祥心里就有一种成就感。当然，让他有成就感的还不止这些。几户重点扶持户的果园办起来了，猪场的猪崽长成架子猪了，大棚蔬菜已经受益，黄瓜茄子辣椒往镇子上卖一次就有几百元的收入。

张兴祥最喜欢看到的一幅图景，邹桂花每天早晨去田地里做活儿时，顺便把喂养的十只小羊羔赶到村子后面的半山坡上去，花衫儿披着朝阳，小羊羔咩咩地叫着，一路欢蹦乱跳。瞅着小羊羔钻进了茂密的茅草丛中，邹桂花才会放心地去半坡下的田地里劳作。晴天一顶草帽，雨天一件雨衣，一亩水田最先插了禾苗，二亩旱地里的苞谷苗儿拔节抽缨。太阳西坠，邹桂花只要往半坡上一站，小羊羔就会乖乖地从茅草丛中钻出米，还不停地叫着，仿佛是在召唤谁，果然，它们的身后，就会跟来五只大山羊和几只刚刚出生的小羊儿。大山羊像是它们的长辈，刚刚出生的小羊儿又似它们的弟弟妹妹了。进了村子，邹桂花才会把五只大山羊和它们的孩子隔开，让它们回自己家去。

张兴祥就觉得十分奇怪了，早晨，分明看着赵成启远远地瞅着邹桂花把小山羊赶上山去之后，他才把自家的山羊放出来，往旁边的山坡赶去。但不管相隔几个山头，太阳落山，两家的山羊却总是在一起。有时，邹桂花接山羊迟了，赵成启上山去接自家的山羊，邹桂花家的山羊也是一并要跟下山来的，赵成启也不管自家的山羊了，先要小心地送邹桂花家的山羊回家。要是碰着邹桂花或是她的婆婆，他会把头勾得低低的，逃也似的离去。有细心的人看见他的两眼总是夹着一泡泪水。

有一次，赵成启去山里收山羊，山羊却是怎么都不肯下山来，只是叫个不停。清了清，自家的山羊一只不少，邹桂花家的山羊却只有九只，站在山坡上唤了多久也不见那只山羊从茅草丛中出来，急得上山来收山羊的邹桂花眼泪就出来了。赵成启想说句什么的，却没有说出来，闪身钻进林子去了。

天渐渐黑了下来，半边月儿挂在西边的天际，赵成启寻找了两座山头，才在一条崖壁缝里找到那只咩咩叫喊的山羊。

"你知道邹桂花为什么不办大棚蔬菜，不办猪场鸡场，不办果园，却要买几只小羊羔喂养?"王成旺问张兴祥。

"也许，相比起来，养山羊是最划算的了。收入可观，还不要什么成本，春夏秋三季把羊赶上山就成，冬天也不过在羊圈里面添加一把饲料。"

"只怕还不仅仅是这个原因。"

"还有什么别的原因吗?"

王成旺却不跟他说这个话题了，他问:"来上坡村大半年了，对农村有什么看法?"

"你是说上坡村?"

"还不仅仅是上坡村。"

"要我说，如今农民的日子过得还是不错的，有吃有穿有住，每家每户基本上都有人在外面打工，也不愁没钱用。个别人家因病致贫，因灾致贫，国家的政策多好，脱贫攻坚，精准扶贫，小康路上决不能让一个人落下。"

"我看，还是有不足的地方。"

张兴祥心里不由咯噔了一下。大半年的相处，张兴祥对王成旺这样的基层干部还是比较满意的，这么多年了，虽是被刘生原弄得焦头烂额，还有一个赵成启让他的心里总是自责和歉疚，却坚持着把村里的两副担子一肩挑着，兢兢业业，勤勤勉勉，公正处事，不占不贪，路修通了，自来水接进了各家的灶头，村里没有山林田土的矛盾和纠纷，也没有奸淫嫖赌等恶性案件发生，村风淳朴，民心善良。

他问："什么不足，说来听听。"

"农民的日子是越来越好过了，但农村却是变得越来越荒凉了，没有人气了。我一直对年轻人去城里打工有看法的，挣得几个钱，代价也不小。要我说，国家应该出台政策，鼓励进城打工的年轻人回乡创业，种田种地。别忘了绿水青山后面还有金山银山四个字。没有春种秋收，何来金山银山？刘生原那个狗东西要你扶贫干部给他找个老婆，听起来是个笑话，其实是个值得认真思考的大问题，农村姑娘进城打了几年工，眼界高了，心思重了，不愿意回农村了，一些颜值一般，文化程度不高的姑娘，难得在城里落脚生根，转而求其次，找个农村的对象，就狮子大开口，没个十万二十万彩礼免谈。我们上坡村三十岁没找到老婆的有二十多个，四十多岁的光棍汉有十多个，他们不像刘生原那样破罐子破摔，拼命打工挣钱，就想把家境弄好一点，有的人甚至想在镇子上买房子，做半个城里人，目的就一个，希望找个女人成个家。要是齐心协力把农村建设好，农村姑娘也就不会削尖脑袋往城里跑，农村的光棍汉就不会有这么多。当下农村流传的八大怪，光棍多就是其中的一怪。"

"你说农村的年轻人不出去打工不现实，这是社会发展的需要。其实，国家对农业、农村、农民是非常重视的，对回乡创业的年轻人一直也是持扶持和鼓励的态度。"

"力度不够。"王成旺突然发起牢骚来，"网上说，现在的一些专家，整天研究的是农民不能用柴草煮饭炒菜，不能用泔水喂猪，不能用人畜的粪便肥田肥地，对一些偏远落后的村寨，更是一句简单而轻松不过的话：往镇子上搬迁啊，还住在那山角落里做什么。真要全照着他们说的做了，小桥流水还有没有，鸡犬相闻还有没有，袅袅炊烟还有没有？绿水青山，还要有人与之相伴相依吧？金山银山，还要有人去耕耘管理吧？你们城里人节假日还开着车来乡下吃农家乐，寻找乡愁呢。那些专家们怎么就不想一想，农民买饲料喂猪喂鸡，买化肥种田种地，买煤气煮饭炒菜，钱从哪里来？那些花了九牛二虎之力刚刚摘掉贫穷帽子的困难人家，会不会又回到贫困线下去？"

王成旺嘴里的牢骚话随着他的思维变化而不停地变化着，张兴祥的心里却像是有一只手在轻轻地抚摸，眼睛不由得有些发湿。他说的一些话虽然有些偏颇，甚至对一些专家的言辞也是道听途说，缺头少尾，一知半解，但在他朴素的似乎还带着愚钝和木讷的表象里，却藏着一颗想着天下事的赤诚之心。张兴祥突然觉得，我们的专家教授，不但要心想着农村和农民，还要放下身段，到农村来，到农民群众中来，走一走，看一看，甚至生活一些日子，那一定会给农民群众提出更多有益的、实用的，还能见效快的建议吧。

张兴祥正想说什么的，邹桂花却急匆匆地闯了进来，哭着说："成旺叔，我娘的胃痛病又犯了，请你帮帮忙，把她弄到医院去吧。"

"这病发作起来不给信的啊，下午还看见你婆婆在菜园做活儿。"

张兴祥说："胃溃疡这病，药要吃，调理更重要。"

"医生说不能吃生冷，在农村，没这个条件啊，稍不注意，就又犯了。"

来到伍家的时候，老人双手按着胸口正在长一声短一声地哼着，一副痛苦不堪的样子，看见几个人进屋来，就不哼了，说："我不用去医院的，痛一阵就好了。"

王成旺说："听我的，去医院。这样痛苦不堪的样子，桂花心里还不做刀割？"

老人还是摇着头，吩咐邹桂花："炒点食盐给我煨煨胸口，明天再去药铺买两剂中药回来。"

"处方少一味药，吃了也没有多少效果。还是去医院住几天吧。"邹桂花说话带着哭腔了。

张兴祥一旁问道："少一味什么药，我明天去县城的大药房买。"

"新鲜石斛，捣烂加冰糖兑中药汤一并喝下，医生说养胃生津止

186

痛，治胃溃疡有特效。再大的药房也是没有新鲜石斛卖的。"

"没有卖，老中医开这样一味药做什么？"

"我们这里的山里有，只是生长在悬崖峭壁上，过去乡下专门有攀崖走壁采鲜石斛的药农，一支新鲜石斛要卖几百块钱。现在拿着再多的钱也买不到了，人家不愿意冒着生命危险去陡峭的崖壁上采石斛。"

"这就难了，还是去医院吧。如今有医保，住医院自己不要多少钱的。"

"你们回去吧，半夜过了。"老人还是说的那句话，"桂花，你明天去给我买中药，少一味药，多服一剂就是了。"

回来的路上，张兴祥喃喃道："老人这个样子，还真是苦了邹桂花。"

"这就是农村和农民，见惯不怪。"王成旺叹了一口气，"快回去睡觉，明天不是要去看看那几户办的猪场鸡场果园吗？转眼就年底了，上面要来人检查，还有一大摞各种表格要填呢。我听说了，扶贫干部有三怕，一怕对口扶持户不配合，二怕上面来人检查，三怕精准扶贫变成精准填表。"

"这得感谢你这么多年来的工作基础好，除了刚下来的那几个月刘生原闹了一下场子，别的人家都还配合得不错的，我怎么说，他们都照着做。"

"上坡村的群众都说你的工作能力强，没有架子，跟群众心贴心。"

张兴祥就笑起来："我们这是表扬与自我表扬相结合吧。"

第二天起床的时候，太阳升起一竿子高了，孙小妹已经把早饭做好，王成旺正等着他吃早饭。张兴祥兀自喃喃，怎么就睡着了啊。心里又有点高兴，在农村待了大半年，不知不觉把那个失眠的毛病给弄好了。

邹桂花又来了，一副风风火火的样子。王成旺拧着眉头说："老人的病情是不是加重了？不用征求老人的意见了，我这就叫个车，送到医院去。"

邹桂花却说："刚才我从镇子上买药回来，看见桌子上有一支新鲜石斛，还带着露珠儿，问我娘，她说躺在床上不知道是谁送的。我是来问问，谁送去的鲜石斛啊，连句感谢的话都没地方说了。"

张兴祥说:"不是说鲜石斛很难得到的吗?这么清早,谁给老人采来鲜石斛了?"

难得王成旺拧着的眉头也有舒展的时候,说:"快回去,送了鲜石斛来尽管给你娘吃就是了,秋收的季节,你娘的病好了,你才好全心搞秋收呢。"

邹桂花急匆匆走了。张兴祥问王成旺:"看你那样子,好像知道是谁送去的鲜石斛?"

王成旺笑着道:"还说失眠呢,睡起懒床来了。快吃饭,还有的忙啊。"

阴阳怪气,有什么话,不能说的吗?张兴祥心里嘀咕着,匆匆吃过饭,就出门去了。只是,走出禾场,又改变了主意,没去看望大棚蔬菜,也没去看望猪场鸡场和梨园桃园,他又去了邹桂花家。邹桂花已经做活去了,老人坐在门前,手里端着半碗稀饭,虽是骨瘦如柴,神色却是好了许多,看见张兴祥走进禾场,憔悴的脸上就挂起了笑:"张干部啊,找我家桂花?"

"没有,就想来看看您老人家。好些了吗?"

"吃过药,好多了。"老人过后凄凄地说,"告诉你吧,我还真的想死了,不然要拖累我家桂花到什么时候啊。"

张兴祥蹲在老人面前,抓着老人的手,说:"老人家,你不能这样说,邹桂花勤劳、善良、贤惠、有孝心,划算也好,喂养的山羊明年生了小羊羔就有收入了,你们家的日子也就会好起来。等着吧,有你的福享。"

"女人有几个三十多岁,再不能等了啊。我老了有她,她老了靠谁?"

张兴祥小心地问:"这些年,听说还是有人愿意上门来,有的小伙条件还不错,邹桂花却是不点头,什么原因啊?"看见老人的眼里有泪水晃动,张兴祥又十分后悔了,万不该跟老人说这个话题,连忙改口说,"还没问你,新鲜石斛真的有那么神奇吗?看你的病情的确是好多了。"

"老中医说,鲜石斛是回阳草。"老人接着喃喃起来,"小指头大一支鲜石斛,还开了一朵金黄色的花儿,少说也是十年生,不去猴子崖,别的地方别想见到。"

"猴子崖在什么地方？"

"村子后面的大山里，数十丈高的崖壁，只有猴子才能爬上去。我年轻的时候，见着采石斛的采药人每年要去猴子崖采石斛。后来，摔死一个采药人，就再没人敢爬猴子崖了。"这么说的时候，老人的眼泪就更加地多了，"今天的天气真好，张干部，你坐一会儿，我还要把桂花收回家的苞谷晒一晒。"

"病刚好，就做活啊？"

"做农民的，能有那样娇气吗？我做了，桂花就能少做点。"

从伍家出来的时候，太阳已经当顶，突然，一阵咩咩的叫声从村子那边传来，首先看见的是一只高大的公羊，它的后面，跟着一群母羊和几只小羊羔子。怎么这时候才把山羊放出来？张兴祥伸长脖子，却没有看见赵成启。这就怪了，放任山羊四处乱跑啊。

山羊却是不管不顾地从张兴祥的身边跑过，然后转了一个弯儿，奔向邹桂花家的羊圈去了。张兴祥这才明白，山羊是来邀伴儿的。那只公羊没有看见羊圈里有羊，大声地叫着，几只母羊也就跟着叫起来。邹桂花的婆婆连忙放下手里的活儿走过来："这不是成启家的山羊吗，怎么跑到我家来了？成启呢，是不是有事去了？"说着，就要把山羊往山里赶，"四处乱跑，吃了别人的庄稼怎么办？"

张兴祥说："我把它们送到山里去吧。"

"也行，我家桂花在山坡上摘黍子，让她照看着。"

邹桂花果然在村子后面的山地里忙碌着，她家的山羊一边吃草，一边四处张望着，看见赵成启家的山羊上山，草也不吃了，一齐迎了过来。

邹桂花问："成启哥到哪里去了，怎么要你张干部替他放羊？"

"我也不知道他到哪里去了，从你家出来的时候，碰到他家的山羊往你家跑。"

邹桂花再没作声，把羊群赶上山，复又做活去了。张兴祥想跟她说几句话，看着她一副汗爬水流的样子，担心耽误了她做活，说："你忙，我放羊去了。"

"不用放，吃饱了会自己下山来，晚上收工时一并赶回去就是。"

"那就麻烦你了。"

从山里回来，张兴祥想去赵成启家看看，路上却碰着王成旺从他家里出来，说："不用去看，躺在床上的。"

"怎么了？"

"他说病了，我怀疑不是病。"

"不是病，是什么，还要躺在床上？"

"我怎么知道？"这样说着，王成旺匆匆走了，一边走，一边还不停地嘀咕着什么。

张兴祥冲着他的背影有些没好气地说："还八大怪呢，我看你这个做村主任的就是一个怪人。"

呆日冉冉好个秋

这些日子，张兴祥又有些心急火燎了。六户精准扶贫户的脱贫项目虽是都在着力实施，进度的快慢却各不相同。大棚蔬菜已经有收益了，养猪的猪年底可以出栏，喂鸡的鸡年底可以上市，一转手就都是热巴巴的票子，养蜂人家看着蜜蜂进进出出采蜜忙，心里也像蜜一样甜。两户办桃园梨园的特困户看着才半人高的梨树苗桃树苗就着急了，还不时地流露出牢骚话，说他们选择的致富项目不着调，要换。张兴祥安慰说："你们栽的良种梨树苗桃树苗，两年挂果，三年丰收，往后桃啊梨啊卖钱如同摘树叶子。"他们还是嚷着吵着要种大棚蔬菜，说那才是吹糠见米的精准脱贫。张兴祥真的有点恼了，上万元的扶持资金丢水里了吗？更让他提心吊胆的是，年底市里组织检查验收时拿了表来，要是他们满嘴胡言不肯填写，自己就只有喊爹喊娘了。万般无奈，只得跟这两家特困户套近乎，拉关系了。先是自掏腰包给了两家一点钱，让他们给桃园梨园锄草施肥，每天还早早地去园子里帮着做活儿。两户人家板着的脸才慢慢地松动，慷慨承诺，不管谁来检查，拿什么表格来让他们填写，他们都乐意，还把张兴祥大大地夸奖了一番，扶贫路上的贴心人，全心全意为农民群众服务的好干部。张兴祥那张愁苦的脸才露出一丝笑容。

只是，赵成启这块硬骨头却一直没有啃下来，王成旺把砖瓦木头买了来，他也不肯整修房子，张兴祥几次上门做他的工作，还提高到政治的高度，说一栋破烂的房子摆在青山绿水间，是给社会主义新农村抹黑，他才终于松口。不曾料到，房子刚刚整修好，他又躺在床上起不来了，张兴祥上门去了解情况，他不开门，隔着房门叫喊，也不吭声。喂养的山羊没人照看，他居然把它们卖掉了。张兴祥急得直跳脚，六户特困户的贫困帽子还没摘掉，你赵成启却在我这个扶贫干部的眼皮下面紧追慢赶地往特困户的队伍里挤。跟王成旺商量对策，王成旺似乎也没辙了，除了把眉头拧得更紧，就只有唉声叹气。

那天中午，秋阳灿烂，惠风和煦，张兴祥跛着一只脚，疲惫不堪地从梨园回来，王成旺问他怎么了，他说往梨园挑肥料时脚崴了一下，不打紧的。王成旺就又头不是头脸不是脸地开始批评他了，说："指导指导也就够了，还像个帮工一样跟他们一块儿劳动啊！我还是那句话，困难人家，要扶，但不能娇惯。人一辈子路途漫漫，有的苦吃，也有的福享，你们扶贫不过是路途中间的一支小插曲罢了。年底你走了，谁娇惯他们去？"盛了一碗饭递过来，"快吃中午饭，往半山坡上挑了半天肥料，还不饿？"

张兴祥没接着，饭碗在半途中停了下来，王成旺那张被皱纹紧紧网着的脸面也变得有点扭曲了。张兴祥依着他的目光朝着门外看去，才看见一个人从禾场外面大步流星地走来，飞机头，白衬衣，藏青色裤子，脚上还穿了一双锃光发亮的皮鞋。大老远那张脸笑得像是吃了笑鸡婆肉。

"我还以为把一粒老鼠屎抛掉了呢。"王成旺破口骂道。

张兴祥这才认出从禾场外边走来的是刘生原，浑身也不由打了个哆嗦，心里说，扶贫攻坚关键的两个月，你可别来给我添乱，急急地问："怎么回来了，不上班了？"

"吴老板说了，白天可以随便走走。"刘生原脸上的笑非但没有散去，又多出了几分得意，"我回来向张副书记报喜，我有女人了。"

张兴祥悬着的心没有落下，又被他的这句没头没尾的话弄得紧张起来，心想你个狗东西夜里熬不过，强搞人家女人，就不是去西湖农场挑大粪桶那般轻松了，吃枪子儿也有可能。瞪着眼睛问："对我说实话，真的没被吴老板辞退？"

"辞退我？他还舍不得我呢，说乡场的活儿做完，就带我去市里做大工程，建银都花园。"

"快说说你有女人的事。男女之间可不能胡来的。"

"要说胡来，也是她胡来，自己往我被子里钻。"刘生原舔了舔嘴唇，像是喝了一杯沁人心脾的美酒，"男人在城里开了一家店子，有钱了，就不要她了，连儿子也带走了。比我大三岁，正好，女大三，抱金砖。"

"你刘生原是朵花，人家女人追着赶着往你被子里钻？"王成旺在一旁破口大骂，"她就不知道你是个头上长疮，脚底流脓的家伙？"

"用老眼光看我是不？"刘生原还在那里喋喋不休，"她在吴老板的工地食堂做饭，每次都给我盛好饭好菜，还说我长得有多标致，像极了电影里的哪个明星。那天半夜我在工地上巡逻，回到工棚的时候，床上躺着一个女人，可把我吓坏了，她却是搂着我要我别嫌她比我大，她会好好心疼我的。我才知道工地上一个小工头天天夜里找她睡觉，还从她的口袋掏钱花，却不愿意跟她结婚，她不想跟他那样混了，要找个男人踏踏实实过日子。我问她结婚要彩礼不，她说要什么彩礼，只要我这辈子好好心疼她就够了。"刘生原的脸上生出一种神圣，一种景仰，"第二天早晨小工头去工地找我的麻烦，正好碰着来工地上班的吴老板，狠狠地抛了他一个耳光，说我是你张副书记推荐来的，敢跟我过不去，就叫他立马滚蛋。吴老板还说你在市里做的是纪检副书记，一次市城建局开城市建设招标大会，亲眼看着你带人从会场把正在做报告的城建局局长带走，会场上的掌声足足响了五分钟。其实，那天夜里你去我家跟我一床睡，我就知道你不是一般的干部。果然吧，管官的官。"

张兴祥笑说："有女人了，夜里只想着睡觉可不行，工作还得做好，日后跟着吴老板去市里做工程，接你去我家做客。"

"我女人的好还没说完呢。以前见着我是这个样吗？上面来了旧衣旧被还争呢抢呢。现在不一样了吧，从头到脚全是新的。余下的钱就存着，她说存三五年，就在乡场上买房子。她说了，一定要给我生一个有出息的儿子，日后考大学，做大事，不像我，给人守场子。"

张兴祥由衷地说："好，现在我是放心了。"

"你是个好官，关心我，这样的好事我一定要向你报告的。当然，今天回来，还要去对桂花嫂子说一声对不起，往后，再不会去打扰她了。"

王成旺的眼睛有些发湿，端着饭碗的手抬了抬："快去吧，这一声对不起早就该说了啊。"

刘生原走了老大一阵，王成旺还把一双眼睛盯着张兴祥不松开："怪不得，你的水平要比去年来上坡村扶贫的那个女干部高出一大截呀。"过后一声长叹，"你张副书记积德做好事，让刘生原那个浑蛋也走狗屎运了，不费油不费灯，就有婆娘了，他的父母在天之灵也会感谢你的。"

张兴祥笑着说："别只顾着说话，手里端着两碗饭却不肯给我一碗，真的要把八大怪的段子里面再加一怪吗？上坡村的村主任端着两个碗吃饭。"

不曾想到，两个人一碗饭没吃完，刘生原又来了，老远，就惊慌失措地叫喊起来："张副书记，快去劝劝桂花嫂子和她婆婆吧，她们去赵成启家了。"

这话还真让张兴祥吃惊不小，跛着脚就往赵成启家跑去："这个时候，千万别又生出什么枝节来啊。"

王成旺也放下了饭碗，跟在张兴祥的后面，嘀咕道："这两家，还能生出什么枝节来？"

邹桂花和她婆婆果然站在赵成启的家门前，赵成启家大门紧闭，邹桂花硒硒地拍着门，里面也没有半点响动。

张兴祥想过去劝劝婆媳俩，有什么问题，先对他这个扶贫干部说，要能解决，一定给她们解决好，这样又叫喊又拍门的，影响多不好，却被王成旺拦住了："你就不看看，来赵家闹事，手里还提着东西？告诉你吧，赵成启在床上躺许多日子了，但不是生病，是采石斛时摔伤了，至今还没痊愈呢。"

张兴祥有些发蒙："你怎么知道石斛是赵成启采来的?"

"你就不想想,那天之后,赵成启的脚怎么就莫名其妙地瘸了,挂着棍子也走不了几步。"王成旺一声长叹,"除了他赵成启愿意舍命攀上猴子崖采石斛给老人治病,还有谁呢? 他是在尽儿子的孝道啊。"

张兴祥的思维还没有转过弯来,那边婆媳俩说的话更是字字句句撞击着他的心扉。

"成启哥,快开门,我娘看望你来了。"邹桂花的呼喊声带着哭腔。

"儿呀,你不开门,我就给你下跪了。"老人的呼喊也带着哭腔,"摔伤了,也不治治,躺在家里怎么办啊?"

大门吱呀一声开了,赵成启从屋里出来,一个趔趄就跪倒在了老人的面前:"娘,我……"他的话没有说完,却被一老一小两个女人扶着进屋去了。

"我娘给你熬了点鸡汤……我这就给你弄药去……"

"桂花嫂子不理睬我,原来心里已经有人了。"

刘生原的脸上做出一种怪样,还要说什么的,啪的一声,王成旺嘟嘴重重地给了他背上一巴掌,扯了扯张兴祥的衣角,转身走了,沧桑的脸上,挂着两行浑浊的泪水,在十月灿烂的阳光里,变成了五彩的颜色。张兴祥跟在他的身后,眼里的雾雾淖淖也聚成了两滴豆粒般的泪珠,啪嗒一声掉下来。

【作者简介】 杨遥，男，1975年生，山西省作家协会副主席。2001年开始发表作品，出版有小说集《二弟的碉堡》《流年》《村逝》《柔软的佛光》《闪亮的铁轨》等七部。曾获山西文学奖、黄河小说奖、赵树理文学奖、《十月》文学奖、上海文学奖、纯小说年度金奖。

【内容简介】 何为中国故事，什么是中国经验？杨遥在小说中巧妙地解答了这两个当下作家们高度关注的问题。"小米加步枪"和"抖音""哔哩哔哩"这些看似不相及的事物跨过时空在小说中相遇，这不仅是创作中历史性和现代性的一次新的遭遇，同时也具备了展现我们民族生存经验的新的意义。"我"以为父亲只会唱《梦驼铃》，却不想父亲更会唱《沙漠骆驼》，"我"以为父亲只是一个兢兢业业的祖传裱匠，却不想父亲亦可以把微商做得有模有样。小说中的"隐疾"是一种与时代、与个人有关的总体性焦虑，伴随着作者深入挖掘出的"新时代"的创造性、复杂性、独特性，"隐疾"渐渐祛除迷雾走出迷窟。

父亲和我的时代

杨遥

1

清明节过后十多天，气温没有像想象的那样一路走高，而是一连热了几天，寒流来了。人们放进衣橱的厚衣服被翻出来，还有些准备洗的衣服又穿上；许多花开了一半，被冻掉了。

下了班，天色已暗，昏黄的路灯像发蔫的花朵，照在行走匆忙的行人身上，使他们忙碌了一整天的脸显得更加疲惫。我往地铁站走，情绪极度低落。每隔一段时间，毫无规律地，我的情绪就会低落几天，整个人陷入虚无感里，觉得干什么都没有意思。这次又进入情绪低潮期，但和以前不一样的是，这次不是虚无，而是失望，就是你感觉到某种东西的价值了，而且恐怕这个世界上只有你感觉到了，可是抓不住，这比虚无更让人绝望。

那是半年前，几位朋友吃完饭回家的路上，我忽然意识到：我、我的这些朋友、大街上每个人和每个家庭，都有些问题，这些问题有的别人一眼能看出来，有的看不出来，甚至当事人自己都意识不到，有时还视其为优点。我把它们称作隐疾。我为自己的发现兴奋，当时就和身边的朋友说："我要写个小说，叫《隐疾》，要是能把它写好，绝对是个突破。"

用了一个多月时间，我写完这篇小说，可是觉得没有想的那么好，便又断断续续修改了几次，可还是达不到自己想要的那种效果。尤其是最近这次，修改时兴致勃勃，认为完全能把握好了，可是改完之后还是感觉有些地方不对劲。我对自己越来越失望。

这时父亲打来电话。我已经快进地铁站口了，他的电话像是给我的"隐疾"做注释。

我的情绪更低落了。

父亲一般情况下从来不主动给我打电话，除非喝多了酒。只有一次例外。

那是前年阴历三月十八。那天晚上八点多，我在学校门口接女儿，父亲打来电话，我以为是他要责怪我三月十八没回去。

三月十八是我们镇上每年一次的大集，为了纪念春秋时期的晋国大夫羊舌氏遗留下来的。每年这个时候，镇上挤满了方圆几十里来赶集的人，卖东西的从镇子西头的羊舌寺到东头的奶奶庙，一家挨一家挤得满满的，到处都是圆滚滚的人头和卖东西的吆喝声。

这是父亲以前最忙的日子之一，因为是大集，镇上几乎每户人家都有亲戚朋友来，家家户户都要提前收拾屋子。父亲作为镇上最好的裱匠，自然忙。

那时，谁家里要是来了城里的亲戚或朋友，会被邻居们羡慕好久。

我去了城里后，开始每年三月十八都回去。那时，母亲还健在。每次回去，父亲都会一早出门去买刚出锅的猪头肉，挑他认为最好吃的猪嘴唇；订好二瞎子的碗托、刘桐的豆腐。中午和晚上，他都会提前一会儿收工，路上逢熟人就和人家开玩笑，不等人家问，就高兴地说："西西回来了。"回了家，脱下干活的衣服，倒上半盆水，洗头发和脸。为了省钱，他总是用洗衣粉，说洗衣粉洗得干净。洗完涮一次，就急匆匆坐到炕上叫我吃饭，头上未冲干净的泡沫在阳光下五彩斑斓。

二〇〇二年母亲检查出得了癌症，父亲收拾东西，第二天就要去内蒙古打工。我说父亲疯了，不去医院陪母亲，跑内蒙古干什么？父亲说内蒙古挣的工钱多。母亲住了三个多月院，父亲一次也没有来过医院，但是每次医院发来催款单，父亲很快就把钱搞来了。

几个月后，看到实在没希望了，母亲闹着不再住院，我们便顺着她出了院，带上药物，回到老家县城在门诊化疗。父亲也从内蒙古回来，给母亲煎药，收拾家里，还要干活，每天忙得晕头转向。但父亲还是很爱干净，每次带着母亲去县城化疗时，换上走亲戚时穿的衣服，胡子刮得干干净净，头上飘着洗衣粉的香味儿。

一年之后母亲去世，父亲刚五十出头，顿时变得像被海浪冲到沙滩上的泡沫。他不再用洗衣粉洗头发了，衣服脏了也不再换洗，人变得非常邋遢；也不再到处开玩笑了，与人在一起半天不说一句话。整个人黑乎乎脏兮兮的，看上去比六十岁的人都老。

我劝父亲和我一起到城里，城里到处搞建筑，凭父亲的手艺，找点儿活儿不成问题。可父亲坚决不肯来。他继续待在村里干着裁匠营生，拼命攒钱，每次我回家，父亲总要有意无意唠叨自己攒下多少钱了。有次我听着不耐烦，便说："你一个人攒啥钱，吃得好点儿，穿得好点儿，就相当于攒下钱了。"父亲听了脸色一变："现在这世界，没钱哪里行？你妈要不是没钱……"确实，母亲的病我们认真带她看了，还是去的省城三甲医院，但我后来才知道，看病和看病不一样，三甲和三甲也不一样，在北京的大医院，有更先进的治疗办法。我们去的是省城的三甲医院，转弯抹角通过亲戚认识了一位泌尿科的大夫，母亲得的是贲门癌，是他帮着母亲化疗、放疗的……

父亲一直独自待在村里。

我结婚时，朋友一半村里的，一半城里的。在城里办时父亲没有来。

我有了孩子，父亲没有来城里看过一次。虽然每次回了老家，父亲总要对孩子说："你想要啥爷爷给你买。"孩子因为和父亲打交道少，总是摇头说："啥也不要。"

好多次，我和妻子担心父亲的身体，劝他搬到城里和我一起住。父亲总是说，住在村里好好的，去城里干什么？

我租了多年屋子，终于买下楼房。搬家的时候，按照当地风俗，要请老人先在里面住几天压房，给父亲打电话。父亲说："我这几天正忙，走了没人看门。"

父亲用这个借口一直搪塞我，至今不知道我城里的家在哪里。

渐渐地，三月十八我回去得少了。因为有时三月十八不是星期天，我不想为了赶集请假；有时即使是星期天，忙得也回不去；关键是和父亲待在一起太闷，他的状态也让我不舒服。但是每年这时候父亲仍然希望我回去，一到时间就给我打电话。

那次我琢磨该怎样和父亲解释时，父亲说："我用的那台小收音机坏了，你给我买个新的吧。"说完就挂了电话。

父亲打电话总是这样，从来不寒暄，有啥说啥，说完就挂电话。我站在马路牙子上，一下子有些反应不过来。在此之前，父亲从来没有问我要过东西，即使每次回家我主动给他带点儿烟酒食品、衣服或钱，父亲不仅拒绝，还经常数落。

我回想父亲口中坏了的小收音机模样，想了半天，一点儿印象也没有。一群一群的学生从我面前走过，沙沙的脚步声像风吹动树叶在飘，我没有想到这是放学了。

忽然有个声音飘过来，说："爸爸。"

我一看，女儿已经站在了我前面。

我愣了愣说："你爷爷让给他买台小收音机。"

"小收音机！为啥不给爷爷买台电视机呢？"女儿好奇地问。

"为啥不给爷爷买台电视机呢？"我心中重复了一下这句话，叹了口气。

关于给父亲买电视机的事情，我和妻子提过好多回，父亲总是拒绝，他说怕干活不在时被贼偷了。我不知道父亲是真的怕被偷了，还是心疼钱，与妻子商量，她也拿不准。

有一次，我们回到老家，父亲正好不在。妻子说："咱们给爸把电视买下吧，先装上，爸回来看见装好了还能不要？"我觉得妻子说得有道理，我们便打了出租车专门跑到县城，挑了台电视机让人家送回来安装好。父亲以前只要看见我们回来了，不管事先干什么，见到我们总是满脸堆上笑容。这次一回家，笑容堆起了一半，看到电视机，马上笑容收敛脸也黑了，他说："我说过不要这玩意儿，你们买来干啥，给我招贼啊！装下你们用吧！"说完就要走。我拉住他问他要去哪儿，父亲哆嗦着说："你们不听我的话，我去哪儿不用你们管。"妻子气哭了，说：

"不值钱个东西，偷就被偷了去。"父亲看见妻子哭，有些慌，口气软下来，他说："给人家退了吧。咱们后院那家人家经常没人在，锅还被人偷了，弄个电视不是把我拴在家里了？怎样做营生？"父亲这样说，我们只好把电视机退了，来往打车钱，差不多一百块，父亲不算这个账。

女儿看见我叹气，说："那咱们给爷爷买台好收音机。前几天我在文具店看到一种小收音机，特别漂亮。"

那天晚上，女儿和我一起在网上帮父亲挑选收音机。女儿说的那种收音机原来是最新潮的猫王收音机，它的外壳是塑料加木头，还有手动旋转按钮，看上去有老款收音机的味道，却都是最新的科技，信号接收、音量、音质都是一流，不到三十厘米长，却完全克服了以前小箱体收音机的硬伤。我觉得很适合父亲，听从女儿的建议，选了款绿色的。

挑好后，女儿蹦蹦跳跳写作业去了，我还在想父亲原来收音机的样子。忽然觉得就是父亲现在这个样子，灰突突的，有的地方油漆碰掉了，有的地方摸得油腻腻的，拧开开关，刺啦啦响半天啥也听不清。

那一刻，我忽然意识到父亲老了。这么多年来，我像钉钉子一样拼命把自己往城市里钉，结婚、生孩子、给孩子找好点儿的学校、买房、还房贷，一件事接着一件事，慢慢竟忽略了父亲。偶尔想到他，觉得他像村子里到处可见的老树，不管天旱雨涝，到了春天总可以发芽、抽条，从来没想到他会老。

几天之后，父亲打来电话，高兴地说收音机收到了，他正在和刘桐听。旁边传来刘桐的大嗓门："这家伙真不赖，收的台多，声音还又高又清楚。"

刘桐的豆腐真好吃，那时每次回家，父亲总要订刘桐的一块豆腐，迟了就卖完了。可是刘桐老婆癌症去世后——唉，村里当年得癌症的人不少——刘桐的腰就突然直不起来了，他做不成豆腐了，简单打点儿零工。母亲去世后，父亲便经常和他在一起。

听到刘桐的声音，我想待在村子里也可以，毕竟到处是熟人。但挂了电话，还是有些不放心，便抽时间回了趟老家。

见到父亲的一刹那，事先想见他时的热情少了一半。父亲还是那副老样子，褪了色的衣服脏兮兮的，都快夏天了，还穿着领口磨得油光发亮的厚毛衣，外面套着厚厚的中山装。胡子许多天没有刮，头发更少了，露出一大截黑乎乎的光脑门，像发霉的葫芦瓢。我怀疑父亲日常脸也不洗。

父亲看到我，咧嘴一笑，露出歪歪扭扭的又黄又黑的牙齿。

我有些心酸，连问了两句："那么多衣服，为啥不换身干净点儿的？春天了还穿这么厚的毛衣，不热？"父亲继续嘿嘿笑着回答："不热。过几天不忙时就换。每天不是去地里，就是刷家，穿不上个好。"然后他又说，"以后千万别给我买新衣裳，以前买下的还都在柜子里放着。你妈那会儿给我做的一套中山服，还新新的没怎样穿哩！"

和父亲每次见面，几乎都以类似的对话开始，我简直失望透顶。若不是我的父亲，这样的人在街上看见，我不会多瞧一眼。

进了老屋，黑乎乎的，大白天父亲连窗帘也不摘。到处是土，挨着邻居家的那道墙还裂了条缝子，糊着一道长长的纸条。

我说："这房怎么住？已经裂开了缝。"父亲满不在乎地笑着说："能有啥事？裂缝是李大家的房子窜过来的，我已经糊好了，没事儿。"我哭笑不得："缝都能看见，怎么能没事？用纸能糊好？"我伸手摸了一下那条缝，墙皮簌簌往下掉。我说："爸，你岁数大了，别给人们裱家了，跟我住到城里，门口就是一个大公园，里面有很多老人。"父亲说："我可不跟你到城里住，能把人憋死。"说着他把一个大的空纸箱放在那道裂缝前，说："现在一般人叫我裱家我也不去，但有的人耐不过。人家用了我几十年，老关系，叫我哪能不去？"

然后父亲笑了，他说："你看，你一回来，家里就有耗子了。"我问："哪有？"一回头，一只耗子嗖地窜进了柜子底下，同时窸窸窣窣的声音在几个地方响起。我问："以前没有？""没，没这么多吧？"父亲犹疑不决地回答，"它们闻到了你带回来的东西的香味儿。""要不你养只猫吧？"我想起女儿常常嚷嚷想养一只猫，有只猫做伴也不错。"要猫干啥！"父亲断然拒绝。

那天吃饭时，陪父亲喝了些酒。父亲很爱喝酒，小时候经常见他喝醉，母亲病故后，父亲除了给别人裱家时喝东家的酒，自己酒也不买了。父亲见了我高兴，喝了两大杯还要喝，我劝不住。喝完第三杯，他喝多了，控制不住自己说："要是你妈现在活着多好，帮你们看看孩子，我种点儿地。她没福气……"说着就落泪了。

我说："你找个做伴的吧，我妈走了这么多年了。"

父亲的眼泪更多了，鼻涕也流出来，沾在胡子上亮晶晶的。

我撕了块卫生纸递给他。

他胡乱擦了擦，无力地说："不找了……"

耗子在屋子里乱窜，开始还只是在柜子底下、顶棚里，后来胆子越来越大，竟然跑了出来，有一只还大胆地用爪子扒我带回来的放食物的盒子。父亲看见，拿起来把它架到柜子顶上。我一看，上面炫耀似的一溜摆着几个盒子，都是我带回来的。

我说："给你带回来的东西趁新鲜赶紧吃，放到那儿管啥用？耗子也不怕高。"

父亲大着舌头说："都能吃完，一会儿把刘桐叫过来让他尝尝。"

回城前，我给父亲留了点儿钱，告诉他一定要把屋子修好。父亲坚持不要，他说他有钱！告别之后，父亲一回屋子，我就清晰地听到里面传来收音机的声音：十三号台风可能于明天登陆或擦过海南岛。

2

我在地铁口停下，风像剔骨刀刮着人身上不多的热气。这次电话里父亲的声音被风扯得时断时续，我躲进附近的便利店，让父亲大声重复说一下，才听清楚他的话。

父亲好像变了。他第一句话是问："西西，你忙不？"

我说："刚下班，在回家路上，爸爸你有啥事？"

父亲说："西西，你给爸爸买个智能手机吧。不用买贵的，能上网、能发微信、能拍照、能录音就行。"不知道父亲在哪儿打的电话，声音皱巴巴的，好像冻得直哆嗦。

"爸，你干啥用？"

"不用买贵的，能上网、能发微信……"父亲重复着自己的话。

4G网刚开通时，我提出给父亲买部智能手机，父亲不要。以为他怕我花钱，我把退下的智能手机给他，他也不要。他说就打个电话，要智能手机干啥？现在居然主动打电话要！

我捉摸不透父亲要手机干什么，但手机比收音机好玩得多，想父亲是不是真的有啥想法，便赶忙去最近的手机店挑选。天色更暗了，路灯比刚才亮了。街上的行人还是急匆匆的，但在疲惫的夜色中，多了些画着精致妆容、大概去赶饭局的女孩；也有些衣着正式、衬衫领子和袖口露在外面的很干净的男人。我想到父亲，摇了摇头。

选好手机，让销售人员在上面安装了微信、QQ与一些视频和游戏软件。

过了三天，父亲打来电话说手机收到了。然后又扭扭捏捏地问："西西，你以前不是说有退下来不用的手机吗？这会儿在不在了？"

我好奇父亲问这个干啥，回答说："在啊，有好几个。"

父亲说："你给我寄一个吧，刘桐用。"

刘桐的声音在旁边说："还不知道能不能弄成。"

没有等我再说话，父亲匆匆挂了电话。我不知道父亲和刘桐在弄什么，把自己不用的好几部手机都给他寄了回去。

父亲收到智能手机之后，我想通过手机联系人加他的微信，没有找到，以为他不玩这个。时间一过便忘记了这回事，继续沉浸在关于自己的"隐疾"中。

有一天，父亲突然打来电话，让我加他的微信，帮他在微信朋友圈里转发一卜视频。我欣喜父亲终于有变化了，赶忙加上他的微信，打开发来的视频。

父亲在施肥，他穿着脏兮兮的蓝色中山装，头上脸上都是土，不多的头发被风扬起，上面沾着碎草屑。他施的肥黑乎乎的，父亲捧着一把，用我们老家的方言说："这是纯天然的羊粪，我们的农产品不用化肥、不打农药，是真正的绿色食品。"视频中的父亲样子很认真，像背课文的小学生。因为他的认真，方言听起来特别生硬、难听。

原来父亲让我转发这样的内容。看架势，他这是要卖啥农产品了。

小时候有段时间，父亲在家里嘀咕要开店，因为他有位朋友总说孩子们大了很费钱，趁现在小，应该多挣点儿钱。而几乎每位来找父亲裱家的人都要问哪儿的麻纸好、哪儿的立德粉好，开个卖五金杂货的小店，生意肯定坏不了。在朋友的怂恿下，父亲终于把老屋隔出一间门店，要与朋友一起投资开，两人商量好了小店的名字。那位朋友把营业执照办下来后，父亲突然改变主意，他说自己的性格不适合经商。

现在父亲竟要做微商了，我不知道是好事还是坏事。想起微信圈里被我屏蔽掉的那些卖东西的朋友，做微商一定很难，怎样能让别人信任你，买你的东西？我们镇坐落在山西中北部，就是抗日战争史上夜袭阳明堡飞机场和雁门关伏击战发生的地方，一半盆地，一半山丘。人们在盆地种些玉米、高粱等大田作物，山坡上种谷子、荞麦、胡麦、豆类等小杂粮，没啥特别的东西，谁买呢？而且想到父亲邋遢的样子，如果被朋友们看到……我便没有帮他转发，想过段时间，父亲或许会知难而退。他不适合干这个。

没想到，到了晚上，父亲在微信里问我："怎么没有看到你转发的视频？"

我不知道该怎样回答父亲，便索性装作没看见他的信息。侥幸地想，父亲刚用微信，大概不太熟悉它的功能，能糊弄过去；或者，他能猜测到我的想法，不再问。

但是第二天一早，刚打开手机，就窜出父亲的微信。他还是问怎么没有看到我转发的视频。

没办法搪塞了，想到父亲的执拗，便不情愿地转发了。

很快，下面跟了些评论。

待在村里的那些同学最活跃。他们平时根本不理会我发的关于文学的内容，对父亲的视频却很感兴趣，评论五花八门：

"你爸爸老了。"

"有空儿多回村里看看。"

"美不美，家乡水。"

……

这些人根本不可能买父亲的任何东西，因为大家种的都一样。

有几个文学圈的朋友，点了赞，我怀疑他们连视频都没看。只有一位说："粒粒皆辛苦！"他肯定不知道这是我的父亲。

几个亲戚都用关心的语气问候父亲的身体。一位妗子语重心长地劝我别让父亲种地了，让我把他接到城里。

我后悔转发这条视频，一条都没有回复。

到了傍晚，父亲的微信又来了，这么多年，我们从来没有这么频繁地联系过。这次他是来批评我的，他说朋友圈要互动，你不回复别人的留言，人家就不会给你点赞、留言了。

给父亲买手机，居然带来这么多麻烦。我好奇父亲怎么知道我没有给别人回复，打开微信，老家的那些同学和亲戚们居然都是父亲的微信好友，而且他们每个人都转发了父亲的视频。父亲在每一个人转的视频下都点了赞，还说谢谢。看着父亲邋里邋遢的样子出现在一个又一个熟人的微信朋友圈上，我的脸有些发烫。

父亲做微商首先肯定是想挣点儿钱。作为我们这一带最好的裱匠，记忆中找父亲裱家的人得排队，需要提前半个月甚或一个月来预约。父亲每年过了正月初五开工，一天接一天干到大年三十还干不完。因为忙，父亲顾不上管家里，过年的时候，别人家的屋子请父亲裱刷得白白的，我们家的屋子却黑乎乎的。而且父亲每年都顾不上，屋子就越来越黑，进去就令人沮丧。家里其他活儿父亲也顾不上管，年货都是母亲一个人备，因为这，母亲一急就和他吵架，别人家过年快快乐乐的，我们家过年总是很紧张。近几年，找父亲裱家的人家越来越少。村里的好多人搬到县城住楼房去了，尤其是那些年轻的、刚结婚的；还有些在村里的喜欢上现浇房，住中式结构房子的人越来越少。以前像父亲这样裱家的人纷纷改行去做装潢。但如果只为了挣钱，父亲这样的性格好像有点儿说不过去。

尤其是听说父亲为了用手机发信息，竟然买了拼音挂图挂家里认真学拼音，这更加让我不可思议。记忆中父亲读过几年小学，年轻时还做过大队的会计，挺爱读书。现在老了再去学拼音？

过了几天，父亲又给我打来电话，很认真地说需要帮他一个忙。我对父亲的电话已经有些头疼了，我情愿他问我要一些东西，哪怕贵些也不怕。现在他这样认真和我说话，我预感不大好。

果然，父亲说："你在外面工作，认识的人多，拉我进你的几个微信朋友群。那里面肯定有许多人需要绿色食品。"

我一听头大了，怎么能把父亲拉进我的微信朋友群呢？便回绝道："拉不进来，进这些群都要群主审核。"

父亲不死心地问："你和他们说一下不行吗？"

我说："人家都是搞文艺的。"

父亲叹口气，挂了电话。

拒绝了父亲，我心里有些不安，想父亲这样着急是不是缺钱？便给他微信转账发去个大红包。父亲打都没有打开，回复说他不缺钱，这些年挣的钱连他死后打发也够用了，只是想让我多帮他做宣传，多帮他加一些微信好友。

父亲走火入魔的样子让我担忧，我便给村里的几个同学打电话，询问父亲的情况。他们都说父亲现在像变了个人，以前见了人不怎么爱说话，现在见个人就想加人家的微信，每天想方设法增加微信好友。他们这样一说，我想到地铁、公交车、广场、商场，那些手里拿枝鲜花或棒棒糖，觍着笑脸挨个儿求人们扫他们微信的业务员。父亲以前特别不爱求人，现在怎么变这样了？

我又问他们，父亲还在学拼音？好几个人说我父亲不仅学，还学得挺好。培训班的学员拼音比他好的现在估计不多，县里来的老师和村里的第一书记经常表扬他！

他们这样说，我心里一凛。

我带着好奇的口气，问他们父亲裱不裱家了。他们说裱，父亲建了个微信群，把那些叫他裱家的人都拉了进来，还让人家帮他宣传。想到父亲灰头土脸的形象像漫山遍野的野草，出现在越来越多人的手机上，我心里怪怪的。

晚上，梦见父亲。他来我家了，带了好多煮熟的玉米。他拿着玉米到公园门口，见人就迎上去，送人家一个玉米，就和对方讲，加一下我的微信吧。每天早上他都带着好多玉米出去，晚上兴致勃勃回来，午饭也不回来吃。

芒种过后十多天，父亲又发来他的视频。他在锄草。这次他脱下长衫了，却换了件穿过很多年的湖蓝色半袖衫，当初那鲜亮的湖蓝早已褪去，变得发灰，像湖水被大面积污染了。父亲满脸的胡子和头发连在一起，像从草堆里长出来的一棵最高的草。

我气愤给父亲买了那么多件新衣服他不穿，总是让我转发他邋里邋遢的视频，便索性关掉朋友圈，告诉父亲最近加紧写个东西。父亲这次没有多说，给我发了一个竖起的大拇指。

3

关了朋友圈开始不习惯，总觉得会错过什么，隔段时间就想摸出手机来瞧瞧。但这确实让自己安静了一些，而且时间好像突然长出来了。我想怎样能让父亲摆脱当前这种状态，想了半天，也没有个好办法，就像父亲以前那种状态我没办法一样。

我便想自己，假如我是个成功的人，父亲还会这样吗？不说别的，我要是很有钱，父亲肯定不用像现在这样辛苦种地，更不用考虑怎样去卖东西。他也许会安心地把自己收拾得干干净净，搬到城里，像周围那些老年人一样，去公园里下下棋、听听戏、打打太极拳，隔段时间报个团出去转悠一下。即使他自己不爱收拾，也可以雇人为他收拾，理发、刮胡子、洗衣服算个啥事情。再说，他不干活了，人就干净了，我们见过的有钱人里，哪个邋遢？

这样一想，原因竟然在自己身上。我忽然觉得这几年过得虽说辛苦，实际上却还算安逸，并没有狠下功夫去打拼。正想着，女儿放学回来，一进门就喊："累死了！"却习惯性地打开书包，往外取作业。她每天都这样，早上六点四十从家里出发去学校，晚上八点四十左右才能回来，中午在小饭桌吃点儿饭，休息时还得写作业，晚上回来还得再写两个多小时作业。

望着女儿尖瘦的下巴，我拿起手机把起床闹钟往前调了一小时，调到早上五点钟。

第二天闹钟响了，我起床时妻子迷迷糊糊问："干啥？"我说："写东西。""几点了？""五点。"妻子翻个身继续睡觉。我坐在书房电脑前，有些犯困，进入不了状态，便想起父亲。这辈子，他几乎一直在干活，人们用老黄牛形容勤快的老百姓，父亲就是。他一刷子一刷子裱家，把我供养大，上了大学，给母亲看了病，攒下自己老了的钱，还要种地、做微商……

女儿吃完饭，上学走了之后，我收拾完家里去单位。心想以后每天早上都五点起床，写一小时小说，晚上也要写东西，最起码写到女儿睡觉时。

晚上下了班，一回家就直接坐到电脑前。女儿放学回来看见我在写东西，打招呼说："爸爸我回来了。"吃完饭，女儿写作业，我继续在电脑前写东西，直到累得不行了，才关了电脑，看书。快十一点钟的时候，听到女儿扣上笔袋，洗漱完上了床，我才去睡觉。

第二天女儿上学前，说老师让她们买几本课外参考书。去了书店，给女儿买好书后，我忽然看到了拼音挂图，想起父亲用拼音挂图练打字。我想自己普通话不好，与别人交流总受影响，为啥不像父亲那样，认真去练，把普通话学好？

女儿放学后，看到书房里挂了张拼音挂图，疑惑地问："爸爸你买这个干啥？"然后她大声向妻子说，"爸爸返老还童了，在书房里挂了张拼音图。"

我说："你爷爷用拼音图学拼音。"

女儿问："你想爷爷了？"

我说："我用拼音图学普通话。"

女儿笑了，她说："老爸你太搞笑了，用拼音挂图学普通话？想学我教你。"

我让她赶紧写作业去。

我打开电脑，搜索"学习普通话"，一下出来好多网页。选了一个众多网友推荐的视频，跟着学了二十分钟。

学完之后，舌头好像长了，又好像短了，吃饭时还咬了几次。女儿和妻子都笑我。

我又跟着视频学了二十分钟。

只有两天时间，发觉以前有些咬不准的字能说清楚了。也许是心理作用，我决定坚持下去。

慢慢地，妻子和女儿习惯了我对着电脑练习普通话。有时女儿有字不会念了，还问我。

一段时间后，妻子好奇地问："你最近怎么不出去吃饭了？"

我反问："这样不好？"

妻子回答："好呀！喝上酒臭烘烘的，对身体也不好。"

心一静，关于"隐疾"突然来了灵感。我推倒以前的开始重写。

沉浸在创作中，父亲的事情我不太多想了，反正想也帮不上多大忙。

转眼间到了九月份，天气渐渐凉下来，早晚已经得穿长袖衫。上级机关在浙江大学办了个培训班，我们单位有个名额，安排我去了。

课后大家经常聊天，培训班快结业时有次聊起各自的家乡。我讲到雁门关、滹沱河、抗战，忽然有位同学问："你们那儿的小米是不是不错？"

我说："是，我们那儿好多人在坡地种小米，熬上稀饭特别香。小时候我们每天早上喝小米稀饭，就咸菜，现在我早上最爱喝的还是小米稀饭。人的胃有记忆。"

另一位同学马上接着说："小米加步枪，小米很有营养。"

我说："是啊，小米很有营养，价钱还不贵。我们那儿女人坐月子每天喝小米粥。"

几位同学听了，都想买点儿小米，让我推荐。我犯了愁，小米这东西，老家到处都有卖的，但好喝的和不好喝的差别很大。有的熬上特别恋锅，颜色金黄，最上面还有一层米油；有的寡淡寡淡，颜色发白，也不好喝。我平时都是去超市买，虽然大多时候还不错，但万一给同学们买上不好的……

忽然想到有次父亲好像谈到在种什么"羊粪小米"，给他打电话。父亲的手机意外地占线，等了好长时间，才把电话打进去。我问父亲能不能买下好小米。父亲大概没有想到我问小米，有些意外，马上回答："新米刚下来。今年咱家种的是羊粪小米，完全没污染，口感特别好。"

我找到父亲的微信朋友圈，让同学们看视频，但没有告诉他们这是我的父亲。学习时，为了方便，我又开了朋友圈。

耕地。施肥。播种。禾苗长出来了，绿油油的，刚开始只是尖尖的一个头，然后一天一个变化。父亲记日记一样，在朋友圈里记录着谷子成长的过程。几天过去，已经冒出一截儿。然后父亲锄草、施肥，施的是羊粪肥。长出谷穗了，刚开始手指头肚那么大，慢慢变成狗尾巴那么大。突然长出虫子了，父亲对着镜头说："我们不打农药。"他每天用小刷子蘸着烟蒂泡的水刷谷穗，好半天才刷完一只。刷谷穗的时候，父亲的脸拼命往上凑。我知道他眼花，看不清那些小虫子。他抬起头来的时候，脸上沾着黑一道、绿一道的植物汁液。谷子地一眼望不到尽头。

同学们没有把视频看完，就敲定了买父亲的小米，五斤、十斤地下了订单。那天帮父亲卖了五十斤小米。

第二天父亲告诉我已经发货了。他说："西西，你认识的人不一样，以后有机会多给我介绍啊！"

培训班结业后没几天，一位西藏的同学给我打来电话。我有些诧异，他这么快就和我联系？没想到他开口就说："西西，你介绍的米贵，熬上不好喝。"

我心里咯噔一下，赶忙说给他问一下。

我给父亲打电话，父亲听完后说："西西，放心，我还能让你丢脸？"

几天后，西藏的朋友又打来电话，他说："我错怪你介绍的那位卖米的大爷了，是我们这儿的水有问题。以后我就吃他家的小米。"

我不清楚父亲怎样处理的，忙去问。

父亲说："咱的米能有啥问题，我自己种的还不知道？肯定是他的水出了问题。我给他又寄了三斤小米，同时寄了三瓶矿泉水。我告诉他说你熬的米不好喝，可能是水的问题，这次你用矿泉水熬上，不要拿你们的水，要是不好喝就是我的米有问题。"父亲笑了一下，"一个地方有一个地方的水土，他们那儿和咱们的水土不一样。一用矿泉水熬上，他就告诉我好喝。"

我心里叹服父亲能想到这么个点子，说以后有朋友要小米，我就给介绍。

父亲说："我不光卖小米，还有核桃、蜂蜜、酸枣、荞麦、胡油、土鸡蛋。需要啥有啥，质量绝对没问题。"

4

中秋节和国庆节挨着，连在一起放假。关于《隐疾》又完成了一次修改，成了五万多字的中篇，却还不是很理想，哪个地方差点儿什么。想到有段时间没见父亲了，便带着稿子回了老家。

一进院子，看到辆破旧的宗申125摩托车，以为是谁放到我们家的。

见到父亲，发现他居然变了。还是穿着旧衣服，但没有那么多土和污渍了；胡子刮过不久，露着整齐的花白的胡子楂；头发好像刚洗过，飘着久违的洗衣粉的味道。看到父亲这样子，我心情顿时和前几次都不一样，高兴地说："这样穿得干干净净多好，不用别人看，自己就感觉舒服吧？"

父亲有些不好意思地解释："今年地里的活儿干完了，裱家的营生也少。"紧接着问，"喝水不？刚坐开。"又说，"我今天还得发几笔货。"

听着父亲前言不搭后语的话，我心里暗暗有些好笑。前几年进了十一月、十二月，地里没有任何活儿了，父亲也不愿意换洗衣服。但我没有继续这个话题，而是随着父亲进了屋子，说："这次带了盒双合成的月饼，还有几只螃蟹，你尝尝。”

屋子里明显比以前亮堂了，最显眼的是墙上挂着的拼音图，大小和我家里的差不多，但上面密密麻麻有许多铅笔画的道道和对钩。墙不久前刷了，白得耀眼。紧贴着墙摆着一排小货架，上面整整齐齐摆着小米、玉米面、高粱面、核桃、蜂蜜、酸枣、荞麦、胡油、土鸡蛋……阳光斜斜地照在这些东西上面，暖乎乎的。循着光线望去，以前那黑乎乎的窗帘不见了，玻璃也擦过，没擦干净，上面有些道子，但比以前干净许多。

又觉得屋子明显比以前宽敞了，想了想，原来是以前堆着的烂胶皮、废纸箱、玉米棒子不见了。

父亲坐到桌子前埋头填单子。我走到他身边问：“哪儿的订单？我帮你填吧。”父亲说：“好，那你来吧，你的字好看。”北京十斤小米，广东五斤核桃，西藏二斤蜂蜜、五斤小米，太原十斤胡油……父亲的订单真是五花八门，哪儿的都有。他的这些土特产哪儿来的？家里没这些东西，正准备问，忽然有张订单引起我的注意，非洲多哥二十斤小米。

我惊讶地说：“这儿有个非洲的！”父亲却不在乎地说：“多哥，西非的国家。买米的是中国人，援建非洲。上次他家里的人推荐买了我十斤小米，感觉好喝，这次要二十斤。”父亲竟然把小米卖到非洲了，还是我从来没有听说过的多哥，我惊讶地问：“非洲一斤卖多少钱呢？”“二十块。怎样也是出口吧！”父亲有些自豪。父亲这样淡定让我惊讶。我想象这二十斤小米漂洋过海，寄到西非的中国人手中的情景，觉得父亲有些神。

填完订单，我望着拼音挂图问父亲：“你怎么就想起做微商的？以前你不是说你的性格不适合经商吗？”父亲干咳了一声：“本来也没想过做这个，村里第一书记组织培训，没人去。人家就说去一天给五十块钱，还管饭。人们谁也不信这是真的，刘桐拉我去看，去听了几节课，觉得人家讲得有道理，想试试吧。一试还行，反正现在裱家的也少。”

听了父亲的话我有些好奇，问：“去了真一天给五十？”父亲把订单用夹子夹好说：“只给贫困户。”“哪儿来的钱？”父亲翻了翻订单说：

"人家上头专门拨的。这会儿贫困户实惠可多哩，娃娃们上学不用花钱，看病大部分给报销，房子破了花钱给修，你妈那会儿要是碰上精准扶贫，说不定……"听到父亲又要往伤心事上扯，我忙打住问："啥条件能当贫困户？"父亲说："西西，咱不用想，你有工作，爸爸评不上贫困户。人家一笔笔给算收入哩！"知道父亲领会错我的意思了，我说："爸爸，我不是叫你当贫困户，我是说咱们村不是贫困村吧？有贫困户？""咱们村？是，不是，大概不是，但有贫困户，刘桐就是。"

我叹口气，打开月饼盒，取出一块月饼递给父亲说："爸爸，你尝尝，双合成的，可酥了！"父亲接住月饼，撕开包装，用两只手捧着，咬了一口说："酥！真酥！"

这时门外有个女人的声音喊："李师傅，李师傅在吗？""在，在。"父亲放下月饼，把手里的月饼渣子倒进嘴里，迎出去。是镇上以前的赤脚医生月仙，她拎着个篮子说："李师傅，家里有人？""月仙，进来吃个双合成月饼，西西回来了。"

月仙进来了，这么多年没见，月仙也老了。人特别瘦，脖子上的青筋很明显，放篮子的时候，袖子缩回去，胳膊细得麻秸秆似的，上面也是一条条青筋。父亲递给她一只月饼。"双合成！我还没吃过双合成呢，在李师傅这儿尝尝鲜。"月仙接住月饼，却没有当面对着我们吃，她说，"又有了蜂蜜了。"父亲说："今天卖了二斤，前几天还卖了点儿。""好赖有了个微信，要不咋卖这些东西呢？"

月仙走了之后，我指着货架问："爸爸，这些东西不都是咱家的？""咱家哪有这么多东西？除了小米和胡油，别的都是给人代卖的。"说到这里，父亲忽然神秘地问："你知道我现在有多少微信好友？""五百！"我大着胆子猜，觉得自己有些开玩笑。父亲摇头："再猜！"我意识到自己说少了，狠狠心说："八百。"父亲得意地笑了："两千，我现在有两千个微信好友！"我有些纳闷，父亲待在村里，每天见来见去的就这么几个人，怎么会加上这么多微信好友？

这时对面卖猪肉的牛二家媳妇过来，她说："西西回来了。"然后说："李师傅，你给我打个字。这个字不知道咋念，怎样也打不出来。"

父亲看了看，嘀咕了一句，很快在她手机上打出来。有人喊买肉，牛二媳妇赶紧跑出去了。

我说："爸爸，你真用拼音图学打字？"

父亲用手挠挠后脑勺，拿起刚才吃剩下的月饼，继续用两只手捧着说："不想求人嘛！刚上微商课的时候，老师在上面讲，我们在下边练，我想写几句话，经常被不会拼的字卡住。打不出来，就问和我挨着的人，这个拼音是怎么写？人家帮我打出来。但总麻烦别人不合适，我想自己一定得学会，便开始学。咱毕竟老了，念上几遍也记不住，看到人家现在小娃娃们学拼音都用挂图，觉得这个东西一定管用，便买了一张挂家里，每天看着念，慢慢就记住了、会拼了。现在大部分字用拼音都能打出来，有的打不出来，赶紧手写一个。"

那天，不知不觉和父亲聊了很多，这么多年来，我们第一次说了这么多的话。我决定，第二天与父亲一起去县城寄快递，看看他怎样发货。

第二天早上，飘着些细雨。我说："打个车去县城吧？"父亲说："一斤米能挣多少钱，还打车？你怕雨别去了。"我忙说："我是怕你淋了雨感冒，这么多东西坐公交不好弄吧？"父亲说："咱们骑摩托车去！我那儿有摩托。"父亲指了指院子里。"谁的摩托车？"我问道。"我买的，二手货，还不到一千块，骑着这个东西方便。"我越来越搞不清父亲了。十几年前，父亲坐摩托车摔了一跤，扭了腿，从那之后认为摩托车不安全，再不敢坐了，现在居然买了辆摩托车。

货真不少，光米就装了两大袋子，还有十斤胡油，包里还放着些核桃、蜂蜜。父亲把它们绑到摩托上，苫住。我和父亲抢着开摩托车，争执了半天，决定由我开。

出发的时候，雨不大。我们俩穿了雨衣，想半路雨可能就停了。

摩托车行驶在公路上。漆黑的柏油路面淋了雨，冒着缕缕白气，路边的树叶半黄了，随着雨滴沙沙往下掉，田野里昆虫的鸣叫声高一下、低一下，好像要把这阴云撕开。我和父亲有一搭没一搭说着话。

没想到还没走一半路，雨毫无征兆地突然大起来，雨点噼里啪啦打在路面上，溅起一朵朵水花，像白色的棉桃纷纷在坠落。气温骤然间降低了。雨水顺着冰冷的雨衣往下流。

我说："咱们找个地方避避雨吧。"父亲说："万一雨一时停不了呢，咱等到啥时候？"我没话说，只好继续往前开。雨水打得眼睛睁不开，怕出事儿，不敢往快开。车子扭了几下，差点儿摔倒。我扭回头喊："搂紧我！"车子又扭了几下，父亲犹犹豫豫地把手放在了我的腰上。我说："搂紧！"父亲抓住了我的衣服。我感觉父亲的雨衣比我的软。

四周灰蒙蒙的，雨像棍子那样一截一截接连不断掉下来，打在身上，然后断掉。耳边到处都是唰唰的雨水声和公路上哗哗的水流声，偶尔汽车驶过，溅起高高的水柱。不知道多少年没有这样在雨中走过了。

好不容易进了县城，天更黑了。父亲指引我到了寄快递那儿。一停车，坐在后座上的父亲像从水里捞出来的，全身都湿透了。原来他怕把货淋湿，脱下雨衣包了货。

我责怪父亲傻，这些货卖完挣的钱都不够看场病。赶紧找了块毛巾让他把脸上的雨水擦干，让他把外面的衣服脱下来拧干，然后又把我的雨衣脱下来让他两件套一起穿上，这样总会暖和点儿。

快递营业员和父亲很熟，开玩笑说："你们就不能迟上一天？"父亲嗑着牙齿说："不行，一迟就失了信用了。我不想等，接下单就想发货。"我不知道说父亲什么好。

因为下雨，快递公司只有我们一笔业务。营业员上来就打真空包装、装箱子、称重。他的动作很娴熟，但我还是感觉慢。隔一会儿看看父亲，父亲像一只被雨淋湿的老鸟，缩着身子不停地哆嗦，衣服上不时往下掉几滴水。我暗骂自己糊涂，父亲让冒雨赶路，我为什么要听他的，万一他生病了怎么办？

好不容易发完货，已经一点多。雨一直下。

我说："吃火锅去吧，太冷了。"

父亲不去。他说："火锅那么贵，有啥吃头，吃碗面就可以了。"

我坚持要去，我以为我一坚持，父亲就会妥协。没想到我出了门，父亲不仅没有跟上，反而朝另一个方向走了。我叹息一声，父亲根本没有变，还是那个执拗的父亲。我只好随着他，一起去吃面。

吃面时，点了个什锦砂锅，要了二两白酒。装满白菜、豆腐、粉条、黄花菜、木耳、土豆、烧肉、丸子的砂锅热气腾腾端上来后，父亲问："很贵吧?"我说："不贵，基本是素菜，没几片肉。"父亲搛了一筷子放嘴里，马上吐着舌头说："真烫!"然后说，"好吃，为啥你妈在的时候没让她尝尝?"我回答不上来。那个时候，我也没有吃过砂锅。

吃饭中间，父亲不停地看手机。我说："好好吃饭吧，吃完饭雨停了回家。"父亲不听我的话，吃几口就看几眼。

从小到现在，这是唯一一次和父亲在饭店里吃饭。我不想被手机破坏掉这难得的时刻，而且父亲刚淋了雨，想让他多吃点儿热饭，便不断说他。父亲终于不耐烦了，他说："你吃你的就行了，我不给人家回复不礼貌。"说完这句话，父亲大概意识到口气有些硬，解释道，"我们做微商，对的都是零散客户、家庭用户。人家现在问你，你不回答，可能就订别人的货了，所以得及时回信息。"

看着父亲一本正经地解释，我想起小时候吃饭时我爱看书，父亲催我快点儿吃，我不耐烦了便回嘴，父亲从来没有发过火，而是放慢速度等我。母亲不耐烦了便说我们两个，埋怨父亲起了坏的带头作用，父亲总是呵呵一笑，抓抓他那时浓密的头发。我不催他了，耐心地等他回复人家。父亲的表情很认真，有时打字还一个字母一个字母把拼音念出来。

这顿饭吃了很长时间，汤也被父亲喝得干干净净，他边喝边说好喝。喝完汤，父亲舒展了一下身子说："不冷了。"

雨已经停了，天空亮了起来。

到出发时，父亲又接了两单生意，都是小米。我说："你这微商做得不错啊!单子还不少。"父亲说："微商关键是做信誉、做回头客，不像电商走的量大，微商走的量小，一次几斤、十几斤，多也多不过二十斤。客户一般都是老客户，吃得好还能介绍给别人，不敢不理人家。"父亲似乎还在为刚才的事情解释。

我赶忙岔开问："是不是买小米的人多?""是，今年种对了。咱们这儿是革命老区，镇上瞄准小米加步枪宣传，人们买账。现在大伙都吃健康食品，越是有钱越爱惜身体。人们生活水平普遍提高了，好多人不会在乎多花几块钱买点儿健康食品，有人还专挑贵的买。关键是怎样让人家相信你的产品没问题。"

"那咋弄呢?"

"村里第一书记联系的和'雁门沃土'合作，人家提供种子、羊粪、有机肥，地里还上着监控。不让上化肥，不让打农药，保证绿色健康。"

父亲把袋子和雨衣卷起来，我去发动摩托车。

父亲跟在后面说："像刘桐，老脑筋，怕种多谷子卖不了，还是种玉米。种玉米还是老办法，上化肥、洒农药，根本卖不上个价钱。九亩玉米我和他一起卖的，卖了九千块，除去开销三千五，挂了一吨炭两千，只剩下三千五，一年的光景怎样过? 以前给铁矿上看门，还能挣点儿钱。现在查环保，铁矿停产整改，村里想办法帮他，让他看井房。刘桐后悔没种谷子。"

城内街道上路还是湿的，出了县城，公路已经干了。天蓝得接近透明，似乎天空上面还有个天空。路两边地里传来蟋蟀的叫声，嗓子被雨水润过，清脆嘹亮像夏季稻田里的青蛙。

我想起手机里父亲刷虫子的视频，问他："羊粪小米的产量怎样?"

父亲回答："不如以前用上化肥产量高。今年谷子长了虫子，我们说打点儿农药吧，人家说不能打。结果虫子把谷穗头吃了，减产了。但人家也说了，刚开始不用化肥产量低，坚持上几年，地就养过来了，产量会提高。而且有虫子也不怕，只要坚持不打农药，慢慢地里会长出虫子的天敌。"

我想起《寂静的春天》。

父亲在摩托车上扭了扭身子说："关键是这种小米好卖，现在上化肥的小米，一斤顶多卖上五块钱，还不大好卖。我们的羊粪小米一斤卖十八块，要得多的话，便宜些，也能卖十五块。"

"十八块不错，能顶半箱牛奶了。"

"可不。城里人喝奶的时候咱们喝米，现在他们爱喝米了，村里的人们喝奶。现在好多人家给小孩订奶，但我还是爱喝小米。"父亲说着打了个嗝，脖子上暖烘烘的。

我问："地是不是得隔离？你不用农药，别人打农药会影响吧，而且农药的影响不会一下消失。"

父亲说："人家隔离了，不打农药不施化肥的地集中到了一起。只要坚持不用农药，地里残留的危害物三年就可以消除。"

"那你们现在也不是完全的无公害？"

"这个没办法。"摩托车扭了扭，父亲说，"但我们的总比别人的公害少，而且只要三年就没了。"

回到家里，我对父亲说："热点儿水洗个澡吧，别感冒。"要是以前，父亲肯定说："哪能感冒了，没事。"现在点了点头，任我去热水。

父亲洗完澡，居然穿了套新衣服出来。说新，其实是前年我给买的，但一直没见他穿过。父亲穿上它，人立马精神了许多。

一出来，父亲就看手机，马上欢呼起来："有人要十斤家鸡蛋，我去刘桐家看看。"我问："咱家不养鸡，每次卖的鸡蛋都是别人家的？""一个村的，给别人帮帮忙嘛。刘桐可怜的。"

我说："我去吧。"父亲说："要是多，你一起拿过来吧！"

巷子里几个工人正在挖排水沟，村里要改旱厕。刘桐家的门虚掩着，我敲了几声，听到有响动，走进去。刘桐从屋里走出来，他看上去比父亲老，整个人腰塌了下来，上半身几乎与地面平行着走路。看我时，头费力地抬了起来，露出掉了门牙的嘴。

我忙快步走上去说："刘桐叔，我爸问你有没有鸡蛋，有人要十斤。有的话，让我一起拿上。"刘桐说："西西，鸡蛋有。让你爸过来喝酒啊，你回来他都叫不出来了。"

刘桐返回去取鸡蛋时，几只母鸡被公鸡追赶着在院子里乱跑。湿地上都是鸡爪子印、玉米粒、鸡屎和五颜六色的鸡毛。

刘桐拿着一篮子鸡蛋出来。我问："多少斤啊？"刘桐说："让你爸称吧，叫他过来喝酒。"看着刘桐仰起的脑袋，我感觉别扭，赶忙告别。

回到家里，爸爸称出十斤，还剩下几个。他说："咱们晚上炒着吃。"我打趣问："不卖了？""卖个啥？咱买了，以前不知道家鸡蛋好吃。"父亲说。

小时候家里养着几只鸡，下蛋后母亲和父亲从来舍不得吃。每天早上，母亲用炭铲给我在灶火里煎一只，其他的攒起来，够了一斤就卖给一位退休后从城里回来的老人，母亲还非常感激人家买我们的鸡蛋。卖了鸡蛋的钱，我们买猪肉和面。

5

这次回来，感觉比以前好许多，父亲的样子变得让我欣慰，而且他没我想的那么孤寂。几天时间，不断有人来找他，有的让他帮忙卖东西，有的问他手机上的一些事情，有的向他问询小米的价钱，有的叫他去喝酒。光月仙就来过好几回，我想起小时候她给我们屁股上打针，酒精擦上去凉凉的，像有雨点坠落下来，她的人走近也凉凉的，不像村里一般女人总有浑浊的气味儿。牛二家媳妇一天能问父亲好几回字，这女人读书时比我高几级，觉得她挺好看，现在也不年轻了。

每次这些人来找他，父亲眼里总是冒着光，没有一次不耐烦。我带回的月饼，父亲大多给来找他帮忙的人吃掉了。甚至，有一次有人买小米，我看见父亲没有卖自己的，把月仙的先给卖了。我意识到父亲非常享受这种被人需要的感觉，甚至能让他找回以前的快乐。

我这样想的时候，有人来找父亲裱家了，父亲正在看手机，马上就答应了，说第二天去。那人走后，我对父亲说："你现在做微商不是挺好？把自己种的东西卖出去，赚点儿钱，还能帮邻居卖东西。裱家那么高的屋顶，不停爬上来爬下去，年轻人也累，你这么大年龄了！"

父亲放下手机说："做微商和裱家怎么能一样，微商谁不能做？裱家是咱们家的祖传手艺，你爷爷传到我手里几十年了，总不能让它断了吧？"父亲说着情绪渐渐低落下去，人也顿时好像黯淡了。

父亲原来还是愿意裱家。

我担心父亲的身体，便想索性和他好好谈谈，让他打消再去裱家的念头。我说："爸爸，裱家好是好，但你总不能裱一辈子吧。岁数大了，做做微商挺好的，不愿意做了，跟我住到城里。"

父亲拿起手机回复了一条信息说："趁现在能干动的时候再干干，再老了，想干也干不了了。"父亲笑了一下，笑容有些萧瑟，接着说："那会儿恐怕也没人裱家了！"

我心里一阵难受。本来想好好劝劝父亲，他这样一说，我啥都不能说了。

第二天一早，父亲换上以前干活穿的旧衣服，又变成灰扑扑的样子。

他背上东西，出门的时候望了望我说："你帮我处理一下订单？"我虽然不愿意父亲去裱家，但还是赶忙点头。父亲把手机给我，说："隔会儿就看看，咱回得不及时，人家可能就买别人的了。"我说："我啥也不干，就盯着这个。"父亲说："也不用老盯着，隔会儿看看就行。别担心，我知道自己的身体没问题。自从做这微商，感觉记性变好了，以前当天说的事，转身就忘，现在谁买了我的东西，买了多少斤，过去好长时间我还一笔笔记得清清楚楚。身体也比以前精神了。"

父亲走了之后，我隔会儿看看他的手机，奇怪，一个单子也没有。是不是人们都在度假，不买东西？但前几天父亲在家的时候也是假期呀，每天都有订单。倒是有人进来找他，都是和微商有关的。

晚上父亲裱家回来的时候，我看见他走路有些拐，忙问怎么了。父亲轻描淡写地说："从凳子上滑脱了。"我让他掀起裤腿，看看摔伤没有。父亲不让看，他说："睡觉前煮点儿艾条水泡一泡就好，以前腿疼的时候一泡就好。"我不知道父亲腿疼过，忙问："你以前什么时候腿疼，为啥不和我说？"父亲知道自己说漏了嘴，忙回答："疼得不厉害，一泡就好。"我一边自责，一边望父亲。父亲衣服也没换，就拿起他的手机看起来。

今天真是奇怪，问询的客户也很少。我不好意思地解释说："我一直在盯着，一次也没错过，但……"父亲失望地问："一个订单也没有？""没。"望着父亲头上和脸上的土，我更加不好意思了，仿佛这是我故意搞的。父亲见我不好意思，说："正常，我也碰过没单子的时候。"父亲这样说，我心里好受了点儿，但还是觉得自己没本事，便和自己的几位朋友联系，让他们从父亲的微店里买点儿东西。

很快，父亲就说："咦，有个订单。"刚处理完，又出现一个。我说："还是你在订单多。"父亲呵呵笑着说："都一样，可能人家晚上闲下来了，才有时间买东西。"

睡觉之前，我烧了一大锅水，把艾条泡进去，很快艾条那青苦的味道弥漫到整个屋子里。父亲卷起裤腿，飞快地把脚泡进盆里，大概怕我看见他的伤，但我还是瞥见他脚踝那儿擦破了，而且有些发青。

我说："明天别去了，去医院拍个片子。"父亲说："没事，泡泡就好了，不能给人家扔下半拉子营生。"我说："情况特殊嘛，先去检查吧！""我的脚我知道。"父亲不理我了，埋着头边泡脚边看手机。我摇了摇头，知道说不动父亲。水快凉的时候，我又加了点儿热水，出去买了些红花水和云南白药膏。

第二天吃早饭的时候，父亲还是边吃饭边看手机，但速度比前几天快得多。吃完饭，把七八张单子放在桌子上说："这是今天要发的货，我去裱家了。"说完他拖着有点儿瘸的腿出了门。望着父亲的背影，我把单子看了看，这些订单只有一张是陌生人的。

帮父亲发完货，边看他的手机，边想我的小说。想法很多，但乱糟糟的，便买了两瓶酒去找刘桐。巷子里的工人们已经把排水沟挖好，在装水泥管。

一进门仍然是看到满院子的鸡。进了屋子发现刘桐正在家里看直播，怪不得我进门时他没有听见。刘桐看见我，把手机搁在桌子上，瞟了瞟我手里的东西。我忙说："我爸说你爱喝酒。""你爸才爱喝。"刘桐反说了一句，听不出他什么意思。我把酒放桌子上，看见刘桐手机里正播放着采摘葡萄的视频。采葡萄的是个年轻女孩子，很像电视镜头里经常出现的那种农民，人漂亮不说，衣着还整齐干净，精神头十足，动作也行云流水，看着很舒服。

刘桐看到我注意他的手机，呵呵一笑说："看人家这女人，干活儿都这么漂亮！"我笑了笑说："确实漂亮！"刘桐从我的笑容里大概解读出了不同的意思，他说："大概人上了镜头就好看，你爸的，人们也爱看。"我爸?"我想起他让我转发的那些灰扑扑的视频。

刘桐看我有些怀疑，大声说："以为你是你爸的粉丝呢，你看看你爸有多少粉丝!"刘桐说着寻找父亲的视频。"你们这是哪个网站?"我不由自主地问。"抖音。"刘桐回答。抖音我从来没玩过，一直以为年轻人在玩，没想到父亲他们这个年龄的人也玩。我问："你们玩抖音多长时间了?"刘桐说："几个月了吧，刚开始做微商时老师就教我们在各种平台上宣传自己。""各种平台?"我计算时间，比父亲让我转发微信上的视频稍微晚一些。

"是啊，微信、抖音、快手、哔哩哔哩……都是我们的平台。"说话间，刘桐打了父亲在抖音上的视频，许多是我在微信里看到的父亲的视频，只是抖音上拍的时间更长、更连续。视频下面跟着许多回复，没想到几乎都是理解和赞美父亲的：

"农民真伟大!"

"我想吃你种的谷子!"

"我一定买你的小米!"

"大爷，你太美了!"

……

我一个个浏览下去，抖音上有父亲种谷子的全部过程，这些视频应该都没经过什么加工。春天，父亲站在未播种的土地上，风吹拂着他乱糟糟的头发，像地上不起眼的一颗土坷垃。夏末他刷一个一个谷穗上的虫子，脸上花花绿绿。秋天捧着被虫子咬掉头的谷穗，满脸沉重。所有的镜头中，父亲都灰溜溜的，满脸皱纹，完全是个老农民形象，是我熟悉的那个邋遢的父亲。但又如此陌生，我发现这些镜头里的父亲没我以前看的那么难看，反倒是有些说不上来的美。

刘桐看见我发呆，大声问："你爸玩得怎样?"我声音有些不自然地回答："很好!"离开他的屋子。

出了刘桐家巷子，挖水沟的工人们歇下来了，坐在地上抽烟。有个人脱了鞋用一只脚抓另一只脚，脚底板的袜子破了，长着老茧的脚底板黄澄澄的，像几只铜板。

下午，我到镇上最大的便利店买了一条鲈鱼、一只三黄鸡，还买了一瓶父亲平时根本舍不得喝的二十年老白汾。回到家里，炒好菜，炖上鱼，等父亲。

晚上，父亲干完活儿回到家里，端起我给他沏好的茶咕咚喝了几口说："脚不疼了，我说艾条水泡管用，你还不信。"望着父亲灰头土脸的样子，我忽然想给他把外套脱下来。刚一伸出手摸到他的衣服，父亲吃了一惊，扭了一下身子问："干啥？"我说："爸爸，我给你把外套脱下来。"父亲抖了抖肩膀，甩脱我的手说："西西，我自己来。"说着麻利地把衣服脱下来。我接过父亲脱下来的衣服，便闻到一股刺鼻的汗腥味儿，拎在手里又重又硬，像盔甲。趁父亲不注意，掏出衣服口袋里的东西，把衣服泡进脸盆里。

父亲看见衣服被泡到脸盆里，大声说："明天还穿呢！"我说："也不是没衣服，换一件吧，我把这件给你洗洗。"父亲说："西西，不用你洗，我自己来。"我给盆里边倒洗衣液边说："爸爸，洗把脸，先吃饭吧。"

端上菜和酒，我问父亲玩抖音的事情，我说："爸爸，你经常玩抖音？""是啊，"父亲回答，"老师说做微商要努力借助所有平台。抖音、快手、哔哩哔哩我们都经常用。"父亲说这些时漫不经心，就像我小时候玩玻璃球、香烟盒。我忙端起酒杯和父亲喝酒。

我们快把一瓶酒喝完时，父亲有了几分酒意。他说："要是你妈现在活着多好，帮你们看看孩子……唉，裱家的营生也越来越少了。"

我给父亲倒了杯热水，想岔开话题。想起父亲的视频，问："爸爸，你直播过裱家吗？"

父亲一下愣住了。

我说："爸爸，既然你害怕这门手艺失传，为啥不多宣传宣传？说不定人们看了视频，会感觉裱家比装潢更好，又时兴起裱家呢！"

父亲倒了一杯酒，独自喝了一口问："人们爱看吗？"

我说："这和种谷子不是一样？农民们觉得平常，城里人可能就看着稀罕。裱家大多数人没有见过，中式房冬暖夏凉住着舒服，裱家用的材料成本低，还环保。现在装修一套家多费钱，用的材料还不安全，不是老听说有人装修完家得了白血病？"

父亲陷入沉思，连着喝了两口酒。我怕他喝多，给他撤了条鸡腿，让他趁热赶紧吃。父亲啃着鸡腿，嘴上都是油，蹭到脸上，灰暗的脸多了光泽。

喝完酒，给父亲热了水，让他用艾条泡脚，我拿出小说翻起来。父亲带着酒劲儿问："西西，你看啥呢？""我写的东西。""写的啥，能给我讲讲吗？"

我给父亲讲起《隐疾》。父亲的两只脚泡在盆里一动不动，像盆里泡着两块石头。水凉了，我加了点儿热水，继续讲下去。以前只是自己弄，发表以前很少像这样给别人讲，讲着讲着，我突然意识到了问题，停下来。父亲用脚在盆里划了一下问："接下来呢？"我说："我得再改改，改完给你讲。"

6

第二天，父亲出门时，带上了自拍杆。我说："爸爸，我和你一起去吧。"父亲有点儿羞涩地摇摇头说："西西，我自己能行。"

我其实见过父亲裱家，还跟上他裱过两天，那时根本没觉得他的技术有多么了不起。那是高考后，等待分数的那段日子闲得没事儿干，父亲说和他一起裱家去吧，我就去了。那时村里人对考大学没现在这样执着，我也一样，想的是考上就有城镇户口和工作了，考不上，跟着父亲裱家。当时干了点儿什么，完全记不起来了。只记得中午在东家家里吃饭时，我撤了一大筷子咸菜，一吃，味道特别怪，扔掉又不好意思。父亲发现了我的窘迫，他说："西西，你咸菜是不是撤多了，给我点儿吧！"我赶忙把剩下的都给他。看着父亲津津有味地吃着，我纳闷父亲为啥不嫌它的味道古怪，又试着撤了一根，差点儿没吐掉。晚上回到家里，父亲对我说："以后去了别人家里吃咸菜，千万要先撤一根尝尝，有的人家的咸菜腌得很臭。"

父亲走后，我去找刘桐，让他帮着找父亲直播的视频。

还是在抖音。

父亲从熬糨糊开始直播。他的腿看起来还有些拐，他端着半锅白面在炉子上费力地搅。熬糨糊看起来容易，每年贴春联的时候许多人自己熬，但父亲讲过，糨糊的稠稀生熟关系到纸能不能粘牢，这个度是个技术活儿。父亲把糨糊熬好了，黏糊糊的一锅，像白色的果冻，看不出来有什么特别。

顶棚架子前两天已经搭好，而且已经裱了一部分，今天父亲主要是裱剩下的部分。父亲先是把糨糊抹在旧报纸上，然后拿着浸透了糨糊的报纸爬上高凳，往顶棚架子上贴。父亲爬上高凳的一刹那，脚奇怪地不拐了，一步一步爬得很有力。报纸贴好后，父亲用刷子在下面均匀地刷几下，报纸粘住了。父亲又下来拿另一张报纸。父亲不断地重复这个动作，中间还不停地挪凳子。

接下来，父亲又用同样的方法在这层报纸上粘了一层报纸，糊两层报纸是为了顶棚牢固耐用。我以为这次会快些，没想到和上次一样，花了足足有一小时。中间父亲休息了一次，喝了一罐头瓶茶水，抽了两根烟。

底子打好，接下来糊麻纸。父亲还是老办法，又是一小时。

两层报纸、一层麻纸，不光牢固耐用，还节省费用，据说是父亲发明的。以前人们三层都用麻纸。现在有的有钱人家还是三层都用麻纸，但麻纸比报纸贵多了。村里人用的报纸都是从学校、储蓄所、供销社、乡政府等一些公家单位讨来的旧报纸，根本不用花钱。

糊这三层纸看起来简单，其实很需要技术，要使三张纸牢牢粘成一体。糊不好，三层纸三张皮，一干就崩开来了；有时弄不好，整个顶棚会一起掉下来。村里其他几位裱匠，就出过各种各样的问题，但父亲裱的家，敢保证十年不会坏。

糊好纸之后，父亲又喝了一罐头瓶水，抽了两根烟，开始刷立德粉。这时他已经干了三小时活儿了。以前刷干涂，有了立德粉后，刷上屋子更白，就不用干涂了。

刷立德粉之前得先把立德粉调好，调立德粉又是一个技术活儿。浓度大小和后期效果密切相关，而浓度又必须和纸结合考虑。

父亲把调好的立德粉倒进一个小盆里，端着小盆踏上高凳，一只手端着盆，一只手拿着刷子，一刷子一刷子把立德粉刷在麻纸上。凳子够不着了，他把盆子放在上面，下来挪一下凳子，再爬上去继续刷。父亲刷的动作很熟练，一张麻纸刷几刷子，几分钟刷完，都好像有节奏，我想到刘桐手机里那位摘葡萄的女人。

一间屋子刷完了，工作暂时告一段落。父亲下来抽烟、喝茶。刚刷完的顶棚发暗，看不出效果来，需要干了，再刷一次，干掉，效果才明显。

父亲有意识地把镜头在屋子里扫了几圈，没有一滴糨糊和立德粉滴下。这也是父亲高人一筹、被津津乐道的地方。大部分裱匠刷家，汤汤水水，东西滴得到处都是，刷完后人们得擦洗好长时间。父亲刷家，家里东西几乎不需要挪动，刷完之后，原来是啥样，还是啥样。

我突然灵感来了，给父亲拍个纪录视频，从撕旧顶棚开始，把父亲裱家的全过程完整地拍下来。我给一位熟悉的姓禹的年轻导演打电话，说想请他帮我拍个纪录片。导演问："什么纪录片？"我说："关于我父亲的，他是我们这一带最好的裱匠，从前每年从大年初五一直忙到年三十，每天有活儿干。现在年纪大了，裱家的人也少了，他担心技艺失传，我想把它拍下来。"导演说："匠人，我感兴趣！"

刘桐在旁边听到我的电话，羡慕地说："你爸生了个好儿子。"我脸红了，以前听这种话总是很自豪，现在却觉得怪怪的。

回城前一天，和父亲约定再有裱家的营生告诉我一下，我带导演来拍个片子，把裱家的过程记录下来。父亲很高兴。他送我出门的时候，问我家的地址，详细到哪个小区哪个单元哪层楼几号。我想父亲是不是想来我家了，又一想觉得不大可能，他现在除了裱家还要做微商，哪里能走得开？

我把详细地址发到父亲手机上，对他说："爸爸，我给你买了个泡脚盆。"父亲说："你又乱花钱，洗个脚，要啥泡脚盆？"

回到家里，很快收到父亲寄来的一大堆东西，小米、核桃、红枣、蜂蜜、胡油等。父亲告诉我，这些东西都是绿色食品，没有任何问题，可以放心吃，如果哪位朋友需要，帮他推荐一下。

我开始集中精力再次修改《隐疾》，父亲的视频不时出现在我的脑海中。

我没再关掉微信朋友圈，但不发东西，也不看其他人的，只每天悄悄看父亲发的内容。父亲的朋友圈居然不光发视频了，他还发一些配着文字的图片。这些图片和视频不一样，拍得极其漂亮，文字也很煽情。我想不是我们那儿政府请专业人员设计的，就是"雁门沃土"弄的，父亲他们没这个水平。

比如，一堆黑花生上面摆几颗外皮鲜红的花生米，黄澄澄的小米装在白色的大铝盆里，色彩诱人。下面配着文字：

> 过十五吃得再好，我也离不开这两样，黑花生是最好的干果，小米是养生最好之一。羊粪小米又叫月子小米，它比一般小米营养丰富。
>
> ……

每天几乎还有这样的内容：今天开始发货了，不多，一共两单。今天的货很多，十二单……父亲的微信成了影响着我心情的"天气预报"，父亲却看起来每天都很快活。

我下载了抖音、快手、B站……工作和写作累了，就寻找父亲在各个平台上的视频，还时不时匿名去赞美他、鼓励他。父亲不知道是我发的，总是认真地感谢我。有时，从父亲视频的链接上串到别人的视频上，看到许多和以前不一样的东西，觉得自己以前的圈子太小了。

7

以为父亲那头很快就会传来有人请他去裱家的消息，毕竟记忆中找他裱家的人那么多。可是过了半个多月，才接到父亲的电话，有人找他裱三间家。

禹导演按照约定时间和我一起回老家。路上他让我告诉父亲提前准备好，去了直接就拍摄。

已经十月底，马上要立冬了，天空不像前段时间那样蓝得耀眼，而是铺满一大块一大块的阴云，却又不下雨。树上的叶子稀疏了，好多铺到了地上。一刮风，树上的叶子往下飘，地上的叶子往上飞，搅和到一起。风过后，树上的叶子就更少了。

父亲远远地在门口迎我们，和他在一起的还有刘桐。父亲穿着件黑皮夹克，崭新的皮面散发着油光，隐隐还能闻到皮革的腥膻味儿。这是有年过春节时我给父亲买的新衣服，觉得他不爱洗衣服，穿皮夹克省事，他从来没有穿过，现在竟翻出来了。刘桐穿着件红色的冲锋衣，他的背依旧驼着，头扬起像只火烈鸟。这原来是我给父亲的一件旧衣服，大概他给了刘桐。

禹导演看到这兴致勃勃的两个人，咧开嘴看着我笑。我感觉父亲他们的衣服怪怪的，但来不及多想，只能先介绍人认识，请禹导演进屋喝杯水。

喝水时，禹导演问："什么时候能拍？"没等父亲回答，刘桐说："早准备好了，就等你们来。"禹导演看了看他们两个，问父亲："李师傅，您平时干活儿穿这衣服？"父亲低声回答："旧衣服有点儿脏。"我心里偷偷乐，父亲终于感觉到他以前那样穿衣服有问题了。禹导演说："李师傅，咱们拍纪录片不是为好看，是要拍出生活真实的样子。您原来干活儿穿啥样子，还是穿成啥样子吧。"

父亲看了我一眼，我点点头，父亲拿出平时干活儿穿的衣服换上。一穿上这件旧衣服，父亲好像马上就回到了干活儿时的状态，我也感觉他穿上现在这身衣服比刚才的皮夹克合适。禹导演打量了他一眼，满意地点点头说："好，就要这个样子，这才是干活儿的样子。"

刘桐指着父亲问："我不用换了吧？拍他裱家。"禹导演笑着说："您可以不换。"刘桐有些神气地望着父亲，掸了掸衣服。

出发前，父亲问："你们真要进屋子里去拍？"我看导演。禹导演说："当然啊，但您该怎样干就怎样，就当我们不在。"父亲说："那你们俩也换件衣服吧，撕旧顶棚时，特别荡！"

禹导演愣了一下说："好，我们也换上工作服。"他打开车门，拿出备用的衣服。父亲看了我一眼说："得穿旧衣服，尘土太大了！"我和禹导演面面相觑。父亲小心地说："要不我给你们找几件衣服换上，我没穿的旧衣服很多。"禹导演挥挥手说："咱们快去拍吧。"

到了父亲要裱的屋子，是三间旧瓦房，露在外面的木头门窗和柱子颜色已经泛黄，裂出许多人脸上那样的皱纹。屋顶上有几棵发黄的瓦松，在风中摇晃。

父亲干活儿前，笑呵呵地再次说："真的很荡啊！"禹导演摆摆手问："这个顶棚多少年了？"旁边的东家回答："十二年了，当年就是请李师傅裱的。当时我家孩子刚上小学，现在已经读大学了。"

父亲踩上高凳，开始撕旧顶棚。十二年前，母亲去世没几年，父亲腿脚还利索。没想到那么小的灰尘，十二年能在顶棚上积这么多！现在随着父亲的动作，瀑布一样流下来。我们三人在屋子里，居然彼此看不清对方。我嗓子里进了土，咳嗽起来。禹导演也咳嗽起来，还打喷嚏。父亲在灰尘中喊："太荡了，西西你们出去吧！"

禹导演说："李师傅，您继续！"但坚持了几分钟，我们就退了出来。真是太荡了！大团大团灰尘不停地落下，灌进眼睛里、鼻子里、口腔里，我们根本出不上气来。镜头也模糊了，啥也拍不清。

等父亲从高凳上下来时，我好像看到煤矿工人从矿井里上来。以前见过父亲搭架子、裱纸、刷顶棚，从来没见过撕顶棚。总以为这个很简单，把那些旧纸撕下来就行了，力气都不用花太多，没想到这么荡！

父亲挪了下凳子，再次上去。不在屋子里，反而对里面看得更清楚了些。父亲仰着头，手脚麻利地大块大块撕着旧顶棚，那些纸兜了太多的灰尘，沉甸甸的，一撕就像一包土砸在父亲脸上，然后才继续往下落。想想刚才我们的不舒服，父亲离得这么近，几十年就是这么过来的，父亲连口罩也没有戴过！

撕完一间顶棚，父亲从屋子里出来，身上的土很厚，眼睫毛粗了很多，像发黄的松针。我给他递了块湿巾。刘桐帮着把凳子搬进另一间屋子。

与我们聊了几句，父亲又进去了。

父亲撕完顶棚已经中午一点多，简单清洗之后，开始吃饭。农村请匠人，照例有酒有肉，东家请我们一起吃。想全面了解父亲情况，禹导演没有推辞。

父亲看起来有些疲惫，爬上爬下一上午，又这么荡！

奇怪的是，父亲喝了几杯酒后，马上焕发了精神。眉眼间的疲惫没有了，变得红光满面。

东家从来没见过导演拍东西，趁这机会左一个李师傅，右一个李师傅，不停地夸奖父亲。父亲陶醉了。不用禹导演问，就开始滔滔不绝地讲自己的经历。

"我十三岁跟着我爸爸学手艺，十六岁就能单干，二十岁人们就说我比我爸爸营生做得好。从那开始，每年从年头忙到年尾，足足有三十年。生产队的时候，大家出工挣工分，我出门给人裱家，工钱大队结算，干一天能挣别人一天半的工分。三中全会后允许单干，我全家不到十亩地，裱家就把一家人供养过来了。"

父亲说到从前忙碌的岁月，充满自豪。

东家接着他的话对导演说："方圆几十里，至少也有十来位裱匠，最好的就是李师傅。别的裱匠三天两头闲得没活儿干，李师傅却每天忙。以前想找他裱家，最起码得提前半个月排队，请来还得好酒好饭款待上。"

父亲忽然腼腆了："咱不讲究吃喝，关键是给人家把营生做好。反过来说，你把营生做好了，人家也愿意给你好好安顿。"

东家端起酒杯敬大家，喝完之后对大家说："李师傅手艺好，人也好，营生做得快，钱算得少，找他裱一次家，起码十年不用麻烦。你看我这家，裱了十二年了，每年刷一刷就和新的一样。"

"来，禹导演，咱们喝一杯。"东家说，"李师傅刷家也省事，不用我们搬东西，糨糊、立德粉啥的一滴也落不下来。不像别的人，一塌糊涂。"

禹导演端起酒杯，恭恭敬敬敬了父亲一杯酒问："李师傅您真神，怎样做到的？"

父亲兴高采烈地回答："不难，主要是各个环节都得掌握好火候，把握住诀窍。比如搭架子，秆秆儿一定要干透，这样才不会变形。"

"那为啥您能控制住东西不往下掉？"禹导演感觉没父亲说的这么简单。

"用心试呗！试得多了，就品出多少最合适。糨糊和立德粉一样，多一下就稠，少一下就稀；刷子蘸多少也得讲究，不能为了偷懒想一次就蘸够，要控制好。"

"对，李师傅您说得太对了！我再敬您一杯！"禹导演说。

父亲喝完酒说："而且一定要刷两次，一次干透了再刷一次。不能少刷，刷少了不白；也不能多刷，刷多了，纸上粘的东西太多，容易掉下来。"

父亲这些话，有的我是第一次听，有的已经听了没有一百遍，也有五十遍。有些话以前反复听，烦，现在却觉得格外有道理。

一伙人正在喝着酒，忽然外面有人喊："李师傅在吗？"

"谁？进来！"

"是月仙，喝杯酒吧。"

"李师傅，我接到个买米的订单，国外的。人们说你往国外卖过米，教教我怎样填单子。"

"哪个国家？"

"南非。"

"南非好，我是卖到多哥的，非洲的国家应该一样。要是美国估计就不一样了。"

"南非哪个国家？"刘桐问。

"南非！"

"我知道南非，南非哪个国家？"刘桐继续问。

"刘桐叔，南非就是个国家。"我怕他一直问下去，帮着月仙回答。

"唉，我老糊涂了，听人家南非、南非叫，一直以为南非是非洲南部。就像当年听人讲深圳，以为是深镇，和咱阳明堡差不多的镇子。"刘桐边说边自己喝了一杯酒。

月仙走后，父亲更兴奋了，从裱家谈到微店，后来竟转移到喝酒的话题上。东家附和着说父亲好酒量，从来没见他醉过。父亲大着舌头讲，有一次有人仗着年轻和他较劲儿，一般人喝酒最多干三瓶，那个人非要和他干五瓶。父亲自己先拿起一整瓶干了，那个人没办法也干了，父亲说再来一瓶，又拿起一瓶往嘴里灌，那个人马上尿了……

父亲讲这些的时候，人完全变了个样，老实、腼腆的样子不见了，眉毛竖起来，眼睛里放着光。我想起小时候父亲喝醉，一次次被人送回家。

渐渐地，父亲不停地嘿嘿笑，开始说车轱辘话，我知道父亲喝多了，便想怎样阻止他，让他回家睡一觉。这时，东家的孩子要去上学。父亲一问，已经两点多。父亲说："我得睡一觉，下午还得搭架子。"我忙说："喝了不少，好好歇歇，下午别干了。"父亲斜了我一眼说："西西，你以为爸爸喝多了？我没事。"东家说："西厢房有盘炕，你们一起去歇歇吧。"我问禹导演："去我家歇会儿，还是就在这儿眯一会儿？"禹导演兴奋地说："就在这儿休息，我要跟踪拍摄。"

刘桐告辞，说要回家睡觉。我和禹导演喝了杯茶，去了西厢房，父亲已经躺在炕上呼呼睡着了，呼噜打得山响。禹导演拍了几个镜头，躺下很快也睡着了。

下午三点半，父亲醒过来，身上带着浓烈的酒味儿。他喝了杯浓茶，就要去干活儿。我问："能行吗？"父亲摇摇头说："没问题，我知道没喝多。"

父亲搭架子前，走路还摇晃。一拿起葵花秆，酒意一点都不见了。

以前父亲用细高粱秆或葵花秆做架子，细高粱产量太低，这几年种的人少了，便都用葵花秆。父亲撕顶棚的时候，禹导演已经看到了上面的葵花秆，现在亲眼看到父亲用葵花秆做架子，还是惊讶。他问："这个结实吗？"父亲嘿嘿笑着说："结实，用十年没问题。"

父亲把葵花秆的头和根切掉，刮掉上面的皮，穿了孔，用铁丝串起来。禹导演问："为什么要刮上面的皮？"父亲回答："留着皮容易发霉。"

整个下午，禹导演一直跟着父亲拍摄。收工时，已经八点多了，我在饭店里订了一桌饭。月亮还没升高，路灯亮了，月亮像挂在路灯杆子上，照得街道很亮。

父亲说："刘桐大概还没有吃饭，把他叫上吧？"我说："叫上吧，你给他打电话。"父亲走在前面，电话打通了，他问："刘桐，吃了吗？"刘桐说："吃了个馒头。"父亲说："出来喝点儿吧，我刚收工。"

遇到的人们纷纷和父亲打招呼："李师傅吃了没？"父亲回答："刚收工，西西给在饭店里订好了。"禹导演说："村里人对你父亲挺尊敬的！"我说："他就是个匠人，忙了一辈子。""这样的匠人不多啊！"禹导演说："这次来收获很大。"

我们到了饭店之后，刘桐很快也到了。他还是穿着那件早上看到的大红色的冲锋衣，很高兴。

我说："喝点儿红酒吧？"父亲说："红酒有啥喝头，要喝就喝白酒。"刘桐附和说："红酒没喝头。"我只好要了一瓶白酒。禹导演又采访父亲。父亲说："你们也采访采访刘桐，他的故事可多呢！"

父亲和刘桐边喝酒，边聊起对方。他们从刚出生解放那会儿，一直讲到现在的脱贫攻坚。

吃完饭十点多了，我们一结账，饭店开始打烊。

父亲这次没有喝多，但很开心，在路上居然唱起歌来。他一唱，刘桐也跟着唱。从来没有听过父亲唱歌，我忽然想，应该领上父亲到城里的KTV好好唱一唱，他应该没有在那儿唱过。

晚上睡觉前，我点进父亲的微信朋友圈。一看乐了，父亲今天发的居然是导演拍摄他视频的视频。父亲对着镜头说："我这个卖米的人其实是个裱匠，裱了几十年家，这几天导演给我拍电影。假如不能及时回复大家的消息，请原谅。请朋友们放心下单，会及时发货。"打开抖音一看，也是这内容。

导演一连拍了几天，除了裱家，还拍了父亲喝酒、做微商。

回城前一天，我对父亲说："爸爸，片子拍完了，明天我们就回去，晚上找个KTV一起唱唱歌，庆贺一下。"父亲问："能不能找个地方，让我看看禹导演拍的我是啥样？"我说："应该没问题，我问问导演。"父亲说："把刘桐叫上吧，其实他才爱歌唱，和我一样没在个专门的地方唱过歌。"

问了禹导演后，找了个有投影的KTV，我们先看片子。禹导演说："这片子没有剪辑过，回去还得加工。"父亲和刘桐已经在旁边迫不及待。

不能不说禹导演拍得很用心，父亲和刘桐一看到自己出现在镜头中，就哈哈大笑，父亲的牙齿又黑又黄，刘桐张开缺了牙齿的嘴。为了节省时间，有些地方禹导演用了快进，一个多小时，父亲和刘桐两人一路笑了下来，还不停地指点着屏幕议论。我看着这些镜头，有些心酸和感动，仿佛看到了父亲的一生。

看完片子，父亲敬禹导演酒。禹导演说："剪辑完了给您看，这片子有意义！"

我也敬导演，敬完后说："禹导演，拍得真是好，不过，我爸爸他们也拍了你的视频。""真的？"禹导演很是意外，嚷嚷着要看。父亲嘴上说"我们拍得不好"，但还是大方地拿出手机点开视频。禹导演看到自己的镜头，呵呵直笑，像刚才父亲和刘桐看到自己的镜头。他说："李师傅，你们真了不起。"刘桐说："我们拍不好，你的才是专业水平。"禹导演真诚地说："你们真的拍得挺好，里面想表达的能看出来。"父亲说："我们知道自己的水平，只是想宣传自己，好卖东西。"父亲直截了当把目的说出来，我忽然觉得这样光明磊落挺好。父亲接着说："我知道你的圈子都是导演、演员、文化人，也不求你在朋友圈转发我的东西，但你的朋友谁想要好的土特产，你可以推荐给他们。"

父亲的话让我有些羞愧。禹导演说："一定，一定，我好多朋友想买这些东西呢，到时让他们直接和您联系。咱们加个微信。"

禹导演和父亲互加了微信后，我说："咱们唱歌吧！"父亲和刘桐都是第一次，有些拘谨，不敢唱。我陪他们喝啤酒，让禹导演先唱。禹导演唱了几首流行歌之后，让我唱。我想应该先唱个老歌，引起父亲他们的共鸣，便选了《我的中国心》和《南泥湾》。

唱《我的中国心》的时候，父亲、刘桐和禹导演喝酒。唱《南泥湾》，唱到"当年的南泥湾，到处呀是荒山，没呀人烟"时，刘桐忽然伴着哼了几声，禹导演把另一支话筒递给他。刘桐接过话筒唱起来，凑得离嘴太近，话筒蜂鸣起来，吓得他赶忙把话筒往禹导演手里递，另一只手摆着说："不会唱。"禹导演示意他看我，把话筒拿得离嘴稍远一些。刘桐低声试了试，话筒没问题了，他的声音渐渐大起来。唱到"陕北的好江南"时，父亲也哼起来，我把话筒递给他。父亲和刘桐慢慢进入状态，他们把话筒握得紧紧的，仿佛一不小心就会掉了。

一首歌唱完，我和禹导演鼓起掌来。

父亲说："我们唱得不好。"

刘桐说："我们瞎唱呢！"

他们谦虚中，投影上又开始放《南泥湾》了，大概是我选歌时多选了一次。父亲和刘桐赶忙又唱了起来。他们握着话筒像握着枪，嗓子有些生涩，有些节奏把握不准，不是拖拍子就是抢拍子，但二人唱得深情而且投入，真能让人感受到当年开荒种地时那种热火朝天的气氛。

唱完这次，他们放松了，两人对望了一眼，举起杯子来和我们喝酒。我说："爸爸、刘桐叔，你们唱吧，想唱啥歌，我来点。"刘桐说："有没有《沙漠骆驼》？"我愣了一下，问："是《梦驼铃》吧？"禹导演呵呵笑着说："你Out了，《梦驼铃》是二十世纪八十年代费玉清的一首老歌，《沙漠骆驼》是现在的新歌。"我又愣了一下，一查，真有《沙漠骆驼》。

父亲和刘桐开始唱了："我要穿越这片沙漠，找寻真的自我，身边只有一匹骆驼陪我……"果然和《梦驼铃》没有什么关系，我打开手机搜索，这原来是二〇一八年很火的歌，我竟然没有听过。父亲和刘桐唱到"我穿上大头皮鞋，跨过凛冽荒野"时，我又不由想起老歌《大头皮鞋》，赶紧甩甩脑袋。

那天晚上，后来基本是父亲他们唱歌，有旧歌，但大多是新歌，许多我没有听过。听着他们的歌声，我觉得以前的视野太狭隘了，而父亲他们，我认为远远落后于这个时代的人们，竟然跟着时代奔跑。我忽然想起我的小说《隐疾》。

【作者简介】

李司平，傣族。1996年生于云南普洱，现供职于文山学院。青年作家，诗人。发表诗歌散文若干，曾获第五届野草文学奖散文一等奖、第六届野草文学奖散文一等奖、第四届广西网络文学大赛散文一等奖、第九届包商杯全国高校征文小说一等奖等文学奖项，入围第十三届中国大学生年度人物，荣获云南省第十三届大学生十大年度人物。

【内容简介】

发顺要杀家里的猪，结果这头猪在生死边缘上安装了逃亡之心，在经过人与猪的一场刈峙之后，猪跑进了森林。这不是一头普通的猪，它身负使命，是脱贫的种猪，为了应付检查，发顺和李发康买了另一头母猪来替代，结果被专家识破。发顺的妻子出走，最后她带着种猪及猪崽回来了，李发康却不想回来了。小说写了一场酣畅淋漓的荒唐闹剧，语言充满蓬勃生机，是一篇难得的好小说。

猪嗷嗷叫

李司平

1

猪走路的时候一点都不好看，尤其下坡的时候，像醉汉划拳。

身负重任，猪从北方的养殖场一路扭着屁股来到了南方高原的村庄。为什么我要说它扭着屁股呢？因为它是头母猪，托付终身于村民发顺，负责繁衍。这里的繁衍包含着另外一层意思，坚决杜绝好吃懒做之人在脱贫和返贫二者之间不停地循环。这是一个修补短板难以突破的怪圈，一贯如此地事在人为，无论好事与坏事。

年久失修的土坯墙上搭着同样岌岌可危的房梁和破瓦，房檐之下是发顺乱糟糟的家。客台的一侧拢着火塘，火塘中杵着几根尚未干透的柴火棒子，不见明火，冒着浓烟熏着吊在火塘上面无物可装的几个编织袋。每个可视的角落结着蜘蛛网，蜘蛛网一层层堆积起来，挂满了火塘升起的烟尘以及蚊虫的尸体。这是一个破败的农家，或者它就不曾兴盛过。

自古破檐之下鲜有自视清洁之人，所以刚从宿醉中挺过来的发顺以及他邀来的酒友惺忪着眼，老岩打着哈欠，二黑朝着院子远远啐出一口痰，被狗吃掉。三人乃臭味相投同病相怜从而惺惺相惜的好友，唯一不同的是发顺在前些年忽悠回来一个少言寡语的媳妇，叫玉旺。少言寡语一定程度上我们习惯将其归类为痴傻，发顺喊——"憨婆娘！"别人也跟着喊："发顺家的！"一样的后缀："憨婆娘！"

至少发顺还有一个女人可供他呼来喝去，所以发顺更加神气一些。有理的，无理的，他都要呼来喝去。甚至于，昨夜三人大醉之后，发顺揪醒睡梦中的玉旺，为老岩和二黑表演打婆娘这个节目。绝非周瑜与黄盖，玉旺的一贯示弱和一贯隐忍，不断加重着发顺的这股男子本位的戾气。

"我婆娘！水腌菜好了没有？"发顺在客台上喝着，前一句喝给二黑和老岩听，是炫耀；后一句喝给村里人听，所以声音很大，因为村子很小。发顺的唯一长处是，贫穷得善于自欺欺人并苦中作乐，基于一无所有，这算是一种乐观。

"好！"玉旺的声音从偏房传出来。玉旺的眼角还余留着昨夜发顺"表演节目"的青痕，此时玉旺正伸手朝着一个缺边少角的坛子深处抠。劣质的坛子里盛着大部分发霉的腌菜，所以希望在深处。

当然，今天发顺家有点人样的还有被请来杀猪的黑顺。黑顺是个小老头，焦瘦，干巴。因为没有一处是大的，黑顺在火塘边咕噜噜抽水烟筒的时候，三分之二的脸皮要用来蒙住烟筒口。普遍公认的，黑顺是个没有原则的杀猪匠，将杀猪视为他的一种复仇。黑顺号称方圆十里唯一的也是最精巧的杀猪匠。

以村庄为中心的方圆十里，都是山。

2

猪还小，长了架子还没开始结膘。

猪圈失修漏雨，猪圈在雨季积蓄的泥塘入冬还未干涸。猪喜群居，落单的猪娃不好喂养。简易而又枯腐的猪圈栏才打开过半，里头的单猪便迫不及待地冲出，从人的胯下钻出，从另外一个人的胯下钻出。还未结膘的猪最灵活，紧实的皮子下没有多余的脂肪累赘。前蹄短粗有力，后腿细长有力。这是起初自然给予猪觅食和逃生的造化，这只落单还未肥化的猪最大限度保持了本能，这是优势。

磨刀霍霍，还要猪活着，这是故事安排。

当然，为了敬神，准备了香纸，喷喷，充满了仪式感地宰杀一头猪。这里，是万物有灵的南高原。另外，还准备了茶叶、糯米和酒水。玉旺寡言但不呆巴，不忘习俗，要为一头猪超度亡魂。杀猪的人要下地，死了的猪要升天。

虎视眈眈，这里的虎视眈眈是相对的。发顺一干人虎视眈眈盯着出圈的猪，院里的猪也虎视眈眈盯着围着它的一干人。人与猪的对峙，人为了吃肉，以便下酒，猪也察觉到不怀好意的人。人走近，猪退。人走近，猪后退。猪屁股擦到墙根的时候已退无可退，所以猪哼哼，从低沉转向慌张的激昂。单枪匹马的猪，人多势众的人，局势足够明朗。

杀心已定的糙汉眼中的猪，只不过是暂时会挣扎几下的肉。

发顺张着蛇皮袋，准备套住猪头。

二黑备着结好扣子的绳索。

老岩在大醉中夸下海口，从黑顺手中夺权。持着尖刀，今天他做凶手。

被夺权之后的黑顺站在一边，口授着杀猪的经验。不过，似乎现在没人听他的。

所以猪哼哼，有时候猪哼哼比人哼哼好听。比如现在，猪哼哼得就比较有内涵。说明一个重要的问题，此猪非彼猪，因为它还未见刀眼却先红。红眼之兽类并非善类，绝非漫不经心听天由命之辈。当然，这句话是从人那儿得来的经验，人本兽类，人如此，猪亦如此。

所以猪哼哼，低着头寻着地，两只前蹄刨着光滑的水泥地。发顺张好蛇皮口袋顺势往猪头套去，猪一惊，后撤两步。发顺首套猪头的动作落空，收不住力的发顺往地面上摔了个嘴啃泥："奶奶个奶嘴！"顺便吮了吮嘴唇擦破流出的血，往墙角远远地啐出一口带血的痰，爬起来往掌心啐两口唾沫，搓了搓拍拍屁股。后退两步的猪摇摇晃晃的屁股抵近二黑，二黑顺势一把揪住猪的尾巴，往上提。猪尾巴往上提，后腿悬空使不上力气，所以猪嗷嗷，前蹄往前刨，二黑跟着猪屁股后边提着猪尾巴跑："快点来帮忙，别看猪小，特别有力道！"

老岩放下尖刀，揪住猪耳朵。

发顺顺势捉住猪的右前蹄，想用绳索将右蹄和左蹄捆牢。

黑顺站在案桌上吆喝："推过来，推猪过来，我抓住猪鬃把它提上来！"黑顺口中所谓的"提"不过是基于他半生屠猪所积攒下来的一刀毙命人人皆知的口风。也正因为这样，没人质疑，包括揪耳和提尾巴往上拽的。

　　这是一场人多势众的必胜之仗，所以猪嗷嗷，声音有些嘶哑和绝望。人往案桌攘，猪往案桌边上靠。

　　推至案桌下的猪嗷嗷，众人齐心协力："一——二——"

　　绝不是黑顺的功劳，猪被抬上一米多高的案桌之上侧躺着，二黑放下紧揪的猪尾，双手钳住猪朝上的右腿，用力别着。黑顺向下一压，用身子按住猪的腹背："老岩，你掐准猪大腿的酸筋，让它使不上力气。发顺，你别提猪耳朵了，快去拿绳子来捆住猪嘴。"被众人控制在案板上的猪还在案板上嗷嗷乱叫，悬空在案板之外的激烈的摇头晃脑，咧着沾满腥气白沫子的猪嘴嘶嚎。每一声悠长嘶嚎声的起来到落下，都伴着以身压猪的黑顺在猪腹背处上下起伏："老岩你快拿刀……发顺赶紧捆住猪嘴，然后提着猪耳朵！"

　　所以猪的嘶嚎持续不了多长时间就变成了憋而不通畅的呜呜声，因为它的嘴很快就被发顺捆牢扎紧。

　　完全受制待宰的猪此时唯一能用作防卫的部位只剩下眼睛，它侧躺着，朝上的眼睛恶狠狠地看着在它身上忙得团团转的人。从猪的视角里，最先看见捆嘴巴的发顺这会儿紧紧扯着它的耳朵，手指紧紧地扣着耳朵上钉着的蓝色号牌，余光向后方扫见伏在它身上焦瘦的黑顺。它还感觉到后腿受制，无奈猪脖子上只有一条筋，无法大幅度转过头来看见别住猪后腿的二黑。

　　你见过绝望吗？关于一头猪。

　　案桌上的猪突然停止了激烈的挣扎，鼻子出声，呜呜着。

　　黑顺："都好好摁紧啰！这畜生开始蓄力了！"

　　黑顺："尖刀已经够锋利了，老岩你快点……"

　　如果这会儿再从猪的视角看，那个持着尖刀走近的猥琐男人就是老岩。老岩终得偿所愿，昨夜醉酒之后夸下杀猪的海口今日得以实现。没酒壮胆，酒醒的老岩可没有那么勇敢，颤颤巍巍持着尖刀，无从下手。

黑顺："狗鸡巴日呢！愣着干吗？快点过来捅，我们摁不住了。"

老岩："要从哪里杀进去吗？没杀过。"

随着案桌上的猪又开始发力，别着猪后腿的二黑有些别不住了："没有杀过猪，昨晚上灌了几口麻栗果（自烤酒）你吹什么牛×！快点来杀进去！"

老岩："……"

趴在猪腹背的黑顺在猪的喘息声中起伏："从脖子往左下方深深地戳进去，干穿它的心。狗鸡巴日呢，干穿它的心！"

战战兢兢持着尖刀的老岩右手放低刀尖，伸出左手试探性地指了指猪脖子的部位："要从这里扎进去？"

"是嘞！是嘞！猪嗓进，扎猪心。要扎猪心，要从猪嗓进！"

"使点大劲，千万杀准一点，不然血喷你一脸。"黑顺匍匐在猪身上传授着有关杀猪的经验，猪又开始挣扎，他有些不耐烦。

找准了一刀致命的部位，老岩右手握紧刀把，蓄力准备往里面捅。发顺揪紧耳朵好让老岩的左手端起猪头。发顺媳妇也端着接猪血的盆，盆里放了少许的水和盐巴。尖刀在猪脖子处比画寻找最佳的下刀口，最终抵在猪正嗓处。"那我就杀进去了！"老岩在地上搓了搓破拖鞋的底，双脚踩实，握紧刀把，抵进。

猪也感受到了尖刀一点点地正往肉里扎，它开始奋命挣扎。呜呜呜，嘴被捆牢，头端在老岩左手上。"那我杀进去了！"托在手上的猪头挣扎得越来越厉害。

"废话多！你倒是快杀呀，按不住了！"二黑别住猪后腿的手有些疲软。猪在发力做最后的奋命一搏。

发顺："杀准点，我家没存款。"（南高原的传统，有经验的杀猪匠能一次性放空猪心室的血。而心室的血放不空，吉利的说法，腹心血越多，主人的存款越多。）

"等等等，先用刀背敲三下前蹄再杀进去。"黑顺急忙阻止着，还有工序没做完。

蓄势待杀的老岩收回力气，照做。黑顺的话是不可违抗的权威，至少在杀猪上，是这样的。案桌上的猪挣扎得越来越激烈，这是垂死的挣扎。焦瘦的黑顺几乎全身的重量都压在猪的身上。

老岩第一敲，猪看见尖利的屠刀，挣扎。

老岩第二敲，猪看见老岩紧握的刀把，是放血槽，全力挣扎。

老岩的第三敲，还没来得及落下，猪还在奋命挣扎。

是的，最终第三下没落下，因为腐朽失修的案桌率先散架。案板和猪，以及伏在猪上的黑顺的重量率先落在二黑的脚背上。

的确有些意料之外。"嘭……啊……"这是案板落在二黑脚背上以及二黑吃痛的声音，前者带着腐气，后者带着劣气。

二黑受痛而放开别住的猪后腿。这是猪的机会，猪健壮有力的后腿接地从而受力弹地而起："嗷嗷嗷！啊啊啊！"猪在嗷，人在啊，惊慌失措，人比猪还要惊慌。因为压在猪背上的黑顺跟着案板落下，又被惊慌的猪驮起。黑顺在猪背上，越惊慌，他反而越抓紧猪鬃。因身载负荷，猪急切想要甩脱，所以猪嗷嗷，挣断了前蹄的捆绑，弹地而起后又跃身疾行。疾行的距离很短，止于院墙。猪急停，黑顺这把老骨头在惯性和重力的双重作用下，摔在地上。嘭！尘土飞扬，像极了一口痰落在尘土上。

猪嗷嗷，红着眼，在院墙下梗着脖子，呼呼喘气刨着蹄。

"哎哟哟，哎哟哟！"蜷在地上的黑顺揉搓着纤细干巴的小脚杆："哎哟哟，手疼！"转而又拍了拍头顶上的尘土，"哎哟哟，好像是屁股疼，不，腰杆也疼。"

黑顺的这种疼法多少有些不够具体，锈迹斑斑的老部件坠落而抖搂下来的些许锈迹，只不过锈迹之中包裹的是一副老骨头。或者这种疼法在于一个精于一刀毙命的老屠夫在案桌上放跑了一头猪，这种疼法叫作失魄，也可以叫作一个屠夫的晚节不保。

"哎哟哟，哎哟哟！"黑顺仍旧蜷在地上，想等人来将他搀扶起来。他将这个视作台阶，杀猪匠最后的稻草。尽管他完全可以自己起来，尽管不会有人去扶他。

受伤最严重的是二黑，百斤的重量砸在脚背上。不过他的疼痛不像黑顺那样广泛，就是单纯的脚受伤了，脚疼，特别疼。抱着开始发肿的脚一点点挪坐在客台上，两只手紧紧捏住脚杆子，不让血液往患处淌。这种砸伤，起初的疼痛在于麻木，疼过极限以后的一种自我保护。发顺一言不发，咬着牙。发顺媳妇想去管他，又不敢。

自家杀猪，不但猪没杀死，还伤了人。发顺自然火冒三丈："老子今天一斧头劈死你个畜生！"疾步进屋寻找斧头。可是家里没有斧头，转而找榔头，可是也没有榔头。匹夫之怒是最为廉价的，发顺即匹夫，对现实最无力的那种，所以他掀翻了屋内的桌子。

发顺媳妇走进去收拾残局，发顺骂骂咧咧又走出屋来。

"黑顺大爹你有经验，接下来咋整嘛？猪都放脱了。"发顺阿谀。

此时的猪在院墙角，喘息着红着眼瞪着人，一并还有鸡飞，狗吠。是在跟人示威，或者这头猪在想亡命之法，反正红眼的猪即是兽类，不再是家畜。

"现在可不好办了，案桌散了，按猪的人也受伤了。"被玉旺挽扶起来的黑顺坐在客台上嘟囔。

"都怪老岩，都说要用刀背敲三下猪蹄才可以杀进去。年轻的后生啊，气盛！"这是黑顺即时总结出来的失败原因，第一是推卸，第二还是推卸。他是方圆十里最好的杀猪匠。

老岩蹲着一言不发。他没想到一头猪求生的时候所爆发出来的力量是那么猛烈。一言不发，蹲着，像个过失杀人的悔罪者。尽管他杀的是猪，尽管他杀的猪现在还活蹦乱跳的。

发顺急速升起的怒气也急速地退去，显然，他不具备积蓄怒气转化为勇气的能力。不得不再走到黑顺跟前阿谀："黑顺大爹，你经验丰富，你肯定有办法把这畜生杀掉！"

"办法也不是没有，就是腰杆有些疼！"黑顺唏嘘着，用有点疼的手掌扶着全无大碍的瘦腰杆。

"黑顺大爹，这样吧！先把猪杀了，你提着猪腰子回去补一补腰杆。"发顺赔着笑脸。

"杀是可以杀，就是没人按猪。匹子猪架子大，瘦肉多，力气最大。"黑顺关于猪腰子的目的达成，但是还另有盘算。

"猪下水你提着回去吧！我家不吃那臭玩意儿！"发顺再说。

"要不，在村里再请几个人帮忙按猪吧？"玉旺怯怯说道。

"边去，男人的事女人别插嘴。"发顺瞪了玉旺一眼，"多请一个人来按猪，就得多一张嘴。"唯有玉旺还悸于发顺的余威，退去。发顺的盘算丝毫不顾及一旁的二黑和老岩这两张他盘算在内的嘴。二黑和老岩心不在焉，反正认了真理，今天待在发顺家有肉吃。

"要不直接用榔头砸吧！就像杀牛一样，先砸晕了再杀。"老岩回过神来。

"或者，干脆在猪身上泼水，然后拉电线电死它。"坐在客台上的二黑稍有恢复，"对，用电，直接电死这狗日的畜生。"二黑欲报砸脚之仇。

虽然同样的要猪的命，不过现在讨论出来的方式已变成了几个人对一头猪的行刑。一旁默不作声的玉旺悄悄收起准备好的香纸和茶米。

"那就直接电吧！省事。"黑顺决定。

"那就直接电吧！电死它。"发顺附和着黑顺。实际上，发顺家也找不出一把斧头或者榔头。

杀猪的过程中歇了半个小时，现在又继续。二黑的脚受伤了，没法参加杀猪了。疼得没有人样，因而没有坐相地瘫在客台上。脚背发肿不过没有伤及骨头，等玉旺打来半盏劣质白酒之后，自顾自地开始揉脚。老岩打趣："二黑，不杀猪你还待在这儿干吗？回去吧！"

二黑咧着嘴："我要等着吃肉。"再补充，"我要吃猪鸡巴！"

发顺："杀母猪，吃个鸡巴！"

这次是黑顺拿刀，老岩提溜着水桶握着瓢准备往猪身上浇水。发顺扯来电线，零火分开各自拴在长杆子上。

院墙角的猪继续与人对峙，从案板上侥幸逃生的猪草木皆兵。三人走近，猪先是后退然后向前冲向三人。猪向前冲，人往一侧避让。老岩瓢里的水泼过来，猪向前一跃。水再泼来，猪嗷嗷着再次朝着人这边冲过来。一桶水泼完，战意十足的猪也被全身浇湿。

"发顺，快电它，快电死狗日的！"挥着空瓢的老岩喊。

老岩喊："发顺电。"发顺持着两根拴了电线的杆子朝满是防备的猪身边试探："那我电了！黑顺大爹准备杀！"

左手零线，右手火线，杆子朝着湿漉漉的猪身上一次一次地试探。猪还在跃跑，最终被三人围在角落。接下来就是零线和火线相碰产生的电流在猪的身上贯穿，猪就晕了。黑顺的尖刀再杀进去，猪就彻底死透了。当然，这只是预想。

即使猪再一次身处绝境，但猪还得活着。这也是故事的安排。据村子的扶贫干部李发康回忆，这一年村子杀猪，真的有一头猪在零线火线之下顺利完成逃亡。所以，我讲的，还真的是真事。

零线和火线即将在湿漉漉的猪身上相碰的时候，门口来人了。来人正是扶贫驻村干部李发康，发顺家是他的重点挂钩对象。"砰砰砰！"李发康的敲门声急促，一边敲门还一边叫喊。不过猪嗷嗷，听不清李发康的叫喊。

"玉旺你聋了？还不快去开门！憨婆娘！"发顺举起长杆对玉旺喊，然后又放低杆子往猪身上伸。零线碰到猪的时候猪又冲向人，火线放空。

玉旺打开大门的时候，三人还继续在狭小的院子里赶着饱含斗志的猪。大门彻底打开的时候，三人还没能把猪电翻。不过大门打开倒是一个亡命的大好时机，猪又开始奋命冲锋。首先朝着黑顺的方向，这次猪奔得更快，黑顺来不及避让，疾奔的猪钻胯而过。黑顺这把老骨头再次被驮在猪背上，再次被带出，砰！又摔下。

人咿咿呀呀，猪嗷嗷哇哇，冲过黑顺裆的猪往敞开的大门冲去。猪来势汹汹，李发康还在门中。"书记吆住它！"话还没说全，猪便从李发康的胯下钻过，跑出发顺家。李发康个子高大，所以猪没有将他带翻。猪从李发康的背后跑出，李发康继续往发顺家院子里走："发顺你这是干啥呢？这猪还杀不得啊！杀不得。"李发康来的本意就是阻止发顺杀猪的，此时猪已跑远。

"我的年猪啊！跑了。"发顺一怔，将手中拴着电线的杆子撂在湿漉漉的地上，往门口跑，追猪，冷下准备对他严厉说教的李发康在院子里黑着脸。发顺撂下杆子跑没问题，可是穿着一双破拖鞋在泼水的老岩却中了招。噼噼啪啪在湿漉漉的地上触电战栗，晕厥。所幸电路短路电闸自动关闭，捡回一命。老岩触电晕厥的过程很短，在李发康回过神儿之前就已经结束。李发康愕然，发顺家的院子乱作一团。这里的乱包括瘫在客台上抱脚的二黑，被猪掀翻在地还没爬起来的黑顺，在地上触电昏厥的老岩和一地弯曲打结的电线，以及早些时候散落一地的案板和桌子腿。这里比乱还乱的场景，已经上升为一个程度，是一种心境。

以辣居多的五味杂陈在此刻被打翻一地，火从即刻起，李发康却也无处发："狗日的发顺，发顺！"这是李发康参加扶贫工作首次对贫困户骂狗日的，虽然也可以将这个狗日的看作无实义的语气词。不过李发康有这个权利骂发顺，李发康是发顺的堂家亲哥。

"发顺，发顺，狗日的发顺！"李发康在找狗日的发顺，可是发顺此时不在院子里。无人回应。此乱的始作俑者和助推者——发顺和猪，已经跑出家去。猪嗷嗷亡命，发顺突突跟在后边追。

3

村子很小，猪跑起来的样子一点都不好看。

可两种情形加在一起，就成了全村的一道风景。像是一场闹剧，哦！不，是一场啼笑皆非的喜剧。

"看，奔跑中的猪和发顺是多么滑稽可笑。"作为观众的村民中有人道出实情。

可不会有人向发顺伸出援手，绝不会有。发顺十几岁开始至今，不知从何处学来的好吃懒做以及小偷小摸早已耗尽了村里人乡情的最后的耐性。偷东家的鸡鸭、摸西家的鱼塘、欺负北家的孩子、放火烧南家的菜园子、药死这家的狗、掐死那家的猫。勿以恶小而为之，发顺用了三十多年时间将这种小恶做绝，做到极致，所以发顺是将众怒惹犯到极致的人。帮他很容易，不帮他也很容易，人之常情。村子很小，村民也很少，这种团结一致的一致对外，很显然，发顺被见外了。

猪跑起来的时候，四只三寸金莲的蹄子前跃后刨，其间伴随着一个抖动的过程。肥猪抖膘，而瘦猪抖着松垮垮的肚皮和耳朵。从发顺家死里逃生的猪贯穿村庄土道，嗷嗷嗷向西亡命，发顺跟在后边气喘吁吁地追。亡命的路径途经村庄绝大部分人家的门口，村民纷纷掩住大门，顺着门缝往外瞧。猪在前面跑，跟在后面的发顺有些跌跌撞撞，边追边喷着唾沫星子："杂种！杂种！"

骂猪，也像在骂人。可是猪不回头，嗷嗷嗷向前跑。

发顺力不从心地追，边跑边嚷："杂种，憨杂种！"

村民的门缝中有人哂笑："哈哈，发顺家的猪疯了！"不过发顺听不到。此时这条村庄土道中充斥着猪的嗷嗷叫，发顺的叫骂，以及大多数亡命的过程所卷起的尘土，还有少量的猪粪。

不一会儿，猪亡命奔西的路跑到了尽头。村西边是个截断的土崖，懂得逃生的猪不笨，所以它掉头往回跑，可往回跑的路被朝后追来的发顺截住。

人与猪在土道上对峙。"哟哟哟！你倒是再跑啊！你个杂种。"截住猪的发顺嚷嚷着，灰头土脸，气喘吁吁。猪嗷嗷，向着土道的侧边往回冲，被发顺一脚蹬在拱嘴上堵回。猪嗷嗷，后退一截与发顺保持安全距离，前蹄刨地："嗷嗷嗷！"挑战发顺最后一点耐性。还是唾沫星子飞溅着，发顺臭骂的语言和唾沫星子一样散乱以及不卫生。发顺沉不住气了，弯腰抓起路边的石头和土块朝着猪所在的方向砸："杂种，老子今天把你砸死在这里！"大石头搬不动，小石头砸不准，土块一扔就碎，发顺徒劳无功累得够呛。作为一个人，在一头猪这儿屡屡挫败，用气急败坏形容发顺的现状再好不过。现在的情形似乎比自家院里还要糟糕，一人一猪的狭路相逢，猪是无畏的勇者。"莫非，这猪成精了？还是疯了？"发顺打量，胆怯起来的时候，发顺想求得支援。

"老岩、二黑、玉旺，都死哪儿去了！还不快来跟我一起把这杂种撵回去！"村子不大，但是发顺的叫喊声很大，往外喷着沫子。即使发顺不叫，玉旺、老岩以及李发康也正在赶来的路上。

248

"这几个杂种怎么还不来帮我！"发顺再一次叫骂，在叫骂声传出的同时发顺手中的一块石头冲向猪。叫骂声传进了猪耳，石头在猪的一侧空空落下。事与愿违，这反而又使得原本紧张的猪再次受到了惊吓。所以猪再次梗起头来朝着发顺截住的方向冲锋，受惊的猪此时多了一股子莽撞，像炮弹一样向着发顺射过来，无畏于前方有什么阻挡。

"啊！"吃痛声先于叫骂声脱口而出。发顺被射过来的猪迎头一撞，再被猪拱嘴向上一挑。砰！没有任何悬念，发顺被掀翻在地上。

"猪真的疯了，疯了！"发顺痛喊。撞翻发顺的猪没有停留，径直往回跑。发顺也迅速爬起，顾不上拍一拍身上的尘土，竭力跟在猪后边追。得快点结束这一场人与猪的追逐啦，这场闹剧吸引了几乎全村人成为观众。隔岸观火的快感在于能看到发顺灰头土脸。

"猪疯了！肯定是。"人们议论。"还没有见过猪疯了呢！""那你今天好好看看。"人们议论。猪还在前头嗷嗷疯跑，发顺跟着追。

"猪疯了？不会吧！"正在赶来的玉旺、黑顺和李发康一行人听到发顺的叫喊，加快脚步。

嗷嗷亡命的猪再次奔回村中央，这里是个十字路口，猪停了片刻。南边路玉旺一行人已经赶来堵上，西边有气急败坏的发顺追上来。猪要立即做出逃亡方向的决断，因为李发康和黑顺正悄悄往另外两个放空的路口上堵过去。

南边路口只剩玉旺一人，玉旺结结巴巴吆猪："哟哟，啰啰，来来！啰啰，哟哟，来来来！"这种百试百灵的吆猪号子在今天宣布失效。地上无食，人慌张，这头猪在生死边缘安装了逃亡之心。

猪扭头，朝着北边的路口又开始奔袭。

堵向北边路口的人正是已经被猪掀翻两次的黑顺，黑顺自然清楚此猪的厉害，不敢再靠近像炮弹般射过来的猪。李发康喊："堵住它，堵住它！"黑顺战战兢兢靠在一侧的墙上："让它跑，让它跑，跑死它！"追猪的发顺也赶到这里："喂！狗日的黑顺，堵住他！"再次强力补充，"喂！狗日的堵住它，那边是林子，猪窜进去了就难撵了。"

形势所迫，发顺无奈，伸手追向刚擦肩而过向北奔出两三米的猪。

之后，是黑顺揪住了猪尾巴，然后猪再次将干巴的黑顺在地上拖行。尾巴负载黑顺的猪奔跑受限，停了下来。猪掉过头来看向揪着尾巴的黑顺，黑顺也看着猪。又是人与猪的对峙，黑顺率先败下阵来，黑顺松开手里揪住的尾巴，双腿微软向下屈："这猪的眼神怎么那么像一个红眼愤怒的人?"黑顺这么想的时候，猪嗷嗷张大拱嘴向着黑顺扑过来。"啊啊啊，妈咿呀!"黑顺即将成为历史上第一个葬身猪口之人，而且黑顺是个杀猪匠。可是没这样，扑上来的猪嘴并没有在黑顺身上咬合。嗷嗷扑过来的猪喷了黑顺一头一脸的腥臭沫子，黑顺蔫了，猪继续向北亡命。

李发康赶来，拉起黑顺："猪，猪呢?"

黑顺心有余悸："成精了，跑了。"李发康紧追上去。

发顺也到达："狗日的，我的猪呢?"

黑顺拉了个呻吟的长调——"成精了!"

发顺紧跟着李发康追了上去。心有余悸的黑顺继续留在路口，两条干巴纤细的小腿打着旋儿，瘫坐着嘟囔："再也不碰这猪了! 给十副腰子也不干。"玉旺欲要扶起瘫坐地上的黑顺，黑顺有气无力："让我缓一缓!"

"你家那猪成精了，你信吗?"黑顺自言自语或者问玉旺。

"信!"玉旺回答。

"听过牛马成灵，麂子马鹿成仙，大象狗熊成圣，猫狗成神，就从没听过猪也成精的!"黑顺疑惑或者自言自语。

"猪仙人!"玉旺自言自语。

村子北边是森林，森林的最外围是退耕还林后村民栽下的松树林，往深处走，就是自然林。植被茂盛的自然林在缴枪禁猎禁伐之后，村民也只有在雨季采集山货的时候才会涉足这里。此时猪已经逃出村子窜进了树林。李发康这个不擅运动的干部在松林里跑岔了气，又着腰呼呼大喘。发顺很快就在松树林中追上李发康，发顺丧气，灰头土脸，二人在林中呼呼大喘。喘得差不多了，憋着的话从嘴里涌出来。发顺："书记，你说这叫花子猪咋这么能跑啊? 太野了，杀都杀不了，按不住。"

李发康仍大口喘着："匹子猪嘛! 架子又大，皮肉又紧。"

李发康回过神来："不是，你要杀猪? 狗日的，你要杀猪? 谁给你的胆子，你要杀猪？"

李发康厉声，发顺即软，怯懦唯唯："这不是马上就要过年了嘛！杀头猪吃肉解馋，下下酒什么的。"

李发康怒："什么？狗日的，我问你为什么要杀猪？你为什么要杀了它当年猪？"

李发康再怒："狗日的发顺，老子辛辛苦苦申请来的扶贫项目，给你们建档立卡户发母猪种，是让你们养母猪生猪崽过好日子的！狗日的，还想杀年猪，母猪种什么价格你没个×数吗？"

"公猪母猪还有什么种猪还不是一样都是猪吗？"发顺唯唯诺诺地辩驳。

李发康有些怒不可遏将发顺一把推倒，又毫无间隙地揪着发顺脏兮兮的衣领提起来。口对着口，喷着唾沫："狗日的，不要说话，听我说！"李发康叫停发顺的反驳，喘息还没有缓过来。

林外有人言："发顺今天给李发康吃火药了。"林外有人，可谁也不敢进林中，林中是一潭浑水。

谁也记不清林中传出多少句"狗日的"，而"狗日的"均出自李发康之口。当"狗日的"不再传出来，就无趣，林外的人各自散去。林中，在怒火三丈的李发康臭骂之下的发顺本来就灰头土脸，而现在灰溜溜地夹着尾巴。待到二人差不多都平息下来之后："李书记，那要咋办啊！猪都进林子了。"李发康在发顺一激之下，火又起来："咋办？凉拌啊！趁这几天杀年猪，把你狗日的油炸了！"

"进林子去把猪找到，撵回来！"李发康平复怒气后说。他好像又习惯了发顺这种无赖式的漫不经心。

猪穿过松林的痕迹还在，二人顺着痕迹穿过松林，往更加茂密的自然林深处钻。植被茂密的自然林里，二人很快就失去了猪亡命的痕迹。南方高原的原始森林里，头上是遮天蔽日的巨大树冠，底下是低矮而茂盛的灌木。无迹可寻后，找猪的二人自然也无处可找，无计可施。

起伏的群山和茂密的森林，二人此时所在的位置是山谷，山谷擅回音。

发顺耳朵最尖："李书记你听，有猪嗷嗷叫！"李发康细听，果然有猪在嗷嗷叫。

"猪在哪里嗷嗷叫？"

"我也不知道猪在哪里嗷嗷叫！"

"猪真的在嗷嗷叫。"

"我也知道猪在嗷嗷叫！"

闻其声，而不见其影，这是一个有方向而没有去向的僵局。

猪确定是在嗷嗷叫，可是二人不知道往哪个方向去找。猪真的在嗷嗷叫，回声良好的山谷，猪嗷嗷的叫声来自四面八方。

4

猪嗷嗷叫的声音真的一点都不好听。尤其在无人迹的寂静山中，你能听到自己的心怦怦跳，嗷嗷的猪叫仿佛在为你的心跳敲着锣打着鼓。

在林中找猪的二人目标漫无地游走，听得见猪叫，但二人都知道觅音寻猪这个办法不可靠。二人很少说话，无从下手无计可施的李发康在前面走，此时灰溜溜的发顺是他的随从。不断传来的嗷嗷叫声加重着二人各自的烦躁，就丢猪这一事件而言，二人各有烦恼。发顺短浅，但也知道自家丢了一头猪，不是死了，是跑丢了。李发康深远，他更加知道此猪对于扶贫攻坚工作的重要，丢猪事小，领导下来视察的时候没有猪，事大。他早有听闻，县里的领导过不了多久就要下来实地考察验收扶贫工作的进展和成果。

上天予人饥馑，我们有教育、政策和国家。李发康看看身后灰溜溜的发顺，心中存疑，是不是有些揠苗助长了？想了想，即刻否定。发顺是短板，短得像一艘随时可以沉没的破船，不过终还是要将其补回来，顿生同情，李发康觉得自己和发顺同病相怜。一个是破船，一个是补船的，二者兼备，破船也要扬帆。

山里的天黑得早，找猪的二人决定返回村庄，再从长计议。

"唉!"二人长叹，从林中往回赶。

返程，发顺和李发康相互确认不是虚幻，林子深处嗷嗷的猪叫声又传来，不过二人已经听得厌烦。他们并不指望从声音中分析出什么，比如，窜进森林深处的猪，上半天还是案板上待宰的家畜，下半天就在林中率领着一整个野猪群嗷嗷叫。

暮色在山中笼罩迅速，基本上等同于太阳从山尖埋头山根的速度。势单力薄的人们不敢在山中逗留，那些昼伏夜出的生物的任何响动都会被人误以为鬼在风中叫。

入夜，发顺家中，火塘旁。虽猪已亡命山野，肉荤也没能碰上，老岩和二黑依然赖在发顺家中不肯走。这里的赖，指的是老岩和二黑这两个一人吃饱全家不饿的孤家寡人，要把晚饭的希望寄托在玉旺这个善良无二的女人身上。一天中被同一个猪掀翻三次的杀猪匠黑顺也没走，本着出门不走空的原则，他等着吃顿饭。一张瘦小干巴的老脸蒙在水烟筒口咕噜噜地抽着。

发顺心中有火，但也得强压着。李发康和他一并坐在火塘边上，相互冷着脸。25瓦的白炽灯昏黄，沾满了黑乎乎的苍蝇粪便更加昏黄，灯头以上的电线挂满了残破的蜘蛛网。火塘里偶尔冒出的浓烟熏得人睁不开眼。灯黄火亮，每一个人的脸都很黑。来者即是客，况且还有李发康。发顺理所应当表现出主人的热情与担当，却冷冷的有气无力："婆娘，整点饭吃嘛! 都干巴巴地坐着，饿着。"

李发康冷着脸不过仍故作客套："不用了，不用了! 我坐会儿，回家吃去。"在山中追了半天猪，李发康饿了。

黑黢黢的铁锅架在同样黑黢黢的铁三脚架上，玉旺往锅里加水。发顺跷着二郎腿组织着希望对答如流的语言，因为他知道今晚必有一顿李发康的所谓说服与教育。尽管李发康数次的说服与教育都没能将他说服。发顺不是顽固分子，只不过是劣质的狗皮膏药，越扯越黏，发不出任何功效。不过一旁的李发康却组织不出来任何用来教育发顺的语言，苦口婆心的说服嘱咐是吆猪的号子。脱贫攻坚的口号喊大了，发顺听腻了。政策讲细了，又有些烦琐晦涩了。发顺这个重点扶贫挂钩对象早已耗尽了李发康的耐心。爱谁谁了！烂泥糊不上墙，但要扶的对象是个人，烂泥一样散漫的人。说不扶，但不可不扶，他是驻村干部。只希望发顺这块狗皮膏药在越扯越黏的时候，再给他一股劲，粘在墙上。

"发顺，猪跑了，咋办啊？你说说你怎么打算的？"李发康放下紧绷着的脸。

发顺："不知道！发康哥，我也不知道咋办！"

李发康："停停停，别叫我哥。我担待不起。"

发顺："跑了，就跑了罢！那畜生没准过几天就死在山上了！"

发顺绝对是李发康的冤家，再一次精准地激到李发康，李发康强压怒火："去找找吧！明天去山上找找吧！找到了就撵回来继续养。"

发顺："书记，说真的，别找了！丢了就丢了，我不心疼。"

李发康又怒了："狗日的，你不心疼，我心疼！老子千辛万苦找来的扶贫项目，你们说杀就杀？谁给的胆子？"

发顺："猪是国家的，哥……不……书记，你别生气，气大伤身。"

李发康大怒，差点没一头栽火塘上。右手高高抬起，却无桌子可拍，往下啪一声拍在左手上："狗日的发顺，明天去把猪给我找回来，过些天县委领导要下来检查工作，别给老子出岔子。"

发顺蔫了下去不敢再搭话，李发康把矛头对准了黑顺、老岩和二黑："你们仨明天也跟着去找。"

黑顺一听便不干了，水烟筒里伸出嘴巴："凭啥呀？他家的猪跑了凭啥我也要去找啊！我只是个杀猪的。"

"你不来杀，猪会跑了吗？明天去找猪，不然明年的低保别想要了！"李发康严词驳斥，加以低保这个并不存在的威胁。低保是黑顺的命根。

老岩和二黑倒是漫不经心的，他们此时只关心锅里已经滚开的面条，不断往火塘里添柴火。今天院里杀猪，明天山上找猪，日子对于二人而言今天和明天只不过是换种方式虚度。老岩和二黑也是建档立卡户，只不过考虑二人都是孤家寡人，所以没给他俩发母猪种。

有人统计，在这个世上，坏消息的传播速度和广度是好消息的一百倍。议论纷纷是一种乐趣，隔岸观火也是。丢猪的次日，那只亡命于山野之猪被重新定义名字——"建档立卡猪"。猪只是一个广泛的概念，而加了建档立卡这个前缀后，一头猪的身份就有了精确的辨识。方圆十里朝着方圆十里之外集体讶然："昨天有胆大的人杀建档立卡猪啦！""发顺家把建档立卡猪杀了！"以讹传讹："建档立卡猪把人杀了！"关于这只建档立卡猪的事件四处皆闻，众人议论纷纷的时候，发顺和李发康一行找猪的人已经在山中。他们还不知道乡野之间从芝麻到西瓜的议论，在山中寻摸着到达猪最后失去踪迹的位置。

"这么大的山里找一头猪，怎么找啊！"才走了小半天的山路，黑顺这个小老头累得不行。

"怎么找？用眼睛、鼻子、耳朵、嘴巴找！"喘得最厉害的李发康上气不接下气驳道，尽管他也没有任何办法。上山之前又接到县委的电话，县委领导下来检查工作的日子提前了很多天，绝不能出任何岔子，这是死命令。

"你去这边，你去那边，他去那边。"气喘吁吁的李发康不耐烦地挥手随意指点了几个方向，几人分头行动。

还是那千篇一律百试百灵的吆猪号子："哟哟，啰啰，来来！啰啰，哟哟，来来来！"尽管这号子已对此猪不奏效，几人仍旧嘬着嘴撒着声朝着各个方向走开。

一天下来还是寻不见猪的踪迹，几人累得够呛。第一天潦草返程，路上，身后的丛林深处又传出嗷嗷的猪叫。

发顺："你们听见猪叫了吗？"

李发康："记下位置，明天再找。"

黑顺："不对，你们听，不止一头猪在叫。"

接下来的几日，几人顺着声音继续往深处找。唯一的发现就是在路上不停地发现地上有猪遗留下来的粪便，可以肯定，不止一头猪。不过仍没有寻见猪的身影。

黑顺有扰乱军心之嫌："别找啦！都是野猪的粪，可能那头家猪已经被野猪咬死了！"李发康狠瞪了他一眼，黑顺不敢再言，尽管李发康也这么认为。

几人已经受够了找猪的生活，生活绝不止找猪这件事，可是目前找猪是重中之重的大事。李发康的烦恼是其他人不能理解的。领导下来的日子越来越近，可是这猪迟迟不见踪影。这时李发康又接到县委的电话，通知："县委领导以及部分市委领导将于三天后到村实地检查扶贫攻坚工作的进展和成果。"放下电话的李发康心急火燎，领导要来了，可是重点挂钩扶贫对象的猪却跑了。对于他这种扎根基层的干部而言，这绝对是一件大事。事关他在领导眼中的形象，而这猪，就是他的工作态度。可再看看几个一同找猪的人，发顺倚在树根上没个正形，黑顺瘫坐在地上抽烟。老岩和二黑略好，在前头开路，不过心不在焉。

气不打一处来，虽然李发康也毫无办法。气不打一处来，李发康再次把火撒向几人："你们四个狗日的，如果你们不杀猪，今天老子也不会在这里找猪！狗日的！"李发康真不该骂狗日的，他是干部。不过自从建档立卡猪亡命山野后，狗日的就成了他的口头禅。发顺、老岩、二黑和黑顺真是狗日的，所以李发康骂狗日的，目的在于将自己和他们区别开来。

越找，几人越垂头丧气。越是垂头丧气的时候，林中就有噭噭的猪叫声传出来。这是对于几个将败之人的挑衅，李发康骂着狗日的，指挥："顺着声音分头找，找到以后包抄。"这是既定的一成不变的战术，每听到猪噭噭叫，几人就循着声音往林中深处奔跑，每一次都徒劳放空。如此这般，打了鸡血奔跑的人，被失望之棒当头一喝。重复性徒劳无功的劳动掏空的是心力。闻其声不见其影，是心力的煎熬。宁信山中有鬼，不信林中有猪，终耗尽几人找猪的最后一丝愿望。累死啦！包括李发康在内。

歇一会儿吧！都找了好几天了。几人没有坐姿，没有睡姿，瘫在地上。李发康也这样，找猪的几人都一样，一样的愁眉不展，一样的气喘吁吁，一样的灰头土脸。

黑顺这个小老头最先受不住了："李书记！我真的受不了了！再折腾的话，我这把老骨头就要扔在山上了。"黑顺说的是实话，老，是经不住消耗的，"书记，低保我不要了，猪我也不找了！"这是黑顺最后的妥协。

李发康气喘吁吁，不想搭话。

老岩和二黑异口同声："不找了，不找了，爱怎样就怎样吧！"二人也受不了了，宣布罢工不干。

李发康长叹："其实最不想找的是我，只是这建档立卡猪丢不得啊！过几天领导就要下来检查工作了，猪丢了应付不了！"李发康对几人讲出心声。

几人讶然，沉默。

三分钟后，发顺："书记，原来是这样啊！不找猪了，应付检查的事情重新想办法……"发顺在李发康耳边私语。

似乎有了台阶，李发康妥协："那好吧！你负责这事，我回去取钱给你！"

李发康："不找了，不找了，猪都丢了好几天了，没准饿死在山上了！"

再返程，身后的林子深处仍然有嗷嗷的猪叫声传出来。几人累了，烦了，恼了，他们就听不见了。

5

猪是没有表情的，千篇一律的耳朵和拱嘴，熟悉到陌生的老嘴老脸，使得普通人观念里所有的猪都只有一个共同的名字，还是猪。

物竞天择是一种富有进步性的规律。人于猪而言，人的能动性略强于猪，所以猪就成了被人驯养的家畜。一贯如此的漫不经心和自我满足的怡然自得是一种要命的毛病。猪嗷嗷叫的原因不外乎饿了、发情了、又饿了、要死了这几种。因而，不到饭点村庄响起来的嗷嗷猪叫声属于外来户。发顺赶着一头猪回来的时候，距离他上次追着猪贯穿村庄已经过去数日。

再次回到最开始对猪的描述：猪不大，长了架子还没有结膘。猪走路的时候一点都不好看，尤其下坡的时候，像醉汉划拳……猪在前面走，发顺挥着一根紫茎藤兰的秆秆跟在后面，嫁鸡随鸡的玉旺跟在发顺后面。像鬼子进村，前头的猪是太君。更像溃军过境，发顺家两口子一次比一次更加灰头土脸。此猪显然已经被驯服过度，和后边跟着的人一样，气喘吁吁。

穿村而过的土道上，发顺欲弄出一些响动出来，所以他挥下一鞭抽在猪屁股上。

猪嗷嗷，向前一段小跑。发顺再抽，猪嗷嗷。

"够啦！"玉旺阻止。发顺再抽，猪再嗷嗷。

显然，让猪嗷嗷叫着穿过村子是发顺想要达到的效果，因为李发康骑着摩托车在后边跟着，这也是李发康想要的效果。

村子中央，老岩、二黑和黑顺三人在懒洋洋晒着太阳。远远看到发顺赶着猪回来，三人远远地就想撤走。几日前发顺的猪对于三人而言是肉荤，现在就是祸水。对发顺和他的猪敬而远之，是最明智之举，也才像三人应有的做法。

"你们仨别走，给老子站着！"发顺远远地喊住三人，赶着嗷嗷叫的猪过来。

黑顺："回家收衣服，要下雨了！"晴空万里，构不成逃开的理由，发顺和他的猪已经来到跟前。

发顺："猪已经找到了！"找到猪的话并不是讲给三人听的，所以发顺大声阔嗓地将消息在村中炸开。

老岩和二黑异口同声："哇呀呀！在哪里找到这畜生的？"

发顺："在后山的野芭蕉林里面找到这畜生的！"声音继续炸。

老岩："过几天再杀的时候，一定要多请几个人来。"

发顺拍了一下老岩的头："杀个屁！建档立卡猪是留着怀崽下猪的，建档立卡猪是国家为了扶持建档立卡户脱贫的重要举措……"发顺的声音继续在村中炸开，像复读机，不，像村中宣扬政策的高音喇叭。是发顺突然觉悟了吗？李发康跟在后头。

黑顺："莫扯卵子！白猪进了一趟山就变成花腰猪了？"黑顺看出端倪，黑顺是杀猪的。

发顺："莫废话！老子撵猪过去再掀翻你！"黑顺不会质疑发顺真会这么做，欲言又止，闭口逃开。

亡命山野的猪找回来的消息传达完毕，发顺和玉旺赶着猪回家，留下三人懒洋洋地继续晒太阳继续懒洋洋地侃："黑顺，这猪真的不是跑进林子里的那只？""肯定不是嘛！品种都不同！""那发顺哪来的钱买猪？他这是要干啥？"

李发康骑着摩托从三人身边疾驰而过，给三人扑了一脸尘土，三人议论止于中途，低声谩骂："妈的！骑个摩托了不起！"李发康骑着摩托车拐了个弯进了发顺家。

发顺家再传出猪嗷嗷叫声，发顺揪着猪耳朵，李发康拿着打孔器，二人在院子里又跟猪搅作一团。此猪换彼猪的主意出自发顺，而真自李发康，假戏做成真戏。借来的打孔器要在赶回来的猪耳朵上打孔戴上建档立卡猪特有的标识耳牌。而这标识耳牌是杀建档立卡猪的时候发顺从猪耳朵上扯下来扔在院子里的。打孔戴牌比杀猪容易，二人很快就在猪耳朵叶上装上标识牌，把猪放回猪圈里。

李发康嘱咐："明天领导下来检查工作你知道怎么说的，不要大口马牙地乱嚼。"

李发康威逼或是利诱："这次检查应付了，这猪你继续养，给你了。出了岔子谁都不好受！"

失而复得的发顺自然高兴，龇着牙咧着嘴："李书记你放心吧！你交代的话我都快背得了！支持扶贫干部工作是贫困户的义务和责任，坚决摘掉贫困帽子是每个建档立卡户应持有的想法和态度……"

"莫要在这给我耍贫嘴，明天去领导面前耍去。"说完，李发康骑上摩托车离开，为明天迎检做其他准备。此猪换彼猪的确是个好办法，李发康悬着的心得以放下。

绝无鸠占鹊巢之嫌，此猪本就是为了填补空窝而来。猪圈里刚进新家的猪卸下一路奔走的躁动后，在猪圈一角挪了一个窝躺下。耳朵叶子上刚打下的孔流血不止，耳朵叶没过多的神经，微疼。只不过耳朵叶上带了一块身份标识牌，扑棱扇乎着耳朵。猪有灵敏的嗅觉，毕竟标识牌是别猪的，还有别猪的气味。

看着李发康走远，发顺把视线转向玉旺身上来。猪失而复得确实能让发顺欣喜。发顺拉过玉旺的手，久违的，玉旺猛地缩回，发顺继续拉过来："媳妇啊！特困户的帽子好啊！上头照顾咱照顾得这么周到。"发顺点了根烟叼着，摇晃着小脑袋盘算着，"这顶帽子可千万别被摘掉。"

玉旺并不懂发顺口中所谓的帽子，咿呀着从发顺手中挣逃。又有猪可喂了，玉旺要去砍芭蕉。喂猪。

6

大概很少有人会观察，猪最优美的举止是进食。

拱嘴寻着地，呼哧呼哧大口进食。无论是在猪食槽中还是就地而食，猪都能保证吃个精光。灵活有力的舌头伸出，舌苔上众多的凸起不放过任何食物的残渣，一一舔舐干净。这里的美，指示一点都不浪费，也指示猪圆滚滚的肚皮是一种美。

迎检当天清晨，发顺想起李发康的嘱咐："多喂猪一些芭蕉，少喂谷糠！"最大限度地呈现猪圆滚滚的肚皮，也是一种政绩。

发顺向喂猪的玉旺歧义转达："多喂些芭蕉，多喂些谷糠。"

玉旺弱弱地嘟囔："谷糠吃多了撑！"不过嘟囔不是话。

发顺无暇细听："废话多，破事多！李书记叫怎么做，我们就怎么做！"

玉旺低下头继续咔咔剁芭蕉。

村子远，山路弯。零落不整的石块和星罗棋布的坑坑洼洼，以及大面积积蓄的尘土。轿车行驶在山路上的样子像猪走路，犹犹豫豫，左摇右摆。前一辆车卷起尘土，后一辆钻进尘土，最后一辆被覆满尘土。

可算是即将抵达，车在山路上蹦跶。蹦跶最高的是李发康，他骑摩托车在前头带路。跟在后边蹦跶的是轿车，村民没有级别概念，车上坐着的都是大官。

随着咣当一声后，首车停在村口，咣当两声后，两辆跟车停在路边。路面上同一块凸起的石头三车无一幸免。村子，已经到达。先头赶到的李发康把摩托车停在路边，挥手示意停车。车子所到扬起的尘土，有的已经落下，有的正在落下，路面是一层厚厚的尘土。车门打开，几双油光锃亮的皮鞋插进尘土中。走一步吧！尘土即覆住皮鞋的光泽。

李发康和村民小组长刘四咧着嘴挥手相迎，一旁散落着的还有老岩、二黑、黑顺和发顺，五个人的迎接队伍是李发康能组织和拿得出手的最高迎接礼遇。尽管政令一再重申不搞排场，不过这也算不上排场，顶多是人气。

三辆车共下来六人，不包括车上的司机。走在最前面黑瘦干练的干部是县扶贫办主任唐松，唐松两侧各拥一人，左边的是副县长王东，右边的是乡长兰正义。王东挺着肚子背着手，兰正义躬着身子跟唐松介绍情况。还有其余三人，李发康没见过。县里的？市里的？管他哪里的。

兰正义："主任，到了，这个村子就是我县我乡最偏远的贫困村了！"

唐松有着从任何角度切入工作的本领："一路上见识了！挺远挺偏的。不过越是这样的村庄越是不能放松我们的工作。"

"是是是，主任说得对！"通常而言，这是主任每一句话结束之后异口同声的回应。

兰正义引荐一旁随从的李发康："唐主任，这就是这个村子的扶贫驻村干部李发康。"

唐松把手伸向李发康，李发康欣喜相迎，结结巴巴："主任好，主任好！"

唐松点点头表示会意："辛苦你了！小李。"

李发康："不辛苦，不辛苦，都是在为老百姓做事情，服务。"

唐松很受用，仔细再瞅李发康几眼："我想起来了，五月份有一批用来给贫困户脱贫的母猪种就是你找我签发的！"

"对对对！主任那么忙还记得这种小事。"李发康继续阿谀，激动万分。

唐松："母猪种都给贫困户发下去了没？今天咱们就去看看这些猪的长势如何？"

李发康："发下去了，长得挺好的，贫困户们也很高兴。"

"那个什么，王县长你带着兰正义到村子里四处转转，记得访问各个农户都缺什么，需要什么，政府能做什么。让小李给我们四个介绍情况就行。"唐松亲自点将。

唐松："小李，你今天就带着我和这三位市里的专家四处看看！"

"好好好！"李发康回应着。原来其余三位李发康不认识的人是市里来的专家，李发康心里一个激灵。善于糊弄的是专家，善于不被糊弄的也是专家，这是一次带着照妖镜的检查。

村子很小，很适合检查工作。有什么突出的工作成果很容易看见，有什么工作中的不足和缺憾也会暴露无遗。为了避免后者情况的出现，李发康还在临检之前跟各家各户打过招呼，甚至给发顺家重新买了猪来李代桃僵。现在还把发顺、老岩、黑顺几个扶贫工作的重难点作为随从带在身边，一方面为了防止几人乱说话，第二方面就是几人始终还是李发康心头的重中之患。走访各家各户是工作方式，进村入户访问谈心是工作方法。李发康的准备工作做得充实，所以一路上带着唐松入户调查之时，唐松看到的是他想看到的，听到的是他想听到的。看到的和听到的都是唐松希望李发康交上的令他满意的答卷。

唐松勉励："小李，做得很好！就需要你这样能吃苦能做事的干部，很好，给你一个口头表扬，继续努力。"

李发康官套："唐主任过奖了，我只是做了自己应该做的！"

唐松："刚刚还说到五月份我给你签发过一批母猪种的，转悠了一圈都没看到。你带着我们去看看。"

李发康继续："主任真的有心了，心系下属和老百姓，我就带你去看看。这批猪分给了八户困难户，都养得挺好的，老百姓用心，猪长势都不错，再过几个月就发情可以配种怀崽了。"村中共八户发母猪种的农户，七户集中在村东边，和发顺家隔得远远的。李发康引着唐松一行检查往村东边走，尽最大可能避开发顺家这个隐患。发顺、老岩和二黑几人蓬头垢面地跟在一行人的最后边。唐松疑惑，指了指几人："小李，这几个老乡不必跟着，让他们回去吧！"李发康自有官套好听的解释："主任，这是发顺，这是老岩，他们都是村里脱贫攻坚的重点挂钩对象，让他们跟着学习学习，接受教育。"

发顺收到李发康的眼色："是的，是的，我们是跟着学习的。"

唐松拍了拍李发康的肩膀以示器重："哈哈！这村有你这样的驻村干部是福分，我县有你这样的干部我放心。"李发康激动万分："还得跟唐主任学习，看齐！"唐松："相互学习，我多向你学习！"

见此，发顺揪了揪一旁的二黑和老岩的衣角："向领导们学习！"几个参差不齐的口号在李发康又一个眼色中响起。排场让唐松有些激动，挥手叫停："不搞形式主义，不搞这些虚的。相互学习，领导干部多向人民群众学习，为人民服务。"

继续走，到农户家中去，各家各户都提前做好了热烈欢迎的准备——糖果瓜子和茶水。"领导您到家里坐会儿！"同时也准备好了对答如流的台词："米饭管饱，不存在饥荒。猪肉吃腻，偶尔杀鸡。屋子修整，不漏雨也不进风。"再汇报猪的长势："母猪种好养，不挑食，长肉快。"最后是感谢："感谢党和国家的政策，市上县上乡上，然后是李发康……"如此对答如流而大同小异的客套寒暄，首先让市里三位畜牧专家听腻了："那就带着我们去看看猪吧！再把猪拉出来，遛一遛，看一看。"

好吧，猪被从猪圈里放了出来，在院子里嗷嗷叫。三位畜牧专家掏出手机："猪耳朵揪过来，扫一扫。"建档立卡猪耳朵上戴着的标识牌上有条码，扫一扫，猪源、品种、用途一应俱全。

先后进了七户农户家，重复的访问和重复性地得到大同小异的回答，这绝对不是此行想要的，不过是想要听到的。也重复性地扫了七头猪耳朵上的条码，数据规范记录上表。三位专家也及时做出反馈："养得好，喂得也好，不过要注意配种受孕的时候不能喂得太胖。"见专家都连连称好，唐松再拍拍李发康的肩连连称赞："好，好，小李干得不错。"顺便给予鼓励性质的暗示："等扶贫工作结束，人事不再冻结，县里会考虑给你换一个大舞台！""谢谢主任，谢谢！"李发康心中狂喜。唐松幽默："别谢我，你要谢就谢这些猪，养得多好啊！"

李发康见检查总算是比较圆满地对付过去了，暗自庆幸。可三位畜牧专家："那个主任，记录上显示这村有八头建档立卡猪，再看完最后一头，今天的工作就圆满结束了！"

唐松："哦，还有一头。那小李再带我们去看看。"

提起最后一头猪，暗自庆幸中的李发康汗毛又起，此猪已亡命山野。带着三个畜牧专家去看一头赝品，李发康心发慌，底气全无，想法拖延："主任，那个，那个现在都快到饭点了，要不咱们先吃饭吧！"

唐松："饭就不在村里吃了，有规定。看完最后一头猪我们就回乡上吃工作餐。"

李发康仍在想方设法："哦！是啊！都到饭点了，你们都还饿着。要不我把那家的户主给你喊来当面汇报。"慌乱中故作镇定："来来，发顺！你来跟主任说说你家猪的长势咋样。"

又该发顺表演了，结结巴巴地把台词背上："我家的猪吃得好，睡得好，长得也好，关键是政府发的猪品种好。感谢政府，感谢政策……"

唐松打断："那个小李，你再带我们去他家看看，大家都辛苦了。再辛苦也要把工作落到实处。"

发顺还在背，虽然没人听。李发康揪了揪发顺的衣角："快别汇报了，去你家。"李发康睖了发顺一眼，心又悬了起来，希望可以糊弄过去吧！除非专家眼瞎了。

唐松看出李发康不对劲："怎么，小李，有什么困难吗？"

李发康现在已是惊弓之鸟："没没没，只是发顺家有些远。"

一行人往发顺家赶，这次是发顺在前，他是户主，在前带路，村道中穿行。还未到发顺家，先听到有哭声，一行人脚步加快。一贯没心没肺的老岩和二黑赶上前头的发顺："怎么了？你婆娘哭哇哇的，你家死人了？"发顺黑着脸反驳："你家才死人了，你全家都死了！"

李发康也冷着脸："别废话，回去就知道了。"转回头冷脸转热："唐主任，就到了，就到。"

发顺家，为了迎检而拾掇一番后，破败之中能见一丝整洁。院子里悬晒着床黑黢黢的棉絮，棉絮下边是一农家妇女抱头瘫地而悲泣，呜呜然，咿咿呀，此人正是发顺婆娘玉旺。有客登门，而家中有人在哭号，发顺自然不开心。发顺黑着脸上前伸出脚尖碰了碰瘫在地上哭号的玉旺："咋个了嘛，你哭什么？"发顺语气加重，喝令，"咋个了嘛，不准哭！"弯腰钳起玉旺。

玉旺露出哭脸，抽噎着："猪，猪……那猪……不动了……死了……"

"啊！死婆娘，好好的猪怎么就死了。"发顺气愤，用力摇晃着抽泣的玉旺。

玉旺继续抽噎，有些颤抖："不动了……就……死了……"

发顺愤而挥手欲打："死婆娘，喂个猪都干不好。"手挥在半空被李发康制止："发顺，你要干什么？再犯浑。"

作为旁观的唐松几人在边上看着院里搅作一团，唐松厉声："小李，怎么回事？"

李发康吞吞吐吐："她说，她家的猪……死了？"

唐松的脸转黑："什么时候，怎么死的？猪在哪儿？让专家看看怎么死的！"唐松示意一旁的专家去看看情况。

几人径直走向猪圈，留着发顺和玉旺两口子坐在客台上，发顺挠着头，玉旺继续抽噎。比房屋还要破败的猪圈里，猪躺在角落里。畜牧专家进猪圈当机立断："这猪还没死嘛！"专家用手捅了捅猪，猪哼哼，"猪还没死嘛！"躺在地上的猪无视一旁的人，顶着圆滚滚的肚皮，睡着，不动，像死了。专家转身看向猪圈内的猪食槽干干净净："今天都给猪喂了什么？"发顺在院子里有气无力地回答："就是芭蕉和谷糠嘛！""那应该没事，就是这猪吃撑了！""早上喂了多少猪食？"发顺回答："喂了不少呢，这猪能吃得很。"

猪没死，只是吃撑了不想动。猪圈外的李发康长舒一口气，教育发顺："以后一定要注意了，引以为戒，科学饲养。"

畜牧专家继续在猪身上比画打量："不对，这猪有问题。"

李发康："有什么不对的，你扫一扫耳朵上的标识牌嘛，会有什么问题嘛！"

　　猪圈里的畜牧专家被李发康一驳："标识牌是对的，可这猪不对。品种不对，而且这头小母猪被劁过，根本不是母猪种。"

　　李发康勉力装出一副宁死不屈："怎么可能嘛！会不会是……搞错了？"

　　专家依据有理："劁猪的刀口都还在，况且这猪是小耳种，跟建档立卡猪不是一个品种。"

　　被专家当场戳穿，李发康支支吾吾，无语应答。一直在旁观的唐松感觉被糊弄了，而且是不能罔视的糊弄，厉声喝道："李发康，你给我过来。"

　　"怎么回事？"

　　"就是这猪，不是那个猪。"前言不搭后语。

　　"到底这猪是什么猪？"

　　"唐主任，就是这猪，它不是原来的猪。"

　　"那原来的猪呢？"

　　"原来的猪原来也在这圈里……后来不在了……这猪才来了。"

　　"原来的猪哪儿去了？"

　　"原来的猪丢了，找不到了！"助攻，发顺瘫在客台上说。

　　"好好的猪怎么就丢了呢！"

　　"就是我们杀猪，猪挣逃，猪跑我们追，我们追猪跑，然后就丢了。"再助攻，发顺瘫在客台上。

　　"啊，你们杀猪，你们竟然杀这猪？"唐松吃惊，"那猪呢，猪在哪里？"

　　"猪在山上。"

　　"猪怎么会在山上呢？"

　　"因为猪跑到了山上。"

　　唐松和李发康院中的对话，再加之发顺的助攻，一场杀猪、追猪、此猪换彼猪的闹剧呈现在人们面前。此时另一行人马，副县长王东和乡长兰正义闻声赶来。进门，唐松对李发康的批评教育立即转向了一脸疑惑的乡长兰正义身上："小兰，这种弄虚作假的面子工程一定要严厉批评及时处理，该处分的处分，不能手软。"一脸疑惑的乡长兰正义受到迎头呵责更加疑惑："唐主任，怎么了？出什么问题了吗？"唐松冷着脸厉声："怎么回事？你问问这个好干部李发康吧！"李发康在一旁低着头。

唐松转身对低着头灰溜溜的李发康拍拍肩："李发康同志，好自为之。"

"王县长，看来这个脱贫攻坚的工作形势严峻得很啊！走，回县里。"

村口的车子再次启动，在山路上蹦跶而回。乡长兰正义的车还留守，兰正义还要留下处理问题，问题即指李发康。

还是发顺家中的院子，发顺冷着脸，李发康黑着脸，兰正义的脸更黑。玉旺不再抽泣，因为所有的人都黑着脸。老岩和二黑潜伏在门外，对于他们而言，门内任何事都是热闹。

兰正义："发康，说说吧！怎么回事？"

李发康："乡长，我也没办法啊！建档立卡猪丢了，为了迎检我才换猪的。"

兰正义："好端端的猪怎么就丢了呢？"

李发康："发顺他们杀猪，猪挣脱了跑进了山里。"

发顺抬起头："这个我可以证明，猪是我们杀的，跟发康没有关系。"

兰正义勃然大怒："闭嘴，没问你！"

发顺吃瘪，低下头继续挠头发，灰溜溜夹着尾巴。

兰正义："发康，那说说接下来你打算怎么办啊！"

李发康支支吾吾地憋出："我也不知道。"

兰正义："你这也算情有可原，关键是这事情露出马脚了。不处理你是不行了，惊动唐主任了。这样，处理你的事过几天再说，先把猪找回来。"

李发康委屈巴巴："这猪贼得很，找过了，找不到。"

兰正义："猪找回来，是工作的失误。猪找不回来，就是工作的错误，你自己看着办。"

停在村口的最后一辆车也启动蹦跶着开走了，村子恢复如常。换个方式形容吧：刚刚打完一场必败之仗的溃兵收获更大的败果，进而使得自身陷入更加窘迫的局面。李发康和发顺坐在院子石头上，现在的李发康跟发顺一样了，一样的灰头土脸，一样的右手挠着头，左手掐着烟屁股。

猪还没死就意味着玉旺又有事可做了，在院角咔咔剁着芭蕉。

老岩和二黑适时摸了进来。绝大部分时候，发顺、老岩和二黑是一体的，都是热闹的一部分。

猪回来，是失误。猪不回来，是错误。这句话是两个极端的结合，朝着李发康重压而下。李发康深知失误和错误的最终定性，有什么本质的差别。

"要不，明天我们再去山上找找那猪？"李发康说，语气略软，带着恳求。

"找什么找，猪不是在猪圈里吗？"丢了一头猪又重新得到一头猪，发顺自然没有什么损失，他盘算着，发硬地拒绝着。

尽管气大伤身不好，不过发顺总能屡次成功挑起李发康的火。不要试图去点燃任何人心中的火把，引火自焚的人不在少数。李发康迅速被激起怒气，朝着发顺咆哮："憨杂种，要不是你们造作，会有现在这么多事吗？"发顺被李发康揪着衣领提起来，再推倒在地。李发康继续咆哮："憨杂种，一群憨杂种！社会好，政策好，好好过日子还不好？"

遇硬则软，发顺被推倒在地后就索性不起来，这是他的自保方式。任由李发康燃着怒火咆哮发泄。而一旁附和的老岩和二黑显得更为明智，躲着，不敢上前沾染怒火。不料李发康放过赖在地上的发顺，转而捏着拳头走向二人。二人赔着笑脸："李书记别这样，别这样！"二人砢磅地后退："别这样，这样不好，不好。"李发康继续逼近，二人退到墙根再无退处的时候妥协："好好好，我们错了，错了！明天继续上山找猪，找猪！"

李发康得到想要的回答，随之软了下来："不好意思，不该跟你们动粗的！"

"没有，没有。"二人继续赔着笑脸，顺便拉起赖在地上的发顺。一对三的男人之间的对局以李发康完胜宣告结束，玉旺还在院角剁芭蕉，咔咔的。

7

入夜，发顺家的人各自散去。

一天之中逐级传递的怒气还没有消除，从县扶贫办主任唐松到乡长兰正义，从兰正义到驻村干部李发康，再从李发康到发顺。这种逐级传递的怒气在传递过程中不断得到积累和加重，发顺承受着这股巨大的怒气。不过发顺并不是开阔之人，他消受不了。

所以，玉旺成为这股怒气的最终承受者。

两个人的落魄家庭，发顺充当着暴君。暴君必有暴行，首先发顺得先喝点酒，酒劲上头就趁着酒兴挑玉旺的毛病，以便为想要实施的暴行寻找合理的依据。一曰批评教育和指正，二曰拳头之下长记性。而玉旺最大的毛病在于一贯的示弱和一贯的隐忍，所以整日咔咔剁芭蕉喂猪成了发顺挑出的毛病。

"憨婆娘，大事不做，整日只会剁芭蕉喂猪！"发顺挑起。

剁芭蕉的玉旺受骂，无言之杠，往下剁的力度加大："嗒嗒嗒。"今夜，发顺家又不得安宁。

最先传出发顺酒后没有条理污浊的叫骂声，叫骂声一直持续，越来越大声。其间伴随着锅碗瓢盆落地，玻璃器皿破碎的声音，玉旺隐忍不回应，发顺独角戏唱罢。紧接着就是拳头击打肉体的闷声，头颅撞击门板的砰砰声，且越来越大声，越来越凶狠。

邻里以及全村今夜又跟着不得安宁："发顺又发酒疯打婆娘了！""发顺疯了，打得这么厉害，会不会打死人？"暴行愈演愈烈，从未有过的激烈，因为能清楚地听到玉旺绝望的惨叫和求饶声："不要打了……啊……不要打了……"邻里乃至全村不由得为玉旺揪心："去看看吧！劝劝，不然发顺这畜生真把媳妇打死。"也有异议："别人家的家事别去掺和，别去沾到发顺。"

坐等，观望，持续的惨叫和求饶。

"嘭！……啊！……砰！"驻村未离开的李发康闻声而来，暴行止于李发康破门而入。嘭！一脚踢开门。啊！一脚踢在发顺屁股。砰！发顺在地上狗啃泥。发顺借着酒劲弹地而起欲反击，再次被李发康一脚蹬倒，在地上借酒耍起赖："管得真宽，管教自己婆娘也要掺和。"砰，又成功获取李发康一脚："你婆娘不是人啊！怎么经得住这么打！"李发康朝着地上的发顺咆哮，"老子是干部，但也是你哥！"

李发康屈蹲一把揪起发顺的头发，厉声斥责："你看看，你婆娘被你打成什么样子了，狗杂种！"

房间角落，玉旺倚着墙柱，脸肿着，眼青着，流着鼻血用袖子揩着。哭失了声，瑟瑟发抖抽噎着。地上散落着实施暴行的衣架、扫把和柴火棒子。

李发康指着墙角的玉旺："打女人，一个大男人。滚过来！道歉。"

发顺赖在地上："怎么可能跟一个女人道歉！"不容置疑，发顺话还没说完又再次获得李发康以暴制暴的一击。李发康揪着发顺的头发在地上拖行，拖到玉旺跟前，厉令："道歉。"

发顺不得不屈服，嘴角流血，面部狰狞，朝着玉旺大声喊："对不起，以后我不打你了！"这不算道歉，抽噎中的玉旺再次被狰狞的发顺刺激，浑身战栗，双手无力地向前挥舞："啊……啊……别过来，别打我……"

清官难断家务事，而现在李发康管了，最直接，以暴制暴的方式。平息好这场别人家的暴乱以后，李发康还要去村民小组长家，明天要组织全村的劳力上山找猪。

"发顺，你再打婆娘，我把你手脚卸下来。"李发康临走之前警告。发顺失了神，蔫在一边抽着烟不做回应，算是一种妥协。玉旺在另一边继续抽泣，李发康的眼睛扫过来，她干巴地咧嘴表示感谢。

"玉旺，这狗杂种以后还打你，你告诉我，过不下去就离婚！"听到李发康建议离婚，发顺瞪了李发康一眼。

绝不试图去赞美，只需要真实的描述。单纯地描述一个场景，从发顺家出来李发康接着奔赴下一家，从一件事奔赴另一件与上一件毫无关联的事。着重于时间，深夜，狗都不吠的深夜。基层干部扮演着一个类似于父母的角色，喋喋不休，殚精竭虑，苦口婆心以换来民众早就该具备的觉悟。基层干部的工作类似于在琐碎的河流中浮沉，这种琐碎的处理，要么细致入微，要么身败名裂。

次日，天还未亮。发顺的疯叫声又将整个村子喊得不得安宁。这种疯喊还不同以往，是沿着村道疯跑的疯喊。仔细一听发顺疯喊的内容：

"哇呀呀！李发康，我婆娘跑啦！不见啦！"

"哇呀呀，李发康，你个狗杂种，你促我婆娘跟我离婚！"

"李发康，你个憨杂种！"

发顺的疯喊一直持续到天亮，重复性地奔走叫喊以至于全村的人起来知道的第一件事情是这样的：驻村干部李发康建议玉旺和发顺离婚，从而导致了玉旺现在不知所终。

宁拆十座庙，不毁一桩婚的传统真理面前，村民一致认为发顺打婆娘是自家的小事小恶，而李发康一举则是大恶。这是大多数人的想法，可暂且认为正确。

疯喊到天明的发顺终在喊累的时候静了下来，木讷，两眼无神。现在他终于是一个人了，他从未想过会一个人。不过还想推脱责任或者是博取更多的同情，有气无力地嘟囔着："狗日的李发康！"

老岩劝解："发顺，怎么了？"

发顺捏着烟屁股："狗日的李发康促玉旺和我离婚，玉旺就跑丢了。"

老岩："那你婆娘到底跑哪里了？"

发顺："昨晚那疯婆娘揩干净鼻血就往外跑，跑进了林子里，跑得太疯，我追不上她。"

二黑附和："嗯，真的狗日的李发康。"

再次将行动轨迹倒叙到起初找猪的林子来，还是一样的场景描写：村北边是森林，最外围是退耕还林后村民种下的松林，往深处走，是人迹罕至的原始森林。为什么要旧景重提呢？因为据发顺的描述，昨晚玉旺就是趁着月色跑向这个方向的，并最终音讯全无。

外围的松林中，大规模的人群聚集。昨夜发顺家的叫喊，成为今早众人的谈资。议论纷纷的众人最终统一意见：玉旺失踪的原因可归结为，由于李发康这个外人擅自插手发顺家的家事。

乡长兰正义一大早便闻讯赶来，贫困村特困户丢了，这是天大的事。此时兰正义正训斥着奔忙一夜的李发康："猪的问题还没解决好，现在你又弄出个丢人！太丢人了！"

李发康："发顺都快把他婆娘打死了，所以我就……"

兰正义："自己的事情都还没处理好，还有心思管别人的家事。"

旁观李发康被训斥的发顺这会儿又有了力气，恨恨地说："兰乡长，就是他要管我教育我自己的婆娘，我婆娘才丢的。他还促我婆娘跟我离婚……"

兰正义："发顺，你给老子闭嘴！"

太阳出来，林子中的浓雾散开。村庄里的能动劳力组成的搜索队伍进入森林，本来是要找猪，现在还要找人。因为要找人，惊动了兰正义，兰正义带来了乡派出所的全体警员和消防人员。当然，还有一只警犬，以及若干只村民家中品种不纯的撵山犬。

"找猪和找人两件事碰在一起，开干！"兰正义一声令下。

山大了，再多的人也自然就少了。本来计划的地毯式搜索不奏效，所有参与此次搜寻的人员在林中铺撒开来，往森林深处找。边走边喊，这边的人喊着玉旺，那边的人学着猪叫。

"玉旺这个小女子怎么这么能跑呢！这么多人找都还找不到。"

"都快找了一天了，怎么还找不到？"

发顺、老岩和二黑又聚在一起，跟在队伍的最后面，他们三人又一样了，漫不经心。

"发顺，婆娘跑丢了，你怎么一点都不心焦？"

发顺："死了最好，这疯婆娘！"

"发顺，我劝你还是好好找找，没了婆娘怎么过日子。"

发顺："那疯婆娘是李发康弄丢的，他要负责。"发顺将责任推脱得一干二净。此时李发康正带着人在林子深处找，听不到。

"发顺，你是个畜生。"

进山搜寻的队伍在山中一直搜寻到傍晚依旧是毫无头绪，唯一的收获便只是越往深处走，地上散落的猪粪越多。村民跟兰正义打趣："兰乡长，派出所该发枪了，不然这野猪又要下山祸害人了。"兰正义："莫要扯淡，找人要紧。""不过要说玉旺这小女子进山也应该走不了多远，怎么就找不到呢？"警犬在嗅了玉旺的衣服气味汪汪汪撒出数里后也在山中丧失了气味的方向，众人不禁为玉旺的安危担忧起来。

村民甲："林子里有豺狗和豹子！"

村民乙："林子里有吃人的狗熊！"

村民丙："林子里还有大黑野猪，也吃人！"

村民甲乙丙代表群众的声音，代表群众的猜测，玉旺的死因。因为找了一天了，丝毫不见玉旺的踪迹。

兰正义中断众议论："干部留下连夜找，村民回家，今晚找不到，明天接着找。"

村民回村，山中入夜。兰正义、李发康等一众干部继续留守山中，人命关天。消防和民警打着大电筒在前，兰正义和李发康打着小手电跟在后面。山中的夜里幽冷，林中的每一丝响动都会被放大得诡异。

"嗷嗷嗷！"猪叫声在夜里响起。

"你们听，猪在嗷嗷叫！"

"果然有猪在嗷嗷叫！"

众人闻声，手电筒齐刷刷朝着嗷嗷叫声的地方照，众人朝着手电筒照到的地方奔跑。约莫半小时后，离嗷嗷的叫声越来越近。手电筒所照的灌木丛中因为反射亮起数十双小灯泡："是野猪，很多的野猪！"有人惊喊。嗯，是的！灌木丛中亮起的小灯泡正是野猪群的眼睛反射着手电筒。与野猪在夜里不期而遇，众人愕然。野猪在夜里被强光所照，怔住三秒。待野猪回过神来嗷嗷往漆黑中逃的时候，众人还在愕然中。

"还愣着干吗？追上去。"李发康喊，众人打着手电筒追上去。

森林，尤其是夜里的森林，那绝对是属于野物的领地。野猪群往山顶上窜，众人跟在后头追。野猪群至山顶，野猪群向下翻下了山梁子后不见了踪影。兰正义和李发康跟在最后，气喘吁吁跟上来。

兰正义："大半夜的跟着野猪瞎追什么？万一野猪转过头来咬人怎么整！"

李发康喘着粗气："你看见了没？野猪群里夹着一头白猪？"

兰正义："乱×麻麻的！谁顾得上去看黑的白的。"

李发康喊住一个民警问："那你看见了没，有一头白猪？"

民警："没有，光看猪眼睛了！"

"你……唉……"李发康问不出个结果。

"野猪群里夹进了家猪，家猪还不得被咬死！"

李发康把手电夹在腋下，双手揉了揉眼睛："应该没看错啊！我就看见一头白猪夹在黑野猪中间。"李发康再揉揉眼睛，一拍脑门："我敢肯定有一头白猪夹在里面！"李发康自我拍板，确定看见一头白猪，此猪极有可能就是发顺家跑丢的那头建档立卡猪。

"那猪呢？"兰正义打断李发康。其实众人与野猪群只不过在慌乱中照过一面而已。

山中搜寻人员在林中夜遇野猪群的消息成为第二天早上人们的谈资，议论纷纷的一致结论：发顺跑丢的媳妇玉旺有极大的可能已经死在了山上，根据玉旺踪迹全无以及野猪成群的事实可以正面得出悲惨的推测，玉旺死了，肉已经被野猪吃了，骨头也被嚼碎。同时也得出一致的同情和愤慨：把发顺这个畜生也丢到山上让野猪嚼碎，李发康这个多管闲事的间接杀人犯也丢到山里。

发顺在玉旺走丢次日，又伙同着老岩二黑，呼呼大醉。仿佛丢了的不是他的媳妇。呼呼大醉时坚持的醉话："玉旺，是李发康弄丢的！必须由李发康负责。"

李发康领着人在山中继续找，他走在最前面，背后是千夫所指。

一天一夜的山中引吭，留守山中一天一夜的搜寻人员累得够呛。乡长兰正义糊弄个理由一大早就回了乡上，其余搜寻人员散在地上，横着，倚着，侧躺着。玉旺山中走失，谁都没法安宁。

随着玉旺走丢的时间拖长，这支搜寻队伍的规模不断扩大。第二天，相邻的几个村的劳力加入进来。第三天，县上派来一支专业的消防队员。地毯式的搜寻在玉旺走失后第三天正式形成，林中已撒出去千余人。可是在千余双眼睛之下，丝毫不见任何一丝有关玉旺的踪迹。县上每天的指示大同小异——设法减小这事的影响。但是这事没法不大，这种类似于人间蒸发的音讯全无让这场千余人找一人的事件无边扩大，一直寂静冷清的山林在大规模的人群介入之后变得热闹又沸腾。

不断加长的失踪时间消耗着李发康的耐性，在山中坚持三天三夜的李发康灰心丧气，心里打着突，脑子发着木。眼前一黑，累晕之前仍然不屈从："活要见人，死要见尸！"如果搜寻的第一天是人和猪一起找，第二天就是单纯找人，第三天第四天就是活要见人死要见尸。而第五天，千余人期望着在林中张大鼻孔单纯地寻找一具发臭的遗体，以告结这件费时费力的搜寻。可是没有，什么都没有。

当人们认为的玉旺的"死讯"满天飞的时候，发顺不得不接受玉旺已死的现实。酒越喝越发酸，接受死讯就意味着不得不悲伤，发顺不敢再扯着嗓子喊一个死人疯婆娘了。

所以发顺从村子一路哭喊着上山去："狗日的李发康，你还我玉旺。"

发顺的这种哭喊来得快，去得也快。就像是刻意走走过场，在散落着千余人的林中哭号一气后，被老岩和二黑钳下山去。把悲伤哭喊出来不一定有缓释功能，不过能博取同情，这是发顺的目的。晕倒被抬走的李发康自然而然成为发顺这个可怜之人可怜的可恨制造者，这是一致认为的，不可说服。

无所谓始，也无所谓终。发顺、老岩、二黑三人又继续成为一体，喝上了酒。

老岩："给玉旺立个牌位供　下吧？"

发顺又开始说醉话："不弄，浪费香火。明天去告狗日的李发康。"

二黑："嗯嗯，人命，赔死狗日的李发康。"

8

玉旺走丢的第十天。

县扶贫办主任唐松的办公室热闹非凡，名为接待失踪者家属，实则是发顺率领着老岩和二黑在这里赖作一团。发顺的小盘算，以一条人命为筹码，肯定能在这里吃到一些甜头。唐松冷着脸，寻找着解决之法。办公室的皮沙发上，二黑穿着脏兮兮的袜子蹲在上面，老岩靠着。抽烟，吐痰。发顺跷着二郎腿，假装丧妻之痛。对，是假装。

发顺："唐主任，都是李发康弄的鬼，我要一个说法，我家媳妇死得不明不白。"

唐松冷着脸："你媳妇不都没死吗？"

发顺："那么多人找了十天都找不到，跟死了有什么区别。"

发顺继续一脸哭相："唐主任，建档立卡猪是李发康发到我家的，换猪迎检的猪也是李发康买的，我那可怜的媳妇也是因为李发康才弄丢的……"

二黑和老岩附和："是啊，是啊，我们可以作证，都是因为狗日的李发康。"

唐松好言细语："我们县里会仔细研究这个事情，尽快给你们一个满意的答复。"

发顺无赖："我们好不容易来一次县里，今天必须要一个说法，不然就不走了！"

唐松无奈，也只得继续见证三人的无耻："那说说吧！你们的意见。"

发顺愤愤："李发康促我媳妇和我离婚，我媳妇才跑丢的，一定要处理他。而且李发康买到我家迎接检查的猪，我希望政府可以帮我变成钱……以后……政府再有什么发猪崽发鸡儿的，直接帮我变成钱发给我……还有就是……我媳妇死了，政府方面多少给点赔偿……"

唐松一听发顺一口气说出一系列无理的要求，冷着的脸转黑。

"啪"一拍桌子："死了婆娘还狂了小鬼？李发康的事情我们县里会处理，你们的意见我们也会开会讨论。现在，请你们出去，我们要开会了！"唐松对三人下逐客令，不过三人丝毫不见要走的意思。唐松无奈，打通乡长兰正义的电话愤愤地说："兰乡长，快来把发顺他们带回去。"转而对坐在沙发上的三人说道："你们喜欢待就待着吧！我要开会去了。"

"唐主任，唐主任！"三人看着唐松的背影。

还是唐松办公室内，二黑："发顺，你狗日的不会说话！"

发顺："要怎么说？我说的都是实话嘛！"

老岩："本来可以弄点补偿款的，现在完蛋了。"

三人又开始百无聊赖没有结果的内斗。

玉旺走丢后的搜寻工作在搜寻十二天无果后宣告结束，玉旺成为失踪人口。李发康是躺在病床上被当作问题处理的，扶贫的母猪丢了，是工作的错误。处理基层问题的时候用不当的手段造成严重的后果，这是严重的工作错误。数错加在一起，李发康成为特别严重的，可以作为其他干部引以为戒的反面典型。革去公职——当听到县上给自己的处理意见的时候，李发康瞬间释然："唉！"长舒一口气，"就这样吧！"其间，发顺率领的老岩和二黑三人的无赖队伍从乡上到县上再到市上，闹遍了所有他们认为可以管到这件事情的部门。以至于从乡上到县上再到市上的各个部门都一致认为——此人，无赖。避之不及。

卸去公职之后的李发康倍感轻松，他要离开这个地方。插手别人的家事从而导致别人媳妇跑丢了，他已背负着千夫所指的罪名。解释不清，不可说服。当李发康身无一物坐上离开的客车的时候，那个消失数月音讯全无的玉旺从山里回来了。

嗯，没说错！那个跑进山林里失踪数月的玉旺，那个千余人搜寻而不见的玉旺回来了。一同和玉旺回来的还有那头所谓的建档立卡母猪种以及母猪身后跟着的一群小猪崽。母猪嗷嗷嗷，小猪呀呀呀，被玉旺赶着穿村而过。这一天，村里的人打开大门，玉旺和猪回来，像战士凯旋。

"玉旺不是死在山上了吗？怎么回来了？"

"怎么还赶着猪回来了？还有一群小猪崽子。"

"那群小猪崽是小野猪呢！"

"肯定是小野猪，大概是那母猪跑到山上跟野公猪配的种！"

"不是，玉旺不是死了吗？怎么又回来了？"问题又回到原点。

玉旺和猪继续在村中穿行，一路走，背后跟着的人越来越多，都想看一看这个失踪在林中数月的女人。

玉旺赶着猪回到家中的时候，发顺刚打包好行李，他准备到省里去上访。大门开，见玉旺进门，发顺一愣，接着一惊："啊！你他妈不是死了吗？"赶进院子里的猪嗷嗷，见玉旺不回话，发顺大声吼道："你他妈不是死了吗？怎么回来了，没死成？"玉旺的嘴嘟囔了几下，发声："李……李发康……在哪儿？"见玉旺回来的第一句话就是问李发康，发顺愤愤："李发康都他妈差点把你害死了，你还跟我提他？"发顺挥手欲打玉旺。

不过这次发顺失算了。"啪！"玉旺响亮的一耳光抽在发顺脸上。挨了一巴掌的发顺发着蒙捂着脸向后退却："这疯婆娘，真的疯了！"天旋地转，天旋地转，这里的天旋地转指的是发顺在捂着脸的瞬间看到门外哂笑的人群。这当然很让人没面，发顺在此时酸软，瘫在地上。世界仿佛倒置，然后变了个色。

"李……发康……"

从山中归来的玉旺变得强硬，但是依旧痴傻。不过人们改变了说法，玉旺这是淳朴的无害。玉旺吆喝着从山中带回来的猪群，沿着山路走，最终被林海淹没。

列车向东走，驶出南方高原，革去职务的李发康在车上。换个环境也许是种逃离，而逃离偶尔是飞升。列车向东走，李发康的电话响，接通，乡长兰正义的声音："发康啊！误会啊！误会！发顺家媳妇回来了，建档立卡猪也回来了！"

李发康并不惊讶："回来就好，回来就好！"

兰正义："我们乡里和县上已经更正了对你的处理，你可以回来了！"

电话那头李发康不作声，兰正义说："发顺媳妇回来，带回来建档立卡猪，还领回来一窝野猪的杂交崽子。乡上准备在村里建立一个野猪杂交的示范基地。"

兰正义接着说："回来吧！村里的工作需要你！"

"嘟……嘟……嘟"电话忙音，李发康挂断电话，列车驶出高原。

"唉，累了！结束了！"李发康自言自语，倚着车窗，睡去。

9

现在，我经常在电话里喊李发康："嘿，倒霉蛋！"

他回："滚屎！说人话！"

我："爸！"

他现在在沿海的某个城市的建筑工地，有时候扎钢筋，多数时候扛水泥。

我："爸，村里的野猪养殖场弄起来了！村里的人都顺利脱贫了。"

我爸李发康："那就好，现在国家政策那么好，好好过日子比什么都强！"

我："玉旺养殖场的每一头猪，都是我爸！"

玉旺管养殖场的每一头猪都叫李发康。

·短篇小说·

【作者简介】 陈应松，男，1956年生，武汉大学中文系毕业，湖北省作家协会原副主席、文学院院长。现为中国作家协会全委会委员，一级作家。出版有长篇小说《森林沉默》《还魂记》《猎人峰》《到天边收割》《魂不守舍》《失语的村庄》，小说集、散文集、诗歌集等100余部，《陈应松文集》40卷，《陈应松神农架系列小说选》3卷。曾获鲁迅文学奖、中国小说学会大奖、《小说选刊》奖、《人民文学》奖、《十月》文学奖、华文成就奖（加拿大）、《钟山》文学奖等。作品翻译成英、法、俄、西班牙、波兰、日、韩等文字。

【内容简介】 神农架是陈应松的王国，广阔的乡村大地也是他熟悉的世界，他对大地上的农民不是怜悯，而是在有厚重的生活积累和情感深度之后对他们当下的精神状态进行书写。农民李细鹉因为小半袋发霉的米而几次去乡政府，在噩梦醒来后他才解开了内心的谜团，米不是米，而是命，是沉重的人情。陈应松以举重若轻的方式找到了农民的"核"，也接通了自由活泼的传统文学资源。李细鹉的偷砖不偷米，苏老颧的高高在上和刘烂脚的趁火打劫，每一个动作都掷地有声，小说在节制又活泼的语言中安排好了自己的气息。多数乡村已经向现代屈服，而这个乡村依然是自足的。

小半袋米

陈应松

　　比如说，你到了傍晚才走到空无一人的乡政府；又比如说，你骑的那匹马不管你怎么唤，它还在坡下的水沟里饮水和吃草，对你不理不睬，像一个大机关的门卫，还挑衅地打着响鼻，你难道不想骂一句什么吗？狗日的！就狗日的吧。

　　李细鸹站在乡政府的走廊里，暮色渐暗，也不至于马上就黑。山里到了下午，就是这么一副昏昏沉沉、要死不活的天色，加上没有人，山影就重了，昏沉沉的，带着不耐烦的情绪，好像要将这无声无趣的世界急于出卖给黑夜算屎。

　　狗吠鸟叫都没有，几条晚风从田头吹过来，穿过一些歪七倒八的种木耳的栎木棒，让它们成为傍晚第一批怪异恐怖的影子。

　　李细鸹拴好马，马走得蹄子只剩下骨头，又细又黑，仿佛有恶兽将其肉全剔干净啃吃了。走这样的山路，沿着螳螂山的山颈子，没有掉下悬崖就是赚了，命在这里不是命，是狗屎。

　　看了看乡政府院门外的苏老鹳一家，也没个人影，大门紧闭，落了锁。猪跟他一样，饿着，在圈里的茅草中瑟瑟发抖，像是做噩梦，有一阵没一阵地抽搐，估计梦里碰上了恶鬼。苏老鹳到哪儿去了？下地也应该早回了。那就是到镇上他女儿家去了，上次他女儿就腆着个大肚回娘家，现在可能生了。

　　乡政府前面，有广阔的高山草甸，满眼荒凉，摇晃着高高地开着白花的飞蓬、紫色的醉鱼草花和青蒿，没一个人影，就像这儿被世界忘掉了似的。

李细鸹找准了乡政府院墙的裂缝，往外一扳，砖就松动了，于是就起了拆墙的心。这当然不对，简直是恶棍行为，但他劝不住自己。"谁叫你不给我换那十几斤米的？你他妈的乡长就是这么当的？几天不打照面，你不上班啊，你吃老百姓喝老百姓的，你不干一点儿正事儿啊？"这样内心面对旷野诘问，慷慨激昂，正义凛然，拆墙就有了正当的、坚定的理由。

刚开始，他只是百无聊赖地抠了抠，还真抠下来了一块，找准了缝隙，往外用力，就松动了。整块的红砖这么好抠，就抠了第二块，有第二肯定有第三。因为心里不平衡，就继续抠了十几块，这样心里就好受了些。然后装进蛇皮袋子里。两个袋子正好架在马身上。

因为潮湿，砖缝的粉末像面粉一样没有了黏性，弄得手上到处都是。做贼心虚，可到处瞄着都没人，也没有监控摄像。这几块砖也没啥大用，可摆明了可以把整个乡政府拆了也没有人来管的样子，胆就大了，真是恶向胆边生。管他娘的，弄回去垫菜园子后头的泥巴路不正好吗？再比如，修猪圈、厕所等不也用得上吗？

李细鸹有些止不住，再等了会儿乡长，还是没来，就只有继续拆墙。可砖袋子放到马背上后，倒有些后怕，就想着赶快溜，逮住了是不会有好果子吃的，是要进派出所的，上个铐子挨顿捧也少不了。

天接近黑下来，李细鸹还伸长脖子看最后一眼，指望乡长从路的那边过来。其实这是扯淡，这么晚了，早就下班了，乡长跑来办公室干什么？李细鸹在坡下的水沟洗手的时候还洗了一把脸，嘴里发出吐水的呼呼声，就是壮胆提神。天有黑下来的征兆，光线越来越暗，他大声咳嗽，又进到院子里，在退耕还林办公室的背后往窗户里瞄，里面堆满了一袋袋的大米。窗户不紧，所谓不锈钢的窗齿，就跟篾片一样，一扳即弯，再用点力就能钻进去，然后背两袋米出来，就可以把两袋砖头丢了，甚至可以让它们物归原主，码到墙上去。但是那么多的大米，李细鸹没有动心思。这事是不能干的，他有底线。

李细鸹并不缺粮，不是来要粮的，只是，他家退耕还林补助的粮食，一亩地给三百斤，分几次领。这一次领的两袋米中，拿回去，有一袋的袋子底下，因为潮湿，有小半袋米发了霉，还结了壳，变黑了。他就寻思着有时间到乡里来办事，看能不能把这小半袋米换了。这是第三次。本来不会有三次的，一次都想算了，淘洗了给鸡吃，或者干脆倒掉。可正好要到丁家铺买农药，还有生活用品，加上儿子要过生日，得割点新鲜肉办酒，顺道，就来到了乡政府。

刚开始，退耕还林办的陶主任倒是很爽快的，说这得换。称了一下，十三斤半，就算十三斤。李细鸹与陶主任吃了一支烟，陶主任又说："我不是反悔，现在都要讲纪律讲规矩，你这米暂不能给你换，得乡长签个字。到时被人告到领导那儿，说我和村民一起合伙骗国家的粮食呢，你说得清楚？今天乡长不在，米就不放我这儿，放到苏老鹳那儿去，十三斤，我记住了，不就是十三斤嘛，但你得写个三言两语的申请，米潮湿发霉，申请调换，行了。"说罢就从抽屉拿出了一张纸，让李细鸹写了。还说乡长批两个字"同意"，这事就有个凭据，不然，现在非常严，要处分的，干什么事都得讲纪律讲规矩。为了陶主任不受处分，这事就按他说的来，虽然就十几斤米。

就等乡长的字，等了几回了，问题是，乡长总不在。这天又等到快天黑，还是不在，陶主任说他也不知道乡长来还是不来，现在脱贫攻坚战，各管一村，哪个晓得领导去哪儿了。这个卵乡，太偏僻，在螳螂山里，拿乡政府门口苏老鹳的话说，乡政府常常是他义务守的，鬼都没一个，孤零零地在这里。过去是一个什么学校的实验基地，搞药材种植的。

乡长不在，拿着自己写的一张调换大米的申请，找谁都没有用。乡里本来就只有三四个人，是个小乡，听说要合并了，现在又是扶贫驻队，有理由不来。央求陶主任，能不能通融一下？陶主任说："你若是领米的时候，当场发现有霉，一下子就换了。你出了库，拆了封，必须领导批。"李细鸹想，既然来一次，就死等，回去后再来，不划算。于是就这么，走也不是，留也不是，自己的马在咳咳大叫，催他回哩。

正当他踌躇不定的时候，天已经麻黑了，陶主任出来在野外小解，见到木桩一样竖着的李细鸹，这么树一样站着一定是个老实人，就喊他到苏老鹳家弄口酒喝。乡政府没厨房，不开伙，平时都在苏老鹳家搭伙。搭伙了也没有高桌子低板凳的，就一个火塘上煮一锅肉，加上香菇木耳青菜洋芋。就算县长检查工作来了也是这个接待，可问题是所有的人都很喜欢这么个吃法，酒就放在火塘边的石板上，还可以剥几个薄核桃下酒，吃完满头灰，但每个人脸上都吃得红彤彤的像杜鹃花开，酒上劲加上木疙瘩火一通猛烤，谁不是神清气爽焕然一新？

李细鸹不想进去，这个苏老鹳以为住在乡政府门口，就是乡政府的人，就是管全乡的，就是乡长，或者是乡长他爹。苏老鹳头仰得很高，就像一只鹳，又加上是个鸟嘴，就叫上了这恶名。平时对来乡里办事的农民都是趾高气扬，冷嘲热讽的，说话酸溜溜，好像不占点便宜就不舒服。李细鸹特别不想去他家，宁愿坐在外边的石头上。可陶主任热情相邀，拉疼了他的膀子，他拗不过，就跟着从门边侧身进去。

里面人很多，以为有什么大人物，李细鸹不敢坐，加上苏老鹳没让坐，他哪敢坐。这时候的苏老鹳却少有地好客起来："细鸹，坐，你狗日的走狗屎运，口福好啊。"李细鸹面前有了酒，也不知是不是别人喝剩的，杯子有点脏，根本不敢喝。先问乡长今天还来不来，苏老鹳就说："乡长晚上来你开加班费呀？人家上班下班都是有作息时间的。"陶主任就说："也不是也不是，是有事情，难道我们加班的时候少吗？有时一夜不睡值班你苏老鹳又不是没看到。"苏老鹳的鸟嘴翘了几下，有点不高兴，说山里养猪放牛的人是没有时间概念的，二十四小时想叫谁就叫谁。苏老鹳的口气有县级干部大，可他不也是拿条鞭杆放羊的黑老农吗？却跟陶主任一样，把个老气宽大的中山服衣领扣子扣得像铁箍。陶主任让李细鸹坐，他就挺直腰杆坐了，心想你苏老鹳狗日的还不是条狗看陶主任的脸色吗？你有什么可嘚瑟的。李细鸹这样一个住在深山沟穿力士鞋的农民，陶主任让他与他们一起喝酒，总觉得有点虚情假意不自在。但还有两个人，却是不错，官民一家亲的感觉。经陶主任介绍，脸有些浮肿的是土地局的什么王局长，李细鸹要记住：王，要给人家敬酒的；一个是县扶贫办的，胡主任。一个王，一个胡。王是大王，胡是二胡，胡眼睛有点雀盲，就雀盲胡，就这么记。两个领导已经酒上脸了，雀盲胡更明显，白一些。浮肿的王局长脸带了黑色，但脖子又红又粗了。两个都因为燥热宽衣解带，头上冒汗。苏老鹳说："细鸪你不敢喝是怎么？你不喝你坐这里打鬼！"李细鸪被噎在那儿，就梗着喉咙喝了一口，还是不敢下箸。苏老鹳盯着看他出洋相，给领导们说："他喝酒不吃菜惯了，领导们有所不知，他过去穷，喝酒炒一盘石头子儿喝的。"这揭了李细鸪的老底，李细鸪脸没处搁，恨不得找个地缝钻进去。好在领导们说他们的事，没细听苏老鹳的，苏老鹳的话在他们耳里如放屁，不就在你这里搭伙嘛，你不就一伙夫？有什么资格跟他们讨论国家大事！

扶贫办的胡雀盲爱在锅里扒拉，翻来覆去又不往自己碗里拣，就是用汤洗筷子。洗了筷子，又吮，又下去翻，专门挑花椒吃。陶主任就说："这是野猪肉，细鸪你吃过野猪肉没？"李细鸪就说自己吃过，吃过不少。苏老鹳说："野猪现在是保护动物，细鸪你再打要坐牢的呀，要遵纪守法晓得不？"李细鸪懒得听苏老鹳插嘴教训他，就拣锅边没人吃的白菜木耳吃。心想，这不是野猪肉，不是陶主任不识货就是苏老鹳骗他们，这就是一般的熏腊肉，在乡政府住了几年，就学会说谎诳领导了。但听说是野猪肉，两个领导吃得更欢。李细鸪含着烂白菜，咸死，吐不敢吐，就囫囵吞了，喉咙里烫得像刀割。

说到李细鸪换米的这事，扶贫办的胡主任就说："老陶，你给人家换了，不就十三斤米吗？"土地局的王局长也附和说换了换了让人家回去。哪知陶主任说："你们这是不负责任的酒话，现在讲纪律讲规矩，你敢？你也不敢，我也不敢，我可不能擅自做主啊！随便给你一个处分，你就担待不起，你们也是晓得的，现在管得多严。说到底，这不是十几斤米，上升到讲纪律讲规矩的政治高度，几斤米将你当典型，也不是什么稀奇事。"衬衣领口也扣成铁箍的陶主任，讲话时上气不接下气，李细鸪担心他领口的扣子会把他勒死，他就不能解一颗扣子吗？

爱插嘴的苏老鹳也给陶主任帮腔说："陶主任好心肠，但形势比人强，不能怪陶主任。"李细鸹有点烦这个鸟嘴苏老鹳，就说："我也没怪陶主任呀。来来，我借花献佛，给各位领导敬一杯。"他就干了。苏老鹳说："你一杯酒敬一桌人？有诚意就一个一个敬。"这么一说，李细鸹没了台阶下，也就拼了命，一个人一杯敬大家。这一圈下来，七八杯酒下去，肚子里全是酒精，没吃一口菜，烧得胃生疼，也没哪个在意李细鸹敬与不敬，大伙都喝得差不多了，李细鸹还空着肚子，马在叫，他的肚子也在喊。他想回去，喝点稀粥暖暖胃，家里最好。米没换着，胃喝坏了。按着肚子上马，天黑得像锅底了，风大得像老虎了。换米这么难受，这点米真的不要了，打死也不要了。酒不是好东西。霉米又让马驮回去吗？不会，老子不要了。后头苏老鹳在喊："细鸹，你的米！"李细鸹说："不要了，你喂猪算了，喂野猪算了。"是讽刺他：你他妈的饲料猪，还野猪咧！乡政府门口一蹲，你就变成了孬人。

摸夜路走螳螂山的山颈子是如何惊险，不用说了。回去半夜三更，米未换，肚子疼得打滚，呕出了黄胆汁，把苏老鹳的劣质酒全呕出来了，找些大龙胆草煮水喝了几天才有所缓解，等于大病了一场。

人好点后，这事就放下了。加上已经撬了些红砖回来，心里早就平衡了。田里的活还得干，一场雨一下，天一晴，茶得采，草得薅，自家吃的茶和苞谷，不能用除草剂。

李细鸹在家里干了几天活，闲了一点，就做了一个梦，梦见苏老鹳说霉米给他留着，并给他找乡长换好了，让他去拿，结果他打开蛇皮袋子，是些砖。

这梦怪，又是砖又是米，弄砸了。米抵了砖，砖抵了米，都不是个事，咋就进了梦里呢？杂交稻本身就不值钱，不好吃，娃都不爱吃，一块多钱一斤。总共二十来块钱，换三斤苞谷酒还不够，几次摸夜路回来，还费了几对大电池。但米终究是米，山里也不种稻子，种苞谷洋芋，十几斤米，咱这坡耕地，永远种不出来。

做梦的第二天，他正在家里修猪圈，就见山顶上有一个人喊他："细鸹，细鸹，细鸹！"那个人背着东西，莫非是给我捎米回来的？定眼一看，是后坡的刘烂脚。刘烂脚一走一跛，全身乱抖，人又干瘦。他被蛇咬后烂掉了几个脚指头，因为走路不稳，蹬得坡上的石头哗哗往下掉，好像有什么急事。天要变了，要下雨。可他气吼吼地下来，连水也没接过去喝一口，就给李细鸹说："听说你也有半袋米霉？老子背的米有大半袋是霉的，这些狗日的，这样糊弄我们啊！我们田也退了树也栽了，就吃霉米？"刘烂脚一把一把把急出的汗往短裤上抹，气得颈子像钢筋那么硬，还露出鲜红的牙龈，像一只猴子。

"你是约我去找他们评理的？"李细鸹问。

"就是，捣他们狗日的。"刘烂脚莫非带着刀子，他扯着头发，裤带吊在前裆里，眼露凶光。

刚被刘烂脚激起的一些不满，这时候又莫名被压下去，没了。这点屁事，再加上个人，去找乡里论理，不蚀人吗？刘烂脚这样的脾性，若再有人陪着，还不知会做出什么激愤的事来。这人老丈人都打的，在家里有暴力倾向，抄什么砸什么，家里两个电视机都是他砸的。如今的娱乐就是听广播，半夜听莆田系的巫医诊前列腺阳痿不孕不育。

李细鸹的冷淡态度让刘烂脚很不高兴，见有狗舔他的脚，就朝狗一脚踢去。那狗明明是表示亲昵的，哪知这人不识抬举，差点被他踢断了肋骨，嗷嗷叫着跑了。

"你是不想换？我再找其他人，我们村少说有四五个，全是那些霉米，猪都不吃的，让我们吃，太坏了！"

"霉米是今年雨多，仓库里潮湿了，应该不是故意的。我不是不换，我的给苏老鹳的猪吃了，我拿什么换去？"

"哦！就是倒河里也别给苏老鹳，他是个什么东西你不知道？"

"我喝了他酒。"

"哈，他还有酒给你喝，你当了乡长吗？你不是瞎呱！"

"我真的喝了他家半斤酒。"李细鸹说。

"吹牛不上税，你买的吧？"

"还吃了他家野猪肉……"

"细鸹你不换就算了。你伙计忍了，跟苏老鹳一样当狗！"刘烂脚尖瘦的双颊往下淌着汗，喘不过气来，那是气的。

"我真的喝了他的酒！"

"你成了乡长！你成了乡长！哈哈哈哈！……细鸹你这尿包……"

刘烂脚不信，以为李细鸹怕了。刘烂脚嘲笑了他一通，笑声扑打着空气，还故意恶狠狠地往崖下丢了一块石头，峡谷里弄得像是炸弹爆炸。

雨就下了。李细鸹后悔没给刘烂脚一块雨布，看到雨砸在山上，砸在地里，砸在屋场上，看到鸡蔫蔫地往檐下跑，气就来了。是哩，是欺负人哩。明明是他们的错，可你就是抓不到他们的把柄，明明知道是官腔，你还不好发脾气。明明是小看了咱，你还要感谢他……人贱无药医。咱当时连菜都没吃一口，连敬了七八杯，跟喝农药一样的，狗日的苏老鹳起哄，害老子差点倒在他家了……

雨声和风声呼呼啦啦响，全是白汪汪的雾，山呼海啸，离乡政府好远，离那些当官的好远，就像与他们毫不相干似的，不是这米，我真的与他们不相干，也不会去喝苏老鹳农药一样的酒，当然，更不会去拆那几块砖，净做噩梦……

李细鸹再次骑着马往螳螂山的山颈子走去，那天天还没亮。又做了梦，有人拿砖砸他，是霉米结成的块，方方正正……

老婆还在沉睡，如果老婆知道是不会让他去的。老婆怕他又闹胃病，说算了。是算了，得买农具买薄膜去丁家铺。如果老婆赶上来，他也说去丁家铺。去丁家铺不行吗？本来就去丁家铺，乡政府和苏老鹳，最好一辈子再见不到他们。

走在螳螂山的山颈子上，听到几声戴胜的"臭——姑——姑——"叫，后头就上来了一个人。这个人背着个蛇皮袋子，手扒着石壁在跋行。因为路太窄，李细鸹就下马来，让马先走，自己跟在后头。他以为那个人脚崴了，一看，是刘烂脚。

李细鸹想起他是经过了刘烂脚的屋，从后面走的，马叫了一声，让刘烂脚发觉了，就跟上了他。被刘烂脚缠上不是好事，现在又碰上了棺材鸟戴胜，李细鸹感觉很晦气。

"细鸹，我可不是看你出来，我已经连续去了三天……"

看着刘烂脚像狗一样喘气，李细鸹很烦。如果跟很衰的人在一起，自己也会衰的。

"就为这十几斤米？"

刘烂脚说："就是，十几斤不是米吗？不吃上好几天？"

"你有病。"李细鸹说他。

"你才有病，软卵病。"

"你软卵病！"反击，这是侮辱，老子的蛋硬得很。

"你不也是换米去的吗？"

"给米老子都不乐意，我去换米？"

"领导说了，都得换，你不换，你去干什么？"

"哪个说的？乡长批了？"

李细鸹还在那儿扯着缰绳发怔，刘烂脚却急匆匆地在前头走了。

也许他说的是真的。李细鸹在那儿想。那就去看看。

磨磨蹭蹭到了乡政府，苏老鹳在路口一脸阴笑候着他哩。

"细鸹，你那米袋子生的蛐子把我家床上锅里爬满了，你搞破坏啊！"

什么米袋子？不是让他喂猪了吗？李细鸹进去一看，果然，那垃圾一样的米袋子还在门缝里，并且真的到处爬着米蛐子，看着就恶心，密密麻麻的。

"我姑娘和外孙在这里待了两天，小外孙全身都红了，被蛐子咬的，你狗日的好害人，你看着办吧！细鸹，我杀人的心都有。"苏老鹳喊道，让来往的人都能听见。

"米里的蛐子又不是蛆，能吃的。我说了给你喂猪，你还放这里，是你的事。"李细鸹小声地分辩说。

李细鸹转身想走，可被苏老鹳拉住了。

"现在公家讲纪律讲规矩，你就不讲一点规矩？你有啥本事啊？我外孙才满月，蛐子咬了一身的包！"

蛐子是不会咬人的，苏老鹳瞎说。上次在你这儿喝的七八杯枯酒，胃疼了几天，还没找你，你倒找我了。

"由你，米扔了没事。"李细鸹说，抓起袋子想挣脱苏老鹳。可苏老鹳的手有劲，不让。

"扔米遭雷打，你没有饿过肚子吗?"

"给猪吃。"

"猪吃米也遭雷打。蛆子咬人的事……"

"那你要怎么办? 给你家打扫，消毒?"

苏老鹳摇着头不表态。

"你说呀，赔你金山银山?"

"你这号穷鬼还金山银山……两包红塔山!"

"米值两包烟不?"

"那你就把你的蛆子吃进去啰。"

"你先吃。"

"你的蛆子你吃。"

"要吃不是我，要吃也是乡政府的人，是乡长是陶主任他们……"

"你讲横啊，可千万不要弄烦我……"

这时刘烂脚来了，听到陶主任吃蛆子的话，就替李细鸹抢过来蛇皮袋子，说："我背去给他们吃!"

李细鸹怕刘烂脚闹事，想要拦住他。

苏老鹳像猪叫一样笑着："你家在林子里种了南瓜没? 种了药材没? 你复耕了，你还有粮食补助? 有钱补助? 想得美! 等把你补的粮食全吐出来，你还刁七刁八的，有霉的给你就不错了。你能耐，有种你拆乡政府……"

莫非他知道我拆了砖回去? 这是诈哩，就硬气说："老鹳我看不起像你这样的，以为你是乡长的舅子? 你当了官了? 你这个老鹳就是个尿罐……"

等李细鸹终于挣脱了苏老鹳赶去乡政府，就看见刘烂脚举起米袋子在哗哗往外倒，边倒边撒，像下暴雨一样，撒到陶主任的头上、办公桌上，边撒边说："是李细鸹让你们尝尝鲜，吃点米蛆子……"

满屋子都是那些霉米和蛆子，只见陶主任满屋子在躲。李细鸹感觉事情坏了，我不过是说说赌气话嘛，这狗日的刘烂脚闯祸了，这下要让我栽……

"哎哎哎，刘烂脚，刘烂脚！李细鸪，你们好匪！"陶主任躲着霉米，差一点绊倒在地。他跳出去，拍打着头上和脖子里的米，狼狈不堪。"刘烂脚，李细鸪，你们冲击国家机关，扰乱社会秩序，好大的胆！"

李细鸪一听陶主任这话，喉咙就发紧，得赶紧跑，几乎哭着对陶主任说："我可没有啊！不是我！"

他在跑出乡政府大院时，看到有两个干部模样的人从一辆公务车里出来。

李细鸪策马奔跑在山路上，生怕后头有人赶上来抓他。

李细鸪在马上想到自己的老婆在树苗的空地中的确种了些独活和重楼（就是七叶一枝花），这不是叫林下经济吗？政府是提倡的，又不影响树苗的生长，但如果就像苏老鹳硬说的是复耕呢？他说你复耕就是复耕，嘴在他们那儿长着。赶快晚上全部扯掉算了，为十几斤米闹的，不仅每亩三百斤的米都没了，连每亩三十元的补助也没了，说不定还会被抓去……

其实，三十块钱，三百斤大米，现在根本不算什么，李细鸪可以用腊肉去镇上换大米。李细鸪的腊肉从来就是几家米店喜欢的，一斤肉换五六斤米，这样算，损失的这些米，就两三斤腊肉，多不划算呀。

他这时候突然想起二十多年前自己欠人粮的事。是远房的一个叔叔，已经出了五服。那时候，他们家借了远房叔叔的三十斤大米。平常家里吃的是洋芋和苞谷面，吃大米是因为家里来了两个木匠，要给他哥哥打结婚的家具，爹让他去找这个叔叔借。

那时李细鸪家里还没有马，在山路上全靠步行。远房叔叔住在山下，种水田，吃的是米。他背着背篓，按着八九岁时的记忆去找叔叔借米，他走错了路，走了一整天还没到。他在人家守秋的一个棚子里蹲了一夜，没有吃的，没有火。他那时只有十四五岁，在黑暗中蜷缩在棚子里，准备了被野兽吃掉。但他也找了几块石头，还有根棒子。他穿着一双哥哥穿坏了的皮鞋，鞋又大又硬，比石头还硬，把他的脚打了好多血泡，血泡磨破后，血水全粘在鞋子里面，他因为脚的疼痛忘记了危险。

第二天的中午，他才在马鹿坳找到远房叔叔的家，顺利地借上了三十斤米。本来说的是借十五斤的，可叔叔借给了他们家三十斤。少年李细鸹背着这三十斤米，因为脚疼，就像背着一座大山。刚出门时还吃了一顿白米饭，加上这么多米，李细鸹高兴地往回赶，生怕叔叔反悔把米要回去。可越走越沉，脚上血肉模糊，皮鞋里像有无数把刀子戳他的脚。他干脆把皮鞋脱了，拴在脖子上，这才好受些，可脚板心又在路上被石头划出了口子。渐渐肚子也饿了，就拔路边的草吃。那是夏天，野果还没成熟。

那一趟还不算生死路，等过了半年，他去还米时，可就遭了罪。先是，三十斤米叔叔死活不收，说是送给他们吃的。不仅如此，还给了他一刀腊肉，少说有十多斤。一共四十多斤东西在背篓里，李细鸹记着爹的话："有借有还，再借不难，亲兄弟明算账。"可叔叔说："你爹不容易，拉扯你们兄弟姊妹几个，一身的病，这点米还什么呢？你哥结婚我还没上人情呢，就等于上个小人情，送点米。"李细鸹的眼泪簌簌往下掉，跪谢了叔叔，当即返程。

四十多斤的米和肉多么金贵，可就像石头一样，压在他的背上，回来的路，四十斤相当于一百斤，实在走不动了，在山林里这腊肉的气味又逗来了两匹豺狗子，紧紧跟着他。两只豺狗长得怪头怪脑，嘴里淌着涎，新鲜人肉的气味可能比腊肉更诱人。李细鸹听大人说过，豺比狼更凶狠，先从人的肛门动手，先不吃肉，吃人的内脏。如果他背不动了，倒下，那就成了两只豺狗的美食。好在出门时爹让他腰里插了一把小开山刀，一是开路用，二是防兽和坏人。他就把腊肉取出来，割了一小块丢给后头的两只豺狗，两只豺狗一拥而上去抢食，争斗得青烟直冒哇哇乱叫。李细鸹就是要让两只豺狗争抢而忘了他，赶快往前跑。以为终于甩掉了豺狗，却在一个垭口休息时，又听见了后面咿咿呀呀的声音，一看，两只豺狗又跟上来了。李细鸹好害怕，再切了一块肉丢给豺狗。就这样，一路上喂豺狗，走到村里时，那刀腊肉正好割完……

如今这点霉米常让他睡不着，还拆了人家的砖，心里的疑团终于解开了，十几岁时的两趟借米还米记忆太深，是拿性命换来的。米不是米，是命，是沉重的人情。

这一趟回到家，就惦记着刘烂脚是不是被派出所抓去了，是不是供出他，或者陶主任也连带了怪罪他？若与他一起，落个聚众闹事的罪名，肯定吃不了兜着走。他于是去刘烂脚那儿打听，这家伙竟然大摇大摆地回来了。看他有没有伤，没有。嘴上还叼着烟，有凯旋的意味。

李细鹄本来不想见到刘烂脚的，可刘烂脚发现他并叫住了他。刘烂脚说："你小子好毒，跑什么咧，怕他们吃了咱不成？"李细鹄就说："你还不躲躲？""躲什么躲？老子躲他们？乡长和老陶，都倒霉啦，你不知道吧？"

"怎么？"李细鹄问。

"乡长双规了，老陶也捉走了，我看到啦。"

"就是你撒米时？"

"你没看上稀奇，两个纪委的人把陶主任带走了，腐败分子的下场，太解气啦……"

哦，就是看到的那两个人和车，是这样的！刘烂脚如果说的是实话，那么自己就错怪了，乡长本来被纪委双规了，哪能来这儿签字换米？大快人心，大快人心，那我这砖就拆得无理。

李细鹄一夜未睡，想着将这砖物归原主，还得将砖砌上去，最好是弄点水泥砂浆，拆人的墙是不对的，当时太气，就干了这傻事，还驮回来，完全是混蛋。

几天后，老婆回娘家了，他一个人喝了点酒，想到自己拆公家的墙，折磨得人夜不能寐，提心吊胆，强烈地滋生了将那些砖还回去的念头，他不应该是这样的人。

下雨后的山路湿滑，他牵着马，砖跟当时驮回时一样搭在马背上，砖硌着马的骨头，让马难受，现在他更难受。把这些垫菜园的砖重撬起来，装进蛇皮袋子里也不容易。沿着咆哮的螳螂河在山颈子上小心翼翼地走着，他想只当是一个恶作剧，这样心里会好受一点。

在下山坡时，他谨慎地牵着马往下面走，希望马不要弄出任何声响。也许是因为没站稳，也许是因为胶鞋脚滑，也许是因为紧张，他手上牵着缰绳，在屁股着地的时候，牵带着马打了一个趔趄，他坐在了青苔泥水里，屁股全湿了。因为良心折磨着他，他只盼赶快了结，将砖放那儿就行了。可是当他在暮色四合时摸到乡政府门口，看到的院墙几乎成了废墟。那个他拆成洞孔的地方，已经成为一个大豁口，小孩都可以跨过院墙去。后面拆墙的人跟着第一个拆墙的人来，而李细鸪就是第一个拆墙人，第一块拆的砖就在这蛇皮袋子里……

"好端端一个院子，砖都偷完了。"他嘀咕了一句。因为他的生气，开了个坏头，这个院子就成了断垣残壁……

正当他把砖倒出来时，突然两个黑影一把压住了他，并且把他的双手扭到背后，一阵剧痛。他大声说："我是还砖来的。"黑影说："你是偷砖来的。"李细鸪还听见猪叫一样的笑声，是苏老鹳的鸟脸。"细鸪，知道你迟早是要来的，你偷上瘾了……"

他被摁在废墟上，什么也看不见了。天黑得很彻底。

【作者简介】 　红日，本名潘红日，男，瑶族，1963年生，广西都安人，中国作家协会会员。主要作品有《述职报告》《驻村笔记》《同意报销》《年度考评》《欢迎光临》《动弹不得》《越过冰层》《给你一次》等。曾获百花文学奖长篇小说奖、广西文艺创作铜鼓奖、广西文艺花山奖等。

【内容简介】 这是一篇具有时代精神和责任担当的扶贫题材小说。小说以一个在渡口摆渡几十年的老人和新来的乡长在心里较劲为起点，逐渐铺排开来江两岸百姓在面对现代化的新交通方式与旧有的、传统的渡江途径的矛盾时，心理及行动上的衍变过程。老人思想上的转变需要政府政策落实的实际成果来说服，百姓旧有落后的生活方式需要建桥搭路这样卓著的成果来打破，他们的生活在改变和摩擦中逐渐走向幸福与富裕。小说反映了在脱贫攻坚的过程中，水边岸上的人们与时代同步前进的崭新面貌。

码头

红日

　　那天早晨，老麻在市亭里吃了一碗"猪红"。码头上的人不叫"猪红"，叫"血旺"。吃到第三口时，老麻咳了一声。旁边有人对他说：你流鼻血了。老麻用手抹了鼻子，掌面上果然有鲜红的血丝。当然是猪血，猪血随着老麻的一声咳嗽从食管里倒灌出来了。走向码头，老麻安慰自己，这是一声很自然的咳嗽，几滴很正常的猪血，并非什么凶兆。来到船上，老麻继续安慰自己，不想心头却燃起一股火苗，火苗源自对岸的一声喊叫。当时老麻刚刚做通自己的思想工作，稳定了情绪，对岸有人用本地话喊了一声：开船！这个充满磁性的男声，音调高亢，具有很强的穿透力，不但老麻听见了，估计河两岸的人也都听见了，老麻心头的火苗连同嘴上的烟头重新燃起。老麻划了一辈子的船，从未有人喊他"开船"，并且这样大声地喊叫。对岸的人以为老麻耳背，再喊一声：开船！开你个卵！老麻骂了一句，他吐掉嘴上的烟屁股，哗啦一声将铁链拴到铁桩上，望也不望对岸一眼就扬长而去。

　　破天荒喊了这声"开船"的是"眼镜"。"眼镜"是乡政府新来的乡长，那天他履新大吉，从县城来报到。当时"眼镜"双手叉腰，放眼宽阔的红水河面，满脸春风，底气很足地朝对岸停泊的木船，响亮地喊了这么一声，既是发号施令，也是正常提示。过渡嘛，自然要开船。"眼镜"不知道这一声"开船"犯了禁忌，坏了码头的规矩。在这个码头过渡的人是绝对不能喊"开船"的，本地话"开船"反过来讲，是叫他

"麻子"，这就等于是骂老麻了。你只能默默地等船，然后上船。上了船也不能催促他开快一些，方言"开快一些"反过来讲，也是揭他老人家的短。乡政府干部也要管好自己的嘴。乡政府干部上了老麻的船，就和吊在水里的桨橹一样攥在老麻的手里了。这不能怪老麻，要怪就怪这个码头的说话方式。这个码头的人喜欢讲反话，就是将方言倒过来讲。当然，你讲官话是另一码事，问题是你讲官话老麻他听不懂，最好是默不作声。也有人招呼老麻一两声的，招呼的词语是"过渡"。对，过渡。一声"过渡"多么贴切，多么自然啊，它不仅巧妙地规避敏感的"开船"，还有讨好的成分在里面。喂，老麻，你看我们多么尊重您啊。"过渡"确实更胜"开船"一筹，避开敏感的因素不说，单从词义来理解就不一样，"开船"带有命令的口吻，"过渡"则是请示或者报告。前者居高临下，后者低三下四；前者刚性，后者柔软。这样的词语不用分析评估，一听就听得出来。那些叫"过渡"叫得特别温柔的声音，往往容易打动老麻。老麻通常要凑够一船渡客才划桨，这个时候纵然对岸没有一个渡客，一声温柔的"过渡"也能启动老麻手里的桨橹，悠然地将船划过来了。

初来乍到的"眼镜"，哪里知晓这个码头的禁忌或者规矩，他不仅大声地喊了两声"开船"，而且朝老麻上岸的背影持续不断地重复了三遍。"过渡"对"眼镜"来说是重要的事情，所以他重复讲了三遍。几声"开船"不但没有唤回老麻，反而加快了老麻上岸的步伐。老麻在心里愤愤地说：有本事你游过来。老麻的目的很明确，不能让此人坏了这个规矩，凡事一开头就不好收场，必须将它消除在萌芽状态。老麻上岸后找人下棋，研究他的楚河汉界去了，将"眼镜"滞留在河右岸。"眼镜"那天过不了河，并导致两岸的渡客都过不了河，酿成了码头有史以来的停渡事件。

老麻停渡一连停了三天，停了一个圩日的时间。直到三天后的下个圩日，老麻才回到船上。累积了三天的渡客，将码头挤得水泄不通。人群中有些是当天的渡客，有些是三天前和"眼镜"一起被滞留的渡客。大伙都默不作声。沉默是当前最好的姿态，绝不可"不在沉默中爆发就在沉默中灭亡"。你爆发看看，除非你不想过渡了。他们大多知道了停渡的原因，他们原以为这个禁忌只是说说而已，玩笑而已，没想到老麻是不开玩笑的，这个玩笑是万万开不得的，老麻果然是那样神圣不可冒犯。有人讨好地递给老麻一根带嘴的香烟，双手划桨的老麻不屑一顾地拒绝了。他心里哼了一声，一根带嘴的香烟就想抵消一声"开船"，没那么简单，对你们这种人不仅要观其行，更要听其言。停渡三天，让渡客们醒悟到，在这个码头上，也要知晓红线、守住底线、不踩高压线。一句话，就是要讲规矩。再通俗一点，就是绝对不能喊老麻"开船"。

渡了三批次渡客后，老麻泊了船上岸去找老潘。彼时正值圩市红火时段，人们忙着交易，暂时没有人过渡。老潘独自一人经营右岸一家供销分店，一个人守着六眼房子，里面摆一些盐巴、米酒、煤油、棉布、锅碗瓢盆之类的生活用品，空荡荡的房子成为自行车的寄存处。渡客寄存自行车，上锁的老潘收取三毛钱；不上锁的分文不取，下班后老潘会选择其中一辆车子骑回家。有车主心疼爱车让老潘骑了，宁可辛苦也将车子扛到码头，却让老麻打发回去。老麻说，摆渡木船，不许人车混载，这是上面的规定，也是规矩。

老潘一见到老麻，指着他塌陷的鼻梁道：你这回是彻底地坏脸了。"坏脸"是方言，距离"坏身"只有一步之遥。老麻那张布满麻豆的脸本来就"坏"了，现在被老潘宣布"彻底地坏了"，等于宣布报废。方言"坏脸"含义比较复杂，一两句话很难翻译到位，引申过来相当于"问题十分严重"。老潘说：你知道过河的人是谁吗？是新来的乡长。老麻一怔，直到此时他才知道喊他"开船"的竟是乡长。不！是新乡长。老乡长跟他熟稔，从未喊过他"开船"。老麻上岸来找老潘，其实也就是打探那天喊他"开船"的是何方大侠，同时还要发泄一番，通过老潘这个平台表示他的谴责和抗议，敲山震虎，以正视听。老潘以酒代茶递给老麻一杯，老麻抿了一口，脸即变了颜色，由猪肝色变成核桃色，那是脑部供血不足的症状。他喃喃地说：只要人在岸上，总要上船的……老潘打断老麻："眼镜"当天和他的随行绕道邻县，通过那里的一座大桥到达左岸，再沿着蔗区公路到了乡政府。

老麻像断奶一样戒了"猪红"。吃奶已没有记忆，吃"猪红"是有记忆的。"猪红"是他的最爱，他每天把"猪红"当早餐吃，百吃不厌。现在老麻的早餐变成了玉米粥。吃了玉米粥，老麻早早就来到码头，比以往足足提前了半个小时，以致到对岸接送邮件的老黄产生了错觉，以为他那块上海牌手表昨晚忘了上弦。从这一天起，老麻格外留心观察每一位渡客，这从他斜眼睨视别人的细节可以看得出来。老麻从来不会正眼看一个人，哪怕瞪你一眼也不是正眼。偶尔正眼看一个人的时间不会超过两秒。他正眼看着的事物只有一样——河面的漩涡。事实上老麻对往返于这个码头的渡客了如指掌，哪些是熟客，哪些是生客，他一眼就瞅得出来。哪个是乡政府、食品站、供销社的，哪个是粮所、营业所的，他甚至能叫出名字来。后来老麻将目标锁定为戴眼镜的。锁定这个目标也是毫无意义，老麻对两岸上戴眼镜的同样了如指掌。左岸是乡直机关所在地，戴眼镜的有乡政府覃助理、中学陆教导和温老师、供销社洪主任。右岸吃皇粮的只有老潘一个。老潘只有阅读邮电所老黄分给他的《参考消息》时才会戴上眼镜。严格来说，戴老花眼镜的人不能归为"眼镜"之列。

　　一个月过去了，老麻没有发现一个陌生的"眼镜"渡客上他的船。连续有两个星期，乡政府干部倾巢而出，频繁过渡，甚至有几个晚上也要渡河。老麻知道，这是要开展重要的活动。在此之前，老麻曾经有个预感或说危机感：在不久的将来，码头就会出现另一艘渡船。他甚至还窥见一个极为严肃的会场，会场里灯火通明，白炽灯光刺得他睁不开眼。会议专题研究码头停渡事件，一乡之长被滞留，那还得了！岂能容他老麻这样霸道，想摆渡就摆渡，想停渡就停渡，岂能如此无法无天！最后乡政府决定上报有关部门购买一艘汽艇，作为乡直机关干部过渡专用船。老麻在一阵突突突的电机轰鸣声中醒来，码头还是他的码头，渡船还是他的渡船。老麻家族"统治"这个码头已逾百年，到他这代"老大"已是第三代。这条老船传到老麻手上后，他给它装上了柴油机，不过仍然保留桨橹。枯水季节老麻还是划桨，柴油机只有汛期才会用上。然而这一个月来，老麻在船上除了见到覃助理外，没见到第二个"眼镜"。老麻纳闷了，难道这家伙上任后就不下村，就守着办公室手摇电话，发号施令？难道他偶尔下村或者到县里开会总是绕道那座远远的桥，从那里到达彼岸？老麻心里想，一个月你可以这样，一个季度你可以这样，可是一年、一个任期你都要这样吗？不可以的，也不可能的。还是那句话，只要你在岸上，总要上我的船。

老潘亲自将消息送达到码头上。消息不是参考消息，而是切实可靠的消息。老潘说正好你泊船在这边，不然我要喊一声"开船"了。老麻说：你敢！老潘说门市部的门没锁我就下码头来了，他的语速很急，像汛期的河水。昨夜来了两辆十轮大卡车，分别在门市部前面的空地上卸下钢索和木板。早上，县供销联社来人，清点门市部的商品，清退屋内寄存的自行车，将门市部变成指挥部，乡政府要在河上架起一座铁索桥……老麻听得心跳加速，他的第一个反应是，关于这河上的桥，已不再是天方夜谭。

关于桥，关于这河上的桥，老麻不是没听说过，而且桥的话题从来就没停止过。都是渡客们说的，似乎专门或者存心说给老麻听。渡客们说：这河面上要是有一座桥就好了。老麻心里说：那敢情好啊！但这可能吗？这河两岸多少人，架这么一座桥得多少钱，合算不合算？这不是你们想架就能架的，这是需要市场评估的。最后老麻给出一个结论，四个字：天方夜谭。老麻却不当面反驳，他默默地记录高谈阔论架桥的渡客，时不时给他们一个冷板凳。码头上自然一只板凳也没有，有的是冰凉的石头，你们就坐在石头上谈论架桥吧，凑不够一船人，我是不摆渡的。久而久之，渡客们意识到，这"架桥"和"开船"一样，在老麻面前是不可轻易出口的。老麻当初的结论肯定有他的道理，但道理也不是一成不变，到了一定的时期，道理就不是道理了，或者不是硬道理了。危机如同汛期终于来临，铁索桥一旦架起来，这码头就不存在了，渡口不存在了，岸也不存在了。老麻的船当然可以存在，但已不是渡船，是一只孤舟了。老麻一下子回到唐朝，和他的船成为柳宗元笔下的绝句，后面两句好像是这么说的：孤舟蓑笠翁，独钓寒江雪。

渡船上的渡客肆无忌惮地谈论架桥，他们不再规避这个敏感的话题。不知好歹的居然胆大妄为地将它与"开船"勾连起来，以问题为导向，以案例说案例。他们说：打死我们都想不到，一声"开船"竟然开出一座铁索桥来。尽管他们装模作样很别扭地用官话表述，但老麻一听就听懂了，不但入耳入脑入心，而且融会贯通了。老麻恨不得立马掉转船头，送他们回到原地继续感叹，无奈船到码头车到站，如同他触手可及的命运已经无法扭转或者拐弯。

汛期明显提前，往年是吃了粽子祭了屈原河水才动容。眼下卖糯米的商客还没过河，河水已开始变浑、变急、变得桀骜不驯。汛期前老麻需要对柴油机进行清洗，维修。这项工作需要两三天时间，最快也要两天。这两三天实际上也就是停渡，但此"停渡"非彼"停渡"，不属于事件。渡客们都清楚，这个时节单靠老麻手里的两把桨橹，是无法安全将他们送达对岸的。时间不是第一，安全才是第一。眼下急转直下的形势让老麻有些措手不及，形势包括提前的汛期，包括顺势而生的铁索桥以及为之奔忙的乡干部、设计员和工程师，他们频繁过渡，马不停蹄。按照老麻的性格或者心态，他应该是不慌不忙、不紧不慢的。确实，你们架桥关我屁事。然而夜里老麻还是将他的三个儿子招呼来了。船上，老三举着马灯，老大老二当他的助手。只一夜工夫，老麻就把柴油机维修好了。柴油机发出稳妥踏实的声音时，老麻点燃香烟连吸几口，摇了摇头，似乎对自己的行为感到不可思议。其实老麻最清楚自己，他在惦记一个人。铁索桥都动工了，你还在岸上指手画脚。官僚主义要不得的，你还是乖乖上我的船吧。

铁索桥的桥址选择在码头附近，正好和渡船航线重叠。老麻现在的航线将是铁索桥经过的地方，也就是说，老麻家族用一条船在河面上开设的通道，将由一座腾空而起的铁索桥代替。照老麻理解，渡船航线通常选择在宽阔河段，这是因为宽阔的河面水流平缓，狭窄的河段波涛汹涌。架桥就不一样了，桥址要选择在狭窄的河段，以缩短里程，减少投资。这是用脚指头都可以想明白的事情。可是已经施工的铁索桥竟然是从宽阔的河面上过的，是直接从老麻的头顶上过的。老麻怀疑，他们可能连选址都没选，直接就按照他的航线过了，简直就是他怎么划船，他们就怎么架桥。开始老麻分析一定是哪个工程师的脑子进水了，进一步推敲，事情绝没那么简单，完全是有所指向的，是有针对性的，带有典型意义的。一句话，"眼镜"是彻底地跟他杠上了。这杠不是一般的杠，是破釜沉舟，是要让他老麻彻底地从这个码头上消失。

老麻每天正常摆渡，原本就寡言少语的他，几乎变成了哑巴。渡客们异常活跃，船到河中就仰面朝吊在钢索轿厢里的施工员喊叫。那几根粗大的钢索什么时候从头顶上架设过来了，老麻连感觉都没有。他起初只看到来了几艘吊船，将钢索从右岸吊下来，再吊上左岸。按照这样的速度，至少也要有三年的时间才能架起这么一座桥来。这是老麻的推算，也是他的期望。不过他的期望总是落空，比如他相信"眼镜"总会坐上他的船，深入施工现场，至今他连"眼镜"的影子也没见过。而他推算的时间也出现了偏差，不是一般的偏差，是严重的偏差，不但那几根钢索在他几乎没有反应的情况下就架设过来了（老麻曾经怀疑他们是在夜间架设的），桥面的木板也很快就要铺设到对岸。原来他估算架桥至少需要三年时间，现在刚过半年即将大功告成。

这天，老麻独自坐在船上发呆，几滴雨水自天而降，不偏不倚地落在他的头上。雨水有些温热，像太阳能热水器的水。老麻仰头一看，天空蔚蓝，一片云彩也没有。正思忖着，从桥面上传来哈哈大笑声，几个青年仔正在给钢索涂黄油。老麻抹了抹头上的水滴，闻到一股浓浓的尿臊味，一股悲凉立即从心底荡漾开来。老麻双手抱头，孩儿似的呜呜大哭。当夜老麻病倒在船舱里，他被桥上那泡尿淋成重感冒。第三天老麻挣扎着要爬起来，老伴按住他：没人喊你"开船"了。老麻一愣，也只是愣了一下，心底像一盆熄灭了的炭火，一丝火气也没有，反而平静了。是的，码头都不存在了，还有什么规矩。老麻竟然乐了，逗老伴道：你再喊一声。老伴不耐烦道：不喊了，也没人喊。老伴几乎不到船上来，因为老麻说了，女人上船和女人下矿井都是要不得的。老麻憋足力气，伸长脖子朝着空阔的河面吼道：开船！这是老麻平生第一次自己对自己下达的指令，是最后的呐喊，类似于溺水者绝望的求救。遗憾的是，喊声一发出即被咆哮的涛声淹没。要是往昔，这个声音就是一块巨石，会激起千层浪的。但眼前滚滚波涛与老麻的喊声无关，他白白地喊了这一声。

铁索桥正式通行的剪彩仪式，在老麻的头顶上举行。挂满彩带的铁索桥上，不时有炸响的鞭炮落下来，落到河面上，落到船头上，落在老麻的心上。老麻本来也想上岸去看看桥，他目前看到的桥是倒着的桥，没有人影的桥。他想看看正面的桥，看有人走在上面的桥。为此他动员自己一个晚上，动员自己摒弃私心杂念，敞开怀抱迎接新生事物。最后他决定放弃看桥的念头，立场战胜了他的好奇。老麻认为在桥头或者桥面上，他极有可能与"眼镜"相遇，老麻对这一点非常敏感，这也是老麻的底线。他老麻是绝不可以在桥上与"眼镜"相遇的，他们相遇的地方只能在船上，也必须在船上。

傍午，有人从桥上伸出头来，"喂"了一声。老麻定神一看，是老潘。老潘说：上来呀。老麻没好气道：我不上，够兄弟你到船上来下棋。老潘说：我守桥哩。通桥后右岸供销门市部自然关停，老潘摇身一变成为守桥员，负责收取过桥费。过一趟桥收费三毛钱，收费标准和老麻一周前还收取的过渡费一样。老潘又招了招手：上来喂，到桥上来走走。这回老麻的回应斩钉截铁：不上，坚决不上，将来上了奈何桥，也不上你的铁索桥。在船上待了一辈子的老麻，原本就与桥势不两立，现在更是彻底地水火不相容了。不止桥，还有老潘，以前他们是同一个阵营，现在他投奔"敌营"去了。在旁观者来看，无论是从码头的历史沿革到时代的变迁，还是半个世纪以来老麻风雨兼程平平安安的摆渡，在码头或渡口消亡之后，守桥员都应该是老麻。尽管渡客们对老麻以往的霸道多有反感，但在安置他的态度上丝毫不夹杂个人的情绪，他们一致认为将守桥员的位置还给老麻，是有理论依据的，因为这一位置与老麻或者老麻家族所承载的文化　脉相承。这当然是渡客们的一厢情愿，老麻肯定想都没想，他这样一个与桥水火不相容的人，怎么能够成为桥的守护者，不可能嘛。

老麻本来是上了岸的，上岸的时间是剪彩仪式后的第二天傍晚。这里面有个疑问，为什么通桥后第二天老麻还要到码头去？当然不是去摆渡，没有渡客可摆了，他是去收拾卧具。除了一条渡船，老麻另外还有一条卧船，是汛期夜间他值班时睡觉的船。其实每天傍晚这个时段老麻都会上岸，然而这次上岸与以往的上岸截然不同。规范的表述是，以前上岸叫收工，现在上岸叫下岗，叫失业也对，在人社部门统计就业情况的表格上叫待业，反正都无事可干。老麻在街头"逍遥"了三天后，发现铁索桥给这条窄窄的街道带来了前所未有的变化。以前是三天一个圩日，现在天天都是圩日，每天街头都像圩日一样拥挤。拥挤的人中多了很多陌生的面孔，连他自己也变得陌生起来。以前人们遇见他，几十米远就招呼：老大，吃了没有？现在都步履匆匆的，甚至视而不见，生怕跟他招呼一声时间就哗地过去，像过去船要开动了，啰唆一句就过不了河。第四天一早，老麻提着行李回到码头上，并且在船上住了下来。老麻知道如何安置自己，已经规划好了自己的未来，妥善解决了自己的再就业问题。他去了一趟县城，当然是摆渡上岸的，回来后对卧船做了一番改装。卧船船体比渡船小，但轻便、速度快。改装好卧船后，夜幕锁住河面时，老麻就驶离码头。去的方向是下游，下游是顺流，到了河中间老麻就将马达关闭，任由船儿随波逐流，腾出手来操作另一套设备。清晨天蒙蒙亮，老麻准时回到码头。主顾们早已等候多时，主顾是他去县城采购设备时就联系上的。他们协助老麻从船上卸下各种河鱼，有黄蜂鱼、芝麻剑、红河鲤……也不是全部都给主顾，老麻自然要留一些的。到中午时，老伴已经在温馨的船舱里摆开了小餐桌。

几杯小酒下肚，老麻觉得这样的日子也很熨帖，这种熨帖的感觉来自船上，或者说只有船上才有这种感觉。老麻知道自己是彻底地离不开船了，就像鱼儿离不开水、瓜儿离不开秧、人民群众离不开码头……呵呵，码头不存在了，人民群众早已大步流星地从自己的头顶上通过。老麻像河虾一样，浸泡了酒就醉了。码头上就有一道名菜，叫醉虾。

远远地老麻就看见了老郑。老郑是乡派出所的所长，跟老麻算是老交情了。老郑身后还站着两个干警，衣服下摆露出一截乌黑的枪管。当老麻掐疼肉身，确认这不是在梦境里的时候，为时已晚，船已靠岸。两个干警跳上船来，其中一个掏出手铐咔嚓一声将老麻铐上了。老麻镇静道：兄弟，你这是……老郑也很爽快，老哥，对不起！上级有令，兄弟我只能公事公办。

上岸时，老麻抬手示意一下，这样不大好吧，这副"手表"若是戴到岸上，我这张老脸就彻底地坏完了。老郑动摇了一下。老麻说：我保证不跳河。老麻的保证是有案可查的。那一次，老郑和一名干警从右岸押着一个嫌疑人过渡，船到河中间，嫌疑人忽地跳入河中，拼命地朝原岸游去。老郑冲上船头，跃跃欲试，却不敢跳下去抓捕。老麻一看就知道他是个旱鸭子。那个跳下去的干警也只会两下狗刨式，哪里追得上嫌疑人。眼看嫌疑人越游越远，老麻扑通一声跳了下去，一下子就把嫌疑人裹挟回来。在这个码头上，还没有第二个有老麻这番身手。老麻不保证还好，一保证老郑就不动摇了，反而更坚定了。老麻真的跳到河里去，这个码头没有哪个人可以追得回来。

在派出所里，老麻与老郑面对面坐着。老麻没少和老郑这样坐着，在船舱里，在派出所饭堂，都这样坐过。老麻说：我以为你忘记我了。老郑说：哪里！我们一直都关注你、惦记你。老郑说：我理解你，也同情你，但你这种行为不算是转变经营机制，不属于改革创新。你钓鱼可以，这河上随便你钓，几十根几百根钓竿都可以同时用上，就是不能电鱼，电鱼是违法的。这跟打仗一样，可以使用常规武器，但不能使用核武器，你现在电鱼就相当于使用核武器了。老郑是退伍军人，参加过自卫反击战。每次跟老麻喝酒，谈的都是打仗的故事，这回也是。老郑没收了老麻所有的电鱼器械，经过一番批评教育后就让他出来了。老麻能感觉到老郑拍在他肩头的手暖乎乎的，这已是最轻的处罚，如果严格依照《渔业法》《刑法》《电力法》来追究，老麻得送到县城绿岑山的山脚去，那就不是老郑的手可以伸触到的地方了。

船舱顶部有一处裂缝，新的裂缝，是什么时候开裂的老麻没有注意到。透过裂缝能看见头顶上的桥，听到人们匆忙的脚步声。哪些是乡政府干部的脚步、哪些是普通群众的脚步、哪些是商人的脚步，老麻都能分辨出来。老麻甚至还分辨出老黄的脚步，细碎，有些摇晃，像古时女人裹了脚。老黄上桥的时间比过渡的时间晚了半个小时，自然是通过时间比以往提前了的缘故。他手里的报纸杂志每天最先被食品站的人阅读，食品站的人吃了还带着猪的体温的新鲜里脊肉和下水，剔着牙踱着方步来到邮电所，见了老黄就问："热报纸"到了没有？老麻听到一阵轰隆隆的声音，后来知道那是摩托车在过桥。老麻看到桥面在摇晃，像地震一样，他心里不免有些担心。苍天在上，老麻确实担忧而不是幸灾乐祸。他认为这桥属于人行桥，摩托车应该禁止通过，不然这桥撑不了多久的。

老麻认为他很有必要提醒一下老潘，老潘毕竟没划过船，他不知道桥和船一样都是有载重负荷的，都有承受极限的。而且必须跟老潘讲明，从这桥上经过的重量，跟他以往卖油卖酒短少的斤两有天渊之别。后者损的是阴功，而前者可能会要人命。

还没等老麻到桥头去，灾难就发生了。用码头上的话说，贵人是有了，但被晾在一边。那天早上老麻醒过来后，看到从上游涌来了很多漂浮物，他急忙解开渡船铁链，由渡船拖着卧船规避到一处大湾内，以避免船体遭受漂浮物的撞击。老麻还没安置妥帖，就听到嘭的一声巨响，犹如山崩地裂，只见那桥像簸箕颠米一样将桥上的人和车颠到河里，然后就歪斜在了河面上。老麻当即砍断卧船绳索，掉转渡船方向朝事故现场驰去。落水的人拼命地朝渡船游来，老麻一面控制船的速度，一面向他们抛去救生圈，叫他们抓稳船帮。凡是露头的，都让老麻救到了岸边。老麻安慰落水者：只要人在，摩托车还会有的。

铁索桥倾斜事件总共造成十一人跌河，其中被老麻救起八人，三人失踪，五辆摩托车跌入河中。调查结果：倾斜事件属于天灾人祸。天灾是洪水裹挟的一棵大树撞断了左岸一根用来固定的钢索，导致桥体倾斜；人祸是老潘违反规定，私自允许摩托车通行，而且是五辆摩托车拉风式的同时通行，导致固定的钢索绷得太紧，大树一撞就断了。

老麻一刻也不消停，或者说他很快就进入了从前的角色。他一面恢复正常摆渡，一面密切注意失踪者。他没有得到任何指令和安排，却按部就班地开展了他认为应该属于他的工作。第七天，三位失踪者从斜桥下浮上来了。老麻将船靠上去，用绳索将他们拖到码头，从卧船上拿来一张草席铺好，一一将他们抱上岸来。老麻认得他们，两个男的一个姓韦，一个姓黄，他们在地区民政局工作，老家在山后面的一个峒场。那个女的，丈夫在军分区服役，她每个月都去探亲一次。唉！这次还没见上面，人已阴阳两隔。老麻心里说：你们要是坐我的船呀，就免了这场灾祸了。一只拳头狠狠地擂在胸脯上，又叹息一声：唉！

等渡客的时候，老麻就用铁铲去铲除码头上的杂草。才多久呀，两头通往岸上的小路已是杂草丛生。渡客们说：看来这码头是少不得老麻的，就是铁索桥维修好了，老麻还得守护这里。老麻提醒他们，这话可不能随便说的，桥修好了就会稳固。似乎是要对人们不爱惜桥的行为予以惩罚，上面对修桥工作抓得不是很紧，不慌不忙的。这个速度和老麻的心态有些吻合。修桥的日子里，老麻始终等着一个人，等这个人上他的船来。老麻心里嘀咕，难道铁索桥维修，他也跟着维修了？了解老麻心事的人就撩他：你想让乡长再喊一声"开船"是吧？老麻既没点头，也没摇头，他的态度和他的脸一样模糊。

码头只热闹几天就又冷清了，有时寥寥三两个渡客，有时一个也没有。老麻从这些零星的渡客嘴里得知，原来是连接邻县水泥桥的柏油路已经开通。柏油路和铁索桥互为保障工程，铁索桥开工的时候，柏油路已先期施工。而今还坐船的是那些没有摩托车的人，有摩托车的渡客都绕道走柏油路了。天啊，原来如此，我老麻信息太闭塞了。什么互为保障？分明就是退路，"眼镜"他连退路都考虑好了。桥倾斜了过路，路塌方了过桥；想过路就过路，想过桥就过桥，总而言之就是不上你老麻的船。

这个夜晚，月朗星稀。

老麻用尽力气咳出一口浓痰之后，在心里和"眼镜"彻底地"和解"了，或者说他已经彻底地臣服于"眼镜"。不仅如此，老麻还原谅了"眼镜"，他相信"眼镜"那声"开船"绝对不是故意的，他只是不知晓码头上这个规矩。无知者无畏嘛。他现在已经完全原谅"眼镜"了。当然，如果"眼镜"能"亲自"到船上来一趟，哪怕只站那么一会儿，那么这个"和解"就完美了，就天衣无缝了。老麻的眼睛始终没有合上，大儿子俯下身子悄悄地说：大，乡长上过我们家的船，就是那个脸圆圆的，他还给你递过烟呢，是带嘴的"刘三姐"牌。又说：乡长其实不戴眼镜的。老麻听罢安详地闭上双眼，时年享阳七十三，也算是高寿了。

　　二十三年后，老麻家的老三成为乡长。他上任后做了一件事，修志。他特别关注"眼镜"的档案，发现"眼镜"在乡政府任职时间只有三个月，五月初到任，八月底就到省城的经济管理干部学院去读书了。一些老干部证实，"眼镜"其实只来乡政府一次，就是报到的那一次。那段时间，乡长职位一直空缺。严格来说，这桥、这路都不是"眼镜"组织实施的，而是县里统一安排的扶贫攻坚行动，也就是说，"眼镜"来与不来，这桥、这路都是要搞的。就是"眼镜"他那一届不搞，到后面老三他这一任乡长也是要搞的，必须搞的。

【作者简介】

李天岑，男，1949年生，河南镇平人，南阳市作家协会名誉主席。发表《笑》《找不回的感觉》《那夜那灯那女人》等中短篇小说。出版长篇小说《人精》《人道》《人伦》《平安夜的玫瑰花》等。曾获河南省"五个一工程"奖、杜甫文学奖等。根据《人精》改编的电视剧《小鼓大戏》在央视播出。

【内容简介】

《唱大戏》中充满智慧、灵活幽默却又极为接地气的老总赖四以"唱戏"为媒介，借助"县长效应"，顺利完成扶贫攻坚拆迁任务。唱戏是自由自在的民间生活的重要片段，是一种充满了日常情趣的生活场景，但同时，唱戏又具有一定的传奇性，有一种超越常规的神奇品性。李天岑的写作将唱戏的民间性和传奇性有效融合于当下生活，瞬间激活了传统的文学资源，这既是一种对古老经验的总结，也是一种对生命和文学的认知方式。那些浑然天成的插科打诨，氤氲着浓浓的生活质感，巧妙地建构出干部群众的和谐场景，实属难得。

唱
大
戏　李天岑

　　赖四在全县很出名。因为他很可爱，很幽默，又是个大老板。他本名叫张世法，因在兄弟中排行老四，从小就痞痞差差，爬高上梯，歪点子多，说话幽默，往往让人可笑又可气，所以一来二去村里人不习惯喊他大名而叫他赖四。叫他赖四他也答应。他说人无外号不出名。早些年他家很贫穷，二十多岁还没有娶媳妇。用他自己的话说，一家六个男人除他爹有个老婆外，兄弟五个都是光棍汉。他为了摆脱生产队的劳动和饥饿，便拜本村瞎子七爷为师，学唱鼓儿哼。鼓儿哼是一种地方曲艺，就是自己敲着小鼓自己唱。农村人也称作"地崩子"。赖四常自诩从小就聪明——上了四年小学，一年级就上了三年——基础打得好，所以智慧超常。他三个月就学出师，背着小鼓走村串户，以唱鼓儿哼为营生。那年代农村文艺生活匮乏，年轻姑娘们看见个唱鼓儿哼的就像当今看见个电影明星或网红。西北山一个姑娘叫桂儿，听迷了他的戏，竟私奔离家当了他的老婆。一改革开放，头脑灵活的赖四就下海做生意，几经起伏，创了大业，成了身价几亿的老板。赖四成了老板竟不失自己的雅兴，小鼓、剪板就放在奔驰车后备厢里，什么时候想唱，小鼓支起来，剪板一打就哼起来。时代变了，家家户户有了电视，年轻人爱追韩剧，老年人爱看《甄嬛传》《芈月传》之类的宫廷戏，没人爱听这"地崩子"戏。一次，赖四的车正飞奔在高速公路上，他突然来了兴致，嗓子发痒，看见公路旁边有个村子，立即让司机下了高速，绕到村边，身背小

314

鼓手拿剪板来到村里，敲了半天鼓竟没一个人来听。赖四一打听，是年轻人都外出打工了，村里没剩几个老人，都是拐胳膊跛腿的出不了门，他便进宅入户每个人付五元钱"买"人家来听，虽然他过了把唱鼓儿哼的瘾，却伤了自尊心。看来这玩意儿是没"市场"了，他一怒之下扔了剪板砸了小鼓，从此作罢，不唱了。

赖四生性爱热闹，爱唱戏，不唱着急。就像赌徒酒鬼瘾君子，不赌不喝不吸两口就活不下去一样。尤其遇到搞工程弄项目这事，作难压力大，领导见了怕沾着，有些职能部门见了刁难，社会上人还认为是"黑心"开发商。赖四常常愁得彻夜难眠。他怕时间久了自己会抑郁，心一想，唱，还得唱，唱唱把心里的压抑发泄出去。这回他要唱大戏，不再唱那"地崩子"了。城里几乎没人看戏了，县豫剧团偶尔到乡下演三两场，也包不住本钱，县财政补贴又有限，发不了工资，剧团没宣布解散，人员也自然四散了。赖四跟县文化局签了合同，把县豫剧团买了过来。他给演员们发工资交"五险一金"，剧团的戏箱让他无偿使用。哪里需要演出了去演一场，能挣几个钱算几个钱，多是友情演出不要钱，只用管碗饭吃。有了剧团公司的旗帜也大了，公司有个剧团就像部队有个文工团一样，赖四也跩起来。他想唱时也跟着剧团去吼几句。赖四有当年唱鼓儿哼的基础，学唱豫剧就像果树嫁接一样起点高，学调门也快。他唱戏从来不看唱本，根据剧情梗概随编随唱，更多时候是触景生情，夹杂些活词，活词比较鲜活通俗刺激。农村人听戏为的是图个热闹寻个"刺激"，一刺激就笑得前仰后合，赖四便赢得掌声不断，越有掌声他唱得越来劲，词越鲜活。后来名声传遍全县。农村人一听说赖四来唱戏了，老头老太太们能带着干粮跑一二十里地看他唱戏。

有几个月赖四不唱戏了，他的心被压住了，唱不下去了，唱不出来了。不是别的压住了心，是被钱压住了心。县衙是城里的旅游景点，他决定把县衙周围开发了。一期拆的县衙西，搞商业街，拆一处旧房换一套新房，另配给两间门面房，很受欢迎，老百姓很快就拆了。游客也多了，商业街也繁荣了，家家户户挣着活钱了，人人笑得合不拢嘴。接着他又要开发县衙东，要搞一个"忠孝广场"。广场占地面积大，要建一座父母塔，要盖一个"忠孝堂"，也算是增加旅游项目。县里很支持，很快办完了一切手续，两个多亿的拆迁补偿费早打了过去，群众也拿到手里了，拆迁合同也签了，却迟迟不肯搬迁。居民们也会算账，衙西建的商业街，原地不动旧房变楼房，住宅房变成了商业房。衙东改造大不同，修广场建塔盖大堂，把地皮都占去了，他们要失去紧邻县衙这个地理优势，却不可能有商业门面房了，再者，马上入冬，都嫌搬家不安生。赖四算的账是多耽误一个月就多背二百多万元的利息，拖了一年多就搭进去两三千万的利息，利滚利，再拖下去会把公司拖垮的。恰在这节骨眼上，县长调走了，来个新县长不认识，听说新县长一到任，又是忙着搞调研，又是下乡忙精准扶贫，根本见不上，真是闹心。

　　吃晚饭时，老婆喊了几次，他都坐着不动，愁眉不展地想心事。过去遇到难事他往往请吃请喝或是送礼开道，现在不行了，上边有规定，人们也不敢了。十几年前他曾干过一件自认为好心办坏事的事，现在每每想起都觉得揪心。那年他在平原县开发一个河道治理项目。该县县委书记为了稳住他的心，也搞起感情投资，在他儿子结婚时送了两千元红包。次年那县委书记儿子结婚时，他送了个大红包，五万元。县委书记当即拒绝，不行，不行，这礼太大了，不能收。赖四给书记讲道理，我儿子结婚你递礼两千元，你一个月工资多少？相当于半个月的工资啊！可我呢，身价几个亿，五万元占多大比重？我如果也给你拿两千元，与我的身价不相称啊！正像我舅家儿子结婚，村里人每户递礼一千元，我递礼一万元，如果我也递一千元我舅会认为臊他脸的，非打我耳光不可！为什么？与我的身价不相称。村里人腰里多少钱？我腰里都知道有几个亿啊！他似乎讲的是个道理，那县委书记没再坚持拒绝。没过多久，那位县委书记"东窗事发"。办案人员找到赖四调查情况，问他为什么给那书记行贿，赖四对办案人员讲了他当时给那县委书记说的同一番话。办案组认为他讲的是歪理，最后定那县委书记为受贿罪判了刑，他的行为也被指控为行贿而不属正常礼尚往来。他虽然没受什么制裁但丢了脸面。从此后，他找人办事不论大官小官不再行贿送礼了，但也在探索"攻关"新招术。二〇一三年他开发二龙山风景区，县规划、土地、环保等部门都批了，唯独林业局还没盖章，不是林业局不盖，是找不到局长，见不到局长当然盖不了章子。有一天，他突然得知了一个消息，林业局局长的爹死了，他觉得是个好机会，灵机一动，带上剧团到林业局局长老家王营村唱戏去。他到村里找到村支书，说自己的剧团到村里来义演的。村支书说，王局长的爹死了，全村人很悲痛，万万不能高兴地唱戏，要唱也得过几天再唱。赖四说，俺光唱哭戏。村支书点了头。于是，搭起戏台唱起来。下午唱了一出《诸葛亮吊孝》，晚上接着唱《三苦殿》。赖四男扮女装演公主，他不照剧本上的唱词唱，反反复复就唱那几句，哭一声爹爹叫一声爹爹，你这一死，女儿……我……我……女儿……我……我……再哭一声爹爹叫一声爹爹……女儿我……你让女儿我伤心断肠啊！正在他哭得悲痛欲绝的时候，林业局局长穿着孝服从后台上来了。林业局局长是个女的，长得五大三粗，浑身是力气，她一把扯住赖四的胳膊说，老兄呀，你捣啥乱啊？我明白你演的啥戏！你那章子不是不给你盖，是这段时间我一直在医院照顾我老爹，我老爹后事处理完回去就开会研究。赖四双手作揖，连声说，多谢局长，多谢局长！你让我把戏唱完。女局长说，想唱你就正经唱，别再胡捣乱！不正经唱就打置戏箱滚回家，否则，我脚照你屁股上踹！几天后，林业局办公室就通知他去盖了章。从此赖四摸出了门道，关键时刻就领着剧团上，而且他必要登台主演。

二龙山旅游景区开始施工后，每天从山外运来大量建筑材料，那些运输车都严重超载，村民们怕压坏了水泥路，那是国家村村通工程拨款修的路呀！村民们开始堵路拦车，赖四急了，去找村支书张子杰，求张子杰做村民的工作。开发这个景区是张子杰把他招商来的。他俩多次打交道，他满怀信心，张子杰能解决问题。没想到，张子杰听了两手一摊，为难地说，这工作我做不动呀！村民们还骂我受了你贿赂。于是，他心生一计，晚上在村里搭台唱戏。他还特邀张子杰坐在前边。剧名是《杨八姐游春》。剧中赖四扮演杨八姐。他一出场，先用小姐腔调念了一句白：哟，张支书你也看戏来了！观众"轰"一声大笑。接着赖四就以杨八姐的腔调唱道：张子杰你是个坏东西，看见女人色眯眯，昨天我嫂子去赶集，你追上拉到河沟里，撩她个头朝东脚朝西，将裤子抹到脚脖起，后边呀，八姐俺羞得咋说你！赖四唱到此，当真羞得用手捂住脸，然后狠狠捣了张子杰一指头，念一句白：你真是个不要脸皮的！村民平时想骂张子杰但谁敢呢，这回可给他们出了口气，台下观众哄然大笑。赖四看观众情绪调动起来了，就正式开始唱"游春"，唱着唱着趁观众正高兴，又植入活词，实际是广告：乡亲们往那看仔细，二龙山风景多美丽，苍松翠柏根连根，悬崖峻岭是绝壁。万丈瀑布如丝帘，莺歌燕舞如画里……阳春三月百花开，花香飘来香醉你……待到景区建成后，各路游客往里挤……开饭店，卖卤鸡，炸油条，烧鲤鱼……一路两行做生意，钱都钻你腰包里……台下人看着戏嚷着，鳖赖四真会编啊！还有人说，这赖四，看是唱戏实际给咱洗脑哩！尽管他们这样说，心里也都开了窍。第二天村民们不再拦车了，派代表跟赖四谈判，车不准超载，不准压坏村村通公路，否则赔偿。赖四不但答应他们提出的条件，还主动跟村里签下协议，待景区完工后，修一条双车道的水泥公路。村民们听了欣然同意。从此，施工再没麻烦事。

回想起这些，赖四打算还用这招，请新来的郑县长看戏。请县长看戏容易吗？县长日理万机，一句没时间就推掉了。再说，县长的智商还不一眼看穿西洋镜？但他不死心，还是决定试试。周四这天吃过晚饭，他先给县政府办公室陈秘书打了电话，陈秘书是个远房亲戚的孩子，专给正副县长们写材料的，他从陈秘书嘴里得知郑县长在办公室，就穿上西服，系上领带，换上皮鞋，打扮得有点老板的派头。他给老婆桂儿说，他要瞧县长去。老婆从屋里拎出六瓶装的一箱茅台酒，一个装有六条大中华香烟的纸袋子，放他面前。

赖四眼睫毛扑闪着说：干吗？

老婆说：你不是要瞧县长嘛！

赖四连连摆手：不拿这个，不拿这个。

老婆剜他一眼，说：你第一次拜访县长，空手去？

赖四也剜老婆一眼，指着一堆烟酒说：这年代哪还兴这一套，就空手去。

老婆说：礼多人不怪。

赖四又摆摆手，不不，啥礼也不用带。

他到了县政府院里，看见新县长办公室的灯亮着，用手指头轻轻敲着门，也轻声喊着：郑县长，郑县长！

哪位呀？屋里传来县长的声音。

张世法。赖四嘿嘿笑着说，也就是赖四。

门吱一声开了。郑县长披着一件大半截风衣站在门口，打着手势，说着请进。

赖四进到办公室里先奉承一句：郑县长夙夜在公啊！

郑县长用诧异的目光望着他。他虽然没同他见过面，但早听县里人说到他，从大家话语中获得对赖四的印象，应是个粗人，没想到他嘴里能蹦出来这么个高水平的词。即刻，郑县长一脸微笑地说：没有，没有，一个人看看中央新来的文件。

郑县长一边给他倒着茶一边说：早就想去你公司看看，一直没抽出时间，张总你身体好吧？

赖四翻着眼打量郑县长，四十来岁，鼻梁上架着一副眼镜。人们都说他是市里派下来的，担心不好接触。现在看县长面带微笑说话温和，感觉很平易近人，也没了拘束，在沙发上扑通坐下，说：我身体好得很，上中下都大修过，现在没一点毛病。

怎么上中下都大修过？郑县长感觉到这个人有意思，也带点好奇，仍是笑眯眯地问。这中间，郑县长也扑闪着眼，打量着他，身子精瘦，嘴巴有点凸，耳朵大，鼻梁凹，两眼虽小但瞳仁亮，虽其貌不扬，但给人的印象很聪慧。

赖四呵呵笑着说：年幼时长个疝气蛋，我爹背我到医院割了，四十五岁时心脏瓣膜出了问题，大开胸，换了个人工瓣膜，二〇一三年发现脑瘤，做了个开颅手术。手术前我老婆贿赂了手术医生，把花心部分也摘了，现在可安生。

郑县长噗一声笑了，他好多天没这样笑过，兴奋地瞟一眼赖四说：张总蛮风趣的啊！他猜出赖四是来干什么的，去坐到他的办公椅上，伸

319

手翻着办公桌上堆的一摞摞材料，最后找出一个本子翻了几页说：张总，你那个忠孝广场的项目老县长走时给我交代了，项目书我也看了，创意很新。我看了以后都觉得惊奇，你怎么能想到这么个好点子？

见县长夸奖，赖四得意了，脱口而出，你们文化水平高的爱讲词，说心里开窍叫脑洞大开。刚给你讲过，我不是二〇一三年开过颅嘛，所以……这是说个笑话。赖四点着烟抽了一口，说，郑县长我吸个烟你不介意吧？

不介意，不介意，你抽吧！

赖四燃着烟，低着头抽了两口，开始一本正经地讲：建父母塔和忠孝堂也不完全是我凭空想的，也是有根源的。咱中国有句古话叫可怜天下父母心。我是有亲身感受的。我们年龄小的时候生活很困难，常年没吃过肉。我十二岁那年五月间，生产队鱼塘瘟池了，死鱼漂了一层，俺家分了一条一斤多重的鱼，我母亲将鱼炕炕让俺弟兄几个分吃了，她没吃一口鱼肉。最后我看见我母亲在煤火炉上放个铁叶子，将我们吃剩下的鱼刺烤黄烤焦嚼嚼咽了，我当时看见就流下眼泪。直到今天说起来还想流眼泪。我想天下父母对儿女的这种恩情每个人都会有体会。郑县长郑重地点点头，目光凝视着他。他继续讲：我还常听到一句话，忠孝不能两全。其实，我觉得忠孝是一致的。我大孩子在北京大学毕业要读研究生，他奶奶去世时，正是孩子复习考研的关键阶段，要不要孩子回来奔丧？俺两口商量，他奶奶已经死了，他即使回来奶奶也不会复活，但会影响孩子考研，当时决定不打扰孩子。孩子考研回来，听说奶奶去世了痛哭流涕十分遗憾。我老婆劝说孩子，别哭了，忠孝不能两全。当时听了这句话，我脑子立即想，我们培养孩子读研究生是图他成才报效祖国的，不是培养个研究生给老一辈擦屎刮尿的。所以，我觉得孝有大孝小孝，大孝报国，小孝为家。我还联想到岳母刺字，让儿子精忠报国，我认为，岳飞上战场杀敌既是报国又是孝母，因为报国是母亲的最大心愿……我想到这些，决定建一座忠孝堂，把历史上的民族英雄像岳飞郑成功戚继光这些人，还有像焦裕禄那样鞠躬尽瘁为人民的好官，都放进忠孝堂，并运用声光电的现代科技表现出来，让来参观的人无不肃然起敬，明白什么是忠和孝。

郑县长听完站了起来，说：真是个好项目，要快上。有什么困难？是不是拆迁有问题？

是，拆不了，就建不了。赖四摁掉手中的烟蒂。

郑县长在屋里踱着方步说，三两天内腾出时间就协调拆迁问题，你说说卡脖子的问题在哪里？

赖四又点一支烟抽着，眼睛一眨一眨地说：郑县长，我知道你很忙，特别是咱县扶贫攻坚任务更重，拆迁之事是持久战，不在于这两三天，我今晚不是来说拆迁的。我是想着你来俺县这段时间很紧张，也很劳累，明晚周末了，想请你看看戏，放松放松，也与民同乐同乐。

郑县长皱皱眉问：去哪儿看戏？

赖四从鼻孔里呼出一缕烟雾，说：明晚，我那剧团就在县衙门前搭台唱戏。

你公司还有剧团？

有啊，不但有剧团，我还会唱的。

张总你也唱？郑县长在市文化局工作时就是管戏曲的副局长，经常组织文化下乡。听到此，饶有兴趣地走过来挨着他坐到沙发上问：你会唱什么戏？

赖四这时感觉到新县长不是模样文气就不接地气，而是很接地气，便笑着站起来说，古装戏，现代戏，男角女角都会唱。

你都演过什么角？郑县长本不抽烟，也不由自主地从烟盒里摸出一支放在鼻子下闻着问他。

赖四看县长有了兴趣，眉飞色舞地说：《秦香莲》我扮过包文正，《白蛇传》我扮演许仙，《西厢记》我扮过崔莺莺。不瞒你县长，我演崔莺莺比女演员演得还好。唱腔细如涓涓流水，林中鸟鸣。本来妆画得也漂亮，不知道的人都以为我真是个大美女的。他越说越来劲，越讲越夸张：一次到后山演出，我唱崔莺莺，男人们差点把台子挤塌，女人们醋得直往台上扔砖头，骂我臭婆娘。煞了戏，下了台子，我没来得及卸妆，几个小伙子就上来撕扯我，我故意逗他们，撒腿就跑，跑了二里地，到了麦地里，我实在喘得上不来气，说了声，别撵了娃子们，我是你老爹！几个小伙子听了非常懊恼，各自朝我屁股上踹了一脚，骂骂咧咧地走了，免遭一劫。

郑县长被他绘声绘色的讲述所感染，兴奋得又噗一声笑了，很痛快地答应明晚看他的戏。

第二天上午，赖四就让剧团在县衙前广场上搭台子，等于预先广告晚上有戏。晚饭以后，周围的居民陆续来到剧场，有的搬着小墩，有的搬着木凳，八点钟时就坐了黑压压一片。赖四因在后台化妆，顾不上迎接县长，事先给政府陈秘书打了电话，拜托他陪着郑县长在开演前五分钟来到剧场中间坐下。

晚上的戏是豫剧《荒唐县令》。赖四扮演县官。在一阵欢快的乐器声中县官出场了，他头戴乌纱帽，身穿大红袍，画个三花脸。赖四很会演戏，乌纱帽上有两个纱帽翅，他能让两个同时闪动，也能单个闪动，左边不动右边闪，右边不动左边闪，单闪之后有双闪，闪纱帽翅的功夫就赢得了观众一片掌声。掌声过后，身为"县官"的赖四就唱起来：

> 本县台上看仔细
> 东北角站个反抗拆迁的
> 怒目瞪眼将我逼
> 看架势想要打仗的
> 今晚打仗不怕你
> 台上都是我亲戚
> 大舅是个拉弦的
> 二舅是个敲锣的
> 三舅是个吹笙的
> 四舅是个吹大笛……

台上那乐器班子的人被他骂了一遍，都无奈地苦笑着摇头晃脑，台下观众也都嘲笑地望着台上奏乐的人。

此时，"县官"赖四念白：今晚四个舅母也都在台下看戏哩，哪个小子想打仗，我舅母先抱着你喂咪咪！

　　台下观众哗然大笑，气氛十分活跃。赖四接着又唱起来：

　　　　……
　　　　忠孝堂教子成大器，
　　　　儿女成器荣光你。
　　　　忠孝广场全盖楼，
　　　　停车场建在地壳里。
　　　　青砖灰瓦商业房，
　　　　古香古色胜西区。
　　　　起脊楼房你住上，
　　　　楼下你可做生意。
　　　　若是大家拆迁快，
　　　　半年让你搬新居。
　　　　我讲此话全真的，
　　　　半点有假你不依。
　　　　郑县长也在台下坐，
　　　　面对县长我发誓语，
　　　　赖四我若把乡亲骗，
　　　　你把俺丢进油锅像炸鲫鱼！

　　郑县长此时也站起来面对观众微笑着招招手。观众们欢呼雀跃，有
的吹口哨，有的拍巴掌，年轻人还齐声喊着，郑县长欢迎你！赖四在台
上继续唱：

　　　　前边唱的是捣乱，
　　　　后边开始唱正戏。
　　　　早唱完来早休息，
　　　　明天还要扶贫去……

郑县长听得津津有味，觉得赖四真是会演戏。演出结束时，赖四到台下来邀请郑县长接见演员。郑县长也没推辞，上台同演员们一一握手，赖四事先安排的摄影师跟着啪啪拍照，最后他还同全体演员照了合影。集体合影过后，赖四又要求与郑县长单照，郑县长也没拒绝。拍照时，赖四紧紧握住郑县长的手问道：郑县长看得高兴不高兴？我是胡编乱造，你可别见怪。郑县长连声说：高兴！高兴！另一只手捣着他鼻子说，大家都说张总你是个人精，此话不假，你很会宣传，也是"将"我的军，也是替我做工作。趁热打铁，这两天就开会动员拆迁。

　　郑县长回去以后失眠了。是欢乐的失眠，也是忧愁的失眠。他心里明白，赖四请他看戏只不过是换一个方式要求他尽快解决拆迁问题。谁都知道现在拆迁是天下第一难啊！这个项目拆迁涉及六七百户三四千居民。自己作为一个新来不久的县长，得啃下这块硬骨头，树立自己的威信，可稍有不慎，就会捅了个大马蜂窝。他越想越睡不着，越睡不着越想，一直想到天快亮也没合上眼。他干脆起了床，洗漱过后，穿上那件风衣往居民区走去。他想找几家住户聊聊，找准影响拆迁的原因到底是什么，为召开现场办公会做好准备。他走了一二百米，见家家户户门都关着，看来还没起床。这时候他不能去敲老乡的门，打算先去看看大街上的清洁卫生。没走几步，发现前边一户大门外堆放着桌子柜子电视机，刚走到门口，一老一少两个男子呼哧呼哧地喘着气抬着一张长沙发从院子里出来，显然是父子俩。他眼瞟了瞟想搭讪，犹豫着要不要替年岁大点的人抬东西，没想到年岁大的男子先跟他打招呼：郑县长，早啊！他连忙点着头，呵呵笑着：哦，哦，你们也早！他真没想到，老百姓认识他。因为他到这个县工作以来，坚持不上电视，不让老百姓从电视上认识他，想到民间多些私访。那男人似乎看出了他的心思，接着说：昨晚看戏看见县长了呢！哦，昨晚你们也去看戏了？他说着走上前去问：你们这么早就起来搬东西呀？那一老一少将抬的长沙发落在地上，年岁大点的男人用手抹着汗，憨厚地笑着说：昨晚你去看赖四唱戏，不就是做样子给俺看的吗？俺看赖四同着你在大庭广众面前表了

324

态，也就吃了定心丸。其实啊，房子早找好了，迟搬不如早搬，晚拆不如早拆。郑县长听了心里一阵感动，多好的老百姓啊！他脱掉风衣说：我也帮你们抬抬什么？那男子连连摆手说：不用，不用，县长你去忙你的，马上搬家公司的车就到了。话音刚落，一辆"红太阳搬家公司"的大车轰隆隆开过来了，车一停，跳下来六七个棒小伙子，身上穿着印有红太阳搬家公司字样的工作装。郑县长见自己插不上手，给"老乡"打个招呼，就继续往前走了。

前面，赖四也走了过来。自从定了这个项目，每天早晨这个点他都要到居民区转一圈，看看有没有搬迁的动静，老百姓一天不搬他就心不安哪，拖一天就是一天的钱啊！赖四先看见了郑县长，大声喊着：郑县长你起这么早啊！郑县长正低着头走着想事情，听见赖四的声音抬头说：我想走访走访群众，这两天就开个现场办公会。赖四走到郑县长身旁，指指搬家公司的货车说：会就先不急开了。

为什么？郑县长问。

赖四点一支烟抽着说：俺这里有句俗话，山里猴引不得头！

郑县长不明白地望着他问：此话怎讲？

赖四笑问说：你不知道猴子与草帽的故事？他吸了一口烟，又是从鼻孔里呼出烟雾后，接着讲：我上小学时读过一篇课文，六月天，一农夫挑一担草帽，又累又热，走到一棵大树下休息，搁下担子，拿了一顶草帽扇风乘凉，树上的猴子都跳下来，把他一担草帽全抢光，也照他的样子扇起了风。老农夫愁了，这怎么办呢？他没心思扇风乘凉了，怕猴子再抓他，他把草帽戴到头上防御，结果，猴子也都学他的样子把草帽戴到头上。农夫看出了门道，将草帽扔到地上，结果猴子们也个个把草帽放回原地，就这个道理。赖四得意地说：一家搬会带仨，三家搬带一片。昨天晚上演戏刚结束，他手指指刚搬东西那户，侯老头就给我打电话，他说：赖四你面子好大啊，能把县长请来看戏。我说，是县长想融入百姓，与民同乐啊！他说：既然郑县长支持你的项目，我也支持，明天就搬家。赖四又手指指那辆货运车说：我当即表态，我给他雇搬家公司，费用我全掏。我就是来看搬家公司的人到没到的。今后谁搬家，我就给谁掏搬家费。

郑县长朝赖四竖起大拇指称赞道：张总，你很会来事儿。

赖四又吐了一口烟雾，说：我再会来事儿，不如"县长效应"。拆迁的事儿，我估计不用你操心开会了，你事儿多，该忙啥忙啥，该下乡扶贫还下乡扶贫！

好啊！郑县长走了两步又停住说：张总啊，我包那个贫困村老百姓也说好多年没看过戏了，你能不能去演一场？

赖四一笑说：你说今晚唱我今天就去。

郑县长敛住笑说：你剧团能不能到所有的贫困村演一遍？我从县财政扶持文化下乡经费中给你补贴。

赖四手一拍胸膛：不要财政补贴，算我公司扶贫啦！

郑县长低头一想，说：好，今晚就去唱。不过，建议今晚你要唱旦角，你说你旦角唱得好嘛，你最好唱崔莺莺！

赖四知道他那晚说的话县长都记住了，哈哈一笑，说：郑县长你放心，我唱旦角浪起来，保准让男人们挤塌戏台子，让女人们直骂我婊子，让你忘掉弟妹子。

郑县长听得哈哈大笑。笑过之后，说：好一个张总，你哪像个六十多岁的小老头子！

赖四又道：有一条，你得保密，不准透露今晚我唱崔莺莺，你一说，就等于亮了底牌，知道那女角是赖四装的，就没神秘性了。

郑县长连连点头：一定保密，一定保密。

打手击掌！赖四说着扔掉手中烟头。

好，打手击掌！郑县长扬起了巴掌，赖四的巴掌却收了回去。郑县长瞪眼看着他说：打呀，怎么不打呢？

赖四不好意思地"嘿"一笑说：我一高兴就放肆了，一个平头百姓哪敢跟县长打手击掌，太放肆了，太放肆了！

没关系。郑县长一本正经地说：赖四，以后咱俩就是朋友了，我烦了，愁了，苦恼了就找你聊天，我发现你一肚子笑料！

赖四一笑说：郑县长说话太文雅，县里人都说我是溜光锤。

郑县长摆摆手说：不是不是，你其实是高级幽默，是一种智慧。

赖四接着说：只要县长看得起，你要闷了就找我，保准让你一见我就笑。

一言为定？

一言为定！

还用打手击掌吗？郑县长打着呵呵说。

赖四知道县长是跟他开玩笑，身子往后退着说：不，不，赖四岂敢与县长开这玩笑。晚上你看我演了崔莺莺再评论，认为演得好了，给我扬扬名！

没问题，就看你演技了！郑县长急着去街上看清洁卫生，扭头走了。

望着远去的郑县长，赖四得意地自个儿笑了。

【作者简介】 沈念，男，1979 年出生，湖南岳阳人。中国人民大学文学硕士，现供职于湖南省作家协会。2000 年开始文学创作，曾在《人民文学》《十月》《天涯》等文学期刊发表作品，被《新华文摘》《中华文学选刊》等转载并入选多个年度选本，著有《时间里的事物》（21世纪文学之星丛书2008年卷）等作品集。曾获第二届"三毛文学奖"、湖南省青年文学奖等。

【内容简介】 区别于大多数脱贫题材作品，《天总会亮》追随着石喊坪一个贫困户残疾少年的脚步，以时常被忽视却在脱贫工作中至关重要的全新视角，更多维度、更加立体地叙写了精准扶贫工作为百姓带来的切实益处，其体现在物质上，生活质量的改善上，更体现在心理和思想上。因地制宜、囚户施策，昌队长深谙"授人以鱼不如授人以渔"，一条可以持续的收获之路，才是他们开启新生活的长久之计。沈念的笔触是温情、柔软的，小说在小主人公与扶贫干部昌队长之间无须多言的脉脉温情中，见证着一个村落和这个时代的变革。脱贫的路或许还长，但天总会亮。

天总会亮

沈　念

石喊坪的春天是跟着飚绵阴雨来的。雨停日出，野花全开了，空气中蠕动着一团黏稠的气息。风用力拍打也拆不开它的来历。我沿着田埂走过去，抓起一大把刚开的花，蓝色的插在黄焕胜家田口，粉色的分给黄顺发家，最后剩几朵颜色混搭的留给我爹黄定要。但还没走到家门口，我顺手一扬把它们扔到水渠里，流到不知道的远方。

水渠是新修的，水哗哗地流着。我很心疼，好像这些水都是我家的。以前渠没修到家户门口，水压根到不了山坡四周的田地，黄定要只会唉声叹气，碾不出半个屁响。我们时常坐在台阶上，惊慌地听着邻居黄焕胜骂娘操蛋。他的山田要水，他的果林要水，他养的羊要喝水，只有一个办法，去挑。挑水的路又远又窄，泼泼洒洒，两桶水挑回来并作一桶用，于是他整天骂骂咧咧，摔门打椅子，骂水势利眼，骂村干部全死绝。

我倒扣着手，放慢脚步，悠闲地往家走。有段时间，村里的大人小孩喊我"光跃缝纫机"，后来觉得太长，就喊成了"黄纫机"。他们是看我走路的模样像女人踩缝纫机的动作，腿一伸一屈，身体一俯一仰。我路过镇上窗帘店看到过一个中年女子把踏板踩得飞快，缝纫机发出嗒嗒的呼啸声。我在路上疾步，风吹过来，身体会生出轻飘飘的感觉——仿佛也成了一台踩得飞快转动的缝纫机。

黄定要远远地看到我，努力想把背伸直了跟我招手，又无可奈何地弯下去了。他弯腰驼背好多年了，小时候我以为他是想假扮成牛马逗我开心。后来发现他不是装的，就很严肃地问："谁把你压弯成了这个样子？"他不回答。

我说："是我吗？"

他连连摇头，然后用怜爱的目光看着我那条瘸短的腿。

"你小时候活蹦乱跳的，黄定要看你的样子，那张皱过的树皮脸笑起来像朵快凋谢的大葵花。"我从黄焕胜养的羊群中穿过的时候，他冲我边说边笑。他的笑总让我没来由地打冷战，像是藏着一把寒冬腊月从水底拎出来的刀子。羊群咩咩叫唤着向山坡下走，黄焕胜吆喝着走在最后。"你得了小儿麻痹症，再看看你们家，黄定要前世蛮造业（造孽）啊！"他自言自语，又像是说给羊听的，我却觉得这刺耳的声音是故意说给我听的。

回到屋里，我问黄定要："人家说你蛮造业？"

其实我是想让他告诉我造业是什么东西。他剜了我一眼，过去他可从没拿这样的眼神看过我，也没生过我的气。他一黄昏没说话，平时我回来后喜欢问这问那的他突然哑巴了。没有了声音，屋里的黑就更像一块冰了，又冷又硬。我猜，黄定要是真的伤心了。

晚上我睡在床上，房间里回潮，墙壁像刚伤心地大哭过，听得到眼泪滴落的声音。黄定要也没睡，在床上翻来覆去，喉咙里像卡着一口痰，唏唏哼哼，要吐不吐，真是讨人烦。他性格就这样，一辈子忍气吞声。

路过石喊坪的算命瞎子说，黄定要会得三个崽女，但只有两个的命。瞎子说完扭身就走了，没人在意，黄定要也走了，心里却装了块石头。

我是他的满崽，上面还有一个哥哥一个姐姐。哥哥在我记事之前死了。有关他的事都是听旁人七嘴八舌拼凑出来的。黄定要听不得我打听哥哥的事，只要提到那个名字，他就会像个孩子般伤心地哭泣。

"他这个大崽是个智障，从小看人眼珠就没转动过，笔直的目光，像枪膛里射出的子弹。"这是村秘书黄顺发说的。

"他是夏天失足掉到半口塘淹死的。村里的半口塘水面不小，也蛮深的，每年都要吃掉一两个被父母丢在家里的孩子，或者上年纪的老人。"这是黄焕胜说的。但他在里面游水捞鱼，没半拉子事。我就断定半口塘是个只会欺负老人孩子的软角色，碰到凶狠的人毫毛都不敢动，还要奉献出喂养的鱼虾龟鳖。

哥哥死的时候我太小，不然这些年有他站在身旁保护我，别的孩子也不敢背后扔我泥砖块。他们起哄地喊着："黄纫机，跛脚子，瘸里拐里跌跤子。"

我怒气暴躁的外表还是掩饰不了内心的孱弱，他们跑过来，明目张胆地抢走我手中的东西，有时是几颗光滑漂亮的鹅卵石，有时是刚摘的几枝映山红。转眼，他们就会把它们丢进半口塘，鹅卵石在水面上飙出几朵水花，就咕咚沉到水底了。他们说我哥哥也是这样咕咚沉下去的，只是比石头多冒了几个圆圆的气泡。有天夜里，黄定要站在哥哥的遗像前自言自语：瞎子这张乌鸦嘴呀，他是不来了，再来我要扇他几耳巴子啊。我这么拼命下田，要不是你走得早，将来是要给你娶个婆娘回屋里的。他说得这么动情，我听了却又想笑又想哭。

哥哥死了，人们记起瞎子的话应验了，就去找他给个说法。平时唾沫星子四溅的瞎子诡秘不语，人们失望离开，但是再也不背后叨咕他净讲瞎话了。

这世上姐姐和我还活着，她比我大四岁，但几乎不出家门。我不知道她到底在害怕什么，外面多好呀，想去哪里就去哪里，哪里好玩就去哪里，可她偏偏要躲在黑漆漆的家里。遇到外人来访，姐姐也是四处躲闪，她能一动不动待在你眼皮底下发现不了的黑暗角落，也并不是她长得有多丑，而是因为她天生就像我恩妈。

"造哒活业，大崽死了，妹崽是个精神病，家族遗传。满崽哩，突然得了小儿麻痹症。"黄焕胜又在人面前嚼舌头。我很讨厌这位邻居，没人把他当哑巴，他却一天到晚叽叽喳喳，把全村人的话都讲完了。那天，他不知什么缘故陪着一个乡干部从我家门前走过，指了指我家半掩的门，假慈悲地嚼了几句。我站在门后面，从门缝里看着他们大步流星地走过，那个乡干部像是怕我们突然从屋里蹦出来把他劫了，走得太急，差点趔趄摔倒。奇怪，我家门前的路被我踩得平平整整的，乡干部的趔趄逗得我扑哧笑了，谁知道我家的猫也惨兮兮地笑了一声。乡干部又被黑屋子里突如其来的声音绊了一个趔趄。

我看到转身就蹿到屋檐上的猫，觉得它便是昼夜不出门的姐姐变的。她到了夜里就变成了一只猫，在村里转悠，在屋顶追逐，发出几声恣肆的叫声。为了逮到姐姐变猫的证据，好几次我起夜屙尿，顺便会推开她的房门，发现床上是空的。我想这下终于逮住了，就睁大眼睛，坐在门口，等着等着却睡着了。姐姐不知道是什么时候坐在我面前的，她又变回来了，目不转睛地盯着我，那眼神吓得我魂魄都飞了。黄定要不认可我发现的这个秘密，说是我做的梦，姐姐从来没有出过家门，更不会变成一只飞檐爬树的猫。

姐姐安静的样子很美。常年躲在家里不见阳光，她的皮肤一天天变白，也变薄。有一天，她哇哇大叫，酣睡的猫也在惊吓中醒来。黄定要一紧张，背就蜷缩得更厉害了，他走过去看一眼不打紧，就只听到手忙脚乱翻箱倒柜的声音，马刺草丢哪里了？屋里只有姐姐的哭声在回答。

姐姐不知在哪里碰到什么东西，胳膊上一道长长的伤口，像被刀划开的一张纸，血沿着伤口往下淌。她只剩下哭，提着声调哭，越使力血就越往外涌。黄定要终于找到马刺草，在嘴里七嚼八咬，连着干涩的唾液敷住了血。哭声也连同止住了。姐姐不说话，她当然也说不出是被什么划的，难不成是家里的空气划破的？我过去也说过家里的空气很锋利，划到脸上脸疼，碰到手臂手痒，但黄定要不信，不搭我这茬儿。

黄定要突然哀号一声："真个碰到鬼了！"

姐姐呜哇叫唤的时候，恩妈坐在屋门口，像是耳朵聋了听不到屋里发生的一切。她气定神闲地掰着玉米棒，时间一秒一秒就这样被她掰碎在那个破箩筐里。秋天村秘书黄顺发陪着新来的扶贫工作队长到我们家来的时候，她坐在门口连头也没抬。那位姓昌的队长和声细语地问家里的情况，黄定要齉声齉气，要听清一句完整的话比杀头猪都难，两只手也不知是该笔直垂落还是十指绞弄一起，这个问题他一辈子也许都想不清楚。我替他急呀，心里火辣辣的，比老黄蜂蜇了我还辣。比我爹年长的黄秘书是村里的老人，家家户户一门清，顺带着把我们家的故事粗枝大叶地讲了一遍。他说一句，我就在心里复述一句，他说完了，我把我们家的来历也记住了。

我爷爷奶奶并不是我爹黄定要的亲生父母。也从来没人追问过黄定要的真实身世，包括他自己。这让我很长一段时间很鄙视他，一个不是我奶奶亲生的儿子成了我爹。

黄秘书说到我奶奶时，语气里听得到几分敬意。她年轻时也是村里的干部，当过好多年的妇女主任，干得最风光的就是抓计划生育，家里墙上几张墨迹模糊的奖状就是证明。她不仅兢兢业业拦截着别人家超生，也把自己的生育给耽搁了。自己不生育让她上门抓别人的计生时更硬气，她以身说法，要响应党的号召，不误国事。有人说她不能生育，遭报应，她并不畏惧村民在背后戳脊梁骨，但受不了后来我爷爷借着酒疯动拳脚，威风八面的妇女主任在家里的地位陡然下降，最后在村长的耳授下找到了一个解决办法，就是他们去隔壁县城抱养了一个弃儿。那个刚出生就被抛弃的孩子后来成了我爹。他其貌不扬，个子低矮，老实巴交，小学没读完就肄业归家，到了三十岁也没女人愿意嫁给他。奶奶年老后开始多病，治病费钱，又总不见好，黄定要孝顺，只管埋头干活，攒点钱就拿去送给了医院。我奶奶去世前做的一件她引以为豪的事，就是给养子捡回了流浪到村里的一个女人。

那天奶奶移步屋坪，看到那个穿得邋遢、双目无神的女人从面前走过。她们对了一下眼神，像是地下党员对上了暗号。女人在村里转悠了一天，没有人听到她说过一句话。据说村里当天有好几个光棍打过她的主意，上前搭讪，女人一个字也不说。最后是日暮时分，我奶奶牵着她的手，大大方方带回家，女人冲她喊了声恩妈，后来就成了黄定要的婆娘。

过去扶贫队来我们家了解情况的时候，黄秘书说什么，黄定要除了点头什么也不说。是啊，像我们这样的家庭，有什么好说的呢？爷爷奶奶病死，哥哥溺水走了，没有半口塘他也不会是个正常人，恩妈和姐姐都是精神病人，她们在这个家制造出巨大的沉默。黄定要操持这个家，不知道哪一天就腰背驼了，算命的早说过，这是他命中该有的。恩妈整天都是僵硬的表情，但突然会望向我笑，笑容送到我面前，像石头里嘎嘣蹦出个奇怪的东西，真担心落地打碎后会发生什么意想不到的事。我每次出门的时候，都会躲开她的目光，不用看，就知道她又笑了。那笑靥如同一片树叶飘落并沾在衣背上。我加快脚步，想把它抖搂下来。抖搂到我身后自动出现的那条河里，我愿意一走出家门，就与他们隔河相望，而不是被他们的目光死死地抓牢。

哥哥再没在这个家出现过，恩妈有一次无来由地说看到了他，直撞撞地到半口塘寻他，她跳进塘里，在水里扑腾，被人救上来。她又趁人不注意跳下去，这次没有人下去了，岸上的人望着她，咒骂她神经病。她大声哭喊着哥哥的名字，身体漂浮在水面上，水淹不死她，她筋疲力尽，漂到岸边，自己爬上来了。黄定要为此狠狠打了她一顿，他把房门关上，下手很重。我听到柳枝条抽打在身上发出的噼噼声，像打在我的心上，可她竟然不知道疼，没有发出半声叫喊。她的泪水也许在半口塘流光了。但第二天我看到她的眼睛红肿，下嘴唇黑紫，咬出几颗月牙状的牙齿印。

黄秘书说到我的时候，黄定要眼睛里闪过一丝光亮，出生时的我是健全的，小时候的我活蹦乱跳，智力正常，五岁多那年感冒发烧、腹泻出汗，后来昏迷抽搐、四肢震颤，几经周折到县城，医生说是小儿麻痹症。命是保住了，但是大地从此在我脚下是起伏波动的，我再也不能让黄定要脸上光彩了，不然他不至于把腰勾得越来越低。我想过，他是没有勇气去看别人幸灾乐祸的表情。有一回，他看着我说："光跃，我是你的爹。"

我扑哧笑了，也很认真地说："我记得，我没忘，我是黄定要的蠢包崽。"

黄定要叫我出来，不知是何用意，是想让扶贫队队长看看本可引以为荣的儿子？我躲在里屋没动，黄定要的嗓门突然变大，见我还没动静，就拽着我的手拖出来。鬼知道他突然用这么大的力，把我的手弄得生疼。

我认识到我们家来的这个人，他到村里来了不短的时间了。我们没有说过话，但听到大家称他昌队长，有时又叫昌处，是省里下来的，要在石喊坪待两年，帮助石喊坪脱贫。我无所事事，不到村里别的地方转的时候，就喜欢站在村部不远处的小丘包上，看这个黑肤色的中年男人要做什么。他来的第二天，村部活动中心那栋房子晚上就有了灯，坪前一人多深的草被清除了，屋后的几块荒地翻了一遍，第三天，荒地又翻了一遍，再过两天落了场小雨，他开始把一些蔬菜种子撒进地里。他像是一个从外地来的农民，要在石喊坪扎根了。

村书记请他，黄秘书也来讨好他。"昌队，就上我家吃饭吧，你嫂子做饭，我俩喝点酒说说话，你也省了这些琐杂事。"

昌队长摇头，先是说，吃一顿是一顿，哪能天天去吃。接着告诉人家，他就是农村出来的，自己种自己吃，蛮好不过了，再说有纪律有规定，他们的心意都领了。

他把日常生活安顿好，就开始到贫困户家里走访。他前一天会拿着花名册向黄秘书打听某一家住的方位，第二天出发前，我就准时到了村部路口，有的家户住得偏，我在前面走，他跟在后面，我们离得不远不近。走访出来，我又在前面走，他跟在后面，并不拒绝我的引路，但我们从来没有说过话。他很多时候皱着眉头，村里这么多贫困后遗症，来这里的扶贫干部都会不例外地皱眉。黄秘书说，铁打的石喊坪，流水的扶贫干部，来了，看了，完了，走了，啥事也没了。但眼前的这位昌队长不同，我对他有一种天然的亲近感，他严肃的样子都让我感到是温暖的。我们像是多年前就认识的老朋友，不需要问候，不需要拥抱，彼此远远地看一眼，一个被欺负被嫌弃的男孩的孤独和挫败就奇迹般地消失了。我也不知道为什么会有这种感觉，我说了也没人相信吧。

黄定要把我拉扯出来，站到了屋里光线明亮一点的地方，昌队长认出了我，高兴地说："我们早就见过面了，你是我的向导呀，挑水找码头，想说谢谢终于找到地方了。"

我脸上有些发涩，第一次被人说谢谢，我也没做什么呀。过去村里来了外面的干部，我想帮着引路，总是被黄秘书嫌弃地赶跑，让我不要丢石喊坪的脸。我天晴下雨有事没事在村里转，哪条路哪一户我都清清楚楚，我更没做过坏事，怎么就会让他觉得丢脸呢？

我和昌队长就这样认识了。他并没有跟黄定要说过去那些干部常说的大道理，说什么有困难党和政府会帮你，而是拍了拍他的肩膀，说："夜再黑，天总会亮的。我要在石喊坪待两年，慢慢给你想法子把生活过好一点。"与过去一样，黄定要的身体没来由地抖动，只是这次抖得更厉害。

我真是要看看他哪天想出什么法子来。黄定要没有出门相送，过去上面的干部走了，他掏出口袋里干部塞的信封，信封里是钱，有时多有时少，每一个信封都被他皱巴巴地留下来了。他看到信封就会很沮丧地说："我们全家死光了，才叫脱贫。"咒自己一家死的话都说出来了，不知道他心里是多绝望。过去我也为我们家害怕过，但那天昌队长说了，天总会亮的，我就发现每个夜晚再黑再难挨，等来的还是白天，从此就不害怕黄定要的那种绝望了，好像睡一觉醒来，我们家就真的要改天换地变样了。

往后我经常去找昌队长，也不是找他有什么事。我就看看他，像是一天的固定生活，有时逢他外出开会不在，我就等着他傍晚回来，没看到人，心里就像缺了个角，空着块白。我看他住在村部二楼尽头的小房子里，灯有时彻夜不熄，就知道他又在忙碌了。

村部有了灯，像一样物件有了生命，重新活了过来。没过多久，坪前屋后收拾干净熨帖，来来往往的人也多了起来。有人来找他瞎扯淡，有人来反映村里的情况，也有人背后说村干部的坏话。我就站在那个隆起的小斤包上，那些难听的话飘进我耳里，又被风吹着从另一只耳跑了，他拿着个小本本都记下来了。他抬头看到我，就会解开紧锁的眉头，咧嘴笑着向我招手，我摆摆手，不过去，他就走过来，关心地问我几句与衣食有关的话，塞我怀里一些吃的，有几次还给了几张红票子，说："过节了，交给黄定要改善生活。"

我知道他也经常这样给人家钱，也是说改善生活同样的话。我并不喜欢，更希望他赶快想出个与过去不同的法子来。

石喊坪山多地少，没有几口水塘，也没有几块像模像样的田。全村249户762人，其中建档立卡贫困户105户344人，人均耕地五分田，少得可怜。这些数字写在村部门口的宣传栏里，每天路过从头到尾从尾到头不知读过多少遍，后来就住进我脑子里，哪怕是闭上眼睛，一蹦就出来了。

刚到村里那些天，村民见是省城来的扶贫工作队，要搞精准扶贫，见面第一句话就说："我去年养殖亏光了，雪上加霜，不扶我没道理。"

另一个说："我咬着牙七拼八凑盖房，还没钱装修，有新家搬不进，先帮帮我落了安身之地。"

昌队长呵呵一笑，说："我可不是财神爷。"

村民哼哧乐了，嘲讽地说："共产党的干部就是为老百姓办事的，省里来的领导，都该带着法宝。"

"法宝是带着有，也得看愿不愿意用，会不会用。"

"么子法宝先透个风？""真有法宝不用的是猪。"村民来劲了，有的建档立卡户捏着手指打手势，问到底带了多少扶贫款。

昌队长神秘地说："先保密。"

黄秘书叹气："唉，贫困都是等靠要的思想作怪，多少年，改不了。"

昌队长早出晚归走访完这两百多户人家，我看到村里一天天热闹忙碌起来了，村部前坪白天晚上集中召开的会议也多了。有时是议论修路修水渠，在山上建个安全饮水的蓄水池，有时是号召大家改变观念，利用山地资源发展果林经济。会开到最后昌队长都要说几句，讲一通为什么干怎么干，他给石喊坪描绘未来，下面的村民听了都手掌鼓得啪啪响。

有人扛着锄头上山了，荒山野径上的草割刈一空，来了几辆运货卡车，村民把树苗卸下车，在村部长桌上的登记表上签完字，然后兴高采烈地把它们扛到了山坡上、果园里。昌队长兑现承诺，果树都来自农业扶贫项目，免费提供，村民像捡了大便宜，开心得不得了。货车空了，昌队长发通知："明天起农技员来现场上课，怎么栽，栽好了，明后年挂果，我帮你们吆喝，村里到时统一品牌卖出去。"

我家果树送来的第二天早上，我又站在小丘包上等着，看昌队长准备去哪家。他扛着把锄头，咧出熏黄的一口烟牙，说："今天不用你带路，我知道怎么走。"

出了村部左拐上新修的水泥道，我就猜到了他要去谁家。他走得很快，我怎么也没赶上去。他进了我家后山开辟的果园山地，黄定要才慢吞吞地刚出门。我张开嘴，心急火燎，却喊不出声音，我多想催促黄定要性急些，但他听不见，依然慢吞吞的。唉，拿这样的人有什么法子呢？

昌队长是来帮我们家栽树的。他负责挖坑，锄落泥飞，是把农活好手。几个村干部和县镇的农技员也过来帮忙，人多力量大，一天下来，百来棵夏橙栽得横平竖直。黄定要可开心了，但那张难得一笑的脸，皮皱皱的，还是像个打了霜的老橙柑。他掏出一盒压衣兜没拆封的盖白沙，昌队长摆手，掏出自己的烟分发给了农技员。

也有人不开心，也许他是看不得别人开心，比如黄焕胜。夏橙栽完，他站在我家后山的围栏外，扯着嗓门喊："黄定要，你围这篱笆，是成心不让我的羊过路不？"

黄定要反应迟钝，好像真是把羊回家的路堵了似的，没了说话的理。

黄焕胜把手上的烟抽完，大拇指弹飞那个咬破的烟头，说："你赶紧把这篱笆拆了，我就当这事没发生。"

费力巴哈围起来的要拆掉，黄定要既左右为难，又非常恼火。我看着他，干着急，篱笆外还有条两米宽的路，人羊过身不妨碍，又是昌队长帮着种的果树，叮嘱的围个篱笆，他居然硬气不起来。人争一口气，黄定要不争，看不下去的我冒起一股无名火，走到欺人不讲理的黄焕胜面前，说："昌队长帮我们家围的，要不你去找他问理。"

黄焕胜吃惊地望着我，黄定要更加吃惊地望着我。他们肯定没想到一个平时讲话不圆的蠢包崽能把一句话说得这么硬邦邦的。

黄焕胜被"昌队长"给顶回去，心里窝着一口废气。过了两天，黄定要回家，垂头耷脸地踢翻了一把椅子，说："果树苗被吃得枝干叶净，黄焕胜的羊死绝。"

我心想，昌队长早有先见之明，栽完果树苗就再三强调扎实打一圈篱笆防羊，黄定要也不是偷懒，而是胆小怕事，面子上挂不住，隔壁邻舍的围个篱笆，太显眼了。再说，那个羊钻进去的洞，明摆是人为破坏的。黄定要当然不敢登门讨说法，只好忍气吞声认了这个栽。

"羊吃树"发生的次日午后，我听到我家后山有话语声，爬上坡一看，是昌队长带着几个人把被羊咬了枝叶的果苗拔出来，又栽下新果树，还帮着把篱笆扎得紧紧密密的。他忙完就要走，走之前，拎着带来的一个小手提袋说："这里几件我女儿没穿过的新衣服，让侄女把旧的换掉，穿件新衣精气神清爽。人嘛，总是要朝前看向前走嘛。"黄定要愣在那里老半天，没吭声气，手上还是攥着拆过封的那包烟，一根也没递出去。

那几天村里的是非多，有胆大不怕事的村民拦截了黄焕胜家不听话的羊，指名让他上门道歉认领，还有人把捉到的羊全身涂抹了黑锅灰，左右两侧用白石灰水写上"黄八蛋"。这几个字深究起来没什么，石喊坪多数姓黄，要骂也是把全村的黄家都骂了。但黄焕胜看到回家的几只黑羊和身上的骂名，脸就拉黑下来，拎桶水在羊圈里刷洗了大半夜，也骂了大半夜。

黄焕胜走南闯北，咽不下这口气，盘算了一夜，天亮了，喝了两杯早酒，就从家里出发了。村部前坪上的吵闹声越来越嘈杂，像归巢的蜂群降落在耳旁，眼看要打起来了。如果像过去有人烧火没人劝阻的话，那阵势一定是要打一架才会收场的。

黄焕胜像只汽油桶把自己点燃了。他气汹汹地冲进村部一楼大会议室，四处张望没看到昌队长，略显失望，他是冲着昌队长不会这么早出门才来的。屋里只有黄秘书坐在那里抄抄写写，他撸了撸袖子，紧了紧皮带，声洪音亮地说道："我今年十万的收入，现在打水漂了，都是借的钱，拿命去还呀？"他左右看看，无人搭理，又提高了嗓门，"村部死绝了连只鸟影子都没见。"

黄秘书抬头睨视，继续抄写着，嘴里劝道："少安毋躁，有情况反映情况，有困难反映困难，不要把村部当成自己家，这里耍威风，没人看。"

"你说话不管用，我懒得跟你费口水，我要见昌队长。"

坪里几个看客捂嘴哧哧地笑起来。

"黄焕胜你莫嚣张，别给脸不要脸。"黄秘书火了。

这时昌队长从屋后菜地转进来，拍了拍沾泥的双手，眼睛盯着黄焕胜，眉头皱起向上翘。

"昌队长是讲理的干部，这个事怎么解决嘛，你们不来的话，他们绝对不会种什么果树。"

瞅着昌队长不吭声，黄焕胜借着酒劲拉高了声音："你们来扶贫，把我扶倒了，不给个说法我就把我的羊都赶到村部来。"

"来一只杀一只。"黄秘书把笔朝桌上一甩，瞪着眼发怒了。

"你杀羊，我杀人。"

"大清早的说什么杀来杀去的，看哪个敢乱来！"昌队长心知肚明黄焕胜的小九九，挥了挥手，要他别再浪费口舌了。

黄焕胜身为石喊坪的养羊大户，过去大部分山头都是荒山，他的羊群满山跑随地吃都没人管。现在扶贫队鼓励村民开垦山地，扎篱围栏种果树，但只要有个小洞，羊就钻进去啃人家的果树苗，村民找上门要黄焕胜赔偿，他的羊再也不能像以前那样随地散养了。

"我不是建议过你把羊集中起来圈养吗?"

"圈养吃什么，不给它吃，怎么长得肥? 长不肥，怎么卖出去? 我的羊都是跟人签了标准化养殖协议的，达不到标准你们要承担责任。"黄焕胜说一通理由。他放养图的就是省事，过去羊自己吃，现在要他满山去割那么多羊吃的草料，这可是件苦差事。

昌队长见他蛮不讲理，也发怒了，说："那山地是你一个人的吗? 人家种自己的地，谁的羊也不能到处跑。"

"羊自己要跑，我怎么看得住，我连自己都看不住。"

"不能因为你一个人养羊，耽误了全村人的脱贫大事吧?"昌队长态度强硬。黄焕胜又哪里不明白，眼下从上往下都在齐心协力抓扶贫脱贫，自知说不过理，不吭声了。

昌队长缓和了语气："你自己考虑清楚，真心解决问题我和你一起想法子，无理取闹就找错了地方。"

"我看你也没真的法宝。"黄焕胜讥讽道，又重复此前那几句损失赔偿的糊涂话，出门往山上去了。

闹事的黄焕胜是村里有名的暴脾气。气盛不顺的时候，连老父亲也敢打。他老父亲住在祖屋，房子半边快坍了也不愿搬走，村干部上门提醒，黄焕胜牛气得很："坍了就埋在里面好了。"

老父亲被打，跑到村部告状。黄秘书被推选出来，去批评教育黄焕胜。他理直气壮："这是我们的家事，我打人是有理由的。"

黄秘书呵斥："打人什么理由都不对，何况是儿崽打老子。"

黄焕胜鼻孔哼哧一声："你问问，他打没打过他老子？"

老父亲低头不语，突然抽泣起来。黄秘书后来搞清楚，老父亲年轻时对黄焕胜的爷爷也是动手动脚，追着山坡赶着打，那个老老头的手被打折了，没接好，临死前还是下垂的，再往上追溯，黄焕胜的爷爷也打过黄焕胜的曾爷爷。至于他们家族往上走是不是都是这样的传统，已无从考证。黄秘书真觉得自己多此一举掺和了别人的家事，悻悻地走了。

黄焕胜冲躲在屋外的父亲说："告状也不嫌丢人，回家了听话点。"又朝黄秘书的背影丢下一句话，"一代打一代！"

黄秘书当笑话在酒桌上说，村里人很长时间看到黄焕胜，就哄笑着说：一代打一代！

有一天，黄焕胜在外打工的儿子回来，也就是这个短命鬼出车祸前最后一次回来，不知什么事父子俩争吵起来，儿子抄着根家里的扁担跟在后面追，黄焕胜大呼："救命！儿子打老子，要出人命啦。"

他这么一路跑过去，绕过村部，黄秘书几个在窗户洞里伸头望一眼，也不出来阻拦，后来思量着怕真出什么事，就跟着去追看，刚好目睹黄焕胜从桥上直接跳到水里，脚下跟跄几步，扑腾落水，呛了几口，然后惊魂未定地奔向河对岸。我站在桥头，看着他狼狈的样子，却不敢笑。我怕他报复，村里老人、女人和孩子，黄焕胜是说打就打的。黄秘书和几个村干部，指指黄焕胜，又看看他儿子，叹了口气，这可真是现世报，一代打一代。然后，看热闹的人捂着嘴哧哧笑着走了。

黄焕胜常年穿一件蓝白条纹衬衣，外面套一件上了年头的黑西装，洗得有些发白，且胳肢窝处太紧了。他喜欢把衬衣领口扣上，但那半颗领口扣子时不时从扣眼掉出来，露出脖颈处的一块褐色胎记，上面长了两根细长的毛。他是石喊坪少有的几个见过世面的人中的一个，年轻时出外闯荡，有过几次被人茶余饭后当谈资的发家史。第一次发家是电打鱼，接着到城里开了家烧烤排档，往后和姨夫合伙买了辆中巴跑客运。前面两次是赚了钱又都挥霍了，先是买了辆嘉陵摩托在村里嘟嘟转，隔了两年买了辆二手捷达，酒后驾驶开到山沟里报废了，人也断了两根肋骨，赚的钱对家庭建设的改善投入却几乎为零。

村里人说得最多的是他跑客运的那段历史，那时黄焕胜阔气，装的烟是黄杆杆的芙蓉王，黄秘书在鼻孔下吹口琴般地嗅过烟身，将烟嘴在左手大拇指指甲上磕几下，酸溜溜地说："狗日的黄焕胜你能呀，自己当司机，姨妹子售票。"然后不说了，几个在场的人就嘿嘿地笑。

后来的事情印证成真。每天早出晚归，黄焕胜不知施展了什么魔法，与姨妹子好上了。起初他们撒谎说车抛锚了，有时在县城车站，有时是半路上，有时在白天，有时是晚上，姨夫终于有一天把他们堵在了车站附近的旅店。黄焕胜的脸被打肿了，嘴角流血，姨妹子跪在丈夫面前磕头求饶。最后的了断是，黄焕胜投的钱打了水漂，车子股份无偿转给姨夫，姨夫另请司机跑别的线路，两家再没了往来。

黄焕胜灰头土脸回了家，三起三落，他把自己看作一个落草的英雄。祸不单行，没过多久家里又出了意外，儿子车祸被撞死了，媳妇也跑了，丢下两个孙子给黄焕胜夫妇。他婆娘一天到晚抹眼泪，数落他在外面干坏事遭报应，要不就是在耳边叨咕："不多挣点钱，让孩子将来去镇上县里读个好学校，难道还像我们老鬼咯样在穷山里守一辈子啊？"黄焕胜懊丧了几天，又活过来了。是啊，儿子再不会追打他了，一代打一代终结了。他勇气可嘉，没过多久，灵机一动，托熟人贷款养了百多只羊。

昌队长主动登了黄焕胜家的门，他们在屋里叽叽咕咕，像是交换各自的秘密。没过几天，他家的羊被镇上的车拖走了，又从外面拖回来一车果树苗。村里人传开了，黄焕胜把羊卖了，县里一个养羊大户全收去了，那人包了县城南郊的一片沙洲，羊群放养随便跑。这笔买卖当然是昌队长联系的，价格卖得理想，黄焕胜拿了存折回了家，关上门就开心了。夏橙，玫瑰香柑，雪梨，扶贫队承诺说愿意开垦荒山种果树的，树苗免费，种多少送多少。白捡钱的生意黄焕胜是不会放过的，他之前大清早出门，披星戴月才回家，半个月把十来亩山地翻耕了一次，这一下就种上了一千多棵。昌队长没有食言，派人装车送来果树苗的时候，黄秘书心有不满，办交接磨磨蹭蹭，鼻孔里哼哼唧唧："黄焕胜天生是个打算盘的好手。"

　　黄焕胜有个特点，想干活，再苦再累也不退缩，那个勤快麻利，村里没几个人能比。种果树大半年下来，他就扑在果园里，施肥、剪枝、锄草、松土，下雪后起床第一件事就去把树冠上的积雪摇落。有一回黄秘书半夸奖半讽刺地说他种果树这活干得漂亮。他说："干活干活，干好才活得好呀。"

　　话糙理不糙，黄焕胜走南闯北也不是吃白饭的。村民有时恨他言语锋利刺人，有时也佩服他干活的卖命劲儿。山上，田里，哪里都是汗水才换得来的收获。这一年多来，他三天两头往山上跑，果林长势最好，夏橙花开的时候，像刚下过一场鹅毛大雪，满山坡的绿叶枝上白花朵朵，芬芳弥漫。农技员也专程看过几次，表扬他能干，过夏入秋就会挂果。有天回到家，他得意扬扬地跟屋里的婆娘说："农技员来看过了，等着金秋好收成吧。"

　　"那真得感谢扶贫队，昌队长是个好人，来这里忙得年节也回不去，对我们石喊坪是真心地好。"婆娘把饭菜端上桌，唤着两个贪玩的孙子过来吃饭。

　　黄焕胜呷了口酒，说："你个女人家懂什么，看他是遇到了谁。我那不过是耍了个计，早就想把羊卖掉种果树了，这不都让昌队长出面弄好，羊卖了，果树苗也没花钱。"

婆娘说："你就想着挖公家的墙脚，人家待我们诚心实意，你以后少寒碜点，丢脸。"

"人活着不都是在慢慢把身上的东西丢掉吗？"黄焕胜叹了一声，说，"我听说下个月昌队长要走了，我还真是要去送送他，谢谢他，他又给我出了个主意，买个二手的农货四轮跑运输，每年跑跑送果的季节就有得赚了。"

"把家里几只母鸡给昌队长带回去吧，城里人哪吃得到这么正宗的土鸡婆。"婆娘也觉得这是个好主意，说完就朝鸡笼里刚归家的一窝鸡骄傲地看了看。

傍晚我从黄焕胜家门前走过，他们的谈话传到耳里，我心里一搐一抽的。昌队长哪会去与黄焕胜计较，他心里明白得很，谁的花花肠子曲曲绕绕，谁的小算盘歪主意，都让他当面或事后给撂明了。村部开会时他也经常说，办法总比困难多，农村是最基层，脱贫攻坚不是喊口号，为人民服务也不是图嘴巴子顺溜，落实到行动上，关键是解决矛盾，劲往一处使。

他对黄秘书说："黄焕胜勤快，勤快的人品性就差不到哪里去。"

他又说："黄定要也勤快不懒，但他们家这个实际情况，一时半会儿也没好方子药到病除，因病致贫的弱势群体，以后村里还要多关心。"

几个月前，昌队长把市里送医下乡的医生请到我家。那个戴眼镜的医生给我和恩妈察看了一番，摇摇头不语，又给姐姐听诊检查，露出了一点微笑。眼镜医生临走时给姐姐开了几种药，过两天药送过来，药盒上都写清了服用时间和剂量。那些日子，姐姐穿上昌队长女儿的那件粉色缀花连衣裙，坐在照进堂屋的阳光下，我隔老远看过去，差点没认出来。这是谁？她长得真美，怎么会在我家？石喊坪从没看到过这么漂亮的女崽。

"你姐姐要是没这个病，我一定让她嫁个好人家，不在我们黄家过这个造业的生活。"黄定要说的时候，我心痛得哭了。他就这么说过一次，以后再也不说了，可我每次回家远远看到姐姐坐在门口的身影，就要涌落几行泪，泪珠落在地上，一颗颗啪啪响。

村部坪前站满了人，哪一次的村民大会也没聚这么齐旺。这些人都提着包，挑着竹筐，里面装着活蹦乱跳的鸡，藏了一冬的硬邦邦的山茶叶，山上挖的草药，晒干的金银花，油炸好的地瓜片。他们都是来送别昌队长的，村里人人都喜欢的这个扶贫队队长明天就要打道回家了。

人要走了，但石喊坪的面貌真是说变就变了。两年驻村说长不长，眨眼就过了。黄秘书逢人就夸，昌队长是个难得的能干人，吃得苦，霸得蛮，省里跑项目争资金，市县两级协调具体实施，个个项目亲自参与规划设计监督施工，干的都是给石喊坪打基础的实事。黄秘书的官话我听不懂，但村里那些变化有目共睹，大家都说昌队长的法宝管用，但具体是什么法宝，我一直没见着也没搞明白。让我心里搐动伤感的，是昌队长真正要走了，还以为他一来就开垦菜园子，是要把石喊坪当自己的家哩。

我问黄定要去不去，他朝村部的方向望了一眼，那边光亮闪动，热闹得很。他絮絮叨叨：昌队长是好人，帮村里干的好事太多了，帮我们家也太多了。他一次次来我们家，破旧东西甩出去不少，又添了些送的新物件，屋里顿时变得亮堂起来，原来家里都被那些破旧物件遮住了光。姐姐穿上新衣，吃了治病的药，像是变了个人，不再躲在暗屋子里了，她看人的眼神有了笑意。我还发现黄定要的背比过去挺直了许多，对恩妈的一言一行也温柔了许多。前些天昌队长又来了，和黄定要交代，他说与乡联小校长都讲好了，秋季入学就让光跃去报名上学。黄定要傻乎乎地站着，眼泪不争气地流，我掰着指头算，那正是我们家夏橙花果同枝的时候。

"你去送送昌队长吧。"黄定要拣了十来根山药结绳打捆，放到我面前。

"我去拢拢鸡生的蛋吧。"我们家的鸡吃山长大的，有一只专生双黄蛋，是黄定要眼中的宝贝。

"昌队长对你好，对我们家好，你要说几句真心的感谢话。"黄定要找出一个蓝靛色的布袋子，让我把鸡蛋装里面。

来接昌队长的车，尾厢盖打开后，大家争先恐后地往里塞，空间小，一会儿就塞满了。昌队长哭笑不得，又一样样拿下来，像分果果一样地把东西往村民手里塞回去，推推搡搡，有的收下带回去了，有的哭啼着丢下就跑了。黄焕胜送来了四只鸡，装在一个纤维袋里，剪了四个小孔露出鸡头透气。

"黄焕胜记人的好，真是难得。"黄秘书打趣一句。

昌队长不收，天热路远，怕没到城鸡就死了。黄焕胜不讲道理，撒泼说："你不收我就打死它们。"说完就捏起了拳头。

说真心话，我才不信他会一拳打死四只鸡。昌队长推托不得，无奈地收下了。黄焕胜又说："明天出发我要看着你把鸡带上车。"

昌队长点头，连声说"好"。转身他就递给了黄秘书，使了个眼色，说："赶紧让人把鸡杀了，放到你们家冰箱，留给后面的工作队打牙祭。"黄秘书说："那明天黄焕胜要看不到鸡怎么办？"昌队长说："放心，我自有办法，你记得把原袋子留给我，到时我使个障眼法，保证他看不出破绽。"

他们的对话黄焕胜没听到，我却都听到了，当然不会告诉他，等昌队长走了以后，我再跟他说，气气他。

黄焕胜像是看穿我日后对他有什么邪恶念头，朝我打招呼："黄纫机过来啦？"

"嗯……嗯。"我点点头，喉咙里老半天挤出几个干涩的音节。

"那你过来呀。"他见我一动不动，就朝我走过来，我后退几步，他说，"你紧张干吗？我又不吃人。"

黄焕胜肯定是不吃人的，不然这些年，他早把我吃掉了。我这么一想，自己都乐了。他问我："你来干什么，也是来送昌队长吗？"

废话，你们都可以来送，我为什么不能来？当然也不能这么反驳，只是点头表示他猜对了。

"那你过来呀，告个别吧，你看昌队长对你最惦记最关心，这一走，他就不知什么时候再回来了。"

他说的是实话，我很感激他帮我把心里话说出来了，这个时候我第一次觉得他是个大好人。我羞涩地向前走了两步，身体歪歪倒倒的，一紧张嘴就是歪的，涎水差点就要流出来。我努力想把身体走得直一点，还是没做到。也许跟黄定要的驼背永远挺不直一样，我这辈子也做不到了。

我张了张嘴，想说的话在喉咙口就被拦截了，被堵得严严实实的，找不到缝隙挤出来。我的脸涨得通红。昌队长热情地向我挥手，喊道："光跃，名誉村长，黄光跃，你过来。"他有次开玩笑说我对村里的情况了如指掌，和村长有得一比，就给取了这个绰号。

"昌……昌队长，我……我……"我一点也不紧张，我们已经很熟了，但半天还是没"我"出个名堂。

黄焕胜已经走到我身旁，帮我打开手中的蓝布袋，开始数起来。"1，2，3……"

我说："不用数，只有七个鸡蛋，一半是双黄蛋。"我的喉咙像昌队长派人修通的渠道，突然就水流顺畅起来。

"那你送过去啊。"黄焕胜露出开心的表情，鼓励着我。

我说："我想凑齐十个鸡蛋，但……但鸡受了吓，这两天，偏……偏偏没下蛋。"

昌队长到车尾厢翻了翻，然后背着手走了过来。他把手伸进我的布袋子里，是三个鸡蛋。正好凑了个整数。我太高兴了，眼泪漫过眼眶就溢了出来。昌队长拍拍我的肩，抱紧我，在耳边对我说："天晚了，早点回家。"

我看着他，黄定要让我说的感谢话一句都还没说呢。昌队长那张脸在黑暗中发出清亮的光，眼睛鼻子眉毛，都能看得清清楚楚。我想说，你来了后，村里的路灯都亮得很，回家的路再晚我都看得见。我还想说，夜再黑，天总会亮的。但我张开嘴，牙齿磕碰，依旧没有声音。这时只见他的脸上，两道泪水唰地流下来了。那是我的眼泪从他脸上流过吧。

【作者简介】 少一，男，1968年生，土家族，湖南省常德市石门县人，中国作家协会会员。2013年开始文学创作，出版有小说集《看得见的声音》《绝招》。部分作品被《小说选刊》《小说月报》《中篇小说选刊》转载，曾获2016年《民族文学》年度奖，入选首届"中国少数民族文学之星"。

【内容简介】 两个隔山而居又近在咫尺的邻居，一只为"爱"腾飞的大公鸡，一场令人啼笑皆非的纠纷，看似荒诞的鸡零狗碎，道尽了基层公安民警工作日常的烦琐细碎。有作者真实的生活和工作经历打底，小说的叙写诙谐轻快，充盈着生活的气息和人物内心的真情实感：有山里人出乎寻常的执拗和尊严，有小民警第一次独自面对任务时的忐忑，更有老民警对工作岗位的付出与坚守。几代民警在与人民群众和违法分子的斗智斗勇中，穿越了地理界限，穿越了人心隔阂，穿越了生与死。在我们国家的基层工作队伍中，有无数个如老伯一样隐没在树林里的苍凉背影，坚定、执着、无所畏惧。

穿越

少一

1

姊妹山出事了，出大事了！

一只成年公鸡经不起母鸡勾引，从林间树枝上起飞，振翅一跃，从湖南飞到湖北，完成了它的冒险之旅，跨界之旅，也是爱情之旅——这是后来经过调解双方都认可的事情。然而，由此引起的边界纠纷曾惊动县、乡两级官员。我的上司老呆（当然是我赐予他的雅号）把任务交给我时说，处理好这件事情，所里今年的工作就可以交代了。

巍巍武陵山自北向南一路逶迤，奔到这里突然打住。它桀骜不驯的头颅被大自然的鬼斧神工凿开，一劈两半，耸峙如一对发育成熟的孪生姐妹。

姊妹山，灵秀有型，亭亭玉立，对这样的山体来说，再没有比它更熨帖的名字了。一条溪河从谷底穿流而过，形成自然的楚河汉界。河的南边属湘西，对面即是湖北恩施。两山之间的直线距离不过百十米，远观就像纽约世贸中心的双子楼。可是，若从山麓跋涉，再好的脚力，没一个钟头也爬不到山顶。"出门就过河，过河再爬坡；对面喊得应，走到日头落。"这样的民谣就是唱给姊妹山的吧。凑巧的是两座山的半坡上各住着一户人家，也不知他们祖上是哪朝哪代从何处迁徙而来，摆开这样的架势，各有主权象征、分庭抗礼的意思。这两户人家是空间距离很近的邻居，炊烟升起，山风送香，谁家煎炒了什么菜肴，彼此都能闻到香味儿，端着饭碗，两边也尽可聊得亲热。可惜他们属于不同的省份，而且湖南这边是土司的子嗣，对面则系苗裔，有别的民族习性和行政隶属关系造成无形的心理距离，隐隐地隔离着、疏远着他们的情感交往。就在前不久，两家因为一只公鸡发生误会，把关系搞僵了。

这里不得不赘述几句。

姊妹山有着广阔的牧场，两家的禽畜都习惯放养。拿鸡来说吧，从蛋壳里孵出来一下窝，鸡妈妈就领着孩子们满山跑，啄虫子，吃野果和其他食物长大。它们有站着睡觉的本领，夜晚不用回笼，就歇在树枝上瞌睡。公鸡该打鸣打鸣，该踩背踩背。母鸡怀蛋憋得难受了动爪子就地刨个坑，因陋就简生下来鸡蛋。到了春天产蛋季节，每天大清早，主人起床后的头件事就是拎着篮子满地里"捡星星"。漫山遍野的鸡蛋被晨露浸润，反射出太阳的光芒，把主人的眸子映照得晶亮。它们就是夜间从天上散落的、来不及回去的星星——这当然是山里人极富诗意的说法，属于原创。

湖南老胡家的那只公鸡是怎么到了对面麻家的，最初我们不得而知，只能借助想象做一个主观判断。万能的度娘告诉人们，家禽非比野鸡，再能耐的公鸡也飞不过百米。所谓"不飞则已，一飞升天"只不过是文人笔下的话语游戏，全然不可当真。就算两边山上旁逸斜出的树枝拉近了空间距离，这道鸿沟也委实难以逾越。我们替老胡家的公鸡这样设想，或许它腾飞时，碰巧刮南风，一股气流顺势将它送到了彼岸。它是一只幸运的公鸡，有着追求卓越的理想，带某种殉情的决绝与悲壮腾飞——它成功了！这似乎没什么好奇怪的，我们完全可以从古人流传下来的典籍里替公鸡的行为找到注脚。既然能"南风知我意，吹梦到西洲"，既然可以"好风凭借力，送我上青云"，那么，老胡家的公鸡又怎么不能私奔到对面山上去呢？

问题是老胡现在要不回自家的公鸡了，原因是他不相信公鸡会自己涉险——那么深的溪涧可不是闹着玩儿的，弄不好会殒命。聪明的公鸡绝对不会胡来。老胡的疑虑忽略了别人的感受，让对面麻家人感到羞辱。摆在眼前的事实令麻家人解释不清，但无论如何他们也扛不起强盗的骂名——他们祖祖辈辈清白做人，从没拿过人家一根针一缕线。所以，老胡家要想把鸡收回去，必须先得把话说清楚，将名誉还给人家。

事情就有点儿复杂了。

其实，多大个事儿嘛，说出来狗都会笑掉大牙。可两家人就是不依不饶，110都快打爆了——北边信号弱，结果，两家不厌其烦地报警，都让湖南这边受理。两边的县长知情后都对此事表示"严重关切"。县公安局局长顶不住了，打电话下了最后通牒，戴所长，别把鸡不当回事儿。它涉及睦邻友好和民族团结问题，顶顶全是大帽子，搁谁头上都戴不起。这样吧，我给你三天时间把这事解决掉。如果办不好，你吱声，我亲自走一趟。

这话吓得老呆不轻。他本来是想拖一拖不了了之的，哪想到领导重视得非比往日，兹事体大，刻不容缓。

2

本来约好老胡今天去麻家调解"鸡案"，而且，老呆也要和我一起上山的，可局里临时开会把他召去，我只好单干。

临别时，老呆叮嘱我，应对那两家人要多开动脑筋，切切不可大意，不能全按书本上的套路来，今天无论如何都要把事情整利索。他们不签字，你就吃住在山上，两边轮着来，等我开完会回来收拾他们。

分到这个派出所，我算是倒了八辈子血霉。单是自然环境恶劣也就罢了，五十出头儿的戴所长（做事古板不开窍，取其谐音，我私下里给了他个"老呆"的雅号）比我爸还显老，平时绷着一张苦瓜脸，总感觉像别人欠他什么东西似的。所里三个人，窗口女孩儿和所长是胳膊肘拐弯的亲戚，临时招聘，主要职责是接待办事群众，负责日常办公。警察就我和老呆，有活一起干，谁想避开谁都不成。老呆在山里一待就是二十多年，看样子，他打算在这儿待到退休。据说，局里好几次要给他"换一换"，他却哪儿都不去，就守着姊妹山不挪窝。原因定然有，可他不言说，对外人永远都是谜。

我感到肩上担子沉重，一路心事重重。说实话，老呆处理农村矛盾纠纷很有一套，据说是跟师父学的（警察也有领路师父）。虽说他那些烂招搬不上台面，但使起来管用，人家都服他。我入职小半年，平心而论跟着他长见识不少，但我骨子里时常会冒出一些不可理喻的念头，比如说，有时候我真希望他的"法术"失灵，等着看他闹笑话。我不知道自己这种心态从何而来，我能想到的理由无非是我不愿生活在他的影子里，只想用另一种办法找到自己的存在感。我感觉老呆就是笼罩在我头上的一片乌云，长此以往不散开，我将暗无天日。

现在机会来了，我反倒不安起来。老呆不在，我就像被人抽去主心骨，心里虚虚的，对自己拿下"鸡案"半点儿底气都没有。这时候，我才实打实地觉得老呆并不是可有可无的，他的存在跟空气一样不可或缺。至少，暂时对我是这样。

走一路想一程，不觉就到了山脚下。爬山之前，我得好好打量一番姊妹山。如果不是出了这档子事，我可能永远也不会来这里游历，而且可以预言，这样的攀爬往后定然寥寥。

这是春季里一个无可挑剔的晴日。阳光在惠风里闪耀，金黄的空气温暖又清澈，两面巨大的绿色坡体坦荡荡地倾斜在蓝天之下，就像两扇没有完全关紧的大门，留出可供穿越的缝隙，给人一种强烈的压抑之感。两条软绵绵的"之"字形小路从两侧又高又陡的"门楣"上飘落下来，像两根没有完全展开的绳子盘绕在坡面。我要走北面的山路去老麻家。这样的选择表面上看是因为他家占据着公鸡的话语权，更深层次的考量是我们须得放弃主场优势，不让老麻对我们产生地方保护主义的猜疑。我们主动上门既是一种姿态，也是一个台阶。老胡开始不同意，认为上老麻家就意味着理亏、示弱、丢脸面。老呆没好气，你到底想不想要回你的公鸡？一句话就把老胡拿死了。

路真的不好走。前不久山里刚下过一场透雨，本就窄的路面被雨水冲出沟槽，深深浅浅地豁了边，落脚须十分小心，弄不好就会崴脚。我正累得气喘吁吁，老胡打电话来，说他已经到了老麻家，意思是催我抓紧点儿。

我大概还要半个多小时。我说，我没到之前，你什么都不要说，听清楚了吗?

自从公鸡到了老麻家,老胡还是第一次登门。我不想让他把事情搞砸,给我的工作制造麻烦。

左边是一片密匝匝的树林,林子里有鸟儿叽叽喳喳。我听出来了,它们正在热烈地讨论着我的到来。它们见多了各种各样的动物,唯有人见得稀少。我想,这时候最好能有个人出现。

喂,前面的后生等等我。大山里的生活就这么神奇,你意念中的事情,也会变成现实。

声音从背后传来。我刹住脚,扭头看去,一个老人噌噌撵上来。他看上去六十多岁,顶着一脑袋爆炸式发型,走路一挺一挺,腰不弯,气不喘,毫不费劲的样子,一看就是那种走惯了山路的人。

你是要去老麻家吧? 走近后,他问我。

山上就住老麻一个独户。我想,这老人应该也是去他家。我说,您是他家的客人? 我们正好搭伴。

他纠正说,我要去湖北走马坪,翻过山就是。

走马坪,我听老呆说起过这名字。我问老人,您走亲戚?

算是吧。他的回答模棱两可,都二十年了,不是亲戚也走成亲戚了。

我疑惑,老伯从哪里来?

他定住身子,面向大山,挥手指向南方,我住山那边,离这儿不远呢。

眼前只有山,脑子里没概念。我在想,不远是多远?

年轻人,你是要去处理他们两家那只公鸡的事吧?

我的着装暴露了身份,但我仍感好奇,您消息真灵通,听谁说的?

老伯说,这一带,治安上的事情就没有瞒得住我的。

我仔细打量他。他穿一件警察蓝长袖执勤衬衫,左袖上的警察标志明显用针挑掉了,只留下一个隐形的国徽图案,两边衣领上的领花依稀尚存。因为长久洗涤,他的制服明显泛白。我说,老伯,您干过村治保主任吧? 我的印象中,村治保主任配发过协警服。

哈哈,你看走眼了。他有点儿小嘚瑟,告诉你,我当过警察,退休好些年了。

我一时错愕。入警时间不长，我还来不及了解派出所太多的历史。我满含歉意，想不到您还是我的老前辈，多有得罪，对不起啦。

他并没把这事放心上，倒是关心起我的工作来。他说，你一个小年轻有把握拿得下来吗？

说实话，处理这类鸡零狗碎的矛盾纠纷，我还真缺乏经验。我说，我心里没谱，到时候走哪儿看哪儿吧。

老伯思忖一番，说，山里人脾气刁蛮，歪点子多，不想好对策，你多半会无功而返。

听这话，好像他已经揣着锦囊妙计。我不屑地说，老伯有什么好主意还请赐教。

我也没什么好办法，应付这种事，只能见招拆招。不过，这种事我见得多了，我有把握搞定他们。他转而望着我，请缨说，要不，我陪你走一趟？

正愁没个帮手，我求之不得，急忙说，好啊，就怕耽误您走亲戚。

我那亲戚卧床好多年了，哪天去看都是看，不在乎这一时三刻，反而是你的事情拖不起。

我有些不放心。他若真能帮我摆平"鸡案"，当然是好事，如果成事不足，让他搅浑水，我担心事情不好收场。

老人鬼精，看出我的疑虑，开条件，要想把事情圆满解决，你必须答应我一个要求。

十个都行，我承诺道。

一切听我的，你见机行事，配合好就成。

哦，原来他是想当主角，把我边缘化。我就知道，天上从不会掉馅饼，而且不偏不倚砸我头上。

放心吧，我不会抢你的功劳。我都是退休的人了，对功名无所谓。你回所里，该怎么交差怎么交差。

我讪然无语，继而想到另一个问题，进门后，怎么给人家介绍老伯的身份。同事？老了；协警？更老了；治保主任？撒谎！我试探着问，您对这一带一定很熟悉，他们都认识您吧？

老伯会意，说，那可不一定，我都退休好些年了。再说，早些年山里治安一直好着呢，我露脸的机会并不多。

这就有点儿麻烦，我想不出道道来。

你就说我是退休老警察，所里警力不足，返聘过来搭把手。

名正言顺。他连这个都替我想好了。

又一个问题冒出来，老伯对案情到底知道多少？他口口声声一副包打天下的架势，到时候若驴唇不对马嘴，岂不让人笑话！我道出自己的担忧，老伯，您对案情有所了解吧？

当然。他语气十分肯定，还言之凿凿地说，那只公鸡确凿无疑是自己飞过去的。

这正是两家争论的焦点。这个问题不定论，调解工作无从着手。可是，平心而论，我也不知道公鸡是不是自己飞过去的。这个结论下得不准，会让人家揪住把柄，把自己套进去。现在老伯这么武断，我不知道他的依据是什么，他有湖北亲戚，是否带着情感偏向，老胡家又能不能接受？

这时候，我们已经走到半坡。老伯停下来，指着对面老胡屋门口的林子说，公鸡就是从最近的树枝上扑棱过来的。那么远，它肯定飞不过，只能顺着气流滑翔，中间有一段不小的落差，最后斜刺着落在这边林子里，然后往上走，一直往上走……他边说边用手比画，意思很明确，我们必须统一到这样的认识上来——事情都是由公鸡造成的，不存在盗窃或抢劫之说。这是解决问题的前提，到时候由不得他们把水搅浑。他把自己的这一套归纳为"调解工作要掌握主动权，不能让当事人牵着你的鼻子走"。

再走一段坡路，我们来到一棵大枫树下，我听到了令人毛骨悚然的狗吠。我说，老伯，您上前，让我走后面吧。

为什么？

我想起刘亮程的那句话，他说城里人不怕车就好比山里人不怕狗。我说，我怕遭狗咬。

这个，你就不懂了。老伯呵呵笑，狗只咬后面的人。

我疑心他在故意捉弄我。他给出的理由是，狗不咬前面的人，它怕遭到后面人的袭击。狗才不蠢呢。

3

老麻家的两只看家狗凶恶得很，当着老麻的面使劲叫，争先恐后地向主子表达着忠诚。这两个狗东西简直疯了，叫到最后，竟然连老麻的呵斥声都置若罔闻，让人疑心它们是在和老麻表演双簧，合着伙地欺负我们。

老伯压根没把狗放在眼里，眼看都快咬着脚后跟了，他只当没看见一样，大胆地往前走。老伯没撒谎，我走前面，狗专门和他较劲，果真没为难我。

老麻家的房子是一栋五柱四骑的木屋，正屋三间，东头是吊脚楼，西端配有牲口房。我迈过半米高的门槛走进居中的堂屋，只见对着大门的墙壁上嵌着一个神龛，木制的。神位上供奉着哪位神明，我不认得，但肯定不是关公，也不是妈祖，应该是他们苗人的先祖。神龛里来不及燃尽的香烛能让人想到老麻对祖先祭祀的虔诚和勤勉。堂屋两侧各摆开几把木椅，正中位置放着一张小方桌，上面覆一床薄薄的毛毯，几只白瓷杯里连茶叶都放好了，灌满的开水瓶侍立一旁，只待客人一到就可以开泡。老胡已经坐在桌边，面前的烟灰缸里栽着好几个烟头，指间的香烟正默默燃烧，烟雾如心事一般缭绕。最显眼的当然要数西墙边花篓底下的那只公鸡，它就像一个待审的犯人被罩住，失去了自由。它太过健硕的身躯差不多占满了整个花篓的空间，鸡冠从篾缝里探出去，脑袋却昂不起来。公鸡才是今天的焦点，可它对自己不利的处境浑然不知，还不时咯咯地叫几声，表现出一股不识时务的反抗精神。

屁股没坐热，老伯就端着茶杯，招呼我出去走走。在老麻家周边转悠来转悠去，我发现他老瞅那些鸡，然后问我，你看出什么名堂没有？

我说，老麻家的草鸡长得真壮实，一个至少有八斤重，能炖一大锅，够十个人吃。

老伯眯眼笑笑，自说自话，是这么个情况，嗯，我心里有数了。

再回到堂屋后，老伯宣布开会，我先开场。按照约定好的台词，我把老伯隆重介绍一番，让他主持今天的调解。

他轻咳一声，清了一下嗓子，蛮像那么回事。然后，他结合自己的肢体语言，对公鸡飞越的过程来了个"情景再现"。最后，他一锤定音，称公鸡就是自己飞到老麻家的，与盗窃和抢劫无关。得出这样的结论后，他说，我们先解决第一个问题，对这个基本事实你们有没有不同意见？他指指老胡，你先说，你心里到底是怎么想的？

老伯的推理合乎逻辑，老胡无可辩驳。

老胡哼唧半天，说，我同意。

老麻抢白老胡说，那你为什么要说我们偷了你家的鸡？

那是我气头上说的话，我心里不是这么想的。

老伯插话说，老胡，这就是你的不对了。药不能乱吃，话不能乱说嘛。不过，总的说来，你还是个厚道人，你有这个态度就好办了。那么，老麻，你呢？

老麻说，老胡只要承认公鸡是自己飞过来的，我的气也就消了，这一页也就翻过去了。

我就说嘛，两家人对门处户住着，朝也见晚也见，哪有解不开的结？老伯说，那么，我们商量后面的事情。请二位发表一下意见，提出各自的要求。

老伯的话甫一落音，老麻就接了腔。他说，老胡，你家公鸡骚情，自己飞到我家来了。你不来抓，要我给你送过去，你自己没长腿吗？

老麻说公鸡骚情，让老胡感觉难为情，就好像他做过什么见不得人的事情似的。老胡的一张脸红得像灌了猪血，嘟囔道，现在是我家公鸡飞过来了，过错好像都在我这边。可俗话说，一个巴掌拍不响，如果不是你家母鸡咕咕叫，我家公鸡再骚情也不至于只朝这儿飞。它怎么就没飞到别处去呢？所以，你家母鸡也有责任。

老麻当然明白，老胡是说自家母鸡不守"鸡"道，勾引了他家公鸡，但他无论如何不能接受老胡对自家母鸡的指责。他辩解道，我家母鸡再不规矩，也没飞到你家去，是你家公鸡主动找上门来了。

老胡鼻孔里哼一声，看看你家那些鸡婆子吧，一个个胖得像企鹅，连路都走不动了，还飞？

老伯见双方交火，扯的又是一个不着调的皮，又轻咳一声。他指出，老胡的话有点儿道理，但并不全对。俗话说，鸡无绳牵，狗无栏关。公鸡要到老麻家来，谁也管不住，你怎么能怨人家母鸡呢？不过——他把话头转过来，对准老麻说，我想问清楚一件事情，你家现在有公鸡吗？

老麻挠着脑袋，惭愧地摇摇头。

老伯一拍大腿，我就说嘛，老胡家的公鸡为什么会冒着生命危险飞过来？原来，它是无偿支援你家母鸡来的，它相当于扶贫。

老胡和老麻都听傻了。

我突然想起老伯考验我的话，原来，这就是他围绕老麻家一番考察后所发现的"新情况"，他说"心里有数"指的就是这个。

老伯找到了切入点，他问老麻，你家原来有没有公鸡？

老麻说，你刚才不是问过吗？

刚才问的是现在，现在问的是以前。老伯的话像绕口令，我要你说实话。

原来是有。老麻的声音弱弱的，像夜蚊子嗡嗡，大家都快要听不清楚了。

那就是说，现在没有了。我问你，你家公鸡都哪儿去了？

卖了几只，本来要留下一只种鸡的，上次家里来了稀客，拿不出东西招待，就……老麻做完一个砍头的动作后继续说，母鸡肯下蛋，舍不得杀，就把公鸡炖了。

老伯啧啧连声，老麻呀，不是我要批评你，这就是你的不对了。你想想，你家这么大一群母鸡，它们是有那个、那个需求的，却没有一只公鸡领队，群龙无首，队伍能不乱套吗？难道你没听说过"一只公狗管一湾，一只公鸡管一山"？所以啊，我认为你要对这件事情负主要责任。

老麻想反驳一下，可他磨叽半天没找到理由，竟语塞。

好了，老伯掌握火候，适可而止。他说，事情到了这份儿上，多说无益。我们还是把公鸡的事处理一下。

老胡说，我没其他要求，只要将公鸡物归原主就行了。

老麻可不干，说，我白白给你喂养了半个月鸡，要想拿回去，你得给我补偿。

老伯问，你要补偿多少？

老麻说，一百元，不多吧。

老伯附和道，不算多。

我听出老麻的话里有陷阱。按照市场行情，老胡家的公鸡大概也就值一百元，换言之，老胡如果拿钱取鸡，还不如白送给老麻，落个囫囵人情。他真要落入老麻的圈套，那就应了"捉鸡不成蚀把米"的老话。

老胡并不"糊"。他反过来将老麻一军，这样吧，公鸡我就不要了，我也不想赔你喂养费，干脆你给我一百元，我们两清。

两人僵持不下，我担心刚刚打开的大好局面被破坏掉，心里暗暗着急，再看看老伯，他却镇定自若，很好地把握着节奏。

他提出休息一下。

老伯去了趟厕所，又到旁边厨房和正在弄饭的麻婶聊了一阵家常，然后转回来对老麻说，你跟家里人说，让她别弄饭了。我们是来工作的，不是来吃饭喝酒的。

老麻说，我活到这把年纪，家里还从没来过警察。今天，你们大老远地来帮我们办事，再怎么着也得吃顿饭，不能饿着肚子回去。否则，传出去会坏掉我们苗人的名声，今后不好做人。

听老麻这么说，我们吃饭是成全他，不吃都不好意思了。

老胡自寻台阶说，你们吃，我回去吃完饭再过来。

老麻说，老胡，你这是说的什么话！进门为宾客是我们山里人的规矩，你连这个都不懂？人可以闹意见，但饭菜没仇，酒肉也不分家。你要是在饭口上走人，公鸡的事就没得谈了。

老伯趁热打铁，赶紧接茬儿道，老麻的话在理，我同意。我们还是抓紧点儿，把事情办完后一起喝杯团圆酒，怎么样？

360

老胡和老麻都说要得，气氛明显回暖。老伯突然问老胡，你说那只公鸡值一百元？

老胡有点儿呆愣。我也纳闷儿，不知道这话什么意思。

老伯说，我想把公鸡买下来。说着，他开始掏钱。他的左手在衣兜内抠索一阵，面露难色，最终还是原样拔出手来，羞赧地说，我出门忘记带钱了，你先借给我，我回头还给你。

后面的话是他对我说的。

我正犹豫着是否掏钱，老胡的手摆得像中风，他说，所长要公鸡，我白送你，不收一分钱。

白吃白喝白拿，你是想让我搞腐败？

我是自愿送你的，不是贿赂你。老胡坚持不要钱。

老伯问老麻，我倒忘了，公鸡归了我，你的喂养费岂不落了空？这不成。他说，我得给你补偿一百元。

老麻有点儿抓瞎。公鸡让老胡白送了人情，他不好说话，但要他从警察手里收喂养费，这个脸面他抹不下来。他说，老胡送得起人情，我也送得起，喂养费的事情不提了。

老伯像一个如愿以偿的阴谋家，嘿嘿笑着。他指着老胡和老麻说，男人说话，三十六牙。你们都想好了，刚才说出的话可是要算数的。

老胡拍着胸脯说，谁反悔连公鸡都不如。

老麻跟进说，我吐出的涎水绝不舔回来。

老伯提醒我，他们的话你听清楚啦？都记录没？记好了，请两位签字。

跟闹着玩儿似的，"鸡案"就这么稀里糊涂结了。事情一直在老伯的掌控之中，我不得不打心眼里佩服他。

签完字，老伯吩咐我，把公鸡拿去厨房让麻婶杀了，今天我要和两位好好喝一杯。

老胡和老麻都蒙了。好一阵儿，老麻先反应过来，他问，您这是什么意思？

你请客，我们也不能白吃，上面有纪律。老伯说。

老麻说，就算吃鸡，也不能把公鸡杀了。他睒老胡一眼，话里有话，要杀，我家母鸡多得是。

老伯说，母鸡是你的，公鸡是我的，是老胡亲自送给我的。我要给他钱，他不收。那么，我的东西我做主，老胡你说对不对？

老胡已经明白老伯的意思，他是在变着戏法让自己凑份子，不给老麻留口实，免得他往后过嘴。

酒是老麻家自酿的包谷烧，他们用碗干。那顿酒喝得天昏地暗，耗时小半天，三个老家伙都东倒西歪的，不说也罢。

4

离开老麻家时，山顶上的日头只有一树高了。我们往低走，它也朝下坠。

老伯走路有点儿飘，我真担心他摔倒，跑前跑后招架他，惹得他烦起来。他撇开我搀扶的手，口气有些托大，你以为我醉了吗？告诉你，真要喝，他们两个加一起都不是老夫的对手。

饮者说自己没醉，那一定是醉了。我夸他，您是我见过的"第一把壶"。

听了这话他高兴了，他说，我给你唱支山歌吧。说完，他就自顾自地唱起来：

高山顶上呃——一丘田，
郎半边来哎——姐半边；
郎的半边呦——栽甘草，
姐的半边咯——栽黄连，
苦的苦来呀——甜的甜。

歌声在山林里绵延缠绕。他故意把尾音拖得很长，带着蒙古长调的韵味。我听说，土家人会走路的就会跳舞，会说话的就会唱歌，还真不虚传。他这一唱，让我想起一件事。我说，老伯，今天把您的正事给耽误了。

他说，什么正事？

见他微醺，我开玩笑说，那湖北亲戚是您的老相好吧？

他打出一个悠长的酒嗝，你看你看，说话没大没小了不是？

我赶紧吐舌头。

老伯说，跟你明白地说吧，那亲戚的确是个女人。她老公是个瘸子，许多年前在湖南这边杀了人，被枪毙了，案子就是我办的。瘸子被枪毙之前，老是放心不下患风湿性关节炎卧床的老婆……不管怎么说，瘸子的死都与我有些关系，所以，我只能把她当亲戚一样，抽空去那边看看。说到这儿，老伯有些哽咽，也不知道是不是酒性发作了。

我还有一事求教。我说，干吗要把老胡家的公鸡杀掉呢？

他反问我，你是不是觉得这么处理不地道？

看来，他还没醉到份儿上。他说，那只公鸡就是个祸害，不除掉它，早晚还会给派出所惹麻烦。

我怎么越听越糊涂了。我说。

你想啊，让老胡把公鸡抓回去，这事就肯定没个完。公鸡老惦念着老麻家的母鸡，还不三天两头地往这边扑腾？所以，这种事得从根上解决掉。

哦，我说，不过，我总觉得白吃人家的鸡不好。

老伯说，问题是你白吃了白喝了，人家高兴呀。

我不由得想起老呆的那些奇门怪招——在山里干警察，他们是那么一脉相承。

下山的路走得轻巧，我们不觉就到了谷底。

老伯指着前面的一条岔道说，天不早了，我要赶路，你也快点儿回所里复命。今天先说到这儿，下次有机会，我再给你翻古。他拍着肚子，我这里装的故事多如牛毛呢，十天十夜都掏不完。

就此别过，我和他呈 V 字形朝不同方向走。走了一段，我回头望去，只见老伯苍老的身影披着暮色在小径上踽踽独行。他也心灵感应似的回过身来，远远地向我挥手。又走完一段路，等我再转身回望的时候，那个身影消失了。天色渐渐暗沉下来，我模糊的视线里只剩一条荒芜的小径向山边延伸而去，最终隐没在一片树林里。这时候我蓦然想起，老伯姓甚名谁我居然都没问清楚。不知为什么，那一刻，我心里无端升起一种落寞和惆怅……

老呆比我先回所里。事情完美收官，他当然高兴。听完我的汇报，他叹息一声，小卫啊，今天帮你的人就是我们所里的前任所长，也是我的师父。我给你说说我们师徒之间的故事吧——

二十四年前，秋天的一个晚上，我和师父在大山里办案回来，刚端着碗准备吃饭，接到林业站求助，说是他们的工作人员在查处一起破坏国家自然保护区珍稀植物事件时，受到当事人阻碍，请求派出所支援。师父撂下碗筷邀我赶过去，到小旅社一看，是湖北走马坪的一个男人在这边挖兰草被查获。你知道的，在我们国家级自然保护区，兰草属二级保护植物，不准随便采挖和买卖。可是，那男人性子倔，死活不肯随林业站的人走，引来许多人围观。我们赶到后，发现男人不仅个儿矮，而且是个瘸子。见了警察，他愿意配合。师父押着他回所里接受调查，我在后面收拾兰草。哪想到回所途中，在一条石板路的拐弯处（说到这里，老呆特别解释说，后来修新街，那条路被改造没了），瘸子借夜幕掩护突然逃跑，师父疾步追赶。说起来，也是我们经验不足，或许因为他是个瘸子，师父没引起足够重视，疏忽了对他身体的搜查。哪料到瘸子突然从腰间拔出一柄二十五厘米长的尖刀，转身朝师父猛刺。瘸子一刀刺中师父腹部，一股热血顿时从他的肚子里汩汩冒出来，摁都摁不住。小卫呀，师父真是好样的，即使在这种情况下，他仍然拦腰抱住凶手，不松开。瘸子急于脱身，拔出刀来又连续砍向师父的头部和大腿，一刀，一刀，又一刀。直到我赶来后，他还气息奄奄地喊道，戴曦，小心啊，他、手、里、有、刀……

喂，小卫，你怎么啦？

我不知什么时候开始分神，我终于知道了老呆为什么舍不得离开大山……

364

【作者简介】热孜古丽·卡德尔，女，维吾尔族，1980年生，出生于新疆鄯善。新疆大学维吾尔语言文学专业毕业。2003年开始文学创作，发表过《天蓝色的伞》《爱情的早晨》《迷雾》《绣的手帕》等短篇小说，《黑眼睛戒指》《我恋人的恋人》《燃烧的雪》等中篇小说。作品曾在《民族文学》《塔里木》等刊物发表，短篇小说《星光灿烂》获得新疆维吾尔自治区第六届"天山文艺奖"。

【内容简介】这是一篇由维吾尔文翻译成汉语的短篇小说，展现了少数民族语言创作和民汉互译的卓越成就，小说写得极具边疆地域文化特色，用带有维吾尔族色彩的独特语调推进了故事的情节变换。巴赫提亚因驻村工作而与女友分隔两地，感情因空间阻隔而受到考验，直到女友怀着探究与忐忑的心情来到他工作的乡村，在淳朴民风的萦绕下、在温暖真情的感动下消除疑虑并一同投身到"访惠聚"的工作当中来，志同道合的两人在阳光与祝福中携手走向灿烂、幸福。故事在愉悦轻松的叙述中铺排开来，载歌载舞般的对话引领着读者迈向天山脚下那片生机盎然的土地。

星光灿烂

古丽莎·依布拉英

热孜古丽·卡德尔（译）

拖着行李箱，迈出大厅，见到他急切盼着我的样子，之前的一切怨气都烟消云散了。

"你总算来了啊！"他接过我手中的东西。

"我不来又能怎么办，你两年都驻留着不回呢！"我半撒娇半赌气地说。

"哎呀呀，亲爱的，照我说呀，我们的小尼孜热也早该出生了呢！"

"你还好意思说啊！"

"我嘛，已经适应了这里的生活，只是不习惯没有你的日子。"

"我怎么感觉不到你有什么不习惯呢？要是能娶个村姑呀，我看你不回去也很好啊。"心头某个地方的担忧，我用玩笑话发泄了出来。

"我心里都是你，怎么可能装得下别人呢？"

"哎，你等等，咱们这是去哪儿呢？好像已经出了市区呀！"我环顾四周说。

"嗯，我们已经上了村路。"他稳稳地开着车。

"已经很晚了，要不明天去吧。去后还得返回宾馆住，会很累。"

"我们的宿舍比宾馆差不了多少，还不如就在宿舍住呢，好吗？"

"我害怕，晚上起夜怎么办呢？"

"宿舍里就有卫生间和热水器呢！不信，你先去瞧瞧，不称心，再带你去住宾馆。"

"去年刚来的时候，你不也在发牢骚说住不惯吗？"

"去年是有些不如意，后来我们自己动手新盖了楼房，改善了居住环境。"

他虽然说过几次，我一直想象不出会是什么模样，当宿舍楼真实地展现在我面前时，我信了。虽然不能与高级宾馆相提并论，但是简单便捷，并不亚于宾馆。他居然还用印有迪士尼公主图案（我的最爱）的布料做了床单，是印有迪士尼公主的布料。床尾还摆放着一双淡粉色小巧的拖鞋，我感觉回到了少女时代，心里有点小雀跃。

"怎么样，还满意不？"他早就预料到了我的反应。

"是很满意，没想到，你连拖鞋都帮我准备好了呀。"

"你没想到的事儿还多着呢。就这床单和拖鞋，我准备好都快一年了。这座楼刚竣工，我就买来了。"

听他这么说，我为自己的倔强而惭愧了。我刚要说什么，就听楼道里有人在喊巴赫提亚的名字。

"巴赫提亚哥，饭已经好了。"

"嗯，好。咱们走吧。"

"我知道了，是那个阿瓦罕在叫你吧？"我怄气扭着头说，"她尤其喜欢你呀，只要你给我打个电话什么的，她非把你叫去不可。"

"我的天啊，你尽想些什么呀？我们特别忙时，她就会叫我呗。"

"知道了，你们常常会忙到半夜。"最后，我还特意加了一句，"和阿瓦罕一起。"

"我最最亲爱的尼尕热姆啊……"我喜欢被他这么宠着。

"啊，好了，好了，就当我没说好了。你可别觉得我在吃醋就行。"

"你不会吃醋。"

"什么？"

"好了，不闹了，咱们真的该走了。"

一年来，她的名字对我来说再熟悉不过了，确切地说，她是常在我恋人身边，容易引发我醋意的女人。原来，她是在乡村的烈日下皮肤晒得黝黑粗糙，眼尾早早就爬满岁月细痕，看起来比我们稍大些的丰满少妇。一看她就是本分善良的妇女，她不停地重复着"我们一年来都在盼着你的到来"，尽可能地想要和我亲近。和她接触后，我对她无名的敌意消失不见了。她不但是村干部，同时也是工作组的厨师。巴赫提亚的其他同事也对我关爱有加，每次吃东西时，为了劝我多吃些，都会提醒说是这里的土特产，怎么吃都健康等等。看着他们热情高昂，欢声笑语的样子，我才觉得这里并没有我想象得那样单调乏味。和他们同吃同住后，我很快就融入了他们。

饭后，巴赫提亚想带我去四周看看。走出楼外，看到夜空的繁星触手可及，我难以按捺心中的喜悦。其实，我也爱乡村，只是因为他要长期留在这里工作，我害怕长期的离别，才赌气一直没有来这里。他已经在这里驻村快一年了，不能随意离开岗位，而且也很繁忙。其间我们只团聚过三次，我一直在生他的气。当时我们一切就绪，正在准备结婚，他就接到了参加驻村"访惠聚"工作一年的任务，不得已，我们只好将婚礼推后了一年。我盼望的一年就快结束时，他又接到再延长一年驻村工作的任务。他说我们先将就着结婚，可我没有答应。就这样，我们的婚事一而再再而三地拖延着。

半夜时分，我被楼道里的脚步声吵醒了。想想他就在我隔壁的房间住，我悬着的心就放下了。我小心翼翼地透过门缝窥见他们，他和他的两个同事正急匆匆地向楼梯走去。他们没有注意到我，我本想叫住他，又怕耽误他的急事，就忍住了。我从窗户看到他们走出大院，心里不免有些担心起来。

"巴赫提亚，你们这是去哪儿呢？"我还是忍不住打电话给他。

"有人病了，我们得过去。你先睡，我们很快回来。"

如果病了怎么不去医院，却要打电话给他们呢？他们也不是医生啊！虽然心里这么想着，不由自主地还是为那个病人担忧起来。要不是病情很重，他们也不会把电话打到这里来吧，到底是怎么了呢？我不停地发问，不知不觉睡过去了。

第二天醒来时，巴赫提亚一行和他们队的领导都回来了。他们连夜把生病的老人送到了县医院，还留了一位干部专门照看他。

"我们回来才一个小时呢。"他看着腕表说。

"你们工作真的很辛苦啊。我还以为……"

"哈，怎么，你以为我们整天坐办公室吗?"

"也不是那样。"

"不久啊，你也会加入我们队伍的。"

"我可不是什么娇小姐，我也能适应农村生活。我只是担心，时间一久，我们的感情会淡去。而且，你别忘了，我们俩单位的驻村点还不同呢!"

"是啊，如果等我回去时，你却要驻村的话，我可真的会哭啊，我说的是心里话。"

早餐后，我和他的几位同事，一起来到田地里。

"祖拉罕姐，你还好吗?"工作队队长、单位的副职领导王平用维吾尔语打招呼说。那位正是在自家菜地里忙着的维吾尔族大妈。

"哎哟哟，是居来提江啊，差点没看见你呢，真是不好意思啊!"她以不合她年龄的敏捷步伐，很快热情地迎上前来。

"嗯，看来这些蔬菜长得不错啊，这不，你们也挺能种的呀。"

"说的就是啊，以前没种过，不免有些担心，有你们手把手教过后，才会长得这么好呢!"

他们越聊越投机了。

"我以为你们的领导只懂一点点维吾尔语，没想到他说得这么流利啊!"

"之前是懂一点，后来，他到这里驻村，本人又很好学，是和当地人学的。他还经常提醒我们说，我们是党派来给村民做好事、做实事的。"

"他居然还有维吾尔名字啊?"

"为了便于和村民交流，这里的汉族干部都有维吾尔名字。"

不一会儿，老大妈从屋里捧着一块手工刺绣的漂亮餐布，不容拒绝地送给我，说:"孩子，礼物很普通，欢迎你的到来，你不接受，我就当是你不喜欢喽。巴赫提亚，可就像是我自己的孩子了，去年要不是他，我可能也就坚持不到现在了。"我想起，他有次说过，他曾给村里的一位大妈献过血，当时需要急救的就是这位大妈吧！

"拿着吧，这是她去年就给你准备好了的。"王平说。接着又对大妈说："祖拉罕姐，你家女儿在那个刺绣厂工作很顺利，再别把她叫回来做农活了，她们的订单很多，这里我们会过来帮忙的。"

"好，好，怎么可能呢，居来提江啊，自打和你们配合以来，家里的收入也多了，我可是怎么也没想到，我居然还能和从大城市来的干部结成亲戚呢！"

我的巴赫提亚，趁着大妈聊天不注意的时候，悄悄往她兜里塞了钱，然后又不动声色地与王平交换了下眼神。我被他的举动感动了。

接着，我们又参加了一场婚礼。这是村委会和工作队作为家长，承担所有费用来操办的婚礼。他昨天告诉我时，我盼着能早点参加。

"我也想给他们送个礼物，可是我没有准备，这可怎么办呢？"

"送什么好呢？"他顺着我的脸，无意间看了看我脖颈上的珍珠项链，"只要你能参加，他们就会很开心了。"

"那就把我这个项链送给他们好吗？"我有些不舍地摸了摸自己的项链，"这可是你去年送我的生日礼物。我当时还说你自己人都不在，只留着礼物有什么用呢。"

"是啊，那时你的确让我进退两难，你舍得它吗？"

"为了你，我当然舍不得。"

"对于我，有你这句话就够了，就送给她吧，我会给你买更漂亮的。这个婚礼，虽然都是我们介绍并操办的，可是，送礼物这细节我们没准备。他们俩都是很小就失去了双亲。"

"看来，这个项链找到了最合适的归宿，可是没有礼盒怎么送呀？"

"没有礼盒又怎么了呢？"

"怎么说都是礼物，应该正式些呀！哎，也许阿瓦罕那里有吧？我看她手很巧的样子。"

"咳，你这个小气鬼呀，你看你自己不也开始直接叫阿瓦罕的名字了吗？"

"上次你们去探望病人时，我和她聊了很多。她有很多苦衷，说你们一直在帮助她。她说，你们请她做饭，并不是她很会做饭，是因为她有困难，而且还要照看病人，才给了她这份工作。"

"是啊，她老公遭遇车祸后，已经卧床五六年了，她当时还怀着孩子呢！"

我用阿瓦罕送的手绢包好了礼物送给了新娘，姑娘非常开心。婚礼就在村委会举行，晚上到了高潮，村干部和村民们随着民族音乐载歌载舞，好不热闹。没想到，之前只在电视上看过的维吾尔传统舞蹈——腰带舞，我今天居然亲临现场一饱眼福了。这场婚礼会让我永生难忘。

婚礼麦西莱甫正当火热中，他叫住了我。

"这场麦西莱甫还会持续一个多小时。我带你到水库那边走走，那里的夜景有着别样的美，走吧。"

我想起，去年，每每给他打电话，他都会急匆匆地说："我们在建水库，很忙！"然后，不听我多说就会挂电话，为此我们的关系越来越脆弱。水库不远，却因为我明天就要走了，他才有空带我过来。差点让我们维系不了恋爱关系的水库，我倒是真想看看。我们没走多远就看见水库的水从水泥堤坝哗哗流泻下来，十分壮观。灿烂的繁星布满夜空，星光下，河面依稀可见，闪闪发光显得浪漫又神秘。

"你们这个水库很壮观，还有瀑布似的水声。"我靠着他说，"还有这些好似伸手可得的满天繁星，都很诱人啊……"

"真的喜欢吗？"他问我。

"嗯，"我顺势把头埋进他怀里，"依靠着你看星星，我觉得自己很幸福，很幸福！"

"那怎么不多留些日子呢？"

"我的假期就要结束了啊。"

"我们这样牛郎织女般的日子，何时才是头呀？"

"那就想办法吧。"

"该怎么办呢？"他像是明白了，盯着我问，"那就结婚好吗？"

"即使结了婚，你工作的日期不到，我们还是处于分居的状态啊！"

"婚后就不同了，作为家属，我们就可以常常见面了呢！"

我默许了。他激动地紧紧地抱着我，让我无法呼吸。

第二天，我忙着和周围的人一一道别，祖拉罕大妈也气喘吁吁地赶来，手里还紧紧捏着钱。

"你们再这样，我可要生气喽。"大妈说。看来，大妈才发现兜里多出来的钱呢！

"孩子们，就我那点小小心意，你们却回这么大的礼。"大妈望着我和巴赫提亚说。

"那我们应该送多少呢，祖拉罕姐？"王平故意逗她说。

"我可不会收。"祖拉罕大妈肯定地说。

"我们也不会平白无故地收礼哟，呵呵。"巴赫提亚也不示弱。

"那好吧，你不是要回去嘛，那可以当作是送行礼，你就拿着吧。"大妈想要把钱塞进我口袋里。

"不，不，您别这样啊！"我急得不知该说什么好了。我看见大妈眼眶里满是不舍的泪水。

"迪丽尼尕尔，还是收了吧，那是祖拉罕姐的一份心意，别让她失望呀。我们还留在这里，会记着这个礼数的。"王平很快圆了这个尴尬的局面。

"放心拿上吧，等到节日，我们还会去看望大妈。"巴赫提亚也劝我说。

我这才收下那两百元。没想到昨天结婚的一对新人也过来为我送行了。新娘还戴着我送她的那条珍珠项链，看上去非常漂亮得体。

"这个您拿着吧，"他们将半塑料袋核桃拘谨地递给我，"这是咱自家的核桃，不太多……"

我顿时觉得鼻子有些酸楚。就这一会儿工夫，阿瓦罕从饭堂里端着一碗饭就过来了。

"迪丽尼尕尔，虽然听说飞机上有吃的，您有次说我做的抓饭比较可口，刚才我做好大伙儿的拉面，就开始做抓饭了，还好赶上了，带着路上吃吧。"

"是啊，飞机上的饭菜根本不及阿瓦罕的饭哟，我以为再吃不着您做的饭了，真不知该怎么谢您呢。"

我强忍着泪水，紧紧抱着她道别。抓饭的香味不断地刺激着我所有的味觉。这诱人的滋味是她用双手精心为我准备的。

我和巴赫提亚在赶往机场的路上，两个人都没怎么说话。他一次次紧紧捏住我的手，我报以他甜甜的微笑。

"亲爱的，你好不容易来一趟，我却没能照顾好你，因为工作忙，有几次都没能陪伴你，你别生气好吗？"离别时刻他内疚地说。

"好了，可别像外人那样客客气气了，我真的理解了，也感受到了，即使你再留一年我也会很放心，会支持你到底。"

"就知道你一向善良又通情达理，也想到只要你过来一定会这么说的。"他又紧紧抓住我的手，我们十分不舍地默默地依偎着。

"让我走吧。"许久后，我说。我们十指交扣着的手，怎么都不想松开。

"下机后，立刻回电话。"

"好的，你就放心吧！"

我们双方的家人，就等着我们说结婚呢。一听说我们要结婚，马上就开始张罗起来。他自然是最开心不过了。

"你们赶紧照婚纱照吧，不然会来不及的。"有朋友们关心地说。自我下过乡后，我就不想再铺张浪费了，通电话时，我就把这个想法告诉他了。

"咱们照婚纱照用的几千块钱，不如省下来，捐给村里特别需要钱的村民你觉得呢？以后，我们再在那个水库旁，补上婚纱照好吗？"

"你有这么好的想法，我怎么会不愿意呢？我在这里的亲戚家有孩子要考大学，学习非常优秀，她一定能考上好大学。"

"那我们替她交学费吧。"我顺着他的意愿肯定地回答说。

"你真好！我真的不知该说什么好了！"他激动地说，"哦，对了，还记得那位祖拉罕大妈吧？"

"嗯，那个大妈还好吧？"

"可能有一周左右了，她一直在县医院治疗。今早，大夫还要求把她送到大医院呢。王平忙着帮她联系医院，一切就绪，他因为工作走不开，让我陪着过去看病。明早，我带着大妈就到了。"

"是真的吗？真太好了！"一听到他要回来，我都不知道自己有多开心，可是，大妈的病情，又让我不由得担忧起来，"大妈上次不是好好儿的吗？看起来还那么健康。"

"唉，就说嘛，老人家毕竟七十岁高龄，说病就病了。"

"那你们晚上就出发吧？"

"看来，你很想我，对吧？"

"怎么，不能想你呀？你不想，那就别来了。"

"谁说我不想啊，我更想你。我想立刻就过去，可是手头还有些活儿没忙完呢。"

"明天一出发，就打电话给我，我去接你们。"我急切地说。

"不，不用你那么辛苦，明天有单位的人负责安排。"

"那我就在家为你们准备饭菜好了。"

"还是在外面吃吧，我见了长辈会尴尬啊。"

"那有什么呀，你又不是没来过，大妈身体不舒服，吃家里的饭比较好吧？"

"那好吧，我只好厚着脸皮去了。"

第二天，他带着祖拉罕大妈到家。饭后，我和他们一起去了医院。在祖拉罕大妈住院的这两周，我基本上都往医院送饭。自他下乡以来，这两周是我们团聚最久的一次，就在这样的繁忙中，我们一起张罗了婚前要准备的事情。

"咱们尽量简化所有没必要的礼俗，避免铺张浪费。可是，这是我们生命中只有一次的仪式，我不想租别人穿过的婚纱，我想要崭新的婚纱，就给我买吧。"

"绝对没问题。你想要什么样的，就随意选好了。结婚那天就穿给我看吧。"

"好了，婚纱我要留给咱们的女儿或儿媳。"

"谁知道，二三十年后又会流行什么样的婚纱呢？到时他们未必愿意穿这个时代的婚纱啊!"

"到时我们把我们最真挚、最纯洁的爱情观念传承给她们,她们自然会欣然接受。如果有保存到现在的咱们母亲的婚纱,我一定会穿上的。"

"他们那时一定是穿了丝绒布做的新娘裙,你会穿不?"他笑着质问我。

"穿,你母亲的还在吗?拿过来吧。"我肯定地回答说。

"你知道我妈妈可没有啊。"

"你居然现在还不相信我?"

"当然相信你,我只是逗你呢。我也觉得,把婚纱留着很有意义。我会给你买最好的,并把它保留好。"

有他在的这两周过得飞快。他带着康复出院的祖拉罕大妈返村了。这些日子里积蓄的感情,更让我们难舍难分,这次的离别对我更加困难了。

"再等我一个月吧。"

"我会等你,一年我都等过来了。结婚你能请几天假啊?"

"去年,结婚的人都正常休假了,可是今年不同,工作繁重,幼儿园建设就要开工了,还有我们的养殖合作社……"

"好了,好了,"我撒着娇捂住了他的嘴,"咱们的蜜月就在你们村过吧。"

"你说的可当真?"他用怀疑的目光看着我。

"我的口气不像是风凉话吧?"

"你突然变得这么温柔贤惠,我有些招架不住呢!"他笑了。

"既然这样,那婚礼等你回来后再办吧。"我故意生气地扭头说。

"不,不,亲爱的,婚礼还是如期进行吧,"他双手捧着我的手恳求说,"度蜜月的费用,我先借着别人的。"

"不用借债,在自家家乡度蜜月,有什么不好呢?只要有你,我在这些质朴的人中绝不会感到无聊。"

"谢谢亲爱的!嗯,对了,明天你最好别去送我好吗?看到你,我就不想走了。"

就这样，他走了，留下我一个人。一个月我不是按天来算，而是用小时来计算着。

有一天，我们单位通知下派基层支教干部。虽然下派地点不是很明确，但我得知，那个村就在巴赫提亚驻村的地区。我来不及和他商量就主动报了名。我心想但愿能派到巴赫提亚他们新建的幼儿园支教。那样的话，对我们俩来说都是好事。再加上，我在探望他的那几天，已经喜欢上了那里，其他村也会如此吧。在一群天真的孩子当中生活和工作一年，应该是很快乐的事儿，何乐而不为呢。我想给他们讲我知道的所有童话故事，教他们画各种童话人物。

我为了给他惊喜，想忍住不告诉他这个好消息，可只坚持了一个星期，还是提前告诉了他。

"我们又忙起来了，各单位要求支教，我们要迎接幼儿园支教干部了。"他告诉我说。

"我也会去。"我迫不及待地接上说。

"啊，你说什么?"

"我说啊，我也报名参加了支教。"

"这是真的吗? 是要来我们的这个村吗?"他比我想象中的还兴奋，"怎么不早点告诉我这个好消息呢?"

"虽然暂时还不知道具体在哪个村，只知道就在你所在的那个地区。如果够幸运，有可能在你们村呢。本想给你来个惊喜的，可还是让我说漏了嘴。"

"太好了，至少，我们的距离会很近了。可是，你刚开始可能会很不习惯，会比较艰苦，你能坚持吗?"

"别人能坚持，我怎么会不行呢?"我说完又有些没底气了，"你可别吓我啊，没那么艰苦吧?"

"你也知道，幼儿园是新建的，很多地方还没有完善，这之前，生活可能不会那么便利，除此，也没什么困难。"

"我能适应，只要有你的鼓励。"

"你一定行，我相信你，不知道你会来哪个村，我也打听一下吧。"

"好吧。"

没等到我们去打听，第二天，我们要去的地点就已经定下来了。也许是幸运星顾及我们的热情，我居然就被分在巴赫提亚的邻村。

"可惜，如果在你们村里就好了。"

"咱们知足吧，这两个村非常近。还有许多两地分居，孩子又在长辈那里寄养的夫妻，也在工作呢。"

"我是很知足，只是说说而已。"

"亲爱的？"

"嗯，你说吧。"

……

"哎呀呀，你快说啊！"

"咱们的婚礼……"

"就在那个村里办吧。"我顺着他的意思说。

"你不会生气吧？"

"怎么会呢？在宴会厅举办婚礼，有什么新奇呢？还不如在村里办，肯定会是值得回忆的婚礼，不是吗？"

"你真太好了，老婆大人。"他的这个称呼，完全降服了我，可我还嘴硬说："你居然叫我老婆？"

"你迟早都是我老婆，我只不过提前这么叫着了。"他享受地笑了。

"傻瓜！"

"亲爱的，能过来吗？"

"我这不是要去了嘛。"

"我是说提前来我这边。"

"你再坚持一下吧。"

"我是想，咱们的居室你能亲临参与，装饰成你喜欢的样子，可以吗？"

"你说什么啊，我们又不在同一个村里，怎么住一起呢？"

"王平已经和大伙儿商量定下来了，会给我们特别的照顾。他说咱们的婚礼比较有意义。哦，对了，你看，"他将手机视频对准摆放着的手工串联起来的穿着珍珠婚纱的芭比娃娃，"好看吗？"

"是啊，太漂亮了！怎么没有给我就带回宿舍了呢？"

"这不是我买来的。是阿瓦罕从刺绣厂带过来的。就是上回咱们参加过婚礼的那个新娘，专门为你编织的。"

"我很喜欢。她们连这个都会做，那她们真是太厉害了！"

"是啊，她们会先准备好模型，然后照着它编织。你看到这个了吗？"他给我发来视频，是一个不如手机大的小人。

"这个手指娃娃也很可爱。"

"还要告诉你，我们在这里不是住一套房，而是一间房而已啊。"

"还好，至少给我们腾出了一间房，我已经很知足了。"

"就说嘛，我想把房间装饰得更好些，再迎接你的到来。阿瓦罕知道你喜欢小饰物，特意准备了这些，还说你像布娃娃一样漂亮可爱呢。怎么样，我已经替你收下了这些小可爱。她说想用它们来点缀我们的新房。"

"啊，真是太好了！我一下班，一开家门，就会置身于童话世界，那该多美好啊！"

"是，是，还有一个大野兽，哈哈哈……"

"当然，有美女的地方，肯定需要一个野兽来衬托呀。"

"何况，你还是直奔那个野兽而来呢。"

"不，不，我是为了给那里的孩子们上课。"

"嗯，不管怎样，你终究都是会来的，对吧？"

"既然去了，希望我们能为他们做实实在在的事儿啊。"

"那当然，亲爱的！快点来吧，让我们一起努力吧！"

图书在版编目（CIP）数据

易地记——扶贫攻坚优秀中短篇小说选 / 中国作家协会创研部，
《小说选刊》杂志社编. -- 北京：作家出版社，2020. 10（2021.1重印）

ISBN 978-7-5212-1156-6

Ⅰ.①易… Ⅱ.①中… ②小… Ⅲ.①中篇小说 - 小说集 - 中
国 - 当代 ②短篇小说 - 小说集 - 中国 - 当代 Ⅳ.①I247.7

中国版本图书馆CIP数据核字（2020）第204108号

易地记——扶贫攻坚优秀中短篇小说选

编　　者：中国作家协会创研部　《小说选刊》杂志社
责任编辑：向　萍
装帧设计：周思陶
出版发行：作家出版社有限公司
社　　址：北京农展馆南里10号　　　　邮　　编：100125
电话传真：86-10-65067186（发行中心及邮购部）
　　　　　86-10-65004079（总编室）
E-mail:zuojia@zuojia.net.cn
http://www.zuojiachubanshe.com
印　　刷：唐山嘉德印刷有限公司
成品尺寸：152×230
字　　数：341千
印　　张：24.5
版　　次：2020年11月第1版
印　　次：2021年1月第2次印刷
ISBN　978-7-5212-1156-6
定　　价：58.00元

作家版图书，版权所有，侵权必究。

作家版图书，印装错误可随时退换。